印度文化与思想丛书

主 编 姜景奎

副主编 贾 岩

国家社会科学基金资助

印地语戏剧文学

姜景奎 著

商務印書館

创于1897
The Commercial Press

图书在版编目（CIP）数据

印地语戏剧文学 / 姜景奎著 . -- 北京 : 商务印书馆 , 2025. -- (印度文化与思想丛书). -- ISBN 978-7 -100-24423-7

Ⅰ. I351.073

中国国家版本馆 CIP 数据核字第 2024WS4605 号

本书为"区域国别研究系列"成果，
由国家社会科学基金资助

印度文化与思想丛书

印地语戏剧文学

姜景奎　著

商　务　印　书　馆　出　版
（北京王府井大街 36 号　邮政编码 100710）
商　务　印　书　馆　发　行
北京虎彩文化传播有限公司印刷
ISBN　978-7-100-24423-7

2025 年 4 月第 1 版　　　　开本　880×1240　1/32
2025 年 4 月第 1 次印刷　　　印张　11

定价：78.00 元

总　序

　　和中国一样,印度是世界四大文明古国之一,文化多样,历史久长,为人类发展做出了非凡贡献;也和中国一样,印度文明历久弥坚,长盛不衰,还在持续为人类发展创造智慧,供给滋养。

　　中印两大文明连体而生,共时而居,各有特色,从某种角度说,中国文化可以概括为以儒家文化为主体、释道文化为两翼,辅以其他亚类文化的综合体;印度文化可以概括为以印度教文化为主体、伊斯兰教文化为侧翼,辅以其他亚类文化的综合体。从这一概括中,我们便可窥其内容和特色。

　　首先,中国文化讲究"融",印度文化讲究"容"。中国文化由四个亚区域板块文化组成,即主体的农耕文化、北方的草原文化、西北的沙漠戈壁文化和西南的高原文化。这四类文化的共同特点是心向中原。在大一统努力及统治的过程中,各文化板块先是碰撞,而后交流,再后混居,以至文化融通、族群混血,天下一家亲的状态形成,由此,多元成为一元,华夏文化及中华民族就是这么发展而来的。反观印度,其历史表现为外来文化不断侵入/进入、各族群处于容而不融的状态,除公元前1500年前后进入次大陆的雅利安人与当地达罗毗荼人的融合较为成功外,后续的伊斯兰教族群、基督教族群等与本土文化几无融汇,具体表现为本土者给后来者腾出一定空间,大家共处一室,相互不发生"肢体"接触和思想交流。由此，原有的相对一元成为多元，原有的"一统"文化化为"割据"文化。从某种层面说，融和容是中印文化最重要的差别。

其次，中国文化讲究孝道，孝顺是儒家文化的核心内容之一；印度文化讲究神道，敬神是印度教文化的核心内容之一。先说印度的神道。印度国民普遍信仰宗教，印度教信徒占绝对比重。对印度人来说，宗教是身份标识，敬神是生活方式，印度的传统节日多与神灵相关，如霍利节、十胜节、灯节、九夜节等。信仰宗教膜拜神灵是现实展现，其背后是印度人的终极追求，即精神解脱（如佛教的涅槃）。印度人相信轮回业报，注重现世修为及来生转世，更渴望超越轮回，实现梵我合一。对中国人而言，现世是一切，家庭是中心，大多数节日都与祭祖敬老有涉。中国的修身、齐家、治国、平天下四阶段与印度的梵行、家居、林栖、遁世四行期有某种对应关系，修身类似梵行，齐家类似家居，但治国平天下是走出家门，拓展事业，为小家也为大家。印度的林栖遁世则是走出家门，进入森林修行，直至遁入空门，忘却物我，与大我合一。在中国，即使是由印度而来的佛教也更注重现世。

为什么主体中国文化在信仰宗教、敬拜神灵方面与印度相反？其原因简单，可以追溯至先民时期。对于先民而言，人的问题无外乎"食色"二字，食指吃饭，人类生存之需要，色指阴阳交合，人类繁衍之必须。食在先，色在后，民以食为天。就中国文化主体而言，由于地域、气候条件的制约，一年四季，地非耕不产，而且很多时候不宜耕作。对后世子嗣而言，所有供给来源于长辈，长辈是自己唯一的支撑及抚养人，依赖、孝顺和敬奉长辈之风自然形成。相反，对于印度文化主体而言，由于地域、气候的优越，次大陆上水果飘香、菜蔬恒有，其先民取之用之，却不见实际劳作者，于是水果菜蔬的供给者便成了敬奉对象。谁是实际供给者？自然也，冠之神灵之名罢了。以此类推，对于游牧文化，草木自然生长，牛羊食之，再长再食，谁使草木出，自然也，冠之神灵之名；渔猎文化相似，水中之鱼虾、林中之动植物，皆不是人力而出，皆出于自然，自然，神灵名之。所以，中国文化主体的自然地理及气候条件，几乎是世界上独一无二的，但凡产出，必依人力，先民、祖先就是中国文化主体的神灵。

孝道神道之别，源于实际，并不神秘，讲的是人与神的关系。印度神灵多，中国神灵少，不仅如此，印度神在本国更有地位。比如，印度的太阳神高高在上，中国的太阳则有"后羿射日"之祸；印度的海神神秘莫测，中国的大海则有"精卫填海"之危；印度的火神常受祭祀，中国的火得尝"钻木取火"之痛；印度的水神具天王之名，有救人救世之功，中国的水则必须服从大禹父子的堵疏之令。

第三，中国文化讲究礼尚往来，印度文化讲究功德累积。孝道和神道主要指人与神/祖先之间的关系，重在仪式；人与人之间的关系则重在现实生活，体现于日常交往之中。"业"是印度人现实生活中特别遵循的原则，其中的"施舍"和"接受施舍"是其两大主"业"。"业"指人依据自己的种姓身份应该履行的义务，婆罗门有六业，刹帝利有五业，吠舍有四业，"施舍"和"接受施舍"皆含其中。所以，就人与人之间的关系而言，印度人首重施舍观和功德观。你给予我的，我首先会当作是你在履行你的业，是一种施舍。施舍者和接受施舍者没有高下之分，大家都在履行义务。你给予我的是施舍，你自然会得到一份功德，这份功德即如给予寺庙施舍所得到的功德一样，非可见方式获得。反过来，如果我不接受，该施舍便不算成功，你自然也就得不到相应的功德。因此，"接受施舍"也是义务和责任，而非单纯的受惠。也即，我接受了你的施舍，是成全你，是让你获得功德的行为，因为我的接受，你便有了获得功德的机会。在这一层面上，施舍者和接受施舍者平等无别，是相互成全的关系。在中国文化主体的语境里，功德观存在空间较小，多讲究现实世界的你来我往，你给予我，我还予你。该功德观由佛教传入中国，在中国的汉传佛教和藏传佛教中均存在。但由于文化主体的影响，国人往往由忽视至不理解。从某种层面说，施舍观和功德观是印度人具有强烈配得感的直接缘由。

以上三点，是从比较角度对中印文化差别的总结性看法，是点非面，不系统不全面，但这三点却是中印两大文明体的鸿沟性差别，会致使双方误解误判乃至误伤。

由是，出版"印度文化与思想丛书"便有了充分理由。该套丛书采取开放模式，不预设主题、形式和数量。丛书主题可以是语言文学、历史文化、宗教哲学、艺术美学、文明互鉴等；丛书形式可以是专著，也可以是译著，还可以是编著；丛书数量亦不设限，但书一定是优中的优，好中的好。丛书以"印度文化与思想"命名，并无高深执念。

中印两大文明体源远流长，拥有丰富的文化和思想财富，双方互动频繁，相互借鉴，不仅丰富了人类的文化和思想，也加强了相互之间的融合发展。不过，正是由于交往深厚，国人对印度、印度人对中国的理解才产生了某种依赖性偏差。希望该套丛书能在一定程度上纠正这种偏差，并给予读者美的享受。

以上，是为序。

姜景奎

北京清华园

2025 年 3 月 27 日

目　录

绪 论

印地语戏剧文学的分期

"文学是社会生活的反映"[①]，它离不开一定的社会历史环境。研究任何国别、任何语言的文学都不能脱离其特定的时间、地点和历史事件。因此，研究印地语戏剧文学，首先要解决的是时间问题，即分期问题。一般认为，印地语的第一批剧本出现在 17 世纪初，也就是说，到目前为止，印地语戏剧文学已有了 400 年的历史。我们在研究时自然不能不分先后、不论时间地点等作一番空论，而应以时间为序，以印度社会现实为背景，从面到点，由点及面来进行考察。

那么，如何给印地语戏剧文学分期呢？在这方面，印度学者多有论述，归结起来主要有两种分法。

（一）主要以大作家为时代标志进行划分：

1. 前帕勒登杜时期的印地语戏剧文学（？—1850）

2. 帕勒登杜时期的印地语戏剧文学（1850—1885）

3. 后帕勒登杜时期的印地语戏剧文学（1885—1900）

4. 伯勒萨德时期的印地语戏剧文学（1900—1937）

5. 后伯勒萨德时期的印地语戏剧文学（1937—1947）

6. 当代印地语戏剧文学（1947—　　）

---

① 蔡仪主编：《文学概论》，人民文学出版社 1985 年版，第 1 页。

（二）以作家帕勒登杜和时代为标志进行划分：

1. 前帕勒登杜时期的印地语戏剧文学（？—1843）

2. 帕勒登杜时期的印地语戏剧文学（1844—1893）

3. 现代印地语戏剧文学（1893—1947）

4. 当代印地语戏剧文学（1947—　　）①

笔者不愿苟同这两种分法。比起印度学者来，笔者更注重印度社会的历史，而非某个大作家的生卒年份，更倾向于以社会历史时期来界定印地语戏剧文学史。

17世纪初，印地语戏剧作品出现，因此我们以17世纪为起点来考察印度社会的历史。"公元1600年，英国东印度公司取得（英国）王室特许状，授予他们以在东方海上的贸易垄断权。"②由此，英国侵入印度，先是商人，后是军队。1757年普拉希战役之后，英国东印度公司逐渐直接接管印度的行政、经济等大权。1857—1859年印度爆发了民族大起义，但以失败告终。1858年，英国女王颁诏宣布废除印度莫卧儿皇帝，以自己的名义治理印度，英国政府开始在印度国土上行使一切权力，印度完全沦为英国的殖民地。因此，从17世纪初到1857年的这段时间是英国人侵入并逐渐吞并印度的时期。1857年以后，印度在各个方面都受到西方，特别是英国的影响，英语文化大规模进入印度人的生活，印度有识之士意识到自身的弱点，他们吸收新思想，倡导学习西方科学技术，力求在和平稳定中改良印度社会。所以，就像1840年中英鸦片战争

---

① 参见印地语文学专著《印地语戏剧文学》（*हिन्दी नाट्य साहित्य*）、《帕勒登杜时代的戏剧》（*भारतेन्दु-युगीन नाटक*）、《印地语戏剧：起源与发展》（*हिन्दी नाटक: उद्भव और विकास*）、《印地语文学详史》（*हिन्दी साहित्य का बृहत् इतिहास*）等等。

② 〔印〕R. C. 马宗达等：《高级印度史》（下册），张澍霖等译，商务印书馆1986年版，第681页。

使中国步入近代一样①,1857年印度反英民族大起义也使印度进入近代时期。1905—1908年印度爆发了资产阶级民族革命运动,这次运动"是反对英国人在印度的存在本身",其"实质是在政治上谋求把印度从英国统治下解放出来"②。这次运动也以失败告终,但它却从根本上使印度人民觉醒起来。从此,在印度国大党、印度穆斯林联盟等政治党派及圣雄甘地等人的领导下,印度人民进行了不屈不挠的反英斗争,直至1947年获得独立。因此,许多历史学家把1905年看作印度现代史的开始。1947年更是重大的时间点,是新印度的开始,自然成为印度现代史与当代史的"界碑"。笔者沿袭这种社会历史划分法来给印地语戏剧文学分期:

1. 近代以前的印地语戏剧文学(1600—1857)

2. 近代印地语戏剧文学(1857—1905)

3. 现代印地语戏剧文学(1905—1947)

4. 当代印地语戏剧文学(1947年以后)

本书将重点探讨前三个时期的印地语戏剧文学,对第四个时期基本上不作论述。自然,任何时期的戏剧都不可能与前一个时期完全隔断,如近代戏剧文学开始于1857年,但被认为是近代第一个剧本的《按〈吠陀〉杀生不算杀生》却出现在1873年。又比如,现代许多作家在印度独立后即当代时期也有作品问世,有的甚至在当代才创作出自己最优秀的剧本。因此,笔者将不拘泥于这些细节,并从大处着眼,进行分析、研究。为方便起见,在以后的论述中,笔者将分三篇若干部分进行探讨,每篇研究一个时期,每部分讨论一个专题。

---

① 参见胡绳:《从鸦片战争到五四运动》(上册),上海人民出版社1982年版。

② 林承节:《印度民族独立运动的兴起》,北京大学出版社1984年版,第241页。

第一章　近代以前的印地语戏剧文学
（1600—1857）

　　"这一时期（1600—1857）印度社会的主要特征是：莫卧儿王朝由盛而衰，最后灭亡，印度逐步沦为英国的殖民地。印度社会由封建社会的阶段进入到殖民地半封建社会的阶段。"[1]

　　莫卧儿王朝建于1526年，1858年为英国所灭，共存在了300多年。整体说来，这个帝国大体维持了一个统一的局面。自建国至18世纪初期，莫卧儿帝国由弱而强，持续了不短的王朝兴盛时期。但17世纪后半期的印度教马拉塔人起义和18世纪前半期的锡克人起义曾使帝国的根基大为动摇。此外，18世纪上半期，阿富汗封建主的大举入侵、抢劫和屠杀也使帝国的统治雪上加霜。更为不幸的是，从其第五代皇帝奥朗则布（1658—1707在位）起，莫卧儿王室内部一直不和，为了皇位，父子、兄弟等的争权夺利斗争连续不断。如此的外部不稳、内部不和终于使帝国一蹶不振，再也控制不了全国的局势。各地封建主见机行事，纷纷扩建军队、巩固地盘，他们虽然表面隶属于莫卧儿王朝，但俨然如自由独立的国王。这样，印度实际上又恢复了以前的封建割据的局面。与此同时，西方各国的东印度公司在印度沿海的活动也越来越猖獗，它们与当

---

[1]　刘安武：《印度印地语文学史》，人民文学出版社1987年版，第149页。

地封建势力相互勾结、互为利用，到18世纪中期，英国的东印度公司雄居各公司之首，成为一支不可小视的力量。

17、18世纪，印度"老百姓饱经变革，以致不太关心政府的变更，而较有势力的首领们，则仅仅着眼于自己的利益来制定他们的政策，根本不知道民族观念或爱国主义"[1]。实际上，印度一直不是严格意义上的国家，在1858年沦为英国的殖民地之前一直处于一种较为涣散的状态。长期以来，大小土邦各自为政，并为争夺地盘而相互征战。老百姓对此早已习以为常，他们发现，谁胜谁负对自己并无多大关系。对他们来说，印度教土邦王公和伊斯兰教封建主没有多大区别，他们不把前者当自己人看，也不把后者当外来侵略者待。印度教统治者也同样，他们根本就不把伊斯兰教统治者当民族敌人，他们已习惯于和后者在同一块土地上共存。因此，对这支新的势力（英国东印度公司等），印度普通百姓和封建上层都没有予以重视，他们没有把它看成是十分异己的东西。这样，在1857年前，不论是印度下层人民还是封建上层都没有民族或爱国的意识。1757年印英普拉希战争以后，英国东印度公司逐渐得势，它甚至夺取了许多地方的行政权，还建立了自己的军队。而且，"取得政权和征服反对者后，公司实行一种为所欲为的政策，结果印度出现了以前从未出现过的经济剥削。"[2] 这种剥削不仅影响到普通百姓，也影响到了印度本地封建主阶级，他们的日子也开始不好过起来。这时候，印度人才看清这支外来的势力，但为时已晚，他们1857—1859年的民族大起义归于失败。

---

[1] 〔印〕R.C.马宗达等：《高级印度史》（下册），第710页。

[2] सुशीला धीर, *भारतेन्दु-युगीन नाटक*, भोपाल: मध्य प्रदेश हिन्दी ग्रन्थ अकादमी, १९७१, पृ. ११.

"英国统治印度的第一个世纪（1757—1857），尽管发生了政治剧变和经济倒退，但在某些方面是印度历史上一个值得纪念的时期。这个时期印度迸发了引人注目的理智的活动，经历了社会、宗教思想的剧烈转变。这些变化的动力来自英语教育的采用。西方的自由思想通过这条渠道来到印度，激动了人们，使他们从许多年代的沉睡状态中惊醒起来。"①19世纪，不少英国传教士和开明的印度人开始在孟加拉、孟买等地倡导并实践英语教育。1835年，英印公共教育委员会也大力支持在印度人中实行英语教育，并给这方面拨出专款。这样，英语文化开始大规模进入印度人的生活中，印度的一些有识之士开始接受西方的民主自由观念和科学知识，他们开始反省本民族的传统，希望对自己的社会进行改良。孟加拉地区的拉姆·摩亨·罗易（1774—1833）是这批人中的急先锋，他于1828年建立梵社，着手对印度教及印度教社会进行改革。他倡导一神信仰，反对偶像崇拜。最重要的是，他将改革活动指向印度教社会的落后习俗，其中明显地指向严酷的种姓制度和保持妇女地位低下的传统。1839年以后，罗宾德拉纳特·泰戈尔的父亲德文德拉纳特·泰戈尔给梵社注入了新的活力，他和罗易一样，认为支持妇女的事业和抨击严酷的种姓成规是印度教社会改革的关键。他们的观点为后人所一致承认。

但是，相对说来，这时期的印度文化界仍然非常沉寂，拉姆·摩亨·罗易、德文德拉纳特·泰戈尔这样的进步改革人士很少，而且他们的影响主要限于孟加拉语地区。因此，印地语地区的文化气息依然如故，印地语文学同样墨守成规，死气沉沉，没有什么活

---

① 〔印〕R.C.马宗达等：《高级印度史》（下册），第875页。

力可言。在前一段时期（1350—1600），印地语文学一度十分活跃，出现了加耶西、苏尔达斯、杜勒西达斯等著名诗人，他们创作了不少反映社会现实、倡导社会改革的作品。其中有不少作品寓意深刻，诗人们在作品中希望改良印度教社会，并号召印度教人民团结起来，一致对付外来的伊斯兰教入侵者。但这一时期（1600—1857）的印地语文学却与社会现实相距很远。作者对时事不闻不问，毫不关心社会现实生活。他们没有印度民族的观点，也缺乏爱国的意识，他们的作品多半只注重个性发展、强调个人享受，社会意义不大。刘安武教授在对这一时期进行评价时指出："这一时期的（印地语）诗人大都是宫廷诗人，他们为当时各个地方的大小王公歌功颂德或者为他们腐朽的享受生活增加一些消遣的材料。"[1]当然，这一时期也出现了几个较有水平的诗人，如比哈利拉尔、觉特拉杰等，格谢沃达斯是这一时期较为出色的诗人，也是印地语文学的第一个文学理论家。

值得特别指出的是，印地语的文学剧本就产生在这一时期。现有资料表明，伯拉纳金德·觉杭于 1610 年创作的诗剧《罗摩衍那大剧》是印地语为数不多的早期剧本之一。这时期的印地语剧本有创作剧，也有从梵语翻译过来的印地语译本。这些剧本虽然不像同期的诗歌一样追求享受、寻求个性欢娱，但与现实社会的联系也不大，没有什么社会意义。受时代局限和社会环境影响，剧作家们不愿正视现实生活，不理解老百姓的疾苦，更意识不到国家、民族的危机。他们沉浸于前人的宗教心理，或重复前人所写过的内容，或翻译前人的作品。有趣的是，他们多不注重戏剧形式，大多

---

① 刘安武：《印度印地语文学史》，第 152—153 页。

数作品的诗歌色彩太重,戏剧性太差。这一特点在以后章节将有专门论述。

一、印地语民间戏剧

在考察印地语戏剧文学之前,有必要先探讨一下印地语民间戏剧。

在印地语的各个方言区,从 15 世纪起就出现了民间舞台剧。这类戏剧多半是音乐、舞蹈和杂耍的结合,没有人物对白和复杂的剧情。"实际上,比起与音乐和舞蹈的关系,这类民间戏剧与舞台设计的关系并不更大,其服装道具非常简陋,故事情节也比较简单。"① 因此,从严格意义上讲,它们只是戏剧的一种初级形式,并非真正的"舞台剧"。有趣的是,这种初级形式的民间戏剧表演现在仍然存在,而且比较盛行,观众甚多。民间音乐剧、黑天本事剧和罗摩本事剧是这类戏剧的主要形式,第一种偏重世俗生活,后两种宗教色彩浓厚。

民间音乐剧没有什么宗教色彩,属于世俗剧,主要流行于印地语的伯勒杰方言区,即今天的印度北方邦及其附近地区。民间音乐剧很早就出现了,但具体时间无从考查。杰耶辛格尔·伯勒萨德在其《诗、艺术及其他文集》一书中认为,民间音乐剧是直接由梵剧而来的,中世纪的伊斯兰教入侵者"毁掉了印度舞台艺术……还是有些表演形式生存了下来,这些形式在波斯剧团成立

---

① सुशीला धीर, *भारतेन्दु-युगीन नाटक*, पृ.१८३.

以前就存在,民间音乐剧和街头滑稽戏是其中最重要的形式"。①
与杰耶辛格尔·伯勒萨德相反,巴布罗摩·赛克希纳认为民间音
乐剧是受乌尔都语诗歌和民间音乐的影响而产生的。还有人认为,
早在13世纪,阿米尔·库斯洛(1253—1325)曾有功于民间音乐
剧,使之有了大的发展。贡沃尔昌德尔·伯勒格谢·辛哈博士认
为,15世纪前后就出现了专门为民间音乐剧的表演而创作的脚本,
并认为这类脚本应该被看作印地语的早期戏剧文学作品,如纳罗
德默达斯创作的《苏达玛功行》等。总之,不论哪种说法成立,都
说明了民间音乐剧确实已有一个较长的存在历史。不仅如此,民间
音乐剧的影响也很大,"在北方邦及其附近地区流行的世俗戏剧
中,民间音乐剧的流行范围最广,影响也最大"②,"到18世纪,民
间音乐剧传遍了整个北印度"。③

民间音乐剧的题材很丰富,有关于神话传说的、爱情的、历史
的、民间故事的以及社会现实事件的,等等。表现印度教大神信徒
的生平事迹是其主要题材之一,毗湿奴大神的信徒特路沃、戈比
昌德、苏达玛等的事迹都曾被编成故事上演过。民间音乐剧的舞
台和道具都很简单:舞台四周不用幕布,表演者居中,正对面是乐
队,观众在台下随处可坐。演员只做些简单化装就可上台,他们一
般不对白,而是随着乐队的演奏跳舞或作出各种姿态表情,以达到
表现故事情节的效果。表演期间不用换场,如果有多个情节相连
而观众又不易看懂,台下会有人作旁白,旁白的作用和今天的幕后

① 转引自कुंवर चन्द्र प्रकाश सिंह, *नाटककार भारतेन्दु और उनका युग*, लखनऊ: सुलभ प्रकाशन, १९९०, पृ. ४-५।

② कुंवर चन्द्र प्रकाश सिंह, *नाटककार भारतेन्दु और उनका युग*, पृ. ४।

③ बच्चन सिंह, *हिंदी नाटक*, इलाहाबाद: लोकभारती प्रकाशन, १९७५, पृ. २३०।

词的作用一样,有描述、解释等作用。与莫卧儿皇帝奥朗则布同时代的一位伊斯兰教学者曾这样描述民间音乐剧表演时的情景:

> 近来城里来了一些奇怪的人,他们会学各种人的模样,还会变魔术。他们精于模仿和舞蹈,说话声音很美。用我们的话说,他们是(印度教大神的)虔信者。(表演时),演员随着音乐活动,他忽而模仿男人,忽而学作妇女,忽而装成小孩,一会儿又变成个青年修道者,再过会儿又成了英国人。有时模仿乡下男女,有时刮去胡子变成城里老爷,有时扮成莫卧儿官人,有时装成奴隶,有时又装成产妇,孩子在腋下哭叫。他们能模仿各国人,还会扮演各个时期的人。[①]

很显然,这个伊斯兰教学者所看到的是个以社会现实生活为题材的民间音乐剧的表演,那时民间音乐剧可能刚刚传到城里。

属于民间音乐剧类的要蛇人戏值得一提,这种戏剧类型主要流行于阿沃提方言区,它更强调音乐,很受劳动人民的欢迎。要蛇人戏的题材范围比较窄,"其故事总是来源于原始人类的极其古老的某种信仰或社会认同。尽管如此,其简单的故事情节中却包含有扣人心弦的冲突,其音乐优美、舞蹈迷人,表演常常从半夜一直持续到日出时分"。[②]要蛇人戏的表演设施比其他民间音乐剧种的更为简单,它几乎不需要任何设施:在一个四面空旷的场地上,不用任何布景,5个演员(最多7个)组成一组进行演出,观众可不

---

① कुंवर चन्द्र प्रकाश सिंह, *नाटककार भारतेन्दु और उनका युग*, पृ. ५.
② कुंवर चन्द्र प्रकाश सिंह, *नाटककार भारतेन्दु और उनका युग*, पृ. ११-१२.

分前后左右地坐着或站着欣赏。小鼓是表演耍蛇人戏的主要乐器，风琴和钹是重要的伴奏乐器。

18、19世纪开始，有人开始对民间音乐剧进行改革。因德尔门纳和他的学生笈仑笈拉勒曾一度使民间音乐剧比黑天本事剧和罗摩本事剧的影响还大。受波斯剧团舞台表演的启发，笈仑笈拉勒的学生纳特罗摩对民间音乐剧作了更大胆的革新，他开始尝试让多个角色一起演出，并让表演者穿上镶有饰物的华丽服装。舞台也开始着意装饰，还使用了多种乐器。此后又经过许多专家的改良，民间音乐剧逐渐实现了"现代化"。

进入近代以后，不少戏剧家注意到了民间音乐剧，受其影响，他们创作中的民间音乐剧成分不少。帕勒登杜是近代最伟大的印地语戏剧家，他组织的舞台演出受民间音乐剧的影响很大；他的剧本《尼勒德维》就是民间音乐剧形式的作品。伯勒达伯·那拉因·米谢尔是另一个将民间音乐剧赋于文学形式的重要剧作家，他用三种印地语方言创作（改编成）了《沙恭达罗乐剧》，其中上层人物使用克利方言，其他人均使用阿沃提方言，韵文则用伯勒杰方言。还有几个与帕勒登杜同时代的剧作家也写了民间音乐剧类型的剧本，但影响都不大。

黑天本事剧是具有宗教色彩的主要民间剧种之一，它以印度教毗湿奴大神的凡界化身黑天为中心人物，其目的在于宣传黑天，以激起人们的宗教情感，使之朝向印度教，拒绝伊斯兰教等异教的影响。"根据《薄伽梵往世书》的记载，两个牧区女郎中间出现一个黑天的戏剧就是黑天本事剧。"[1]因此，一般来说，黑天本事剧

---

① सुशीला धीर, भारतेन्दु-युगीन नाटक, पृ.१८३.

中除了黑天这个主角外，牧区女郎是少不了的。实际上，黑天本事剧表现的内容主要是黑天和牧区女郎一起的舞蹈行为。这种戏剧主要流行于伯勒杰方言区。它大约产生于 16 世纪 30 年代，当时毗湿奴教派的大师伯勒珀根据经典中关于表演黑天功行的记载改编成了音乐剧，并把它搬上舞台，效果很好，这便是黑天本事剧的来历。

黑天本事剧主要有三种：（1）婴儿黑天本事剧，主要表现养父难陀和养母耶雪达对小黑天的慈爱和小黑天降魔等故事；（2）童年黑天本事剧，表现黑天和其他牧区伙伴一起去森林放牛及黑天的淘气行为等故事；（3）少年黑天本事剧，表现黑天和罗陀及其他牧区女郎之间的爱情故事，"黑天和罗陀""众女热恋黑天"等是经常上演的剧目。前面已经说过，第三种是黑天本事剧中最重要的，一般意义上的黑天本事剧指的就是这种，影响最大，也最有吸引力。开演时，黑天和罗陀坐在主座上接受其他牧区女郎的膜拜。接着，女郎们一起舞蹈，舞完一曲或几曲后，其中一个上前向黑天和罗陀描述夜晚的美景，并请黑天和她们一起跳舞。征得罗陀同意后，黑天进舞场，和女郎们一起跳起舞来，共享快乐时光。这是一般的表演。还有一种叫作"黑天本事大剧"的黑天本事剧，也属于上述提及的少年黑天本事剧形式，但规模较大，表演比较复杂。其基本表演情况是这样的：黑天一个人先上场，吹响芦笛。听到笛声后，牧区女郎们不顾父亲、丈夫的反对，抛下怀中的孩子，扔下手中的活计，离家奔向黑天。黑天先是反对她们这样，向她们宣讲社会公德。女郎们很痛苦，但由于对黑天的爱和奉献心理，她们都不愿离开。没有办法，黑天只好答应和她们一起共度美好夜晚，他用神性将自己分成好多个黑天；如此，两个女郎之间便有一个黑天作伴跳舞玩乐，每个人都得到了最大满足。据印度教经典记载，黑天利用神性可以同时分别与一万八千个牧区女郎起舞，甚至进行性交(据印度教经典，当然不是指一般意义上的俗人之间的交媾)。在姑娘们高兴得忘乎所以的时候，黑天带着罗陀悄悄离开，到林中其他地方散步。由于和黑天单独待在一起，罗陀产生骄傲情绪，又由于疲劳，她要求坐到黑天的肩上，黑天往往在"来吧，上来吧"的答应声中化成一束光环消失在半空中。罗陀感到委屈、伤心，并哭泣起来。这时，处于痛苦中的其他姑娘也来到这里，她们扶起罗陀，到处寻找黑天。她们向森林中的花草树木询问黑天的下落，向动物打听黑天的去向，其情切切，感人肺腑。这样，她们一直找到叶牟那河边。由于还找不到黑天，她们便都急得昏迷过去。见此情形，黑天急忙现身，弄醒她们，又以分身术和她们一起跳起舞来。至此，整个黑天本事大剧结束。

不论哪种黑天本事剧，上演时间都是 3 个小时左右。所需演员的数量不多，最多只需 6、7 个人，他们都是男性。通常是 4 个(有时 3 个)扮演牧区女郎，一个饰女主角罗陀，另一个演人主黑天。有时也需要 2 个人演黑天的伙伴。如果某个故事情节中需要多个牧女，饰演的那 3、4 个便会重复上场，同时扮演多个角色。如果需要黑天的养父母难陀和耶雪达这样的角色，乐队中的人就会临时出来饰演。不过，如果演大剧，因为需要多个黑天和更多的牧区女郎，就需要由几个剧团联合演出，才能收到最好的效果。

关于黑天本事剧的舞台布置等问题，苏希拉·提尔博士在《帕勒登杜时代的戏剧》一书中写道："黑天本事剧的舞台不大，其四面敞开，不用幕布，台上放置供黑天和罗陀坐的座位，座位四周有供牧区女郎坐的垫子。黑天和罗陀的座位正对面是乐队坐的地方。

演出时，演员自始至终都待在舞台上，而不像梵剧演出那样分幕、分场。观众可以自由散坐（或站）在舞台四周。实际上，黑天本事剧的舞台并不固定在某个特定的地方，它有很大的随意性。"① 贡沃尔昌德尔·伯勒格谢·辛哈博士却不这么认为，他写道："黑天本事剧的舞台布置很简单，而且很少的演员能完成所有情节。这种舞台演出产生、发展于北方邦马图拉的沃林达温地区，演出在那儿的神庙里进行。实际上，沃林达温的神庙是演出黑天本事剧的最佳场所。当然，也在其他公共场所或虔信者的家里演出。神庙的天井或其他用来演出的地方常常留出 20—22 英尺长、18—20 英尺宽的空地作为舞台，其中三面朝向观众，这就是黑天本事剧剧院。舞台的一边或正中间放置一个方形凳子，凳子上放有坐垫，这是罗陀和黑天的座位。座位的前面遮挡一块可以随时移开的蓝色或绿色或其他颜色的幕布。座位的正前面即舞台的另一端坐着乐队，正式演出前他们要唱赞美诗。"② 如此看来，印度学者在这方面的意见也不太统一。不过，从目前掌握的资料看，笔者认为上述两种布置都是可行的，而且都存在过③，也可能现在还存在，但现在的舞台多受现代技术的影响，相对来说要先进、豪华得多。总体看来，黑天本事剧的舞台布置不很复杂，观众观看很方便，可从不同侧面欣赏。

上面已经说过，黑天本事剧主要流行于伯勒杰方言区，即印度的北方邦及其附近地区。但这并不是说其他语言（或印地语方言）区就没有，比如阿萨姆邦的曼尼浦尔地区就有黑天本事剧的演出，

---

① सुशीला धीर, *भारतेन्दु-युगीन नाटक*, पृ.१८३.
② कुंवर चन्द्र प्रकाश सिंह, *नाटककार भारतेन्दु और उनका युग*, पृ. १६-१७.
③ 参见黄宝生:《印度古典诗学》，北京大学出版社 1993 年版，第 169—208 页。

而且影响很大。与伯勒杰方言区的演出不同的是，在曼尼浦尔地区，女人也可以参加演出。古吉拉特邦的格提亚瓦勒地区也有黑天本事剧的演出，表演者有男有女。在孟加拉和奥里萨等邦的不少地方，黑天本事剧的演出也比较普遍。因此，黑天本事剧的影响远远超出了印地语伯勒杰方言区，它几乎在中、北印度都有影响。

值得一提的是，黑天本事剧演出前，乐队必须唱赞美诗，诗歌多半是苏尔达斯等中世纪黑天派虔诚诗人的颂扬黑天神性的作品，或是取自《薄伽梵往世书》中的极有宗教色彩的诗行。此外，黑天本事剧必须以大团圆作尾，表现在舞台上就是罗陀和黑天或牧区女郎和黑天必须在一起，其实就是虔信者和被虔信者在一起，表明虔信的美好结果。这多半是宗教的需要。毗湿奴教派认为，演出和观看黑天本事剧也是和大神相交的一种手段，即信徒向梵奉献自己的一种方式。开演前的赞美诗是信徒对梵的礼拜之词，戏中的罗陀和牧区女郎等是信徒的代表，黑天则是梵的象征。梵是中心，信徒离不开这个中心，否则她们就会痛苦悲伤。这正是印度教的正统观点：人们应该虔信印度教大神，时刻追求"梵我合一"的至高境界，只有这样，才能实现人生的最终目标——进入梵的世界，达到梵我如一。戏中的大团圆结尾正象征了这一点。这就是黑天本事剧的宗教意义所在，也是其创造者的真正用意所在。

比起黑天本事剧来，另一种与印度教有密切关系的印地语民间戏剧——罗摩本事剧的影响更大，"印度全国各地都有罗摩本事剧的演出"[①]。不仅如此，印度以外的不少地区也有罗摩故事的流传及其民间方式的表演。印度尼西亚的巴厘岛、爪哇岛和斯里

---

① कुंवर चन्द्र प्रकाश सिंह, *नाटककार भारतेन्दु और उनका युग*, पृ. ४३.

兰卡等地罗摩本事剧的表演历史非常久远；柬埔寨、缅甸等地的表演历史也很长。北印度的戏剧传统可以追溯到吠陀时代（公元前1500—前400）。公元4、5世纪，古典梵语戏剧曾盛极一时，但10世纪前后开始衰落。不过，关于毗湿奴大神的化身罗摩的梵语戏剧却没有中断过，以罗摩功行为主体的戏剧创作及其舞台演出一直存在。早在吠陀时期和史诗往世书时期（公元前4—公元3、4世纪）就有关于罗摩出生等故事的舞台演出。公元2、3世纪的古典梵语戏剧家跋娑的《雕像》和《灌顶》[1]比较详细地表现了罗摩的故事，相信这些故事在当时的民间或正式舞台上都有演出。7世纪下半期、8世纪上半期的薄婆菩提创作了两部关于罗摩的剧本：《大雄传》和《后罗摩传》，[2]两部作品都是7幕剧，都取材于史诗《罗摩衍那》，都在神庙里上演过。8世纪后半期的牟罗利创作了7幕剧《无价的罗摩》，[3]剧作再现了《罗摩衍那》前6篇的故事。10世纪前半期王顶的10幕剧《小罗摩衍那》曾应曲女城太子默黑巴勒之命上演过。11、12世纪的主要剧作家有默图苏登·米德尔、达磨德尔·米希尔等，他们分别创作了10幕剧《哈奴曼剧》和14幕剧《大剧》[4]等。苏婆吒是13世纪的诗人，他的剧本《使者鸯伽陀》曾于1243年在一个国王的王宫中被搬上舞台，该剧表现的是罗摩的使者鸯伽陀去楞伽岛要求十首王罗波那交还悉多的故事。14世纪的杰耶德沃和15世纪的罗摩德沃等也创作了关于罗摩的

---

① 参见季羡林主编：《印度古代文学史》，北京大学出版社1991年版，第262—263页。

② 参见同上书，第300—303页。

③ 参见同上书，第306—307页。

④ 季羡林主编的《印度古代文学史》认为《哈奴曼剧》为14幕，《大剧》为10幕，参见该书第307页；笔者同意贡沃尔昌德尔·伯勒格谢·辛哈的观点，参见कुंवर चन्द्र प्रकाश सिंह, नाटककार भारतेन्दु और उनका युग, पृ. ४५।

剧本。由此可以看出，直到 15 世纪，罗摩故事的剧本创作和舞台演出还存在，所用语言是梵语。

那么，现在我们所说的罗摩本事剧是否就是这种舞台演出的印地语翻版呢？

"虽然罗摩功行的舞台演出的传统很古老，但由于时代和环境及组织演出者个人的不同，其形式和内容等总有些改变。今天印地语地区的罗摩本事剧就是由杜勒西达斯在前人的基础上改编创造的。"[1] 不过，笔者认为，比起创造来，杜勒西达斯的罗摩本事剧的继承性更大，他最大的功劳是把梵语变成了印地语（阿沃提方言），使罗摩的故事更通俗易懂，并使它由宫廷走入村庄，使老百姓更直接地接受它。

"杜勒西达斯（1532—1623）是印地语文学史上影响最大的诗人。他的《罗摩功行录》[2] 是印地语文学史上影响最大的作品，就是在印地语地区以外的其它地方，也有较大影响。"[3]《罗摩功行录》是杜勒西达斯在梵语史诗《罗摩衍那》的基础上用印地语阿沃提方言改写成的长篇叙事诗，是所有《罗摩衍那》的改写本中最出色的。他的罗摩本事剧的蓝本就是《罗摩功行录》。杜勒西达斯生前主要在阿逾陀和贝拿勒斯两个地方活动，他在这两个地方都组织演出过罗摩本事剧，但两地演出的时间和内容有些不同。贝拿勒斯在印历 7 月（阳历 9、10 月）演出，这是罗摩打败十首王罗波那[4]

---

① कुंवर चन्द्र प्रकाश सिंह, नाटककार भारतेन्दु और उनका युग, पृ. ४७.
② 又译作《罗摩功行之湖》（金鼎汉译，人民文学出版社 1988 年版）。
③ 刘安武：《印度印地语文学史》，第 115 页。
④ 大史诗《罗摩衍那》中的人物，是楞迦国（今斯里兰卡）国王，主恶，由于得到印度教三大神之一大梵天（创造神）的恩惠，神、魔都杀不死他，后为毗湿奴神化身罗摩（半人半神）所除。

的日子，演出内容多半与此有关，"罗波那劫掠悉多①""罗摩寻找悉多""哈奴曼火烧楞迦城""罗摩大战罗波那""罗摩登基"等是表现的主要故事。阿逾陀的演出在印历1月（阳历3、4月），即罗摩出生的日子，"十车王②大祭""罗摩出世""罗摩兄弟学艺""罗摩迎娶悉多"等是演出的主要内容。不过，阿逾陀的传统后来在本地中断了，这个地区现在的演出大都因袭贝拿勒斯的模式和时间。也就是说，北印度的大部分地区继承了贝拿勒斯传统，只有少数地方有在印历1月演出的习惯，如中印度的摩腊婆、北印度的拉贾斯坦等地。

罗摩本事剧的基础是《罗摩功行录》，表演者一般不对话，台下或幕后有人专门颂唱《罗摩功行录》，且有音乐伴奏。表演者必须非常熟悉书中的内容，因为他必须在音乐声中演出台下或幕后唱出来的故事，还得使观众明白。有时也有对白，这就要求演员背诵出《罗摩功行录》中相应的内容。在这种情况下表演时，幕后往往有专人注意监听演员的对白，以便在演员出错时及时提醒和纠正。

罗摩本事剧的舞台设置与黑天本事剧的稍有差别，"罗摩本事剧的舞台比黑天本事剧的更贴近梵语戏剧舞台，尽管它不分幕次和场次，但仍用幕布，最少两块。台下有一人专门颂唱《罗摩功行录》，中间也偶尔会插上几句大白话"③。也就是说，舞台一面用幕布遮出一个后台来，另三面朝向观众，台下或舞台的一端坐着乐队和朗诵者。不过，现在的罗摩本事剧舞台受现代技术的影响很大，采用了高级的幕布和豪华新奇的灯光，大海的形状、颜色和波浪等

① 罗摩的妻子，遮纳竭国公主，大地的女儿。
② 罗摩的父亲，阿逾陀国国王。
③ सुशीला धीर, *भारतेन्दु-युगीन नाटक*, पृ.१८४.

可被逼真地表现在演员背后的幕布上，再配上仿真的音响，使观众有身临其境之感。有的演出还采用了特技，使神猴哈奴曼渡海、罗摩乘飞船等场景非常精彩。但演员的无声动作及舞蹈仍是最重要的，真正行家欣赏的就是这部分，而这是现代手段所取代不了的。

　　拉贾斯坦地区的阿逾陀传统的罗摩本事剧值得一提，那儿有不少罗摩本事剧剧团，有商业性的，也有非商业性的。他们大都在印历1月前后活动，常常搞巡回演出，演出的内容已不限于童年罗摩的故事，从罗摩出生到成人后的种种功行故事都是上演的题材。这里的罗摩本事剧一般在一个大的空场上演出，空场中央搭一个露台，四面敞开，台上支起大天篷，这就是舞台，台下有乐队，所有演员自始至终都待在舞台上。正式开演前，乐队及演员要一起唱赞美诗，赞颂印度教诸大神，然后才转入演出阶段。表演时，演员随着音乐以韵文进行对话，并做各种舞蹈动作。当然，拉贾斯坦人也庆祝罗摩胜利日，但他们不表演罗摩本事剧。在胜利日这段时间里，人们往往用芦苇和纸做成十首王罗波那的模型，把它高高悬在空中，然后进行一系列的纪念活动，最后将罗波那模型付之一炬。这与印度其他不少地区在罗摩出生日不进行罗摩本事剧的表演而用其他方式来纪念罗摩的道理是一样的。

　　杜勒西达斯开创的这一印地语形式的罗摩本事剧对印地语戏剧文学有很大的影响。"在虔诚文学时期[1]，诗人伯拉纳金德和诃利德耶罗摩很可能就是受到罗摩本事剧的影响才分别创作出《罗摩衍那大剧》和《哈奴曼剧》来的。"[2] 在它的影响下，利旺地区的

----

① 参见刘安武：《印度印地语文学史》，第115页。

② कुंवर चन्द्र प्रकाश सिंह, नाटककार भारतेन्दु और उनका युग, पृ. ५०.

土邦王维谢沃纳特·辛哈创作了被不少人看作是印地语第一个文学剧本的《罗摩乐剧》。甚至在 19、20 世纪也出现了不少受罗摩本事剧影响的剧本，如乌德耶的《哈奴曼剧》、诃利拉耶的《悉多-罗摩功行》以及罗什曼谢仑·马图格尔的《罗摩本事乐剧》等等。印地语现代文学的开创者帕勒登杜虽然没有写过这方面的剧本，但他曾在贝拿勒斯参加组织过罗摩本事剧的表演，而且还为演员写了不少台词，这些台词至今还被完好地保存着。与帕勒登杜同时代的不少作家也受到了罗摩本事剧的影响，他们写出了不少作品，比较重要的有伯列默肯的《罗摩来到伯勒亚格》、伊希沃利·伯勒萨德的《悉多的幸福》、达磨德尔·夏斯德里的《罗摩本事剧》，以及杰沃拉·伯勒萨德·米希尔的《罗摩本事剧》和《悉多林居》等等。

虽然罗摩本事剧和黑天本事剧一样是宗教色彩浓厚的民间戏剧形式，但两者的宗教意义却不尽相同。印度人认为，罗摩是个历史人物，他曾是阿逾陀的国王，是个极重道德、**爱护**百姓、受人敬仰的明君，是印度教社会的理想君主。黑天则不同，他是个象征性的人物，确实是"神的化身"，他是人们心目中的永恒存在。尽管两剧都倡导印度教、教人们信仰大神化身，其方式却不同，罗摩本事剧告诉人们，什么样的人是圣洁的、是道德和法的尊奉者和维护者；并告诫人们，只有遵守法、虔信印度教和大神，才能得到现实生活中的安宁和精神上的贴近神灵。黑天本事剧则向人们展示了另一面，即人们心目中的那个渴求与梵合一的永恒点，这一点集中体现在牧区女郎等对黑天的依恋上，说明只有朝思暮念才能获得与神灵亲近的道理。这两种方式的本质是一致的，都是劝人朝向印度教、虔信印度教大神。究其历史意义，一是宣传印度教及其教义；二是力求在世人心目中树立起反对外来伊斯兰教的大旗，达到复兴印度古老传统、"拯救"印度教的目标。究其现代意义，一是提倡民族文化，发扬传统文化；二是劝人为善，净化心灵。自然，从某种意义上说，这种宣传也有消极的一面，这就看印度国人如何理解了。

二、近代以前的印地语戏剧文学

从对印地语民间戏剧的研究中我们得知，印地语民间戏剧自15世纪出现后一直兴盛不衰，流传很广，在印地语各方言区影响很大。由于这种影响，近代以前的不少印地语诗人尝试起文学剧本的创作，开始了印地语文学戏剧的历史。

这类早期剧本与古典梵语戏剧和西方戏剧差别很大，它既没有以前者为蓝本，也没有后者那样强的戏剧性。正因如此，一些人便认为印地语戏剧在近代以前根本不存在，他们下结论说印地语文学戏剧的历史从近代才开始，西沃丹·辛赫·觉杭就这么认为，他说："一般说来印地语中戏剧的发展是从帕勒登杜·赫利谢金德尔所创作的第一部笑剧《按〈吠陀〉杀生不算杀生》（1873年）开始的。"[1] 这种看法显然很片面，"认为印地语文学戏剧从近代才开始的观点是建立在这样错误认识的基础上的，即和西方戏剧不同的戏剧就不是戏剧"[2]。贡沃尔昌德尔·伯勒格谢·辛哈博士只看

---

[1]　〔印〕西沃丹·辛赫·觉杭：《印地语文学的八十年》，刘安武译，载刘安武主编：《印度现代文学研究》，中国社会科学出版社1980年版，第118页。

[2]　कुंवर चन्द्र प्रकाश सिंह, नाटककार भारतेन्दु और उनका युग, पृ. ६१.

到了问题的一个方面,因为不少评论家认为和古典梵语剧本不同的剧本也不能算作剧本。当然,事实胜于雄辩,现在的材料表明印地语戏剧开始很早。不过,这一事实是存在的,即早期的印地语剧本一直没有什么影响,戏剧性也不强。那么,印地语文学戏剧到底开始于什么时候呢?专家学者在这方面多有异议,归结起来主要有四种观点:(1)开始于13世纪,这主要是印地语著名戏剧研究家德希勒特·沃恰博士的看法,他认为,印地语的第一个剧本产生于13世纪,这便是用阿伯珀仑谢语和西部拉贾斯坦语的混合语写成的《信使情味剧》①。(2)产生于14世纪前后,以苏希拉·提尔博士为代表的学者认为,"14世纪前后出现了印地语戏剧创作和翻译剧本"②,因为那时迈提里方言的著名诗人维德亚伯蒂曾创作了剧本,并出现了用这一方言翻译的剧本。(3)产生发展于17世纪。(4)产生发展于19世纪,这在前一段已有论述。比较起来,第三种看法比较普遍,许多学者都持这种观点。笔者也同意这种看法,并认为如下原因可支持这一观点:(1)《信使情味剧》的语言问题有待进一步探讨;(2)维德亚伯蒂开创的戏剧传统只在阿萨姆、尼泊尔等地区有影响③,其剧本本身也不能被看成是印地语作品;(3)13、14世纪以后并没有《信使情味剧》等的后继者;(4)自17世纪初期起,印地语不少方言中都产生了戏剧作品,数量比较多、内容比较丰富,最重要的是,这一状况一直延续了下来。因此,从产生及其历史继承、语言等各方面看,17世纪初都是印地语戏剧的开端时期。不过,笔者认为,印地语戏剧产生发展于17世纪与此前

---

① 参见दशरथ ओझा, *हिंदी नाटक: उद्भव और विकास*, पृ. ८०-८३。
② कुंवर चन्द्र प्रकाश सिंह, *नाटककार भारतेन्दु और उनका युग*, पृ. ५८.
③ 〔印〕西沃丹·辛赫·觉杭:《印地语文学的八十年》,第118—119页。

出现几部印地语的零星剧本并不构成矛盾，这就好像我们并不能把 400 年前的一篇孤零零的汉语白话文及其创作时间当成现代汉语白话文产生的母体及时间一样，我们都会承认 400 年前的那篇白话文是个存在，而现代白话文的产生发展时间是 20 世纪初期，并非 400 年前。

产生初期即近代以前的印地语文学戏剧的情况如何呢？以下将以题材为基点分三个方面来论述这个问题。

（一）与罗摩故事有关的戏剧

在"印地语民间戏剧"一节中笔者曾提及印地语民间戏剧对印地语文学戏剧的影响，在这一影响中，尤以罗摩本事剧的影响为最大，这与印度教社会背景有很大关系。在罗摩故事类的初期印地语剧本中，前面提及的《罗摩衍那大剧》是其中较早的一部。从现有资料看，《罗摩衍那大剧》也是近代以前印地语文学戏剧的最早的几部剧本之一。剧本的作者是伯拉纳金德·觉杭，他的生平不详。在创作《罗摩衍那大剧》时，他吸取了蚁垤仙人和杜勒西达斯创作《罗摩衍那》和《罗摩功行之湖》的某些手法。《罗摩衍那大剧》创作于 1610 年，为诗剧，剧本用双行诗和四行诗表现了印度教毗湿奴大神化身罗摩的功行。全剧共分 10 幕，为了便于上演，作者减少了人物数目，并采用了旁白、独白等叙事写作手法。不过，总体说来，这个剧本的戏剧性不强，诗歌色彩很重，作者"用（诗歌）对话的方式而不是用戏剧的方式创作了它，剧本的语言美且易懂，但更接近诗歌"[①]。这个剧本的影响不大。

诃利德耶罗摩的《哈奴曼剧》也是罗摩故事类的剧本，作品写于 1623 年，再现了《罗摩衍那》的主体故事，戏剧性也不强。不少

---

① ब्रजरत्न दास, *हिंदी नाट्य साहित्य*, बनारस: हिंदी साहित्य कुटीर, १९४९, पृ. ५७.

人认为这个剧本是默图苏登·米德尔的梵剧《哈奴曼剧》的印地语译本。不过，德希勒特·沃恰博士反对这种看法，在《印地语戏剧：产生和发展》一书中，他列举了 5 条理由来证明这是诃利德耶罗摩的独立创作。他说，"在情节的布局和对话的安排等方面诃利德耶罗摩的《哈奴曼剧》与同名梵剧存在着如此大的差别，以至不能说前者是后者的译本或改编。"① 这不无道理，我们绝不能以书名和内容相似为依据作出武断的结论。实际上这种现象在古代印度很常见，取材于史诗、往世书的同名且内容相近的独立创作很多。

《罗摩衍那大剧》和《哈奴曼剧》以后又出现了不少罗摩故事类的剧本，如诃利拉耶的《悉多-罗摩功行》、罗什曼谢仑·马图格尔的《罗摩本事乐剧》以及维谢沃纳特·辛哈的《罗摩乐剧》等等。在这些剧本中，《罗摩乐剧》最为有名，不少印地语文学理论家认为它是印地语文学戏剧的第一个剧本，影响不小。

《罗摩乐剧》的作者维谢沃纳特·辛哈是利旺地区的土邦王，生于文学世家，在位 33 年（1821—1854），据说他有 30 多部作品传世，不可信。他的家族是大神化身罗摩的皈依者，因此他的作品多与罗摩故事有关。《罗摩乐剧》是他的最有名的作品之一，剧本共分 7 幕，表现了从罗摩出生到他灌顶为王的整个故事。剧本的基本情节是这样的：第一幕讲述自罗摩出生到他与悉多结婚的故事，其中有"罗摩出世""罗摩杀死森林魔王""悉多选婿"等场景，这幕有近 30 场戏。第二幕讲述自吉迦伊②向十车王提出无理要求到罗摩开始流亡生活的故事，其中有"宫廷阴谋""罗摩要

---

① दशरथ ओझा, *हिंदी नाटक: उद्भव और विकास*, पृ. १२३.
② 十车王的小王后。

求林居""婆罗多追赶罗摩"等场景。第三幕讲述罗摩等的林居
生活，其中有"罗摩与仙人交谈""巨爪挑逗罗摩兄弟""罗什曼
那①惩治巨爪""悉多遭劫"等场景。第四幕讲述罗摩兄弟在猴国
的情况，其中有"会见妙项""射杀波林""妙项登基""哈奴曼跃
海"等场景。第五幕讲述哈奴曼在楞伽城的故事，其中有"大闹无
忧园""会见悉多""火烧楞伽城"等场景。第六幕讲述罗摩大战
罗波那的故事，其中有"杀死罗波那""悉多获救""维毗沙那②登
基""返回阿逾陀"等场景。第七幕讲述罗摩等回国的情况，其中
有"罗摩会见婆罗多""罗摩灌顶为王"等场景。值得一提的是，
在罗摩登基时，王宫中来了许多祝贺的人，其中竟有欧洲人、阿拉
伯人和土耳其人，使剧本与作者所处的 19 世纪的印度社会接近了
许多，这是作者的创造。

　　《罗摩乐剧》与其他早期印地语剧本不同，它更接近古典梵
语戏剧，它的语言风格是韵散杂糅、变化多样；它分 7 幕，每幕又
分许多场次；它有开场献诗、序幕、终场祝辞；它的结尾是"大团
圆"收场；等等。因此，德希勒特·沃恰博士认为它是印地语梵剧
风格的第一个剧本。沃恰博士认为，《罗摩乐剧》非常符合印度古
代戏剧理论之王婆罗多写的《舞论》的要求，在语言方面尤其如
此。《舞论》要求，语言一定要与人物的身份相符③，"他（维谢沃纳
特·辛哈）始终牢记婆罗多仙人关于戏剧语言的规则，这就是，各
个角色的语言要自然，角色是哪个地方的，他就使用哪个地方的语
言。剧作家完全遵从了这个规则，所以，这个剧本中的语言不止一

---

① 罗摩的同父异母弟弟，也是他的坚定追随者。
② 罗波那的弟弟，罗摩的追随者。
③ 参见黄宝生：《印度古典诗学》，第 119—131 页。

两种,(在以印地语为基础语言的前提下),它容纳了印度的好多种语言,如蛇族姑娘使用那伽语言;迈提里地区的歌者在悉多选婿大典上用迈提里方言唱歌;当即将去森林流亡的罗摩见到农妇时,农妇则使用阿伯珀仑谢语;当罗摩进入马拉塔山区时,当地人就用马拉提语;当罗摩南进到加罗那达迦地区时,剧中人就用加罗那达迦语。就这样,达罗毗荼语和卑夏吉语(俗语的一种)也成了剧中角色的使用语言"。① 德希勒特·沃恰博士认为这个剧本非常成功,他认为剧本中的人物和自然配合得非常协调,"剧中人物的行为、心情等常常由自然物来衬托,以至鹧鸪会和罗摩一起哭泣,鸟类会为他上战场,大海会为他让路"。②

也有不少人认为《罗摩乐剧》并不成功,"剧作者想把《罗摩衍那》的所有故事在一个剧本中表现出来的努力没有成功,他只是简单地说了出来,而没有照顾到情节方面"③。好多人认为在一部作品使用这么多语言也不是件好事,伯勒杰尔登·达斯博士写道:"梵语、波斯语、卑夏吉语、马拉提语以及英语等的使用令人觉得滑稽可笑,给人的印象只是作者懂得这些语言。"④ 此外,作品中的人物也太多,有上百个,根本无法表现出主要角色罗摩的功行来。

不过,从某种意义上说,《罗摩乐剧》还是比较成功的,它使印地语戏剧文学发生了转向,即在形式方面向古典梵语戏剧靠近。它倡导的使用开场献诗、序幕等创作方法为后来的剧作家所接受,

---

① दशरथ ओझा, *हिंदी नाटक: उद्भव और विकास*, पृ. १४१.
② दशरथ ओझा, *हिंदी नाटक: उद्भव और विकास*, पृ. १४७.
③ ब्रजरत्न दास, *हिंदी नाट्य साहित्य*, पृ. ६३.
④ ब्रजरत्न दास, *हिंदी नाट्य साहित्य*, पृ. ६३.

帕勒登杜时代的大部分剧作家都采用了这种手法，甚至现代时期的杰耶辛格尔·伯勒萨德也在作品中应用了这一方法。维谢沃纳特·辛哈使用伯勒杰方言韵散杂糅的语言风格也影响了后来的印地语剧作家，他的注重音乐效果的风格以及分幕分场的方式也为印地语戏剧的后来者所继承。

（二）与黑天故事有关的戏剧

黑天本事剧及有关黑天的宗教故事在印度民间有很大影响，在印地语文学舞台上也占有很重要的地位。这一影响也涉及近代以前的印地语文学戏剧领域。不少剧作家以黑天的故事为素材、参照黑天本事剧创作剧本，如克里希纳吉温·勒奇罗摩的《抚养》（1715）、索摩纳特·马特尔的《马特沃之戏》（1752）等。19世纪，诗人格内希（1793—1852）创作的《伯尔德由门纳的胜利》也以黑天的故事为题材，这个剧本有一定的影响。

《伯尔德由门纳的胜利》实际上不是主要表现黑天的功行，而是写黑天的儿子们的婚姻以及天神和罗刹之间争斗的故事，自始至终，黑天只是个配角，但剧中的情味与黑天本事剧中的相似。《伯尔德由门纳的胜利》共分7幕，形式类似于古典梵语戏剧，开场献诗以后，舞台监督（导演）上场称颂作者格内希所依附的迦尸（贝拿勒斯）土王，然后介绍作者和剧情，此后戏剧正式开始。剧情大致如此：第一幕，天神之王因陀罗请求黑天把罗刹王温吉尔纳特的神甲转赐给他，黑天让他去见他的父亲迦叶波仙人。因陀罗和温吉尔纳特来，他们的母亲阿堤提和堤提正在争吵，迦叶波最终决定将自己的国土一分为二，让两族儿子分疆而治，这便有了以因陀罗为主的神国和以温吉尔纳特为王的罗刹国，此后双方争斗不休。第二幕，黑天让儿子伯尔德由门纳、格德、桑卜和乐舞者一起去罗刹城帮助天神们作战。第三幕，天鹅女神与黑天夫妇交谈，她建议黑天让儿子伯尔德由门纳去罗刹城，因为她想撮合罗刹王温吉尔纳特的女儿伯尔珀沃蒂和他的婚事；黑天说儿子们已去了罗刹城。第四幕，乐舞者在罗刹朝廷中表演了两个戏剧，一个是《罗摩功行》，另一个是《战斗》，作者在剧中对两个戏剧都作了简单的描述。第五幕，天鹅女神带伯尔珀沃蒂来见伯尔德由门纳，两人以干达婆①方式结了婚，此后作者对新婚夫妇的亲昵行为和性生活等有不少描写。第六幕，在天鹅女神的建议下，伯尔珀沃蒂的两个妹妹昌德尔沃蒂和古纳沃蒂与伯尔德由门纳的两个弟弟格德和桑卜也以干达婆方式结了婚。第七幕，罗刹王温吉尔纳特知道女儿们的婚事后很生气，对天神发动战争，结果全军覆没。最后伯尔德由门纳兄弟等带着妻子们胜利回国。

《伯尔德由门纳的胜利》主要是用韵文写成的，只在第五幕中有一些非韵文。作者格内希是个很出色的诗人，剧本中的诗歌写得相当好，情味很浓，对景色的描写也很美。不过，作者虽然了解梵语戏剧的规则并遵从了梵剧的形式，但这只是表面的，因为剧本中的诗歌占绝对主导地位，整个作品像一部长篇叙事诗，戏剧性很差，这也许是它没有《罗摩乐剧》影响大的主要原因。

（三）其他

近代以前的印地语戏剧中还有不少不属于以上两类的剧本，这类剧本中有创作剧，也有翻译剧，以下介绍比较有影响的几部。

17 世纪中期以后出现了几部《觉月升起》，它们都是梵语剧本

---

① 既无父母之命，也无媒妁之言，不举行任何仪式的自由婚姻即为"干达婆"结婚方式。

《觉月升起》的印地语译本。梵剧《觉月升起》是象征剧[1]，作者是11世纪的克里希纳弥湿罗。[2]"据现有资料，这种古典梵语戏剧类型的开创者是1、2世纪佛教诗人和戏剧家马鸣。"[3]但马鸣之后至11世纪的近一千年间几乎没有再出现过这类作品，因此克里希纳弥湿罗的《觉月升起》有很重要的意义。克里希纳弥湿罗之后，有不少梵语剧作家效仿他，创作了不少同类剧本，如13世纪名护的5幕剧《征服痴迷记》、16世纪菩提婆·首格罗的5幕剧《正义胜利记》、17世纪高古罗纳特的5幕剧《甘露的产生》以及18世纪吠陀迦维的7幕剧《生命的欢乐》等。受此影响，印地语戏剧中也产生了不少同类作品，如后面将要介绍到的《幻境的骗局》以及帕勒登杜的《印度惨状》等。

　　梵剧《觉月升起》的作者克里希纳弥湿罗的生平不详，"从序幕中得知，作者是为庆祝吉尔提沃尔曼王战胜迦尔纳王而创作此剧的。据铭文记载，这两位国王都是11世纪人。此剧共分6幕，以哲学概念为人物，以宫廷斗争为剧情，宣传毗湿奴教不二论哲学观点。它描写'原人'和妻子'幻觉'生下'心'（国王）。'心'的两个妻子'有为'和'无为'分别生下儿子'痴迷'和'明辨'。这两个兄弟为争夺王权和国土发生冲突，导致大战。属于'痴迷'一方的有'爱欲'、'愤怒'、'贪婪'、'欺诈'、'自私'、'欢情'、'谬误'、'杀生'、'渴望'和'邪命外道'等。属于'明辨'一方的有'理智'、'求实'、'仁慈'、'和平'、'信仰'、'忍耐'、'知足'、'友

---

[1] 也叫哲学讽喻剧。
[2] 参见季羡林主编：《印度古代文学史》，第307页。
[3] 同上书，第308页。

谊'和'虔诚'等。最后,'明辨'一方获胜"①。

梵剧《觉月升起》的几部印地语译本与原剧相差无几,连幕次、场次等都没有什么变化。第一个译本出现于1643年,译者是觉特布尔地区的土邦王杰斯文德·辛赫(1638—1678在位),他将梵文韵文译成印地语韵文,将梵文非韵文译成印地语非韵文,其中非韵文译得尤其好,韵文诗歌也不错。26年后,即1669年,阿纳特达斯又翻译了一遍,他的译文全用印地语双行诗,没有非韵文,连非正文的提示语也是双行诗。现在所知道的第三个译本出自伯勒杰洼西达斯之手,翻译于1760年,这个译本也全用非韵文形式,大多数诗歌是双行诗和四行诗。此后,阿纳德、阿逾陀伯勒萨德·觉特里等人也翻译过,后者用的是印地语克利方言,更接近标准印地语。

上述提到的《幻境的骗局》是创作剧,作者是德沃德特(1673—1769)。德沃德特是诗人,也是文艺理论家,他的主要作品有《情意乐章》《帕瓦尼乐章》《情味乐章》《爱之光》等。《幻境的骗局》是他唯一的一部戏剧作品,创作于1755年前后,作品为诗剧,共分6幕。"它的情节是这样的:一个完人有两个妻子,一是天性,一是幻境。天性生了个女儿叫智慧,幻境生了个儿子叫心灵。心灵受幻境极大的影响,他对父亲、另外一个母亲天性和姐姐智慧都很反感,而完人完全陷入幻境的圈套。智慧很难过,她找不到出路,后来经过传言的指点,她和善处相遇。这时真理一方和虚妄一方正进行斗争。由于理论的开导,心灵的错觉得以消除,他摆脱了幻境的控制而投向智慧和父亲完人那里。虚妄在斗争中失败,完

---

① 季羡林主编:《印度古代文学史》,第307页。

人得以摆脱幻境的圈套，最后，天性、心灵和智慧都和完人汇合在一起。"①

从剧情内容可以看出，《幻境的骗局》和《觉月升起》同出一辙，同样带有宗教哲学意味。这种使抽象事物人格化的戏剧创作手法被近代不少剧作家所采用，以后将有所涉及。和梵语剧本《觉月升起》一样，著名梵语戏剧家迦梨陀娑蜚声世界的戏剧《沙恭达罗》也有不少印地语译本，这种一流作品的成功译本对印地语戏剧的发展大有裨益。在众多的译本中，内瓦吉的译本属于比较早的一部，译于1680年。这个译本很成功，所用语言是印地语伯勒杰方言，全用韵文，主要是双行诗和四行诗，内容与原作相差不大，但形式稍有变动，原作是7幕，译本改为4幕。

罗什曼·辛哈（1813—1896）是介于近代以前和近代之间的翻译家，他不仅翻译，也独立创作。罗什曼·辛哈在英语学校高中毕业，精通梵语、印地语、孟加拉语和波斯语等。1850年他开始在英印政府中供职，1870年获得"土王"称号。他写了好几部著作，但他的译作更为有名，有关迦梨陀娑作品的译作最引人注目。他译过迦梨陀娑的抒情长诗《云使》、叙事长诗《罗怙世系》以及剧本《沙恭达罗》等。他先后两次翻译《沙恭达罗》，第一个译本于1863年出版，这个译本全用非韵文；第二个译本于1888年出版，这个译本采用韵散杂糅的形式，即原作中的韵文译成伯勒杰方言韵文、非韵文译成标准印地语白话。第二个译本比第一个更受欢迎，是最好的《沙恭达罗》印地语译本之一。在第二个译本中，"原著中的意思被表达得很清楚，没有任何令人不解的地方。由于译

① 刘安武：《印度印地语文学史》，第175—176页。

者主张使用标准印地语,因此译著中一个乌尔都-波斯语词都没有。尽管如此,译本仍然充满情趣,而且通俗易懂。虽然是译文,但我们从中可感受到原著的风采"①。

在《戏剧》一文中,帕勒登杜认为《罗摩乐剧》应该算作印地语的第一个剧本。同时他认为,《罗摩乐剧》虽然形式符合"戏剧"的标准,不过诗歌色彩太重,不能算作标准的印地语剧本。因此他又说:"真正符合标准的印地语的第一个剧本出自我的诗人父亲格里特尔达斯之手。"② 这个剧本便是《友邻王》。

《友邻王》写于1857年③,是近代以前的印地语戏剧文学的后期作品,其作者格里特尔达斯是帕勒登杜的父亲,原名叫戈巴尔·金德尔(1883—1860)。据帕勒登杜回忆,他是个开明的印度教徒,在印度教社会还不太接受英语教育的情况下,他率先把自己的孩子们送进英语学校学习,并让大女儿进女子学校接受正规教育。格里特尔达斯创作了不少作品,帕勒登杜说:"父亲只活了27年,但在这么短的时间里他写出了40部作品,其中包括《大力罗摩故事》《格尔格本集》《〈罗摩衍那〉的语言》《杰拉森特之死》和《情味宝》等大部头的作品。"④《友邻王》也是一部重要的作品,但现已残缺,现存开场献诗、序幕及第一幕,其余部分已佚。开场是一首双行诗,然后舞台监督(导演)及助手和一个女演员上台介绍剧情。在他们的交谈中第一幕正式开始:天神之王因陀罗上台,他因杀死弗粟多而犯了杀害婆罗门罪,他很担心,见有人过来,便

---

① ब्रजरत्न दास, *हिंदी नाट्य साहित्य*, पृ. ६६.
② ब्रजरत्न दास, सं., *भारतेंदु-ग्रंथावली*, वाराणसी: नागरीप्रचारिणी सभा, १९५०, पृ. ७४२.
③ 另一说《友邻王》创作于1841年,有误,参见刘安武主编:《印度现代文学研究》,第119页;以及ब्रजरत्न दास, सं., *भारतेंदु-ग्रंथावली*, पृ. ७४३。
④ ब्रजरत्न दास, सं., *भारतेंदु-ग्रंथावली*, पृ. ७४३.

仓皇逃跑。接着因陀罗的儿子杰严德和戈尔蒂格耶上台，他们在交谈中描述了因陀罗杀死弗粟多的情况。这时，因陀罗的车夫马德利来告诉他们说因陀罗逃跑了，于是他们便一同去寻找天王。第一幕到此结束。另据帕勒登杜的文章《戏剧》，我们可以弄清以后的内容："天王因陀罗因犯杀死婆罗门罪而下台，尘世国王友邻王因品德高尚被举为天王。但当了天王后，友邻王开始高傲起来，竟去勾引因陀罗的妻子舍脂，舍脂不从，他又让七大仙人为他抬轿，为此，敝衣仙人诅咒了他。（最后，友邻王被赶下天王宝座），因陀罗复位。"[1] 不过，据现有资料，我们还弄不清《友邻王》到底有几幕几场。

《友邻王》是用印地语伯勒杰方言创作的剧本，与维谢沃纳特·辛哈的《罗摩乐剧》一样，它继承了古典梵语戏剧的不少传统：它的语言很美，也是韵散杂糅，韵文和非韵文的比例大约为3：1；它有开场献诗、序幕，也分幕分场。不仅如此，它比《罗摩乐剧》还有许多优点：它只用一种语言——伯勒杰方言；剧中人物不多，场景也不像《罗摩乐剧》那样多、那样烦琐。因此，帕勒登杜在承认《罗摩乐剧》的同时认为《友邻王》是"真正符合标准印地语的第一个剧本"。令人遗憾的是，《友邻王》早已残缺不全，而且没有正式发表过，它对印地语文学，特别是对印地语戏剧文学的影响反而不如《罗摩乐剧》大，"声誉"也没有《罗摩乐剧》高。

在这第三类剧本中，锡克教第十代祖师戈温德·辛哈的《怪剧》也值得一提。锡克教的不少祖师都是很著名的文学家，戈温德·辛哈也同样，他创作了许多充满英雄气概的诗歌。《怪剧》虽

---

[1] 《戏剧》一文见 ब्रजरत्न दास, सं., भारतेंदु-ग्रंथावली, पृ. ७५२।

然名为戏剧，但其戏剧性很差，"这并非像书名所显示的那样是一部戏剧作品，从文学眼光来看，它更像一部长诗"①。"剧本采用了双行诗、四行诗等形式，而且没有按剧本的要求分幕分场，而是像长诗一样分成14篇。"②《怪剧》的内容与古代印地语戏剧的其他作品相差很大，其他剧本大多与现实关系不大，而《怪剧》却不这样，作者从现实出发，在剧本中表现了当时印度社会的宗教状况，不仅批评了印度教的虚伪和仪式的烦琐，还抨击了伊斯兰教的狭隘，并通过展示自己的生平事迹，阐发了自己的宗教和社会观点。当时，戈温德·辛哈正和伊斯兰教朝廷作对，他一面忙于征募军队，一面忙于应付随时可能发生的战斗，同时，他还以斗志昂扬的诗歌来激励将士。他也注意到了当时的印地语文坛，他反对作家沉迷于个性的放荡和宗教的偏执，反对创作没有生活热情的文学作品，"祖师在《怪剧》中批评当时的戏剧不合时宜，（抱怨）缺少英雄故事作品"。③ 所以，他自己的作品多与社会现实关系密切，诗歌如此，剧本《怪剧》也如此。从这个层面上看，《怪剧》比其他近代以前的印地语剧本更具社会意义。遗憾的是，绝大多数印度国内外的文学评论家都没有注意到这一点。戈温德·辛哈主张从社会现实出发创作剧本的观点在近代以前的印地语戏剧文学中没有得到实现，但在近代以后实现了，帕勒登杜等戏剧家着眼于社会现实，创作了许许多多符合祖师标准的剧本。

　　以上介绍了近代以前的印地语戏剧文学的情况。从介绍中我

---

① कुंवर चन्द्र प्रकाश सिंह, *नाटककार भारतेन्दु और उनका युग*, पृ. ६५.
② कुंवर चन्द्र प्रकाश सिंह, *नाटककार भारतेन्दु और उनका युग*, पृ. ६६.
③ दशरथ ओझा, *हिंदी नाटक: उद्भव और विकास*, पृ. १२४.

们不难发现，近代以前的印地语戏剧文学还不够成熟。在形式方面，剧本多像长诗，戏剧性太差，诗歌色彩太浓重；在语言、人物数量、结构布局等方面也存在很多缺点；在内容方面，作品很少创新，多重复前人的东西，宗教神话色彩浓厚，与社会现实关系不大，绝大多数剧作家不关心国家民族的前途、看不到劳动人民的苦难。

　　但是，无论如何，印地语戏剧文学在近代以前就已产生、发展这个事实是不容怀疑的，它是近代印地语戏剧文学的一份遗产，也是促成近代印地语戏剧文学辉煌的因素之一。许多文学评论家戴着有色眼镜看待这个问题是不妥的。

第二章 近代印地语戏剧文学
（1857—1905）

一、近代印地语戏剧文学的社会历史背景

1858 年英国女王颁布诏书,宣布废除早已名存实亡的印度莫卧儿皇帝,宣告自己为印度女皇,并以自己的名义治理印度。由此,印度完全沦为英国的殖民地,英国政府直接派员成立英印殖民政府,开始直接统治印度。1905 年,由于英印殖民政府分裂孟加拉,印度资产阶级发起反分裂运动,这场运动很快"发展成全印运动。在提拉克为代表的小资产阶级民主派提出'四点纲领'后,运动有了更高的政治目标——争取实现司瓦拉吉（自治）。抵制英货、司瓦德西（提倡国货）、民族教育都被看作是实现司瓦拉吉的具体手段。当工人、农民参加运动后,他们又把改善自己经济地位的要求带到运动中来"①。印度人民的反英斗争从此迈上了一个新台阶。可以这么说,1858—1905 年是英国政府直接统治印度的第一个时期,同时又是印度人民进行更大规模反英斗争的一个酝酿准备阶段。

---

① 林承节:《印度民族独立运动的兴起》,北京大学出版社 1984 年版,第 393 页。

　　英王政府直接统治印度后，英国人虽然口头上说为印度人民着想，实际却并不如此，他们制定任何政策都从本国利益出发，在经济方面尤其如此，这就使印度劳动人民的经济处境不仅得不到改善，甚至比以前更坏。林承节教授在《印度民族独立运动的兴起》一书中指出，19世纪下半期至20世纪初的印度农村仍然突出地存在着三大问题：（1）土地税过重且不固定；（2）高利贷猖獗，农民土地被兼并的过程继续恶性发展；（3）在各种地主土地所有制下耕种土地的佃农依然受到沉重的封建剥削。成为殖民地前，剥削农民的只有印度的封建地主阶级，现在又多了英国政府，农民的处境更为悲惨。工人无产者的状况如何呢？由于剥削加重，许许多多的农民失去土地，成为无产者，被迫在新建起来的工厂中当工人，"印度工人阶级在19世纪末为80万人，到20世纪初，约有100万人……其中大部分人在英资企业（铁路、黄麻厂、煤矿等）中工作，在印资企业的主要是纺织工人。无论在英资还是印资企业，他们都遭受极其残酷的剥削和压迫，生活如同牛马。工资极低"。[①]

　　因此，农民、工人不断起来斗争，起义、罢工时有发生。不过，就其实质，这一时期的工人、农民斗争只停留在经济问题上，而且，他们反对的是直接压榨自己的人，即印度本土的剥削者，他们根本没有反对英国统治者的意识，还没有弄清自己受苦受难的实质，更谈不上爱国、驱逐英国殖民者出印度。

　　从另一方面说，英国政府直接统治印度从某种程度上也确实给印度带来了好处，"英王直接治理印度，在内政的精神和具体措

---

　　① 林承节：《印度民族独立运动的兴起》，第333—334页。

施上都引起了很大的变化。(英国东印度)公司管辖下不曾有过的行政机构逐渐地全部组成,英国的行政原则和政治理想也在很大程度上被运用,印度的行政变得更有效率也更现代化了"。[①] "因为采取了在19世纪使欧洲显然不同于亚洲的高级行政理想和'现代'精神,几乎使印度政府起了革命性的变化。英国政府自然想把他们自己国家发展的高度行政效率在印度强制推行起来,而西方开明的宽容的人道主义精神也确实在印度发生了影响。西方的科学发明也很快地在印度利用起来,以增加它的物质资源。简单地说,以近代欧洲的进步精神来改造印度长期停滞的中古式的政府,英国起了媒介的作用。"[②]

与此相一致,印度本土的有识之士更大胆地吸收新思想,并力求以此武装同胞,以实现"现代化"。1828年由拉姆·摩亨·罗易创立,1839年后德文德拉纳特·泰戈尔注入新的活力的梵社于1865年分裂成保守派和进步派两个集团,前者以德文德拉纳特为首,不久便无声无息。后者以盖沙布·金德拉·森为首,称自己的组织为"印度梵社",主要是由于它的努力,(英印殖民)政府通过了1872年的第三号法令,宣布废除少女早婚制和一夫多妻制,准许寡妇再嫁,也准许没有正式信仰的人——如原印度教和伊斯兰教的人——在不同种姓间通婚。这种现象在以前是难以想象的。到了1878年,盖沙布又沦为落后者,此前尊奉他的许多会众另外成立了一个组织,称为"公共梵社",他们更进步。由此可见,由梵社发起的社会改革运动一浪高过一浪,对印度教社会影响很大。除梵社外,还有不少主张社会改革的社团也相继成立,在盖

---

① 〔印〕R. C. 马宗达等:《高级印度史》(下册),第920页。
② 同上书,第934页。

沙布·金德拉·森的热心指导下，祈祷社于1867年成立，它主要影响于马哈拉施特拉地区，主张不同种姓间的会餐和通婚、寡妇再嫁并倡导改善妇女及贱民阶级的命运等。圣社由斯瓦米·达亚南达·萨拉斯瓦蒂（1824—1883）创建，他和拉姆·摩亨·罗易一样，笃信一神，反对多神教和利用偶像。他也反对种姓偏见、童婚和禁止出洋（出国）①的种种桎梏，赞助妇女教育和提倡寡妇再嫁。由罗摩克利希那·帕拉马汉萨（1836—1886）创立，其弟子斯瓦米·维韦卡南达（1863—1902）发扬光大的罗摩克利希那传道会"把提高印度广大群众（素质）当作其纲领的主要部分。斯瓦米·维韦卡南达将爱国主义的与精神的激励，合成一种崇高的愿望，就是提高印度人民的人格，从而恢复其在世界各国中应有的地位……在现代，他首先向世界大胆宣告印度文化和文明的优越性，它过去的伟大和未来的希望"②。总体看来，梵社和祈祷社是主要受西方思想影响的产物，代表印度人对西方理性主义的反应；圣社和罗摩克利希那传道会则从印度历史中得到启示，并从印度古代经典中引申出它们的基本原理。它们的目标是一致的，它们的宗旨都是改革印度社会，使国民跟上时代的步伐。此外，1861年成立的寡妇婚嫁协会、1879年由美国传入的神智学社等在这时期也有一定影响，它们与上述社团一起推动了印度社会的改革，教育了印度人民。1885年印度国大党的成立是印度历史上非常重要的事件。这个组织是由英国退休文官阿伦·奥克塔维安·休谟倡导，得到英印殖民政府支持而成立起来的，因此，它在成立初期没有反对英

---

① 根据印度教教规，出国（出洋）的人自然失去自己的种姓，沦为贱民。
② 〔印〕R. C. 马宗达等：《高级印度史》（下册），第952—953页。

国人在印度进行殖民统治的性质。在整个 19 世纪,国大党主要关心、批评英印殖民政府的政策并提出改革的要求,其主张形成决议案,送呈英印殖民政府供参考。国大党在批评政府政策的时候,常常保持着很大的尊严和节制,它对英王表示出坚定不移的忠心,对英国政治家的自由主义和正义感怀着无限的信心。它用全副精力使英国人认识到,印度人的要求本意上是正当的。只是到了 19 世纪末 20 世纪初,国大党中以巴尔·甘加塔尔·提拉克为领袖的激进派才对国大党每年向政府递呈恭顺的请愿书的主张表示出不满,而这时已是 1905—1908 年革命的前夜。

还应该提到的是加尔各答印度协会,这个组织由苏伦德拉纳特·班纳吉创立于 1876 年。它是一个受过教育的印度中等阶级的组织,对英印政府的批判程度较大,其组织者希望它成为全印运动的一个中心,目的在于直接向人民号召以造成批判英国人统治不公的公众舆论。1897 年,这个协会组织了一次全国性的抗议英印殖民政府关于文官考试制度的改革方案的运动,影响很大。

值得强调的是,在整个近代时期,几乎没有印度人真正起来反对英国人,几乎没有人意识到应该结束英国人在印度的统治。自然,印度的有识之士看到了英国殖民统治不好的一面,但他们也看到了英国人统治印度的好处。因此,他们对英国人一直持有两种情感,这就是"(1)由于英国人对印度社会进行了改良并带来了科学的工作作风等,印度人对他们的统治怀有尊敬、感激的心理;(2)由于英国人的帝国主义对外政策、经济掠夺和扩张领土的欲望,印度人又对他们表示失望、愤怒"①。这种相互对立的情感一直困惑着许多印度人,并在当时的文学中被反映出来。在这方

---

① सुशीला धीर, *भारतेन्दु-युगीन नाटक*, पृ. ११.

面，孟加拉语文学比较有代表性，诺贝尔文学奖获得者罗宾德拉纳特·泰戈尔在不少作品中都表达了这种情感。近代印地语戏剧文学中也存在这种现象。

二、影响近代印地语戏剧文学的戏剧因素

就整个印地语文学而言，近代（1857—1905）是其全面发展并取得空前成就的时期。在这个时期，以前几乎不存在的用标准印地语即克利方言创作的散文产生并得到很大发展，以前几乎如死水一潭的戏剧实现了革命性的飞跃，诗歌也比前一时期（1600—1857）更健康、更有社会意义。

为什么会如此呢？英国人的统治、西方文化的传入是最主要的原因，由于接触了新文化、新思想，受到了英语文学及其影响下的孟加拉语文学的启示，加之相对的现代生活使作家们再也不能脱离社会现实的环境因素。文学家们开阔了视野、体察了社会生活，看到了人民的疾苦和民族的灾难，他们抛弃了前辈的写作方式，以空前现实的笔法使印地语文学发生了根本性的变化。所以，社会历史背景的不同是近代印地语文学发展的最重要原因，也是近代印地语戏剧文学不同于近代以前的印地语戏剧文学的最重要前提。

那么，还有哪些戏剧因素影响了近代印地语戏剧文学呢？

近代以前的印地语戏剧文学应该是影响近代印地语戏剧文学的因素之一。近代许多戏剧家，如帕勒登杜等都写过关于近代以前的印地语戏剧方面的文章，无疑，他们肯定读过好多近代以前的

印地语戏剧作品,并接受了其潜移默化的影响。上篇中论及的《幻境的骗局》、《罗摩乐剧》、《友邻王》、《沙恭达罗》(印地语译本)等尤其受到近代剧作家们的注意。相对来说,这些作品对他们的影响较大。不过,就总体而言,近代印地语戏剧文学中的近代以前的印地语戏剧成分并不多,由于后者还不太成熟等原因,它对前者的贡献并未达到应有的程度。这已形成定论。

印地语民间戏剧是影响近代印地语戏剧文学的一个不小的因素。民间戏剧很受广大人民的欢迎,近代印地语戏剧家们注意到了这一点,他们甚至自己也参加这类民间戏剧的组织、演出工作,并为演员创作台词等,帕勒登杜就在贝拿勒斯做过这类工作。近代印地语戏剧家不仅在写作时汲取印地语民间戏剧的养分,还直接将印地语民间戏剧题材赋予文学形式,如帕勒登杜的《金德拉沃里》和《尼勒德维》、伯勒达伯那拉因·米谢尔的《沙恭达罗乐剧》等。可以说,比起近代以前的印地语戏剧文学来,近代印地语戏剧家们更乐于接受印地语民间戏剧中的活的成分。

在近代,东印度、北印度各城市还流行非印地语类的戏剧演出及其创作,它们对近代印地语戏剧文学的影响更大。这类戏剧主要有三种:英语类、孟加拉语类和乌尔都语类。

英国人进入印度以后,也带来了自己的文学。他们大多不与印度人发生私人关系,喜欢与本国人交往,并经常聚会,一起娱乐。他们成立有类似俱乐部的组织,设有专门娱乐场所,在这种场所看本国戏(即英语戏)是他们一项重要的聚会、娱乐内容。"印历1813年(公历1756年),加尔各答的喜欢娱乐的(英国)人建立了第一个剧院。1832年(公历1775年)瓦伦·贺斯汀和E.伊默贝等人出资10万卢比建立了加尔各答剧院。1837年(公历1780年)

起，英语戏剧开始大规模地被搬上（印度）舞台。"①莎士比亚的许多剧本都在这类剧院上演过，这样，英语戏剧便来到了印度。加之英印殖民政府和印度的有识之士都鼓励英语教育、倡导学习西方文化，英语文学作品便源源不断地流入印度知识分子的手中。莎士比亚的剧本是最受印度知识分子欢迎的作品系列之一，不少近代印地语剧作家奉之若范文，有不少人甚至对其进行翻译，改编。"在帕勒登杜时代，《威尼斯商人》《麦克白斯》等剧本被译成了印地语，还有不少英语剧本被改写成印地语短篇小说。由于剧院里上演英语戏剧，印地语戏剧的形式受到很大影响，帕勒登杜就有几个剧本省去了开场献辞及序幕……（内容方面也如此），他抛弃了历史神话传说题材，写出了好几部倡导社会改革的剧本。帕勒登杜以后的剧作家受英语戏剧的影响更大。"②

　　大多数印度人是通过孟加拉语文学接受英语文学的。17世纪初英国人就来到孟加拉，并以此为据点向印度腹部扩张。因此，英语文化对孟加拉语地区的影响最大，孟加拉地区的知识分子接受英语文化最早，也最积极，上篇介绍过的拉姆·摩亨·罗易等就是代表。文学方面也如此，"在孟加拉，19世纪前没有名副其实的散文文学"③。1800年福特·威廉堡学院的成立才使孟加语非韵文（散文）有了发展，拉姆·摩亨·罗易的受英语影响的孟加拉语散文是最早的有分量的孟加拉语散文。在他及不少有识人士的倡导下，许多孟加拉语作家翻译、模仿英语文学作品，使孟加拉语文学

---

① दशरथ ओझा, *हिंदी नाटक: उद्भव और विकास*, पृ. १४०.
② ब्रजरत्न दास, *हिंदी नाट्य साहित्य*, पृ. ४२-४३.
③ 〔印〕比林契·古马尔·伯鲁阿等：《印度现代文学》，黄宝生等译，外国文学出版社1981年版，第22页。

空前活跃繁荣起来，出现了不少优秀的孟加拉语散文和戏剧作品。这些作品给19世纪中后期的印地语作家很深的印象，对他们的影响很大。特别地，罗宾德拉那特·泰戈尔的短剧及其他作家创作的孟加拉语闹剧使近代印地语剧作家获益匪浅。

乌尔都语戏剧的演出及创作主要是受英语戏剧演出的影响而产生的，这类戏剧演出大多是商业性的。到19世纪中期，英语剧院及其演出在印度已有相当规模，为了招揽印度顾客，英语剧院有时也上演孟加拉语戏剧。这样，不仅英国人是剧院的常客，不少印度人也经常光顾。从中亚移居的具有商业天赋的波斯人首先看到了这一点，他们觉得有利可图，便抓住机会，开始投资成立剧团。1853年，第一个波斯人剧团产生，团长是弗拉默·吉·古斯达德·吉·德拉勒先生。在1853年至1861年的短短8年时间里，就有20多个波斯人剧团见诸于"经传"。波斯人剧团主要以赢利为目的，开始时多上演从英语剧本译成的乌尔都语戏剧，其中以莎士比亚的剧本居多。后来，不少剧团开始拥有自己的专职作家创作自己的戏剧，这才开始了波斯人剧团的真正生涯。从1870年到20世纪初期的30多年时间里，波斯人剧团得到很大发展，成为城市娱乐界的一支强大力量。德里的维多利亚戏剧公司是个比较有名的波斯人剧团，于1872年成立，创建人是古尔谢德·吉·伯里瓦拉先生。古尔谢德·吉·伯里瓦拉先生本人就是个很出色的演员，他以善于逗笑而闻名。维纳耶格·伯勒萨德是该戏剧公司的专职作家。此外，1870年成立的阿尔弗来德戏剧公司、1914年成立的新阿尔弗来德戏剧公司等也比较有名。值得一提的是，不少剧团都演出印地语戏剧，维多利亚戏剧公司就上演过《健日王之乐》《戈比昌德》等剧目。阿尔弗来德戏剧公司的专职作家那拉因·伯勒萨德·百达伯创作的《摩诃婆罗多》、新阿尔弗来德戏剧公司的专职作家阿格·诃希尔创作的《悉多林居》等都是当时波斯人剧团上演的较有影响的印地语戏剧。不少人认为，"那拉因·伯勒萨德·百达伯创作的《摩诃婆罗多》应该被看作是印地语文学戏剧舞台演出的开始"。[1]

　　在整个近代时期，波斯人剧团一直很有影响，它使印度人对文学戏剧舞台产生了浓厚的兴趣。这就不可避免地影响到近代印地语戏剧家及其创作，"帕勒登杜时代的具有浪漫色彩的戏剧和杰耶辛格尔·伯勒萨德的剧本都明显地带有波斯人剧团的影响痕迹"[2]。有趣的是，大多数近代印地语剧作家对波斯人剧团都抱有成见，认为其演出的戏剧商业性太重、艺术性不强、社会意义不大，为了与波斯人剧团抗衡，帕勒登杜还亲自创建了自己的剧团，但收效甚微。这从反面证明了波斯人剧团对近代印地语戏剧家的影响。

　　最后应该提到的是古典梵语戏剧，它也是影响近代印地语戏剧文学的一个很重要的因素。这一影响也与西方有关：1789 年梵剧《沙恭达罗》被英国梵文学者威廉·琼斯译成英文，1791 年乔治·弗斯特又从英文转译成德文，还有不少梵剧也被相继译成欧洲文字。于是，在欧洲文学界响起了对印度古典梵语戏剧的赞歌，歌德、席勒等大家都对《沙恭达罗》赞不绝口，前者曾专门写诗称颂，后者在给友人的信中也说，"在古代希腊，竟没有一部书能够在美妙的女性温柔方面，或者在美妙的爱情方面与《沙恭达罗》相

---

① बच्चन सिंह, *हिंदी नाटक*, पृ. २६.
② बच्चन सिंह, *हिंदी नाटक*, पृ. २८.

比于万一"①。这是个令人振奋的信息,它使近代印地语剧作家萌发了真正寻根的念头,使他们开始认真研究自己祖先的戏剧作品,结果是近代印地语剧本从形式到写作技巧、创作手法等都被深深地打上了古典梵语戏剧的烙印。在形式方面尤为明显,如近代大多数剧本都采用梵剧的开场献诗、序幕、韵散杂糅等形式。

应该说,影响近代印地语戏剧文学的主要因素是上述几个方面,但我们绝不能把近代印地语戏剧的成就与上述因素直接挂钩。因为,在近代印度特定的社会、时代背景下,印地语剧作家所受的影响是多方面的,其创作不仅与社会因素、文学因素有关,与作家自身更有密切关系,这在以后将有所涉及。

三、近代印地语戏剧文学的特点

根据当时报刊登载的情况看,近代印地语文学中至少出现过50位戏剧创作者,他们共写有200多个剧本。这些作品的涉及面非常广泛,有社会剧、历史剧、神话传说剧等等。其内容丰富,形式多样,使印地语戏剧文学刚走上正轨就达到了第一个高峰。不仅如此,近代印地语戏剧还具有很强的社会意义,"帕勒登杜和他周围的戏剧家通过自己的作品吹响了觉醒的号角,希望国家和社会的利益能得到维护。他们用戏剧手段表现了印度过去的光荣历史,激发了印度人民的自豪感;他们用笑剧的形式对社会弊端进行了

---

① 转引自〔印〕迦梨陀娑:《沙恭达罗》,季羡林译,人民文学出版社 1980 年版,第 19 页。

无情的批判"①，希望人们能奋起除之。

那么，近代印地语戏剧文学有哪些比较明显的特点呢？

社会现实性是近代印地语戏剧文学最重要的特点。"帕勒登
杜时代的作家非常了解现实中人民大众的生活状况，因此，他们的
艺术来源是人民的现实生活，而不是神话和历史。"②近代戏剧家
们不同于自己的前辈，他们由于接触西方思潮而自省，由于自省而
贴近自己的社会。他们不再闭关自守妄自尊大，也不再沉浸于对
印度教或印度教大神的虔信中。一句话，他们走出了印度文人从
中世纪以来所形成的目光短浅的写作怪圈，把目光投向了社会、投
向了世界。他们突然发觉自己的社会、国家和人民是如此的可悲，
于是，他们用各种手法把这一可悲的情景以戏剧的形式表现了出
来。长期以来，印度几经磨难，多次遭受外族入侵和掠夺，以致现
在成了个一无所有的贫穷国度，帕勒登杜创作的《印度母亲》中的
"母亲"面对一群饥渴难忍的子女们不知所措，她只能无奈地说：
"孩子，难道你们的母亲还有供你们饮喝的奶？什么也没了，我的
体内连血都被异教徒吸干了。"③在《印度惨状》中帕勒登杜也描
写了同样的窘境。其他剧作家也看到了这一现实，他们在自己的
剧本里也展现了印度大地遭劫后的凄凉状况，这方面的作品主要
有德沃给南登·德里巴提的《借一还三》和《印度遭劫》、拉塔杰
仑·戈斯瓦米的《老风流》、伯勒达伯那拉因·觉特尔·伯列默肯
的《印度的幸运》、伯勒达伯那拉因·米谢尔的《迦利时代的影响》
等等。

---

① सुन्दरलाल शर्मा, *हिन्दी नाटक का विकास*, दिल्ली: संजय प्रकाशन, १९७७, पृ. १६.
② कुंवर चन्द्र प्रकाश सिंह, *नाटककार भारतेन्दु और उनका युग*, पृ. १५७.
③ ब्रजरत्न दास सं., *भारतेंदु-ग्रंथावली*, १९५०, पृ. ५१०.

近代印地语戏剧家们不仅看到并表现了印度社会的贫穷，他们还承担起倡导社会改革的义务，对千百年来所形成的阻碍印度进步的社会弊端、宗教陋习进行了揭露和批判。印度妇女问题是他们关注的焦点之一，童婚、迷信婚姻、寡妇再嫁等在他们的剧本中都得到了反映，拉塔格利生·达斯的《痛苦的小姑娘》、德沃给南登·德里巴提的《童婚》等在这方面比较有名。社会上流行的一些堕落行为也是剧作家们批判的对象，帕勒登杜的《爱的世界》批判了世人的虚伪，巴尔格利生·伯德的《赐教》鞭挞了嗜酒如命的无赖，德沃给南登·德里巴提的《妓女之乐》描写了沉迷女色的害处等等。大多数近代印地语戏剧家都是虔诚的印度教徒，但他们从不忌讳揭露印度教的黑暗面，帕勒登杜的《伪善》和《按〈吠陀〉杀生不算杀生》、拉塔杰仑·戈斯瓦米的《身心财都献给大神》等在这方面比较有影响。此外，不少剧作家还对人们的迷信行为进行了批判，拉塔格利生·达斯的《痛苦的小姑娘》讲了相信命相的危害、德沃给南德·德里巴提的《属于杰耶纳尔·辛哈的》写了相信巫术的不幸后果……这样落后愚昧的人们肯定不会有好的精神状态，这便是帕勒登杜在《爱的世界》中表现出来的印度人的睡眼惺忪、只知饥渴而不思进取的可悲图画。

在描写社会大众及揭露社会弊端的同时，近代印地语戏剧家们也没有忘记印度社会和印度人民的传统统治者和新的殖民主义者。从某种意义上说，这两类人物正是印度社会和印度人民陷入悲惨状况的罪魁祸首，是他们愚弄了人民，是他们掠夺了人民的劳动成果。作家们对这两类人进行了大胆的讽刺、嘲弄和揭露，在他们的作品中，印度的传统统治者是酒色之徒、背叛宗教者和英国殖民者的盲目追随者，因而是"极其下贱的东西"①。英国殖民者则是印度财富的掠夺者，印度贫困的制造者，是他们把人民的财产运出了印度。不仅如此，他们还与企图毁灭印度的"印度恶神"站在一起，企图彻底地击垮印度。帕勒登杜的《按〈吠陀〉杀生不算杀生》《印度惨状》，德沃给南登·德里巴提的《印度遭劫》，恩比迦德得·沃亚斯的《印度的幸运》等关于这方面的剧本都比较成功。

近代印地语戏剧文学中的这种社会现实性是空前的，以往任何时期的文学作品都没有这样真实地反映过现实、反映过下层人民的悲惨生活、批判过上层统治者的荒淫无耻和不顾人民的死活。可以想见，作家们在剧本中的揭露、展示、批判和否定都是为了引起社会的注意，使有识有志之士行动起来，早日结束上述状况。

历史文化性是近代印地语戏剧文学的第二个特点。英国的殖民统治和随之而来的西方先进文化以及统治者的刻意宣传，使得印度人十分迷茫，认为自己的文化确实不如西方的优越，觉得印度民族确实没有自己管理自己的能力。千百年来，封建制度、印度宗教陋俗、外族的不断侵入、内部的持续争斗等也确实使印度这块大地遍体鳞伤，使印度广大人民麻木无知、愚昧落后。这便是近代印地语戏剧家所面对的现实。作为先行觉醒者，他们非常清楚自己的职责，于是，在批判、否定的同时，他们也注重培养国人的自信自强意识。这是他们创作历史、神话等传统剧本的最主要的目的。在这类作品中，他们向世人展示了印度过去的辉煌的历史和高度发达的物质、精神文明：

---

① ब्रजरत्न दास सं., भारतेंदु-ग्रंथावली, पृ. ८९.

　　这个曾因毗耶娑、蚁垤、迦梨陀娑、伯尼你、佛陀、巴都那德等大诗人而耸立于世的印度今天却是这个样子！这个在旃陀罗笈多大帝和阿育王时代疆土曾到达罗马和俄罗斯的印度今天却是这个样子！这个曾养育过罗摩、坚战、那罗、赫利谢金德尔、仑帝德沃、谢维等高尚品德之人的印度今天却是这个样子！①

　　这前半句的回忆是为了后半句的悲叹。帕勒登杜的这种对比映衬的手法为近代的大多数戏剧家所采用，他们以自己的作品加入了帕勒登杜的激励世人鼓起勇气复兴印度文明的行列。因为在他们的眼里，印度的现实并非印度的真实精神，其真实面目在悠远的过去。

　　不畏强暴、勇于和异族侵略者作斗争以维护民族气节是近代印地语戏剧家在历史剧中表现的主要内容，拉塔格利生·达斯的《伯德马沃蒂王后》和《大王伯勒达伯》、帕勒登杜的《尼勒德维》、拉塔杰仑·戈斯瓦米的《烈女金德拉沃里》和《阿摩尔·辛哈勇士》以及伯勒达伯那拉因·米谢尔的《顽强的赫米尔》等都是这方面的有影响的剧本。在这些作品里，剧作家们多以强大的伊斯兰教侵略者为反面，以弱小的印度土邦为正面，讴歌了后者的强烈的爱国主义情感和高尚的民族主义气节。这对世人有很大的鼓舞作用，他们了解了前人的英勇事迹，自然会产生做一个印度人的自豪感，最终会振作精神以复兴过去的光荣历史。帕勒登杜曾在《伯德马沃蒂王后》发表后不久写道："现在应该让雅利安民族记起他们

---

① ब्रजरत्न दास सं. *भारतेंदु-ग्रंथावली*, पृ. ४९५.

的父系祖先是如何崇高、是如何勇敢、是如何坚韧不拔！让他们记起他们的母系祖先为了贞操和民族的利益又是如何视宝贵的生命如草芥！”[①] 在历史剧里，近代戏剧家们确实做到了这 点。

近代印地语戏剧文学的文化性主要体现在取材于神话传说的剧本里。在这类作品中，剧作家们描绘了印度过去发达的文明、讲述了祖先们的高尚行为，帕勒登杜的《信守不渝的赫利谢金德尔》、谢利尼瓦斯·达斯的《伯尔哈拉德功行》、德沃给南登·德里巴提的《罗摩功行》以及拉塔杰仑·戈斯瓦米的《苏达玛》等都是这方面的剧本。这些作品主要从爱好施舍、乐于助人、不贪、虔信等印度的传统美德入手，刻画了印度先人们的不朽品行和伟大业绩，使世人在心理上战胜西方文化优越论的错误观点。

历史文化性和社会现实性有着十分密切的关系，二者相辅相成，共同构成了近代印地语戏剧文学思想内容方面的主流，培养了印度民族敢于正视现实、勇于改变现实以及维护民族尊严的自觉性，为1905—1908年的印度资产阶级民族革命奠定了精神基础。

印度民族主义情结和赞同英国殖民统治观点的矛盾混合性是近代印地语戏剧文学的第三个特点。从社会现实性和历史文化性可以看出，绝大多数近代印地语剧作家都有强烈的印度民族主义情结，他们为印度的过去而自豪，为眼前的惨状而悲叹，在这自豪与悲叹中，他们朦胧地认识到导致眼前悲剧的原因。因此，他们在作品中大胆地说出了真情：英国人把财富运出了印度，他们不为印度着想，也不许印度人自己为自己的命运抗争。这在帕勒登杜的《印度惨状》和《印度母亲》等作品中都有体现。

---

① 转引自कुंवर चन्द्र प्रकाश सिंह, *नाटककार भारतेन्दु और उनका युग*, पृ. १५३。

但是，他们谁也没有提出结束英国人的殖民统治、把英国人赶出印度的号召。相反，他们还为英国女王唱赞歌并欢迎英国统治印度。在不少作品中，他们表达了目前的英国统治者优于印度本土统治者的观点，认为英国人讲究科学、民主，认为英国女王大慈大悲、恩泽遍于全球，并幻想英国人最终帮助印度复兴过去的光荣。这虽然与英国殖民者的自我宣传有关，但总体来说当时的英国资本主义文化相较于印度的封建文化也确实存在可取之处，因此，戏剧家们的看法也不是完全没有道理的。然而，从长远来说，他们的这种对英国统治者抱有幻想的态度是不对的，这不仅是他们个人的局限，也是时代的悲剧。

这种既倡导印度民族自强又对英国统治抱赞同态度的矛盾心理一直左右着近代印地语戏剧家们，这一心理使他们的作品失去了不少光泽，也减弱了战斗的力度。

印度传统形式与西方现代形式相结合是近代印地语戏剧文学在艺术手法方面最突出的特色。首先，近代作家群继承了印度古代戏剧文学的传统，他们在许多作品中认同了古典梵语戏剧的形式，如剧前有开场献诗、序幕等，有时还有结尾祝词。几乎所有的近代印地语剧作家都保留了古典梵语戏剧的韵散杂糅的语言特色，使作品充满了诗歌色彩和音乐节奏。此外，不少人还采用民间戏剧的方式进行创作，使作品深深地烙上了印地语民间文学的烙印。这多半是西方普遍承认古典梵语戏剧的结果，早在18世纪末，《沙恭达罗》就获得了世界性的声誉，这使近代戏剧家重新重视起自己古老的传统并尽一切能力使之适应新的时代、新的内容。其次，西方戏剧直入主题、干脆利落的风格也引起了近代印地语戏剧家们的很大关注，孟加拉语戏剧学习西方形式的成功更加强了这一关注。不仅如此，他们渐渐发觉用西方的手法创作剧本能更好地表现现代内容。于是，他们开始尝试这种写法，就连帕勒登杜也如此，他的后期剧本如《尼勒德维》《黑暗的城邑》《烈女的威力》等都省去了开场献诗和序幕成分。到了近代后期，大多数剧作家都采取了这一形式。此外，印度传统戏剧绝大多数都以大团圆收场，很少有悲剧。接受了西方戏剧的影响后，不少剧作家开始创作悲剧，谢利尼瓦斯·达斯的《勒仑提尔和伯列姆默黑妮》"是受英语戏剧影响的第一个印地语悲剧作品"[1]。帕勒登杜、拉塔杰仑·戈斯瓦米等也都创作了悲剧作品。

　　总之，近代印地语戏剧从内容到形式都具有自己的独特风格，它既抛弃了近代以前的印地语戏剧文学的死气沉沉的作风，也突破了古典梵语戏剧的传统，更没有照搬西方戏剧或受西方影响最大的孟加拉语戏剧的形式，同时也不同于现代印地语戏剧文学，它在印地语戏剧史上占有非常重要的地位。

四、近代印地语戏剧之父帕勒登杜

　　帕勒登杜原名赫利谢金德尔，是近代最重要的印地语戏剧家，被誉为近代印地语戏剧文学之父，其作品数量多、质量高，代表着近代印地语戏剧文学的最高成就。

　　帕勒登杜 1850 年 9 月 9 日生于印度北方邦著名城市贝拿勒斯一富有的商人家庭，1885 年 1 月 9 日卒于同一城市。帕勒登杜

---

[1]　कुंवर चन्द्र प्रकाश सिंह, नाटककार भारतेन्दु और उनका युग, पृ. २०३.

的祖上很富有，与当政者有密切关系，甚至在英国人进入印度初期曾帮助过他们。帕勒登杜的父亲格里特尔达斯即戈巴尔·金德尔不仅有钱有势，而且有学问，他从小就对诗歌感兴趣，造诣很深，13 岁时就把梵语《罗摩衍那》译成了诗体印地语（已佚）。戈巴尔·金德尔只活到 27 岁，但创作颇丰。据帕勒登杜回忆，他共写有 40 多部著作，其中包括剧本《友邻王》，这在前面已有论述。戈巴尔·金德尔是虔诚的印度教徒，属于毗湿奴教派，他把敬神看作是日常生活中必不可少的事情。在世时他常和两类人来往，即文人学者和修道士仙人，这对帕勒登杜很有影响。在父亲的熏陶和影响下，帕勒登杜 5、6 岁时就能作诗，在父亲召集的诗文讨论会上常常语惊四座；他对宗教也很有兴趣，长大后也像父亲一样成了虔诚的敬神者。不幸的是，这一好氛围并没有维持多久，帕勒登杜在幼年就失去了父母，父亲去世时他只有 9 岁。帕勒登杜曾在英国人开办的学校中上过 3、4 年小学，学习英语等科目，但他学习不努力，总以"通过"为原则，原因是他对印地语诗歌的兴趣太大，以至不屑于学习其他东西。这期间，他曾出过一本诗集，作品内容多与爱情和宗教有关。离开学校后，家人为他延请了私人教师，指导他学习印地语、梵语、孟加拉语等，收效很大，为他日后成为大学者奠定了坚实的基础。

长大以后，帕勒登杜并不像有些学者那样只满足于默默写作，他对国家、民族、社会极为关注，通过学习西方文化、反省印度社会的弊端，他深刻意识到改革本国社会、宗教的迫切性。于是，他加入社会改革家的行列，又成了一个极为出色的社会活动家。为了便于社会活动和文学创作，1867 年他创办了《赫利谢金德尔杂志》（后改名为《赫利谢金德尔之光》），1869 年创办了《诗之甘霖》；1870年他成立了一个协会，目的在于宣传宗教、禁酒和提倡国货；1873年他创建"神社"，带头宣誓不杀生、不干坏事、不吃不喝麻醉品等；1874年他又创办《妇女知识》杂志，呼吁社会给予妇女受教育的机会，主张寡妇再嫁，反对童婚陋习。与此同时，帕勒登杜还自己出资开办学校，资助其他社会团体，以促进印度社会的改革。

与当时印度的其他社会改革家一样，帕勒登杜也没有看清英国殖民统治者的真实面目。他对英国人抱有很大的幻想，以为英国人能帮助印度复兴过去的光荣，因此他多次向英国王室表示忠心，如开会庆贺女王生日、欢迎威尔士亲王访印等等。不仅如此，他还作文写诗为英国歌功颂德。由于这一忠心及他本人的突出才能和在社会上的影响，1870年他被英印政府授予"名誉县长"的称号，并成为市政委员，一度颇得垂青。不过，帕勒登杜又不同于一般的社会活动家，他更敏锐，也更贴近印度的现实，虽然没有彻底弄清社会发展的规律和印度的最终出路，但他看到了社会上的一些罪恶和腐败现象、了解了人民的疾苦和民族的灾难；加之心直口快的个性，于是他撰文写诗、创作剧本来反映这一现实，力图唤起民众以振兴国家、改变社会状况。特别地，他还发表了讽刺英国总督的文章、出版影射殖民当局的著作。由于这些，他受到了英印政府的责难，他主办的几种杂志受到停刊的威胁。面对这种情况，帕勒登杜没有退缩，反而于1874年愤然辞去"名誉县长"的头衔，放弃市政委员的资格。从此，他更加接近人民，更加为印度的命运着想，他的民族主义爱国意识更强。在最后几年，他甚至在自己的文章里提出了"自己的国家，自己的政权"的口号，这一口号在当时是全新的，几乎没有人提出过，连后来领导印度人民取得印度独立的印度国大党也还没有成立，这不能不说明帕勒登杜的伟大。

在自己积极活动、奋发写作的同时，帕勒登杜还团结了一大批追随者。他不仅自己创办杂志、成立社团，还鼓励并资助朋友们出版杂志、建立社团。他从不拒绝上门求助者，对有志之士总是解囊相助，并鼓励他们从事文学、社会活动。正是由于这些，他庞大的家产不久便消耗殆尽。不过，他的努力与慷慨并没有付诸东流，这一努力与慷慨为印地语地区、为印度社会换来了一支优秀的人才集团。这个集团以他为首，以杂志、社团为阵地，以文学创作和宗教、社会改革为核心。集团虽然松散，但影响很大，是当时印地语地区社会改革的支柱和中坚力量，更是印地语文学创作的生力军，近代印地语文学作品主要出自这支生力军之手。

帕勒登杜"是第一个成功地运用了印地语的标准语——克利方言写作的学者"①，印地语能有今天的辉煌、能成为印度文学语言和印度的国语，与帕勒登杜及其周围的作家有直接的关系。"那时印地语没有任何地位，谁会花钱去购买和阅读用印地语出版的书和报刊呢？但具有爱国热情的赫利谢金德尔（帕勒登杜）毫不吝惜金钱，他自己出钱用最好的纸印刷出最好的书籍，并免费转送他人，书上的标价只是做做样子而已。在他面前，没有聪明人与愚笨人之分，只要向他要，他就亲自赠阅。他一生都保持着这个习惯。他在这方面花费了成千上万卢比，结果培养出了一大批热爱印地语的人，使阅读印地语书刊的人数大大增加。"②就这样，帕勒登杜提高了印地语在世人心目中的地位。在他的影响下，他的集团成

---

① 刘安武：《印度印地语文学史》，第219页。

② राधाकृष्ण दास, भारतेंदु बाबू हरिश्चंद्र का जीवन चरित्र, लखनऊ: हिन्दी समिति उत्तर प्रदेश शासन, १९७६, पृ. ४९-५०.

员用印地语进行写作，使印地语得到了前所未有的发展。可以说，如果没有帕勒登杜的努力，印地语很可能现在还停留在印度地方方言的阶段。

人民是公正的，在帕勒登杜放弃英国总督授予的"名誉县长"称号6年之后，即1880年，有人在《甘露》杂志上撰文，提议给他以"印度之月"的称号（即"帕勒登杜"），"这个称号被人民所接受了，人们都用'帕勒登杜'来称呼他，以至'帕勒登杜'成了他的别名"[①]。现在，印度国内外都习惯称他为"帕勒登杜"，他的真名"赫利谢金德尔"反而被人们逐渐遗忘了。人们乐于这么称呼他其实还有另一层用意：当时印度有不少人竭力效忠英国殖民统治者，甚至不惜出卖印度的利益，英印殖民当局为了表彰这些人，便给其中的卓著者封以"印度之星"的称号。与此相联系，印度人民给予他这个"印度之月"的称号便有了与殖民当局相抗衡的意思，它表明了人心所向，同时也是帕勒登杜为印度、为印度人民所做贡献的标志，是人民对他的最大褒奖。

帕勒登杜活到35岁就去世了，但他在这短短一生中的著述翻译却颇为可观。除剧本外，他还写了大量的杂文和散文，内容涉及政治、社会、宗教、文化、历史、考古等各个方面，其中代表作品有《印度如何前进》《夏季》《要命的大会》《天堂的讨论会》《毗湿奴大神》《戏剧》等。他在诗歌方面的成就更突出，他的诗歌可以分为两类：（1）用伯勒杰方言创作的诗歌；（2）用克利方言即标准印地语创作的诗歌。前者与传统印地语诗歌有密切联系，多表现宗教、艳情等内容；后者多是有关社会现实的，是他的创新，代表

---

　　① राधाकृष्ण दास, भारतेंदु बाबू हरिश्चंद्र का जीवन चरित्र, पृ. ८५.

着他的诗歌的最高成就，也是他对印地语诗歌的巨大贡献。

前面已经说过，帕勒登杜是近代印地语最重要的戏剧家，他是近代印地语戏剧文学的开拓者，甚至有不少文学评论家认为印地语戏剧文学是从他开始的，也是他掀起了印地语戏剧文学的第一个高潮。帕勒登杜一生共写了20个剧本，包括翻译改编的8个（一说10个）和创作的12个（一说10个）。

现将他的剧本按翻译改编或创作时间的先后顺序列表如下：

序号	剧名	性质	时间	幕、场	备注
1	《旅行》	创作	1868年	不详	未完、未发表
2	《璎珞传》	翻译	1868年	只译开场献诗及序幕	未完
3	《维蒂娅和松德尔》	改编	1868年	3幕10场	
4	《伪善》	翻译	1872年	独幕1场	
5	《按〈吠陀〉杀生不算杀生》	创作	1873年	独幕4场	
6	《阿周那的胜利》	翻译	1873年	独幕1场	
7	《指环印》	翻译	1875年	7幕7场	
8	《信守不渝的赫利谢金德尔》	创作	1875年	4幕4场	有人认为是改编剧
9	《爱的世界》	创作	1875年	独幕4场	未完
10	《以毒攻毒》	创作	1876年	独幕1场	
11	《迦布罗曼阇利》	翻译	1876年	4幕4场	
12	《金德拉沃里》	创作	1876年	4幕4场	
13	《印度惨状》	创作	1876年	6幕6场	
14	《印度母亲》	创作	1877年	独幕1场	有人认为是翻译剧
15	《尼勒德维》	创作	1880年	10幕10场	

续表

序号	剧名	性质	时间	幕、场	备注
16	《难得的朋友》	改编	1880 年	5 幕 20 场	
17	《黑暗的城邑》	创作	1881 年	6 幕 6 场	
18	《烈女的威力》	创作	1884 年	7 幕 6 场	后三幕由他人完成
19	《新女王》	创作	不详	不详	未完、未发表
20	《小泥车》	翻译	不详	不详	未完、未发表

先来看看帕勒登杜翻译改编的剧本：

1868 年是帕勒登杜尝试剧本创作的第一个年头，此时他只有 18 岁。他曾试图独立写作，并且已拟定题目为《旅行》，但后来放弃了，也许是第一次创作而感觉无从下笔的缘故。在同一年，他开始翻译古典梵语剧本《璎珞传》和孟加拉语剧本《维蒂娅和松德尔》。

《璎珞传》的作者是印度古代著名君主戒日王曷利沙（590—647），他既是帝王，也是著名的古典梵语诗人和戏剧家。《璎珞传》表现的是犊子国优填王与锡兰国公主璎珞的爱情故事，剧情不复杂，内容也比较简单。但帕勒登杜只翻译出了其中的开场献诗和序幕部分，正文部分没有翻译，也许这也是因为初次翻译而有些"怯场"的原因。在译文前言中，帕勒登杜曾表明自己翻译《璎珞传》的目的和原因，"有许多剧本都值得翻译成印地语，但目前却没有几部成书。特别地，除罗什曼·辛哈翻译的《沙恭达罗》外，没有任何一部读后能给人带来乐趣并能体现出印地语魅力的印地语戏剧译作。因此，我想翻译几部以实现自己的愿望。在所有的梵语戏剧中,除《沙恭达罗》外,《璎珞传》是最好的,它最能给人带来乐趣,这便是我首先选择它的原因"。① 由此我们可以得出结论,一是当时还没有真正有影响的印地语剧本问世,二是《沙恭达罗》在西方的成功使印度戏剧家们重新审视起本国的传统文学,他们正在寻找《沙恭达罗》式的作品。

差不多在翻译《璎珞传》的同时,帕勒登杜注意到了孟加拉语剧本《维蒂娅和松德尔》。孟语剧本的故事源自梵语诗人觉尔的诗歌《觉尔五十颂》,作者是耶丁德尔·莫亨·泰戈尔,作于1853年。该剧受西方戏剧的影响很大,没有开场献诗、序幕等,语言也比较通俗,这就使帕勒登杜的翻译改编容易多了。经帕勒登杜翻译改编后的剧本仍沿用原剧剧名,分3幕10场,表现沃尔特芒国公主维蒂娅和桑奇浦尔国王子松德尔的爱情故事。比起《璎珞传》来,《维蒂娅和松德尔》译得相当成功,帕勒登杜自己曾说"这是标准印地语戏剧文学的第四个剧本"②,在印地语戏剧文学史上有一定的地位。

以上两个翻译改编的剧本都没有什么社会现实意义,是帕勒登杜为发展印地语戏剧文学而作的近乎纯技术性的努力,从中看不出译者对社会、对生活的任何观点,这与他初涉印地语戏剧领域而又没有值得继承的印地语戏剧遗产供他借鉴有很大关系。此后直到1872年他才翻译第三个剧本,1873年才独立创作出第一个剧本;特别地,1873年的第一个创作剧《按〈吠陀〉杀生不算杀生》获得了很大成功。因此,1868年创作《旅行》、翻译《璎珞传》的失败以及改编《维蒂娅和松德尔》的成功只是帕勒登杜戏剧家历程

① ब्रजरत्न दास सं., *भारतेंदु-ग्रंथावली*, पृ. ४३.
② ब्रजरत्न दास सं., *भारतेंदु-ग्रंथावली*, पृ. १.

的开始，虽然这一开头不尽人意，但其结果却出人意料，因为从上述的创作、翻译中谁也看不出他能成为一个戏剧大家。

1872年，帕勒登杜翻译了11世纪梵语戏剧家克里希那弥湿罗的哲学讽喻剧《觉月升起》的第三幕，取名为《伪善》。梵剧《觉月升起》共6幕，表现的是"明辨"战胜"痴迷"的故事，哲学味很浓，前面已有论及。帕勒登杜的《伪善》摆脱了原剧的本意，与社会现实联系了起来。作品是独幕剧，只有1场，剧本通过项蒂（"和平"）和格卢娜（"仁慈"）两个少女，揭露了印度宗教的不少弊端，剧中的耆那教修士、佛教和尚和印度教仙人都不是好人：他们相互谩骂，都说自己的信仰才是正确的，说对方是低能儿、什么也不懂，并让对方皈依自己的宗教；而他们的实际行为却一样——喝酒、歌舞，都追求享乐，都是欲望的奴隶。最后，作者通过项蒂和格卢娜之口给他们下了定义：他们都是罪犯、流氓、骗子。这样，帕勒登杜毫无宗教偏见地揭露了三种宗教中不少人物的丑恶嘴脸。这时期，帕勒登杜的宗教思想还没有完全成熟，但他十分清楚什么是应该批判的东西，并借助文学形式表现出了现实生活中的丑陋。因此，比起1868年翻译的《璎珞传》和《维蒂娅和松德尔》来，《伪善》具有一定的社会意义。

《阿周那的胜利》是独幕独场剧，译于1873年。原作是用梵语写成的，作者是桑兼，写于1480年。译剧忠实于原文，有开场献诗、序幕，语言风格也是韵散杂糅，散文为克利方言（标准印地语），韵文为伯勒杰方言。剧本取材于大史诗《摩诃婆罗多》，写般度五子在摩差国避难期间阿周那和摩差国王子两人单戈独战俱卢大军的故事。帕勒登杜在译作的前言中说，这是为洒红节而作，主要目的是娱乐。

　　1875 年，帕勒登杜翻译了 7、8 世纪梵语戏剧家毗舍佉达多的 7 幕剧《指环印》。作品取材于历史传说，展现的是公元前 4 世纪孔雀王朝兴起时期的事情。剧本中的国王旃陀罗笈多（月护王）和宰相阉那迦是历史人物，其政敌即旧朝宰相罗刹斯缺乏历史依据。剧本的主要情节是这样的：婆罗门政治家阉那迦推翻了摩揭陀难陀王朝，杀死了国王难陀及其 8 个儿子，立难陀王与首陀罗女人生的平日不被当作王子的旃陀罗笈多为王，建立孔雀王朝。剧本的主要故事由此开始，新王朝初建，以罗刹斯为首的前朝旧臣勾结外国势力，企图复辟旧朝。阉那迦想隐退净修，但放心不下旃陀罗笈多。他深知罗刹斯深明大义且有治国之才，希望他能接替自己当宰相辅佐旃陀罗笈多。于是，阉那迦和罗刹斯便开始了一场斗智斗勇的斗争，结果罗刹斯失败，接受了宰相之位。原剧和译本都没有以成败论英雄，认为人只要有才有德，无论成败都值得推崇、都堪委以重任，这表现了作者和译者的远见卓识。

　　《迦布罗曼阉利》是帕勒登杜翻译的第六个剧本，译于 1876 年。原剧用俗语写成，作者是 9、10 世纪的王顶。译剧与原剧一样分为 4 幕，表现的是爱情故事，与《维蒂娅和松德尔》同属一类，没有什么社会意义。

　　1880 年，帕勒登杜完成了他的最后一部发表的翻译改编剧本《难得的朋友》（有关他最后翻译的剧本《小泥车》的情况不明），这个剧本编译自莎士比亚的《威尼斯商人》。说是翻译，因为《难得的朋友》与《威尼斯商人》的内容、情节一样，幕、场都没有任何变动。说是改编，因为帕勒登杜将它印度化了：剧本的名字改了，不少人名、地名也改成了印度式的人名、地名；剧本中的基督教徒与犹太人之争也被改成了印度教徒和基督教徒团结一致同耆那教徒之争，其中突出了印度教徒（即雅利安人）的正统地位；还有一些其他小的改动，如将"一磅肉"改成了"半赛尔肉"、将"那不勒斯工了"改成了"尼泊尔王子"等等。帕勒登杜是有意这么做的，他希望该剧具有印度特色，能很容易地为印度人所接受。帕勒登杜使剧本印度化还有一个更重要的目的，这就是批判印度社会的高利贷者。前面曾经提及印度当时的社会现实，高利贷是农民所受的"三大压迫"之一，城市里的无产者也深受高利贷之苦。在帕勒登杜看来，印度也有夏洛克，他对这类人进行了有力的遣责，并提请他们注意，他们不会有好下场。不过，他把夏洛克写成耆那教徒并让他最后皈依印度教却欠妥当，这一方面归因于他是一个虔诚的印度教徒，不愿把印度教徒写得太没人性；另一方面，他认为基督文明比较先进，基督教徒也不宜成为夏洛克。实际上，印度社会的夏洛克属印度教徒的居多，这是帕勒登杜的误笔，否则，《难得的朋友》将更为印度化、更有战斗力。

比起翻译、改编的剧本来，帕勒登杜的创作剧更有现实意义，反映社会问题更深刻、更尖锐。他的剧本创作始于 1868 年（未成功，实际始于 1873 年），止于 1884 年。这期间他共创作了 12 个剧本，其中《旅行》《新女王》未完，也未发表，已不可得；另 10 个剧本涉及面很广，主要可以分作两类：（1）社会剧——《按〈吠陀〉杀生不算杀生》《爱的世界》《以毒攻毒》《印度惨状》《印度母亲》和《黑暗的城邑》；（2）传说剧（包括历史传说剧和神话传说剧）——《信守不渝的赫利谢金德尔》《金德拉沃里》《尼勒德维》和《烈女的威力》。下面将分别论述。

"帕勒登杜创作剧本的动力来自他自己的觉醒，他用深邃的目光看清了印度国内外的社会发展现实。"^①通过接触西方全新的思潮和文学，他开阔了视野，看清了长期统治印度社会的上层人物们的嘴脸，并在不少剧本中批判了他们。《按〈吠陀〉杀生不算杀生》和《黑暗的城邑》在这方面比较成功，两个作品都是笑剧，"可怕的残酷现实使他非常痛苦、失望，他寻找着摆脱这种困境的方法，由此，他找到了'笑'，除此以外他毫无办法"^②。确实如此，面对国家的不幸、民族的悲哀，帕勒登杜内心有一种无法形容的苦痛，他有一种欲哭不能的冲动。因此，他采取了"笑"的态度。英国大诗人拜伦曾经说，"如果我讥笑某件事，只是因为我不该哭"。其实还有一个原因，那便是讥笑有一种无形的力量，它能给人一种启示，它能提请人们该如何行动，帕勒登杜之所以创作笑剧，原因正在于此。

　　《按〈吠陀〉杀生不算杀生》写于 1873 年，为独幕 4 场剧，是帕勒登杜的第一个创作剧本。作者在序幕中以舞台监督（导演）的口吻说道："啊哈！今天傍晚的景色真是特别，到处都被晚霞映成了红色，好像有人正在举行大祭，以至牲畜的血染红了大地。"^③作者由此引出了全剧的话题——杀生。印度的宗教如印度教、佛教、耆那教等都反对杀生，教徒都以杀生为主要戒条之一，并以素食为主。但剧本中的主要角色国王、大臣、祭司等却不如此，他们在《吠陀》《往世书》等经典中寻找片言只字，论证吃肉、喝酒、进行不正当的性交等都是无罪的；并说自古以来印度教徒就吃肉、喝酒。国王非常高兴，下令准备 10 万只山羊和很多鸟，以备第二天

①　रामकुमार गुस, आधुनिक नाटक और नाट्यकार, मथुरा: जवाहर पुस्तकालय, १९७३, पृ. ३.
②　कुंवर चन्द्र प्रकाश सिंह, नाटककार भारतेन्दु और उनका युग, पृ. १०७.
③　ब्रजरत्न दास सं., भारतेंदु-ग्रंथावली, पृ. ६९.

祭祀用（第一场）。第二天，大家都在举祭场所等待大吃大喝一顿，这时来了三个人：一个吠檀多派的信徒、一个毗湿奴派的信徒和一个湿婆派的信徒，他们三人主张不杀生、不吃肉、不喝酒，被大家嘲弄羞辱了一顿后相继离开。此时来了一个婆罗门，大家都非常欢迎他，说他是寡妇达斯（达斯意即奴仆）①，原来他与他们的观点、生活方式一致（第二场）。杀生大祭以后，吃饱肉、喝足酒的国王、大臣、祭司和婆罗门等醉醺醺地边唱边舞，夸赞印度教是世界上最好的宗教，因为行祭时有酒有肉（第三场）。他们死后都到了阴间，阎王根据他们在世上的行为把国王、大臣、祭司和婆罗门都送进了不同的地狱，把上述的毗湿奴派信徒和湿婆派信徒送进了天堂（第四场）。

剧本的最后一场即第四场是最精彩、最重要的。在这一场中，帕勒登杜让阎王的主簿官一一列举他们的罪状，他们的丑恶嘴脸暴露无遗：

阎王：主簿官，看看国王都干了些什么？

主簿官：（看看簿册）陛下，这个国王自生下来起就和罪恶结下了不解之缘，他把正义当作非正义，把非正义当作正义，为所欲为。他和祭司们相勾结，在正义的幌子下杀死了数千万头牲畜、喝了数千坛美酒。不杀生、讲信用、圣洁、同情、维护和平、苦修等正义的事情他一件也没干过，干的尽是可以满足酒肉欲望的毫无意义的事情。他从不真心敬奉神灵，（对

---

① 从名字上可以看出作者帕勒登杜在讽刺这个婆罗门，意指他作风不正派，讽刺他经常纠缠寡妇。

他来说），敬奉神灵只是为了捞取名声和荣誉。

阎王：什么荣誉？正义和荣誉有什么关系？

主簿官：陛下，英国政府给那些按他们的意思行事的印度人授予"印度之星"的称号。

阎王：噢！那这个国王是个非常下贱的东西了！ [1]

这里的国王实际上是印度土邦的最高封建主，他们和中国封建社会的大小诸侯差不多，各霸一方，往往拥有自己的内阁和军队等，有很大的势力，是统治人民的印度第二级统治者（第一级是中央政府，如莫卧儿朝廷、英印政府等）。这类毫无正义感的国王能为人民做些什么呢？值得一提的是，帕勒登杜通过阎王之口说出了自己想说的话——为英印殖民政府卖命的印度人不是好人，是"下贱的东西！"我们都知道，他自己因对英王的忠心和出众的才学于1870年获得印度总督授予的"名誉县长"称号，并成为市政委员，而1874年他辞去了这一"荣誉"。这说明在1870年至1874年间帕勒登杜的思想有了很大的转变，他由盲目地寄希望于英国而变得实际多了。他看到了英国的发达文明，也看清了英国人统治印度的真正目的——获取经济上的好处。于是他以前的信条——英国能帮助印度复兴——发生了动摇。不仅如此，他对其他以英国统治者为主子而忘记印度自身利益的印度人开始痛恨起来，剧中的国王就是这种人的代表。

在同一场戏里，帕勒登杜还借主簿官之口列数了国王的帮凶们的罪状：祭司是个无神论者，他从来没有诚心诚意地敬过神，常

---

① ब्रजरत्न दास सं., *भारतेंदु-ग्रंथावली*, पृ. ८९.

和国王一起吃肉喝酒,杀了成千上万头牲畜。大臣是个阿谀奉承、阳奉阴违的家伙,他靠贪污受贿发家,只知给人民增税却不知为人民办事。婆罗门在神庙中敬神只是为了装装样子,实则为了调戏来拜神的妇女。可笑的是,当阎王问他们服罪与否时,他们都喊冤枉,说自己没有犯罪。大臣的行为更可笑,他竟企图贿赂主簿官:

> 大臣:(双手合十)陛下,让我想想。(想了一会儿,对主簿官说)请您让我去执政,我把费尽心机通过不正当手段获得的钱财都给您![1]

天下竟有这样的人!在人世间贪污受贿,到阴间却要贿赂主簿官以求免罪!而统治印度人民的正是这样的人!

在帕勒登杜所处的时代,这种人确实不少,因此,这个剧本的主题思想不在杀生或不杀生,而在展示统治者的真实面目,在于公开鞭笞讽刺他们。国王、大臣、祭司和婆罗门都是封建上层或印度教社会的高等种姓,属剥削阶级,他们不思为国大计,不顾人民死活,却只知自己享乐,只知讨好英印殖民统治者,是作者和印度人民所不齿和不能容忍的。

《黑暗的城邑》创作于1881年,也是个讽刺笑剧。其主角是一个昏庸无知的国王,他主张一切公平,为人民主持公道,实际上却非常不公,在他的统治下,人民连胖也不敢胖,因为他让大家一样瘦。特别可笑的是,在处理墙倒压死一只羊的案件的过程中,国王竟愚蠢地自己争着上了绞刑架。这个剧本讽刺的对象主要是国王,

---

① ब्रजरत्न दास सं., *भारतेंदु-ग्रंथावली*, पृ. ९३.

他的大臣、警长等助手也一样糊涂，作者对他们也不无嘲讽。这个剧本和《按〈吠陀〉杀生不算杀生》一样，都是对印度封建上层的揭露和批判，相比起来，后者的批判性更强，更能显示出作者朝气蓬勃、富有战斗性的精神。这首先是由于《黑暗的城邑》是为儿童创作的缘故；其次，《黑暗的城邑》的题材来源于民间传说，作者在写作时少了大胆想象的自由；第三，《按〈吠陀〉杀生不算杀生》中的许多内容是作者对现实社会的亲身体验，不像传说那样缺少真实感。

《以毒攻毒》是独白剧，创作于1876年。独白剧"与笑剧一样，也是一种滑稽戏，但它由一个角色演出，是独角滑稽戏"[1]。《以毒攻毒》表现的也是印度封建上层的事，也揭露和批判了他们。剧本只有1场，全部台词由朋达迦耶一人说出，他以"天音"为对话者，叙述了波劳达国王马勒哈尔·拉奥政权倒台的经过。他提到了英国人对待印度土邦的政策，即参与土邦的内政，直到最终剥夺土邦王（国王）的权力，使他成为英国人手中的傀儡，或干脆废掉他，拉奥属于后一种。不过，帕勒登杜并不同情他，相反，他认为王马勒哈尔·拉奥是个毒瘤，全不顾及人民的生活，只图自己享受。不仅如此，他还为非作歹，竟抢占有夫之妇，"听说当国王到城中的富人家去时，妇女们都因怕他而往井里跳"[2]，"谁都同意寡妇再嫁，而他却让有夫之妇再嫁！"[3]这样的国王要他何用？帕勒登杜深知痛苦麻木的印度百姓是不会起来推翻他的，因此，他对英国人推翻他并不反感，认为他是罪有应得。不过，"很清楚，英国人并非真地

---

① 季羡林主编：《印度古代文学史》，第308—309页。
② ब्रजरत्न दास सं., *भारतेंदु-ग्रंथावली*, पृ. ३६६.
③ ब्रजरत्न दास सं., *भारतेंदु-ग्रंथावली*, पृ. ३६७.

想改善印度土邦的状况。"① 这一点，帕勒登杜也很清楚，所以，他认为这是以毒攻毒，认为英国的殖民统治也是个"毒瘤"，"感谢英国人，你们给我们带来了罗摩② 和坚战③ 时期的理想王朝"。④ 显然，帕勒登杜说的是反语。

上述 3 个剧本中的国王及其助手帮凶们都一样愚昧无知，不顾百姓冷暖，但他们却一直统治着印度人民，一直作威作福。人民为什么不起来反对他们呢？事实告诉我们，印度人民还没有觉醒，他们还没有力量来打倒统治者。这一点，帕勒登杜也看到了，他在剧本中表现了人民的颓废的精神状态，指出了人民的缺点。

《爱的世界》就是这方面的剧本，作品创作于 1875 年，其前身是 1874 年帕勒登杜在《赫利谢金德尔之光》上发表的《迦尸城的剪影或两幅普通的照片》。该剧一直没有最后完成，现有 4 场，每场都可独立成剧。有人认为这个剧本之所以未完，是因为作者根本无意再续，因为作品本身不是一个完整的故事，续不续没有什么意义。在这个剧本中，帕勒登杜把视线转移到了小人物身上，将注意力放在自己日常所处的社会现实上，剧中表现的都是迦尸城的事情。迦尸城即贝拿勒斯⑤，是作者出生、生活的地方，是印度教的圣地之一，也是帕勒登杜时代印度最有名的城市之一，在印度很具有代表性。但这里的情况如何呢：第一场，一大群人在议论拉姆金

---

① कुंवर चन्द्र प्रकाश सिंह, नाटककार भारतेन्दु और उनका युग, पृ. ११०.

② 罗摩是印度大史诗《罗摩衍那》中的人物，他是印度教大神毗湿奴最为重要的凡界化身之一，是凡界阿逾陀国的国王。传说他在位期间是印度历史上的黄金时代之一。

③ 坚战是大史诗《摩诃婆罗多》中的人物，他是正法之王阎王的凡界儿子，是天帝城的国王，被誉为正义的化身。

④ ब्रजरत्न दास सं., भारतेंदु-ग्रंथावली, पृ. ३६७.

⑤ 即今天的瓦拉纳西。

德尔，有人说他好色，有人说他喜欢拍英国人的马屁。但当拉姆金德尔来到他们中间后，他们立刻笑脸相迎，阿谀奉承，极尽献媚之能事。拉姆金德尔则摆出一副不可一世的样子，口里念念有词，数说着不少人的坏话（那些人不在场），还当场骂了两个谈论女人的人，说他们俩不正经。第二场，几个迦尸城的诗人正在开诗会，一个外地人来，唱述迦尸城的情况：半个城市充满乞丐，半个城市充满妓女和无赖。这里的人们什么都不干，只知道享乐，富人背信弃义，满嘴谎言，士兵胆小怕事，警察害怕小偷，法庭判决不公，整个城市乌烟瘴气……几个诗人不满，但无言反驳，因为对方说的是事实。第三场，一个外地学者问当地人迦尸城的情况，当地人大吹特吹，说迦尸城比天堂还好，在这里讨饭也是圣事。第四场：婆罗门参加祭祀，场面大、花费多……

帕勒登杜很客观地画了这几幅画，只在第二场以一个剧中人的口气叹道："唉，难道这个城市会一直这样下去？人们如此愚昧，这个城市还如何向前发展？这些人什么也不懂！无缘无故地说别人坏话，以为信口雌黄就是男子汉气概，想到什么就乱说什么，却没人去学点什么或写点什么！唉，神灵什么时候才能来拯救他们！"[1]统治者愚昧无知，普通老百姓也这样不开化！帕勒登杜非常痛苦，他多么希望他所敬奉的神能早日出来拯救这些人、拯救印度！

在《爱的世界》中，帕勒登杜的心情和鲁迅写《阿Q正传》时的心情如出一辙，他们都不希望自己同胞那样落后无知，但他们又都十分了解实际情况，他们不得不客观地描写他们。不过，他们

---

[1] ब्रजरत्न दास सं., *भारतेंदु-ग्रंथावली*, पृ. ३३६.

又都不甘就此罢休，因此，鲁迅让阿Q大喊"二十年后又是一条好汉"，帕勒登杜希望神灵早日出现拯救同胞。

面对如此腐败的统治者，又生活于这样落后的群体中，帕勒登杜对国家的未来、对民族的命运极其关心和忧虑，《印度惨状》和《印度母亲》两个剧本集中地体现了他的这种关心和忧虑。"帕勒登杜的剧本充满爱国情感，对祖国的爱是他剧本创作的活的动力。他用自己的作品呼唤民族意识并唤醒了沉睡的社会，《印度母亲》《印度惨状》等剧作中就充满着对祖国的这种虔诚。前者向我们展示了印度极端悲惨的境况，后者则饱含印度过去的光荣历史、现在的令人心酸的现实和未来的繁荣。"①

《印度惨状》是象征剧，写于1876年，是帕勒登杜的代表作，被认为是印地语文学中的第一部爱国主义作品。剧本韵散杂糅，分6幕戏，主要剧情是这样的：第一幕，一个修道人唱述印度过去的光荣历史和现今的悲惨状况。第二幕，"印度"出场，他叙述自己的辉煌过去，慨叹眼前的可悲现状，希望有人来拯救他。这时有人发出威胁，扬言要彻底消灭他，他昏倒过去。第三幕，元帅"印度恶神"升帐，他说"印度"还在挣扎，应该再去攻打，于是召来"毁灭"将军询问情况。"毁灭"将军表功说自己已先后派"满足""失业""挥霍""法庭""时髦""情面"等将领去正面进攻印度，并让"分裂""嫉妒""贪婪""胆怯""麻痹""自私""偏见""顽固""悲哀""懦弱"等混入"印度"内部，从内部瓦解"印度"。"毁灭"还说"印度"的"庄稼"大军也让他用"暴雨""干旱"两名勇士带领各种虫子士兵干掉了。"恶神"非常高兴，他决定再

---

① रामकुमार गुप्त, *आधुनिक नाटक और नाट्यकार*, पृ. ३-४.

把"疾病""高价""税收""美酒""懒惰"和"黑暗"等大军调拨给"毁灭"将军领导，给"印度"一次更大的打击。他认为"印度"已经丧失了"金钱""威力""智慧"三支大军，这次他一定完蛋。第四幕，新将出征前，"恶神"元帅先后一一召见了"疾病""懒惰""美酒""黑暗"等将领，向他们面授机宜，每个将领都有自己的绝招，如"疾病"有"天花""霍乱"等副将，"美酒"犹如漂亮的小姑娘，谁见谁爱，等等。"恶神"见此更加信心十足。第五幕，七个印度人在开会协商如何躲过"恶神"发动的新的进攻。会议上，大家意见各异，两个当地知名人士担心政府惩罚，怕引火烧身；孟加拉人说可以召开群众大会抗议；编辑说将写文章抨击；诗人说将作诗揭露……他们这样争执了好久，谁也说服不了谁，谁也想不出既能达到目的又能避开政府惩罚的方法。这时，政府警察"不忠"进来，说他们犯了法，硬把他们抓走了。第六幕，"印度命运"出场，他企图唤醒昏迷的"印度"，见他不醒，就唱过去光荣、现实可悲的歌来刺激他，希望他起来自己拯救自己，结果"印度"仍然没有反应。"印度命运"失望至极，在悲伤中用匕首自尽，全剧结束。

　　这个剧本里面忧国忧民的思想感情是很明显的，作者怀着悲愤的心情和对民族命运的忧虑，把印度的悲惨情况通过漫画式的表现手法展现在读者和观众面前，使人清楚地看到天灾、人祸、社会的腐败和种种民族弱点给印度带来的苦难。印度惨状即印度的现状，这一现状是如何产生的呢？自然是"印度恶神"一手造成的，他是蹂躏印度的罪魁祸首。那么，"印度恶神"是何许人？"穿着一半基督教徒、一半穆斯林的装束，手里握着出鞘的利剑"，原来他是基督教徒和穆斯林的混合体！这是可以理解的，帕勒登杜是个非常虔诚的印度教徒，在他看来，印度自然是印度教徒、雅利安人的印度，伊斯兰教是外来的，穆斯林和英国人差不多。因此，帕勒登杜认为造成印度目前惨状的罪人不仅有英国人（基督教徒），而且有穆斯林，而目前最主要的则是英国人，所以剧本中的反英情绪更大。

在第二幕开头，"印度"叹道：

> 本以为，落入英国人之手，还能靠书籍聊慰我苦闷的心灵，佯装快乐，残度余生，可恶神竟连这些也不容。唉！没有谁能拯救我了。[1]

此前，作者在第一幕里还提到英国人把印度的财富都运出了印度。此后，在第五幕中，作者通过七个印度人进一步揭露了英国殖民统治者的本质，诗人说"所有的印度教徒都换上了西装等，这样，'恶神'军队就会把我们当作欧洲人而放过我们"；政府警察"不忠"来逮捕七个人时，说依据的是"英国政策·政府意欲"条文，这表明英印殖民政府根本不让人们从事任何反对"印度恶神"的行动，包括讨论等。这样，作者的意思就更清楚了：原来英国殖民者和"印度恶神"是串通一气的，他们是站在同一立场上的。

然而，在第六幕中，"印度命运"对"印度"说："瞧，智慧的太阳已从西方升起而来。现在不是睡觉的时候。在英国统治下都不醒，要等到什么时候才醒！愚人的骇人统治的日子已经过去。现在的国王意识到了人权，有关知识的讨论四处传播，所有人都获得了谈论一切的权利。"[2] 显然，这里的愚昧人指的是莫卧儿王朝时期的

---

① ब्रजरत्न दास सं., *भारतेंदु-ग्रंथावली*, पृ. ४७१.
② ब्रजरत्न दास सं., *भारतेंदु-ग्रंथावली*, पृ. ४९६.

穆斯林统治者。这又表明了帕勒登杜的另一面——对英国人抱有
幻想。与穆斯林统治者相比,他更接受英国人的统治。确实,他感
激英国人给印度带来了科学技术,也感谢他们带来了现代的工作作
风,并幻想英国人能帮助印度复兴,这种心态差不多左右了他的一
生。不过,上述的"人权""言论自由"等却不是出于帕勒登杜的真
心,因为第五幕早已否定了这一切,人们连开会讨论问题的权利都
没有,又哪里来的"人权"和"言论自由"呢?这就使剧本具有很
强的讽刺意味,也正是作者的高明所在。

所以,《印度惨状》自始至终都充满着反英思想,它之所以被
认为是近代印地语的第一部爱国主义作品,原因正在于此。

表现印度人缺少骨气、软弱成性也是《印度惨状》的目的之一,
这主要体现在第五幕中:七个印度人表面上在商量如何对付"印度
恶神"的进攻,实际上却心怀各异,前怕虎后怕狼,根本不敢真正行
动。其中两个当地知名人士的表现尤为令人吃惊,当警察"不忠"来
抓人时,他们竟又哭又叫,有一个甚至钻到桌子底下,并说自己是来
看热闹的……在第六幕中,作者通过"印度命运"之口说印度人现
在愚昧成性、墨守成规、不思改革等。如果说在《爱的世界》里作者
只是客观地描述的话,这里则是呐喊了,"印度命运"多次呼唤"印
度"醒来,希望他起来实行自救。这里的"印度"就是印度人民,作
者是在向全体印度国民呐喊,希望他们起来自己拯救自己。

回忆光荣的过去、哀叹眼前的耻辱以使国人觉悟是《印度惨
状》的第三个目的。在第一、二、六幕中,作者用对比的手法回顾
了以前的辉煌、历数了今日的凄惨。"作者对古代太美化了,对古
代的人物和事实过分夸张,复古主义色彩较浓。"[①]这是可以理解

---

① 刘安武:《印度印地语文学史》,第211页。

74

的，作者是要用过去的美映衬现在的丑，激起印度人的荣誉感，使他们恢复原有的自豪，为自己的未来而觉醒。在概述中我们曾提及，在现代，斯瓦米·维韦卡南达首先向世界大胆宣告印度文化和文明的优越性及它过去的伟大。帕勒登杜的这种思想看来并不比斯瓦米·维韦卡南达的晚，可谓"英雄所见略同"。

《印度惨状》的结尾是悲剧，这说明作者还没有看清历史发展的方向，同时却也增强了作品的艺术感染力，使印度的有识之士再也没有理由继续沉默下去。实际上，《印度惨状》一出版，就掀起了轩然大波，许多人为之动容，对它评价很高，还有不少人模仿它创作剧本等。

《印度母亲》是帕勒登杜于1877年创作的，和《印度惨状》属于同一类型的剧本。在作品的序幕中，作者明确写道：

> 表现印度和印度人民的惨状是《印度母亲》这个剧本的职责，今天出席观看的雅利安人中，如果哪怕只有一个人为改善印度现状即使作一天的努力，就是我们的成功。[1]

有人认为《印度母亲》是译作，原作是孟加拉语的《印度母亲》[2]，其实并非如此。实际上，《印度母亲》可被看作是《印度惨状》的姊妹篇或续作。剧本是独幕独场剧，剧中主要有象征印度母亲的妇女、智慧女神、财富女神和战斗女神，还有一大群代表印度人民的孩子等。作品中的印度现状十分形象："印度母亲"衣衫褴

---

① ब्रजरत्न दास सं., *भारतेंदु-ग्रंथावली*, पृ. ५०१.

② 参见ब्रजरत्न दास, *हिंदी नाट्य साहित्य*, पृ. ८०-९१ ; कुंवर चन्द्र प्रकाश सिंह, *नाटककार भारतेन्दु और उनका युग*, पृ. ८९-९०。

楼、披头散发、肮脏不堪，她痛苦地坐在尘埃中，孩子们则横七竖八地躺在地上！母亲企图使孩子们醒来，但拖起这个那个躺下，拉起那个这个躺下；等到睡眼惺忪地醒来后，他们又争着要吃要喝；母亲没有办法，只好让他们一次又一次地请求英国女王发慈悲；他们的恳求声引来了两位老爷，一个骂他们无知，是叛乱分子，另一个让他们向天祷告，说上天使他们如此。外求无人应，母亲只好再劝孩子们，希望他们自己起来拯救自己，别再增加她的痛苦。

作品中出现了上述提及的著名的印度教三大女神，她们都高唱印度过去的赞歌、悲叹现今的状况，她们都希望印度母子能即刻醒来，恢复过去的荣耀，但得到的却只是印度母子的沉睡。结果她们都哭着离去，说此地已待不下去，而到异地又得不到尊重……印度人是信神的，他们对三大女神非常虔诚，帕勒登杜让她们出场不无用意：他希望以受人敬仰的神来教化印度人，使他们真正感到危机四伏，并起来消除危机，否则连他们虔信的女神也会离开。这足见帕勒登杜为国为民之用心良苦。

在《印度惨状》中，帕勒登杜的反英情绪强烈。在《印度母亲》里又如何呢？首先，他仍然对英国人抱有希望，让印度母亲对儿子们说："要不是英国统治，我早就没命了。"[1]可是，在稍后一些，同一个母亲却又痛苦地发觉，在英国人的统治下孩子们全都失去了往日的能力，成了一群只知道叫嚷着填肚子的弱者，她非常奇怪，"唉，我的闻名世界的儿子们哪儿去了！"[2]原来英国的统治具有很大的麻痹性，可惜就连帕勒登杜自己也没有完全摆脱这一麻痹！

---

[1] ब्रजरत्न दास सं., *भारतेंदु-ग्रंथावली*, पृ. ५०८.
[2] ब्रजरत्न दास सं., *भारतेंदु-ग्रंथावली*, पृ. ५०९.

由于孩子们饥渴难耐而自己又没有办法满足他们，"印度母亲"便让孩子们向英国女王求助，因为她听说英国女王是个大慈大悲、救民于水火的人，结果却一无所获。至此，"印度母亲"才真正发觉英国女王也救不了他们！

《印度母亲》的结尾比《印度惨状》稍好一些，在这里，帕勒登杜让《印度惨状》中的"印度"坐了起来，并让她向儿子们发出呼吁：

> 我的亲爱的孩子们，现在起来吧，听从"忍耐"大师的鼓励和建议，准备消除我的痛苦！长期以来，我忍受了一切，现在你们该起来干些什么了，别再增加我的痛苦了！ [1]

这是帕勒登杜的一个进步，他虽然没有正面提出"反英抗英"的口号，但对英国的幻想比创作初期要少多了，他逐渐明白了只有印度人自己才能复兴印度的道理，除此以外，印度别无出路。

在帕勒登杜的传说剧中，《信守不渝的赫利谢金德尔》[2] 最为著名。作品创作于 1875 年，曾多次被搬上舞台，受到印地语地区人民的普遍欢迎，影响很大。印地语著名文学评论家舒格尔认为这是个从孟加拉语翻译过来的剧本[3]，也有人认为这是个改编剧，前一种看法不属实，后一种观点不确切。这个剧本实际上是帕勒登杜的创作剧，但中心内容取材于印度神话传说中关于赫利谢金德尔国王的故事，这个传说在印度古代的几部《往世书》中都有，《佛本生故事》中也有。作品共有 4 幕，主要剧情如下：

---

① ब्रजरत्न दास सं., *भारतेंदु-ग्रंथावली*, पृ. ५२४.
② 又译为《信守不渝的国王》。
③ 参见कुंवर चन्द्र प्रकाश सिंह, *नाटककार भारतेन्दु और उनका युग*, पृ. ८८-८९。

天神和修道士仙人听说凡界国王赫利谢金德尔有乐善好施和信守诺言的品德后，就来考验他。婆罗门修道士众友仙人求他施舍了全部国土，他已经一无所有了，无法再付出礼金。为了弄到一笔礼金，他出卖了他的妻子，让她做人家的奴隶；也出卖了自己，替人充当看守焚尸场的守护人。他由享受荣华富贵的国王一下子变成了一个像乞丐一样一无所有的人，但他毫无怨言，始终尽责尽职。后来，他的儿子死了，妻子悲痛欲绝地抱着孩子的尸体来到焚尸场。可是她无钱交纳焚尸的费用，而赫利谢金德尔竟替自己的主人向妻子索取了她身上仅存的一件衣服的一片布作为费用。这时天神和修道士仙人出现了，由于他通过了考验，修道士仙人归还了他的国土，让他儿子复活。天神要赐福给他，他首先向天神要求的是让他的人民都升入天堂，而不是自己的荣华富贵。

剧本表现一个国王的乐善好施、信守诺言和逆来顺受的品德。从印度现实看，当时英国人统治着印度，印度人民过着悲惨的生活，难道帕勒登杜希望国民们对英国人施舍一切，甚至包括自己的国家？难道他希望印度国民忍受英国殖民统治者的一切胡作非为？不然。作者在前言中说这个剧本是为年轻人而写的，说对他们大有裨益；在序幕中他又说当时大多数印度人都忘记了印度光荣的过去，忘记了过去高度发达的物质文明和精神文明，忘记了印度历史中的精英人物，他写此剧是为了提醒人们，激发印度人民的自豪感和自信心。从某种程度上说，剧本确实收到了这样的效果，它向人们展示了印度先人赫利谢金德尔的高贵品质。剧本中的赫利谢金德尔以仁治国、坚守正法、信义为本，并为人民着想，这在客观上起到了反驳当时流行的印度不如西方、东方愚昧西方文明的观点，对印度人重新认识自己的文化有启发作用。不过，帕勒登杜在当时的情况下向同胞们宣传这种谦恭的文化是不合时宜的，其消极影响不容忽视。

　　1880年，帕勒登杜创作了10幕历史剧《尼勒德维》。在写这个剧本时，作者吸收了印地语民间音乐剧的某些特点，作品中的韵文多于散文，音乐效果很强。该剧假托历史事件，讲述了一个可歌可泣的故事：伊斯兰教军队在阿米尔·阿伯杜谢里夫·汗的率领下入侵印度西北旁遮普地区，受到当地国王即尼勒德维的丈夫苏利耶·德沃率领的印度教军队的英勇抵抗。侵略军用夜间偷袭的方式俘虏并杀害了苏利耶·德沃，尼勒德维没有像传统印度教妇女那样殉夫，而是设计为夫报仇。在她的领导下，阿米尔·阿伯杜谢里夫·汗被杀，印度教军队取得了最后胜利。剧本表现了印度教刹帝利种姓中拉杰普特民族抵抗入侵者的顽强精神，展现了他们兴正义之师、视死如归的大无畏英雄气概。"活着解放国土，死了升入天堂"[1]，这就是他们的信条。不过，剧作家的主要目的在于塑造尼勒德维这个巾帼英雄形象。她机智、沉着、勇敢，丈夫被害后，她在敌强我弱、敌众我寡的情况下和儿子等一起乔装成艺人，混入敌人内部，杀死了敌军头目，为国为民为己报了大仇。值得一提的是，在印度的历史或传说中，优秀妇女的例子虽然很多，但像尼勒德维这样随夫驰骋疆场、手刃仇人的例子却很少。帕勒登杜之所以要刻画这样的女中豪杰形象，是因为他要向印度妇女宣告，她们也能成为英雄，也是完整的人，鼓励她们走出家门，为国家、为民族尽一份力量。这一点，他在前言中说得十分明白：

---

① ब्रजरत्न दास सं., *भारतेंदु-ग्रंथावली*, पृ. ५२३.

希望我们的妇女能改变目前的低下状况，也能像英国妇女一样认识自我、了解自己民族和国家的现实，并力争做出自己的贡献……①

此外，帕勒登杜也是在向男人社会发出呼吁，要人们正视妇女的存在，要人们明白妇女和男人一样重要，男人们能干的事她们照样能干。

还有一点值得一提，《尼勒德维》写的是印度人民反抗外族入侵并取得最后胜利的故事，帕勒登杜是否有意鼓励印度人民觉醒，行动起来与当政的英国殖民者作斗争呢？这个问题虽然尚待商榷，但剧本的客观作用却不容置疑，从这方面说，《尼勒德维》的社会意义更大。

《烈女的威力》是帕勒登杜最后发表的一个剧本，写于1884年，共7幕，但他只写了前4幕，后3幕由他的姑表弟弟拉塔格利生·达斯完成。作品取材于大史诗《摩诃婆罗多》中的著名插话《莎维德丽》，属于神话传说剧。剧本主要表现了女主角莎维德丽的执着精神，她以顽强的毅力和机敏的头脑，说服了死神阎王，使自己的丈夫萨谛梵得以重生，使公婆的眼睛得以复明，使公公得以恢复王位。这和剧本《尼勒德维》的主旨是一样的，作者要为印度妇女塑造一个榜样，希望她们首先能在精神上战胜世俗的偏见，并希望有识之士都来为提高印度妇女的社会地位做点什么。此外，作者还表现了萨谛梵孝敬父母的美德，他父亲失去王位后，一家人穷困潦倒，而且父母又相继成了盲人，面对这种局面，萨谛梵挑起

---

① ब्रजरत्न दास सं., भारतेंदु-ग्रंथावली, पृ. ५१९.

了全家的担子，时刻伺候在父母身边。临死时他还不忘父母，嘱咐莎维德丽道：

> 代我向父亲致敬，告诉他我很遗憾，我为他做的太少了，请他原谅我的罪过。也代我问候母亲，临死时不能见她一面我真伤心。（我死后）请你小心伺候公婆，并诚心敬神！

忠孝是东方人的美德，中国如此，印度也同样。在近代，如果印度人能对"印度母亲"尽忠尽孝，不让入侵者恣意妄为，也许印度不会有亡国的灾难。

《金德拉沃里》也是个神话传说剧，这个剧本具有"黑天本事剧"的特点，宗教色彩很浓，神秘成分很多，是帕勒登杜的唯一一部神秘主义剧作。剧本分4幕，女主角是金德拉沃里，她是传说中黑天的情人罗陀的女友，她也深爱着黑天，把黑天当作一切。剧中写她不顾家人的反对和世人的嘲笑，整日整夜地苦等着黑天，并为他担惊受怕、憔悴异常；她的行为终于感动了黑天，最后他们相聚到一起。

单从世俗角度看，《金德拉沃里》中的爱情故事也是很成功的，作品对少女坠入情网后的刻画细致入微，充满古典梵语戏剧传统中的"情味"色彩。不过，帕勒登杜是个虔诚的印度教徒，他创作这个剧本并非为了讲述一个爱情故事，他的意旨是向世人宣传印度教教义，告诉世人人生的终极目标——梵我合一。因此，剧本中的金德拉沃里是广大印度教徒的代表，是"我"的象征，黑天则是无所不在的梵，是"我"的追求者；剧本结尾的相聚是梵我合一的实现。梵我合一是印度教徒的终极目标，是印度教的最高教旨之一，也是印度哲学的重要内容之一，印度很多文学家如罗宾德拉那特·泰戈尔、杰耶辛格尔·伯勒萨德等都在很大程度上受到这一思想的影响。

总体看来，帕勒登杜的戏剧开创了印地语戏剧文学的新纪元，使印地语戏剧真正走上了文学舞台。他的剧本是近代印地语戏剧文学的重头戏，主要是由于他，许多人才步入了印地语戏剧创作的行列，也才有了为人所称道的印地语近代戏剧文学。

帕勒登杜戏剧的思想内容大体是积极向上的。他的剧本触及到了印度社会的各个层面，其中有令人悲叹的印度社会现实，有想把印度彻底摧垮的异族统治者，有愚昧无知只知享乐的印度本土封建上层，也有穷困落后的广大劳动人民。在剧本中，他谴责、讽刺了高高在上的统治者，同情处于水深火热之中的印度人民。他还宣传了只有印度人自己才能拯救印度的真理，他通过"印度命运"之口呼吁"印度"，通过三大女神之口呼吁"印度母亲"，又通过"印度母亲"之口呼吁印度子民，呼吁他们起来改变现状、为未来不再痛苦而行动。此外，帕勒登杜还以印度过去的美对比现实的丑，以此激励印度人复兴印度；他还特别提醒印度广大妇女学习古代的巾帼英雄，希望她们冲破封建桎梏，走向社会，为国家、为民族贡献自己的力量。

从形式方面来说，帕勒登杜继承了古典梵语戏剧传统，他的大部分剧本都有开场献诗、序幕、结尾祝辞等，语言全部采用韵散杂糅的方式。与此同时，他还受到孟加拉语、英语戏剧的很大影响，吸取了对自己创作有益的东西，创作出了省去传统开场献诗、序幕等的剧本，如《尼勒德维》《黑暗的城邑》等；《印度惨状》的悲剧结尾也是英语戏剧影响的结果。此外，他还借鉴近代以前的印地语戏剧、印地语民间戏剧的有用成分为己所用，增强了作品的艺术感染力。

　　还有一点需要指出的是，帕勒登杜的剧本中常有神的形象出现，即使是社会剧也如此，这往往不为外国人所接受。实际上，这是印度的文学传统，自古以来印度人就重视神话不重视历史。在印度人看来，他们的神话传说就是他们的历史，传说中的神话人物就是他们的祖先。加之印度是个宗教国家，人们都虔信神灵，这样，神在人们的心目中既远又近，既不可见又无处不在。对印度人来说，神和人差不多，他们也有七情六欲，也要娶妻生子，而且也参与世人的日常活动；他们与世人的区别只在于，他们可以长生不死，可以在宇宙间自由来去。因此，印度文学家们并不把神看作世外稀物，在作品中常借他们烘托气氛或让他们处理一些常人处理不了的事情。这和中国文人有时用梦等作预兆的道理是一样的，只是中国的更含蓄一些。不过，随着时间的推移，印度文人逐渐在放弃这一手法，印度当代文学中的神灵就很少。

五、近代印地语的其他戏剧家

　　前面已经说过，近代印地语作家主要团结在帕勒登杜的周围，他们有的受到帕勒登杜的精神鼓励，有的得到他的物质资助，和他一起从事文学创作和社会活动。他们办刊物，组织文学团体，创立宗教社团，举办戏剧演出等等。一句话，他们观点相似、行动一致，共同为印地语文学和印度社会改革做出了贡献。近代印地语戏剧是印地语戏剧文学的重要组成部分，由于帕勒登杜在戏剧方面成就斐然,团结在他周围的作家们也把注意力投向这个领域,在帕勒登杜的鼓舞、指导下写作翻译了大量的剧本,丰富和发展了这一时期的印地语戏剧文学,近代印地语戏剧文学指的就是帕勒登杜和他们所创作、翻译的戏剧作品。

谢利尼瓦斯·达斯(1851—1887)是帕勒登杜时期比较重要的戏剧家之一,他是德里人,是帕勒登杜的朋友和合作者。他和帕勒登杜一样在家里学习了印地语、乌尔都语、波斯语和英语等,他还是个成功的商人。由于他的才学和能力,他在很年轻的时候就被英国殖民者授予了"名誉县长"的称号,并获得市政委员的资格。不过,他也和帕勒登杜一样不屑于充当英国人的追随者,他立志为印地语服务,并有5部作品传世:长篇小说《宝贵的教训》和剧本《伯尔哈拉德功行》《太阳女和森沃伦》《勒伦提尔和伯列姆默黑妮》《森约基达择婿》。《宝贵的教训》于1882年出版后颇有影响,被认为是印地语的第一部长篇小说。

《伯尔哈拉德功行》是谢利尼瓦斯·达斯的第一个剧本,创作较早,但发表很晚,发表于1895年。[1]剧本是神话传说剧,独幕11场,主要表现印度教毗湿奴大神的忠实信徒伯尔哈拉德的功行。由于这是第一次创作,也由于当时没有什么成功的印地语剧本可供参考,所以,这个剧本不太成功,结构比较松散,对话处理得也不好,"并没有写出伯尔哈拉德的功行来,语言也显得软弱无力,从戏剧艺术及其他各方面看,这个剧本都是失败的"[2]。这段话虽然有些夸张,但也不无道理,这也许是剧本直到作者去世后才发表的

---

① दशरथ ओझा, *हिन्दी नाटक-कोश*, दिल्ली: नेशनल पब्लिशिंग हाउस, १९७५, पृ. ३२४.

② ब्रजरत्न दास, *हिंदी नाट्य साहित्य*, पृ. १०६.

主要原因。不过，这个剧本毕竟是近代印地语为数不多的早期剧本之一，从这个角度看，它还是有一定意义的。

谢利尼瓦斯·达斯的第二个剧本是《太阳女和森沃伦》，最初以2幕的形式发表在1874年的《赫利谢金德尔杂志》上，1883年出单行本，改为5幕。剧情与史诗《摩诃婆罗多》中的一个插话有关：太阳神的女儿太阳女和青年森沃伦一见钟情（第一幕）。乔达摩仙人来访，森沃伦由于正在思念恋人太阳女而忘了问候仙人，乔达摩生气并诅咒他所想的人忘了他。后经请求，仙人同意如果他所想的人与他身体相触，诅咒自然解除（第二幕）。太阳女几次见到森沃伦，但都不理睬他，这是乔达摩的诅咒在起作用（第三幕）。森沃伦相思成疾，太阳女同情并试图救他，由此两人身体相触，诅咒失效，太阳女恢复记忆，两人和好如初（第四幕）。在极裕仙人的恩准下，太阳神出面将女儿嫁给森沃伦（第五幕）。由整个剧情可以看出，这个剧本与梵语戏剧《沙恭达罗》很相近。实际也如此，当时《沙恭达罗》获得了世界性的声誉，印度人无不为之振奋，很多人重新把古典梵语文学作品当作自己文学创作的榜样，《沙恭达罗》更成为人们关注的焦点。没有什么遗产可以直接继承的印地语戏剧家更是如此，谢利尼瓦斯·达斯也加入了这一行列，《太阳女和森沃伦》便是这一行动的结果。总体说来，《太阳女和森沃伦》是比较成功的，比《伯尔哈拉德功行》要好多了。

近代印地语剧作家除重视古典梵语戏剧外，还十分重视英语戏剧，尤其是莎士比亚的戏剧。谢利尼瓦斯·达斯的第三个剧本《勒伦提尔和伯列姆默黑妮》就是受莎士比亚的《罗密欧与朱丽叶》的启示而写成的。作品创作于1877年，分5幕19场戏，表现的也是一个爱情悲剧：巴登国王子勒伦提尔与父王发生口角后出走，到苏尔德国定居。在一次打猎中，他救了苏尔德国王子利普德门·辛哈，两人遂成好朋友；勒伦提尔还爱上了利普德门·辛哈的妹妹伯列姆默黑妮。但在伯列姆默黑妮的选婿大典上，苏尔德国王拒绝接受勒伦提尔为自己的女婿，并下令其他参加应选的国王们攻打他的住宅。利普德门·辛哈反对父王的行为，为朋友两肋插刀，直到战死。最后，身负重伤的勒伦提尔来到伯列姆默黑妮面前，在她的怀中死去；公主非常悲伤，自杀身死。这个剧本是谢利尼瓦斯·达斯 4 个剧本中最好的一个，"该剧多次被搬上舞台，很受欢迎。这是受英语戏剧影响的第一个印地语悲剧作品"[①]，"它继承了古代戏剧理论的规则，同时也融入了新的（西方）东西"[②]。帕勒登杜很看重这个剧本，该剧初次上演时，他亲自为它写了序幕台词。他还在自己出版的《诗之甘霖》上宣传说，"即使你身边只有一只水罐，我也建议你把它卖了买这本书！"当时不少印地语杂志上也有称赞这个剧本的文章，还有人在孟加拉语、古吉拉提语、英语等杂志上发表文章称赞该作品的成功，连在英国伦敦出版的《印度邮报》也对它另眼相看，足见这第一个悲剧的影响之大。

《森约基达择婿》是谢利尼瓦斯·达斯的最后一个剧本，写于1885 年。这是个历史剧，取材于《地王颂》[③]中地王和森约基达的爱情故事。作品分 5 幕 10 场：在父王杰易京德举行的王祭上，森约基达把择婿花环套在了未到场的地王的金身雕像上，表明了自

---

① कुंवर चन्द्र प्रकाश सिंह, *नाटककार भारतेन्दु और उनका युग*, पृ. २०३.
② ब्रजरत्न दास, *हिंदी नाट्य साहित्य*, पृ. १०८.
③ 早期印地语的一部长篇叙事诗，相传其作者是金德，创作于 13 世纪，但没有最后定论。

已非地王不嫁的心愿。不久，诗人金德带着扮成仆佣的地王来到王祭场所，引起杰易京德的怀疑。杰易京德认出地王后，双方发生争执（第一幕）。森约基达和地王相见，表露了托付终身的情意（第二幕）。地王和杰易京德开战，杰易京德失败（第三幕）。地王把森约基达接出了杰易京德的王宫（第四幕）。知道女儿已经与地王以干达婆方式举行了婚礼后，杰易京德无奈，只好配备嫁妆与女儿相别（第五幕）。因此，这个剧本的情节与长诗《地王颂》差不多，但结尾有所改动，剧本的结尾是杰易京德同意把女儿嫁给地王，以"大团圆"收场。此外，作者还把《地王颂》中的木头地王雕像换成了金身像。不过，这个作品并不像《勒伦提尔和伯列姆默黑妮》那样成功，相反，其结构显得松散凌乱，在当时受到了不少人的批评。

整体看来，谢利尼瓦斯·达斯的四个剧本都比较一般，与现实社会没有任何关系，同帕勒登杜的剧本相比要逊色得多。其剧本形式多承袭古典梵语戏剧的形式，除《勒伦提尔和伯列姆默黑妮》没有开场献诗、序幕外，其他三部都有。因此，不论从哪方面说，谢利尼瓦斯·达斯的戏剧作品都缺乏创新，水平不高，没有达到帕勒登杜戏剧的水平。不过，他仍是当时值得一提的戏剧家，作为近代印地语戏剧的开创性作家之一，"他的剧本创作受到了古代情味剧、梵语戏剧和西方戏剧三方面的影响，古代传统和（现代）新形式相结合是他的戏剧创作的最大特色，也是他的最大成就"[1]。正是这一点使他在近代印地语戏剧文学领域占有不可忽视的位置。

拉塔格利生·达斯（1865—1907）是近代印地语另一位很重

---

① सुशीला धीर, भारतेन्दु-युगीन नाटक, पृ. १११.

要的戏剧家,他是帕勒登杜的表弟,他的母亲和帕勒登杜的父亲是同胞兄妹。由于父兄早死,他的童年时代主要在帕勒登杜家度过,受帕勒登杜的影响很大。他精通印地语、乌尔都语、孟加拉语等,并和帕勒登杜一样活跃,是迦尸印地语普及协会的主要负责人。他一生好学,是诗人、戏剧家和散文家,有近 25 部作品传世,其中有 4 个剧本,此外,他还完成了帕勒登杜没有写完的剧本《烈女的威力》。

1880 年,拉塔格利生·达斯在《赫利谢金德尔之光》上发表第一个剧本《寡妇婚姻》,同年出版单行本。1882 年他作了修改,将剧中女主角西娅改名为赛尔拉,并把书名改为《痛苦的小姑娘》。现在流行的本子就是《痛苦的小姑娘》,作品全用非韵文写成,为独幕,分 6 场戏。主要剧情是这样的:戈沃尔腾·达斯非常相信命相,在女儿赛尔拉的婚姻上尤其如此。他做主把女儿嫁给了没有受过教育且没有任何能力的勒路,而不在几个有能力的青年中选一位,原因是只有勒路的命相和赛尔拉的相合。但是不久勒路就死了,还是孩子的赛尔拉成了寡妇,而社会又不容许她再嫁。她已不能像正常人一样生活,人们鄙视她、视她为不祥物,她在父亲家度日如年,最后服毒自杀,结束了自己的一生。拉塔格利生·达斯像帕勒登杜一样关心印度社会,他赞同帕勒登杜的改革社会、改革印度教的观点,并积极活动。他在这个剧本中提出了童婚、寡妇再嫁、父母(迷信)包办婚姻三大有关妇女婚嫁的问题,向社会、向所有印度人提出了改善妇女状况的迫切性,具有很强的社会现实意义。

《达摩对话》具有象征剧的某些特点,是拉塔格利生·达斯的第二个剧本,创作于 1884 年。这不是严格意义上的剧本,只是一种"对话"。这种"对话"在印度古代许多作品如两大史诗①、往世书②等中都存在。梵语戏剧衰落以后，特别是到了中世纪，不少诗人用韵文创作独立的"对话"，纳尔诃利、杜拉勒等就写过不少这种类型的"对话"。近代以后，帕勒登杜赋予这一体裁以新的形式，他以讥笑嘲讽的手法创作"对话"，使之更为灵活，更有戏剧性，他的《两个朋友的对话》《敬牛家族》等都比较有名。不过，习惯上人们不把这类"对话"列入帕勒登杜的戏剧序列，而只作为小品文对待。拉塔格利生·达斯的《达摩对话》介于传统"对话"和剧本之间，戏剧性比一般的"对话"强。《达摩对话》共有 3 段，其主要角色是"原始达摩"：第一段，祭司、出家人、婆罗门、吠檀多派信徒、湿婆派信徒、毗湿奴派信徒、性力派信徒等在一起争论不休，都说自己的信仰才是正确的，"原始达摩"在一旁听了非常痛苦。第二段，马尔瓦拉、老爷、倡导新潮者、印度基督教徒、无神论者等相互指责、争吵，都认为自己的阶层是最优秀的，"原始达摩"在一旁听了非常吃惊，伤心并昏死过去。第三段，"希望"和"热情"过来救醒"原始达摩"，醒来后他增强了生活的勇气，决定生活下去。这个"对话"具有一定的象征意义，其中争吵的各个角色分别象征印度社会各阶层、各教派，"原始达摩"则是印度本体，是前面各个角色的母体。因此，他们的争吵是无意义的，实际上他们同出一母，同属一个整体。拉塔格利生·达斯创作这个"对话"的目的很

---

① 指《罗摩衍那》和《摩诃婆罗多》两部史诗，前者被誉为印度"最初的诗"，后者是世界上最长的史诗。这两部作品被印度教徒看作是神圣的印度教经典，而且，他们不仅是文学作品，还具有印度古代"百科全书"的性质。

② 印度古代的一系列历史神话传说性质的作品，通常指的是十八部"大往世书"，另有十八部"小往世书"，被印度教徒奉为印度教经典。

明确，他希望印度人结束内部争吵，实现自己人的团结，这是印度复兴和发展的必要条件。

在近代印地语戏剧文学领域，拉塔格利生·达斯的两部历史剧特别受到重视，它们分别是《伯德马沃蒂王后》和《大王伯勒达伯》，拉塔格利生·达斯的戏剧家地位与这两个剧本有直接关系。《伯德马沃蒂王后》发表于 1893 年，分 6 幕 18 场，和中世纪诗人加耶西的长篇叙事诗《伯德马沃德》取自同一历史事件：听说基道尔国王宝军的王后伯德马沃蒂是当世的绝色佳人后，德里苏丹阿拉乌丁企图霸占，便向基道尔发动了侵略，结果大败。但他不死心，在双方签订和约时用欺骗手段俘虏了宝军国王，让他以王后交换。伯德马沃蒂将计就计，以 700 名士兵救回了丈夫宝军。为此阿拉乌丁大发脾气，发动了更大的战争，最后宝军全军覆没，伯德马沃蒂带领城中所有妇女殉国、殉夫，避免了凌辱之苦。这个剧本是作者受到帕勒登杜的《尼勒德维》的影响而创作的，帕勒登杜曾给他提过不少意见，还亲自帮他修改过。作品很成功，当时受到印地语界的一致欢迎。"帕勒登杜时代的作家总以比较的眼光来看待历史和现实，他们为国家目前的糟糕境况而痛苦，他们的作品中充满了怜惜之情，因此，这时期的很多剧本都是悲剧。"①《伯德马沃蒂王后》就是这样的作品，它表现了印度教民族抵御外族入侵的英雄气概，其中国王宝军率领全国士兵英勇面对强大的伊斯兰教侵略军、王后伯德马沃蒂率领全城妇女誓死不愿遭受侮辱等场面都非常动人，对增强当时处于英国殖民者统治下的印度人的士气和自豪感很有作用，它向世人提出了一个新的值得思考的问题：英国人和阿拉乌丁相比如何？

---

① कुंवर चन्द्र प्रकाश सिंह, *नाटककार भारतेन्दु और उनका युग*, पृ. २०६.

　　《大王伯勒达伯》比《伯德马沃蒂王后》更受欢迎，更为引人注目，被认为是帕勒登杜时期最好的历史剧。该剧写于1897年，分7幕36场戏，剧情围绕两个中心展开——莫卧儿皇帝阿克巴和印度教大王伯勒达伯·辛哈的交战、古拉伯·辛哈和玛尔蒂的爱情故事，前者是核心，后者随着前者的发展而发展。主要剧情是这样的：

　　梅瓦勒国王伯勒达伯·辛哈决心抗击阿克巴的侵略大军，他的拉杰普特士兵和王后等也发誓效忠自己的国家，誓死保卫梅瓦勒（第一幕）。伊斯兰教皇帝阿克巴品德败坏，生活放荡，一次他正侮辱一个拉杰普特族姑娘，遭到生活在德里的印度教徒地王夫人的责难（第二幕）。另一国国王芒·辛哈到梅瓦勒做客，他因不愿反击侵略军而受到伯勒达伯·辛哈的侮辱，负气而走。古拉伯·辛哈和玛尔蒂是梅瓦勒的臣民，他们早已相爱，但他们决定等赶走侵略军后再结婚（第三幕）。在芒·辛哈的煽动下，阿克巴决定进攻梅瓦勒城；正在德里探听敌情的古拉伯·辛哈得到地王给伯勒达伯·辛哈的亲笔信后立即赶回梅瓦勒（第四幕）。伯勒达伯·辛哈看了地王的信后率军迎敌，但因众寡悬殊而失利，自己身受重伤，由弟弟瑟克达保护着退入森林，梅瓦勒城落入敌人手中。古拉伯·辛哈和玛尔蒂双双英勇斗敌，两人感情愈加深厚（第五幕）。在阿克巴庆贺胜利的时候，伯勒达伯·辛哈处境悲惨；古拉伯·辛哈也身受重伤倒在战场上的死人堆里，玛尔蒂费尽心力，最终找到了奄奄一息的恋人（第六幕）。伊斯兰教军队发起新的攻势，伯勒达伯·辛哈等受到土著皮勒人的保护才得以幸免于难，这时他的军队已被打散，几乎全军覆没。在身心双重痛苦的折磨下，伯勒达伯·辛哈决定和阿克巴议和，签订丧权辱国的协约；阿克巴非常高兴，地王则忧心忡忡，他又修书一封，让信使古拉伯·辛哈带回。看到地王的信后，伯勒达伯·辛哈又精神大振，但想到自己已经一无所有后还是决定放弃梅瓦勒；这时大臣帕马夏赫拿出全部家产，让他重新召集军队；新召集的军队势不可挡，一举夺回了梅瓦勒城。得知这一消息后，阿克巴发觉碰上了一块硬骨头，但无计可施。最后，古拉伯·辛哈和玛尔蒂的婚礼在大王伯勒达伯·辛哈的朝廷中隆重举行，大家异常高兴，全剧结束。

这是个大部头的剧本，但全剧不显拖沓，作者把历史事实和想象交织在一起，在表现正义与非正义、民族事业与儿女私情的矛盾中成功地刻画了人物，使一主一次两个故事都得到了完全的发展。主要故事的两个重点人物阿克巴和伯勒达伯·辛哈的形象着重建立在正义与非正义这个基础之上，在剧本中，前者是个侵略成性、征服欲极强且生活腐化的君主，作者主要以他自己的行为去表现他；后者即伯勒达伯·辛哈则不同，作为国王，他始终把民族大业放在首位，他指挥大军作战，一马当先、奋不顾身。作者也没忘记他是个人，在最困难的时刻，他也灰心失望过，也曾想妥协投降，但那只是一时的，情绪稳定后，他又恢复为一头雄狮，率领大军奋战疆场并取得了最后胜利。次要故事中的两个人物古拉伯·辛哈和玛尔蒂的形象也得到了成功的塑造，对这两个人物，作者主要是通过个人爱和国家爱这对既矛盾又统一的情感来刻画的，两人相爱极深，但为了国家，他们毅然决定先公后私、先大爱而后小爱；在相互思恋中，他们一个穿梭于敌我两地，一个埋头于后方支援。实际上，这大爱和小爱又是相辅相成的，他们在小爱中找到了共同点大爱，在大爱中又增强了小爱。在表现这些主要人物的同时，作者还非常成功地塑造了次要人物的形象。难怪苏希拉·提尔博士说"在这个剧本中，拉塔格利生·达斯的戏剧艺术发展到了顶峰"。①伯勒杰尔登·达斯博士也说"这个剧本是第一流的印地语戏剧作品之一，是帕勒登杜之后伯勒萨德之前出现的最好的剧本"。②贡沃尔昌德尔·伯勒格谢·辛哈博士则干脆说"在印地语戏剧文学中，拉塔格利生·达斯应该被看作是历史剧的创始人"。③这种看法不是没有道理的。

《大王伯勒达伯》之所以有如此大的影响还有另外一个因素，那就是人们从中获取了一种内在的精神上的东西，这就是势不可挡的民族正气和强烈的爱国情感。1897年正是印度1905—1908年民族资产阶级革命的前夜，当时已涌现出了不少反英情绪特别强烈的知识分子，人民大众中也默默形成了一股反对英国殖民统治的暗流，而《大王伯勒达伯》中表现的主题正与这两股势力不谋而合。并且，在某种程度上，作品推动了这两股势力的发展，使它们渐渐合成一股，变得更为强大。因此，《大王伯勒达伯》的社会意义是当时其他作品所无法相比的。

在近代印地语戏剧家中，德沃给南登·德里巴提的地位也很重要。他出身于农民家庭，曾创办《伯勒亚格消息》杂志，一生著述很多，写有近20个剧本。他的剧本涉及面很广，有神话剧、社会剧、历史剧等，其中社会剧具有很强的现实意义，但文学水准尚嫌不足。德沃给南登·德里巴提很重视民间戏剧，他受"罗摩本事剧"和"黑天本事剧"的影响，创作了《悉多被劫》《罗摩功行》《耿斯之死》《卢给默妮被劫》等神话传说剧。不过，他并没有把作品中的主要角色完全神化，而是采取了把神话世俗化的写作手法，

① सुशीला धीर, भारतेन्दु-युगीन नाटक, पृ. ११४.
② ब्रजरत्न दास, हिंदी नाट्य साहित्य, पृ. १२९.
③ कुंवर चन्द्र प्रकाश सिंह, नाटककार भारतेन्दु और उनका युग, पृ. २०८.

使其中的神与人相差无几,增强了作品的"真实"性。在《悉多被劫》中,他让猴王妙项、神猴哈奴曼等变成了人,把罗摩的神性也淡化了许多;在《卢给默妮被劫》中,他把黑天也塑造成了普通的人。如此等等,都表明了作者在继承过程中的创新。

德沃给南登·德里巴提非常关心印度的前途,他的不少剧本都与当时的印度社会现实有关。《妓女之乐》是一个比较成功的社会剧,作品表现了一个坠入妓女魔爪的男子的不幸,他的钱花得精光,品行也越来越坏。《童婚》告诉人们早婚的危害性,希望社会关注孩子。《属于杰耶纳尔·辛哈的》是有关迷信的一个剧本,其中的母亲宁愿相信巫师也不相信医学,结果失去了可爱的儿子。妓女、童婚、迷信等都是印度社会的弊端,德沃给南登·德里巴提把它们表现出来,是要提醒世人,希望他们别再熟视无睹。

印度教社会一向视牛为圣物,印地语中的"奶牛"一词常与"母亲"一词连用,但穆斯林却不如此,他们当牛为普通家畜和日常食品。这样,处于同一个社会中的这两个民族常因这件事闹纠纷,德沃给南登·德里巴提也注意到了这个问题,他甚至预见到印度社会半个世纪以后出现的印度教徒和穆斯林之争。因此,他在1881年一年时间里创作了两部有关这方面的作品,以向世人敲响警钟。《护牛》是第一部,作者在这个剧本里写了印度教徒和穆斯林之间因牛引起的冲突,其中的不少对话很有见地,很有说服力。第二部是《禁止杀牛》,具有历史剧的性质,在剧本中,作者称赞了莫卧儿王朝著名皇帝阿克巴的开明宗教政策,他希望当政者也能像阿克巴一样,为了印度国民间的团结而颁布"禁止杀牛"的法令。当然,英国殖民统治者不可能为印度人民的切身利益着想,这是后来宗教大屠杀的直接原因之一。

德沃给南登·德里巴提出身农民，他对印度农村的情况非常熟悉，很清楚农民所受的苦难。在剧本《借一还三》中，他揭露高利贷者对农民的剥削，这是当时农民身上的三大压迫之一。在《六个铜板的牛》中，他批判了当时盛行的欺诈之风。受帕勒登杜的《印度惨状》的启示，他创作了《印度遭劫》，剧本以整个印度社会为背景，表现了当时在印度大地上发生的不公正事件，展示了印度人民所处的悲惨状况，很有感染力。

德沃给南登·德里巴提的笑剧很有特色，不少人认为，在印地语戏剧文学中，帕勒登杜开创了笑剧的先风，德沃给南登·德里巴提丰富发展了它，这有一定的道理。他的成名笑剧有《吉祥线》《女人行为》《百中有十》《迦利时代的圣线》等等。通过这些作品，作者在笑声中向人们提出了严肃的社会问题，具有一定的启发作用。

因此，德沃给南登·德里巴提的作品不仅对城市问题有所反映，对农村情况也有展示，而且是站在正义的立场上。虽然他的剧本的艺术水平不高，但仍有其特殊的价值，在近代印地语戏剧文学中占有一定的位置。

拉塔杰仑·戈斯瓦米（1858—1925）是非常推崇帕勒登杜的近代印地语文学家之一，他是印度北方邦沃林达温地区人，在家里学习了梵语等知识。拉塔杰仑·戈斯瓦米受《赫利谢金德尔杂志》的影响很大，1875年他创建了"诗人之家"协会，1883年又创办了《帕勒登杜》月刊。他一生著述颇多，除写剧本外，他还创作散文和诗歌。大部分作品都表现了作者对民族命运的关心，抒发了振兴国家和为社会服务的豪情。

拉塔杰仑·戈斯瓦米的大部分剧本都不长，多为独幕剧，内容涉及社会、神话、历史等方面。《烈女金德拉沃里》是他的一个影响较大的剧本，作品发表于1890年，取材于历史传说，其主要角色是印度教姑娘金德拉沃里：她出来打水，被路过的莫卧儿皇太子阿谢里夫看中抓走；一位印度教富翁请皇帝奥朗则布放人，遭拒绝；金德拉沃里企图自杀，未遂；后来印度教徒发动叛乱，杀死了阿谢里夫；奥朗则布非常生气，怪罪于金德拉沃里，她在走投无路的情况下自焚身死。剧本表现了印度教平民和伊斯兰皇家对峙的局面，赞扬了印度教人民不畏强暴、敢于和皇帝作对以维护民族尊严的勇气。

拉塔杰仑·戈斯瓦米的社会剧多半是短小精悍的笑剧，其中以《身心财都献给大神》《老风流》《好戏共赏》等为有名。《身心财都献给大神》发表于1890年，为独幕8场戏，揭露了社会上一些行为不端的出家人的劣迹，他们利用教徒的迷信心理，想方设法欺蒙教徒的妻女。《老风流》控告了一个黑心的老板，他的财产都是昧心所得；在这个作品里，作者还描写了农民和地主的斗争场面，其中还有印度教农民和穆斯林农民团结合作的场景。如此等等，都表明了作者的正确立场。

拉塔杰仑·戈斯瓦米还写了不少神话传说剧，《苏达玛》是其中比较有代表性的一部，写于1883年，独幕5场，表现了毗湿奴大神化身黑天的同窗好友苏达玛的功行。这类剧本多取材于人们所熟知的神话传说，创新不多。

伯勒达伯·那拉因·米谢尔（1856—1895）是北方邦乌纳沃地区人，受帕勒登杜的影响较大，一生共译有15部作品，创作20部，其中有不少是剧本。《沙恭达罗乐剧》是他从梵语《沙恭达罗》翻译改编而成的，是比较成功的《沙恭达罗》印地语译本之一。他的《印度惨状》是受帕勒登杜的同名剧本影响而创作的，模仿成分较多。1886 年，他发表了《迦利时代的奇迹》，对社会上的荒淫放荡者、酒鬼以及街头骗子等进行了无情的揭露。《迦利时代的影响》《赌徒恶棍》等剧本写的也是这方面的内容，对社会的批判性很大。在《牛的危机》中，伯勒达伯·那拉因·米谢尔提出了保护牛的问题。这是长期困扰印度的主要社会问题之一，是印度教徒和穆斯林如何和睦共处于同一个社会中的关键问题之一。《顽强的赫米尔》是历史剧，作品取材于历史传说，颂扬了印度教国王赫米尔不畏强大的伊斯兰教侵略军、敢于和异族强敌作斗争的民族爱国主义精神。

恩比迦德得·沃亚斯（1858—1900）是帕勒登杜的朋友，先后编过《毗湿奴教派》《甘露之波》两种杂志，1898 年成为巴特那学院的梵语教授。他一生共创作了 75 部作品，剧本《牛的危机》比较成功，写于 1882 年，发表于 1886 年。剧本取材于莫卧儿王朝阿克巴大帝下令禁止杀牛的历史故事，共 3 幕戏：听说穆斯林在开斋节杀牛献祭的消息后，印度教徒非常气愤，他们直接向当时的皇帝阿克巴请愿。阿克巴出于政治原因答应了他们的请求，颁诏下令在全印范围内不许杀牛。当时有不少戏剧家以这个历史事件为题材创作剧本，但恩比迦德得·沃亚斯的"这部《牛的危机》可算是最好的"①。恩比迦德得·沃亚斯的社会剧也比较成功，《迦利时代和酥油》揭露了不法商贩在酥油中掺假的行为，批判了社会上弄虚作假的商人阶级；《大丈夫》《印度的幸运》等剧本也有一定影响。《勒丽达》是他用印地语的伯勒杰方言写成的剧本，发表于

---

① ब्रजरत्न दास, हिंदी नाट्य साहित्य, पृ. १३५.

1878年,受帕勒登杜的《金德拉沃里》和民间音乐剧的影响较大,其中韵文多于散文,表现的主要是印度传统的与爱情有关的"情味"内容。

除上述戏剧家以外,还有不少人创作了印地语文学剧本,如巴尔格利生·珀德、格谢沃拉姆·珀德、伯德利那拉因·觉特尔·伯列默肯等,他们也可被列入近代印地语戏剧家之列。不过,随着时间的推移,他们的戏剧家地位逐渐遭到削弱,因为他们的创作水平都不强,艺术性不高,思想性也平平。

总体说来,近代印地语戏剧家在印地语戏剧文学领域都取得了一定的成就,他们的剧本虽然在艺术手法方面不及帕勒登杜的作品,在思想内容方面也有欠缺之处,但他们都做了努力,为印地语语言文学、为印地语戏剧的发展做出了贡献,没有他们的辛勤劳动,近代印地语戏剧文学就会失去不少光泽。

第三章　现代印地语戏剧文学
（1905—1947）

英国殖民统治者分裂孟加拉以后，印度的政治运动便渐渐带有了革命的性质。1905—1908年的资产阶级民族革命是印度历史上一个重要的里程碑，它标志着印度进入现代阶段，从此以后，印度人民开始了真正反对英国殖民统治的斗争。在1905—1908年的革命运动中，印度国大党中以提拉克为首的激进派起了直接领导作用，他们提出了实现国家"自治"的目标，但这却使温和派担心起来，结果两派在"自治"目标提出后的第二年即1907年发生分裂，这就大大削弱了革命的力量。不过，在这次革命中，以穆斯林为主要成员的印度穆斯林联盟产生了（1906），此后，绝大多数穆斯林人民便一直团结在它的旗帜下进行活动。从某种意义上说，印度穆斯林联盟的产生又加强了印度革命的力量。革命运动失败后，英印殖民统治者迫于形势压力采取了一些应变措施，人民的反英情绪有所缓和，这集中地体现在印度全力支持英国参加第一次世界大战这一事实上。第一次世界大战后期，印度国内形势有所改变，印度国大党温和、激进两派统一看法后于1916年和解，重新成为一个整体。同一年，印度穆斯林联盟和印度国大党也实现了联合，革命力量大大增强。1919年前后甘地走上政治舞台后更加强了这一力量，印度反英民族独立运动进入历史上蓬勃发展时期,全国人民目标相同,行动一致,资产阶级、工人、农民都参加了这一运动。不过,由于英印统治者的挑拨,也由于运动领导人的错误认识,1923 年发生了印度教徒和穆斯林间的冲突,此后这类冲突一直不断,成为印度争取民族独立运动中令人痛心的一幕。虽然英国殖民主义者对运动进行了无情的镇压和卑劣的破坏,印度人民一直没有放弃目标,他们在印度国大党、印度穆斯林联盟等政治团体和甘地等民族伟人的领导下进行了百折不挠的斗争,最后于 1947 年取得了国家的独立。但印巴分治却在他们的心中留下了不可愈合的创伤,这也主要是英国殖民者的破坏所致。

　　20 世纪上半期,即印度独立前的几十年,印度社会已濒于崩溃。这主要表现在经济领域,其直接原因便是两次世界大战。前面已经说过,在第一次世界大战期间,印度人民全力支持英国,在财力、人力、物力等各个方面都做出了巨大的牺牲,"印度的人民和王公们都慷慨地献出他们的资财供政府使用;印度的士兵英勇作战,在欧洲、非洲及西亚各个战场上都享有盛名"[1]。第一次世界大战的苦果还没消化,英国又把印度拖入了第二次世界大战。虽然这次国大党和穆斯林联盟反对印度参战,但实际拥有人民血汗的印度各土邦王公却坚定地作英印殖民政府的后盾,他们使英国毫无困难地在印度获得充足的物资、财力和兵力补充,甚至连负责东南亚战场的英国陆军上将威廉·斯利姆爵士也不得不承认,"印度是我们的基地,我们从那儿获取一切物资的四分之三。我们从印度获取的一切中最好的便是印度陆军"[2]。此外,印度的大小封建主和新兴的资本家则始终在剥削奴役劳动人民,加之不断出现的天

---

① 〔印〕R. C. 马宗达等:《高级印度史》(下册),第 996 页。
② 转引自同上书,第 1033 页。

灾、瘟疫，印度人民的物质、精神状况非常糟糕，他们的情况"一向是可悲的，在战时和战后更遭受莫大的困苦"①。

如果说在英国人侵入印度的第一个时期（1600—1857）印度人民还处在十分落后的蒙昧状态的话，那么，在第二个时期（1857—1905）便进入了由一批社会活动家和文学家唱主角的启蒙状态，而到了现代（1905—1947），印度人民就真正进入了普遍觉醒的状态。经过印度有识之士的长期努力，社会改革和改良运动到20世纪初已经取得了明显的成果，印度人民逐渐摆脱了以前的僵化心态。加之1905—1908年革命运动的锻炼，他们更加明白了自身的价值、所处的环境和奋斗的目标。应该说，进入20世纪后，虽然在19世纪下半期影响很大的梵社、祈祷社、圣社等教育民众并提高其地位的努力仍在继续，但其影响已明显下降，代之而起的是具有新的宗旨的社团。由戈卡尔于1905年创立的"印度公仆社"是新团体中最为著名的一个，该社宗旨是训练为印度服务的爱国人士，用一切合乎宪法的手段增进印度人民的真正利益，其成员必须准备以宗教的精神为祖国的事业献身。一句话，它要训练和培养一批在某些方面有充分能力为祖国服务的人，而不是像以前的社团那样主张什么、提倡什么、改良或批判什么，等等。实践证明他们适应了新形势，跟上了时代的步伐。

不仅印度教社会如此，前一时期畏缩不前的伊斯兰教社会也行动起来了，许多社团和报纸应时兴起。人数较少的祆教②教徒和锡克教教徒也深受大趋势的影响，1910年祆教会议的召开和锡克

① 〔印〕R. C. 马宗达等：《高级印度史》（下册），第1042页。
② 即琐罗亚斯德教，也称拜火教。

教首领主张对社会和文化实行自由改革、在阿姆利则设立卡尔萨学院就是这两个教派民众觉醒的明证。

1919 年以后，甘地主义在印度得到迅速传播，并立即影响到社会各个领域。那么，什么是甘地主义？首先，甘地认为印度应该自治，应该摆脱英国殖民主义者的统治。但他又认为，这一自治的前提是印度人民的精神自治，即精神完善。其次，甘地认为印度争取自治的根本途径是坚持真理，即坚持仁、爱、良心和非暴力，以善良之心对待一切，以此来感化敌人或作恶者。这里，非暴力是非常重要的行为规范，是任何时候都不能抛弃的原则。不合作也很重要，它与非暴力、爱一起构成坚持真理的方法。第三，甘地主张实现印度各阶层、各宗教的大团结，主张吸引尽可能广泛的群众参加坚持真理的斗争，以便壮大民族运动力量，并使所有人在斗争中逐渐提高精神境界，增强自制、自助、自救能力，达到精神完善。第四，甘地崇尚印度的古老文化，他主张印度自治后建立以印度（教）传统文明为基础的和谐社会，人的精神完善是这个社会的最大特色。在他看来，政府是需要的，但其作用只是处理人力所处理不了的事情……甘地主义是在印度民族独立运动处于转折时期出现的一种思想（潮），它不仅具有民族爱国色彩，而且不反对富人阶级，同时也更接近普通人民。因此，这一思想为所有印度人所接受。甘地本人也受到了全印度人民的欢迎，被尊为"圣雄"。①

因此，空前活跃的政治运动、极其低下的人民生活状况和全新的社会思潮构成了印度现代时期的基本特色。在这一特色影响下的现代印地语文学与以前大不相同，其内容更丰富，形式更成熟，

---

① 参见林承节：《印度民族独立运动的兴起》，第 476—513 页。

艺术水平更高。印地语戏剧也同样进入了一个全面成熟的时期，在这一时期，出现了一批优秀的戏剧家，他们与近代戏剧家们不同，不是团结在某一个作家的周围，而是从各自对社会的切身体验出发，"独立"创作。所以，出现了以历史题材为主创作剧本的杰耶辛格尔·伯勒萨德和以社会问题为主要题材创作剧本的乌本德勒那特·阿谢格等，前者是现代最重要的印地语戏剧家，后者是真正写出现代生活的剧本的剧作家。相比起来，现代印地语戏剧的社会现实性、历史文化性、进步性和艺术性都远远超过了近代以前和近代的印地语戏剧，其成就是空前的。

一、现代印地语最重要的戏剧家伯勒萨德

帕勒登杜以后的 20 多年时间里（1885—1910），印地语戏剧文学进入了一个相对低潮的时期。这一时期出现的剧本无论在思想内容上还是在艺术水平上都赶不上帕勒登杜时代的剧本，正如西沃丹·辛赫·觉杭说的，"帕勒登杜一代和杰耶辛格尔·伯勒萨德之间的一段时期内也出现了不少的剧本，但是作者中间缺少富有才华的剧作家"[1]。1910—1911 年，杰耶辛格尔·伯勒萨德创作了第一个剧本《君子》，由此，"他把印地语戏剧引向了一个发展的新方向，并且使它茁壮成长，达到了成熟的阶段"[2]，使之重新"繁荣"起来。

---

[1] 〔印〕西沃丹·辛赫·觉杭：《印地语文学的八十年》，第 125 页。
[2] रामकुमार गुप्त, आधुनिक नाटक और नाट्यकार, पृ. २०.

　　杰耶辛格尔·伯勒萨德（1889—1937）是现代印地语的重要作家，被誉为现代印地语文学的奠基人之一。他出身于印度北方邦贝拿勒斯的一个富有的印度教吠舍种姓家庭，祖父和父亲都是当地有名的烟草商人，他们信仰印度教、崇拜神灵，且待人宽厚、富有同情心、好施舍，家里常有诗人、学者出入，文化、宗教气息很浓。伯勒萨德的父母共有 5 个子女，他排行最小，也最受宠爱，美好的童年生活使他终生难忘。11 岁时（1900），他曾和母亲、姐姐一道外出旅行，游览了不少名胜古迹，眼界大开，奇妙的自然美景使他流连忘返。此后，伯勒萨德逐渐告别无忧无虑的生活，父母的去世（分别去世于 1901 年和 1904 年）使他失去了往日的欢乐，家庭的财产纠纷又使他内心充满恐惧。这段时间里，长兄是他唯一的物质和精神支柱。但"好景"不长，1906 年，长兄也告别了人世，这对他的打击更大，他几乎失去了继续生活下去的勇气。然而，他不得不硬着头皮经营烟草生意、担负起全家生活的担子。不久，他为自己张罗了婚事，但十多年后，妻子不幸去世；他又很快结了第二次婚，可新人还未真正过门就离开了人世！此后，他已无心于婚姻，但在寡妇嫂子的恳求下他还是娶了第三个妻子。这以后，他的生活才算平静下来，但 20 世纪 20 年代后期家庭经济状况的恶化又给他增加了精神负担。由此可以看出，伯勒萨德基本上生活在家庭的不稳定之中。正是由于这个原因，他虽然面对一个处于动荡变革中的印度社会，但却始终把主要注意力放在自己的痛苦和家业上，几乎没有从事过什么社会活动，生活的范围也比较狭小。因此，在写作时对社会现实也很少直接触及，这是他创作的最大特点之一。不过，他的作品并未因此而失去社会意义和现实意义。

　　杰耶辛格尔·伯勒萨德的知识主要是在家中获得的，他精通梵语、印地语、波斯语、乌尔都语和英语等；研究过吠陀、奥义书、往世书等印度古代宗教文化经典，并受到很大影响。他是个全方位的作家，是诗人、戏剧家，也是小说家，可以说，他是现代印地语最著名的诗人之一，是现代印地语最大的戏剧家，是印地语小说文学的开创者之一。在诗歌领域，他一生共写有8部诗集或长诗，主要有《眼泪》《水波》和《迦马耶尼》等，都是浪漫主义作品。《迦马耶尼》被誉为现代印地语的唯一一部大诗，具有填补空白的意义。在小说领域，他创作了3部长篇小说，即《骨骼》《蒂德里》和《伊拉沃蒂》（未完）；还写有5个短篇小说集，即《影子》《回声》《天灯》《风暴》和《魔术》，共含70个短篇。这些小说也具有浪漫主义色彩，"他开创了一条浪漫主义的小说创作道路，这条道路和稍后进入印地语小说领域的普列姆昌德（先用乌尔都语写作）开创的现实主义创作道路并行发展，各自形成自己的传统和特色"①。此外，伯勒萨德还写过不少评论和散文，而且颇有水平，这从他的《诗、艺术及其他文集》中可以得到印证。

伯勒萨德一生共写有十多个剧本，但具体数目现在还没有定论，一般认为有13个，也有人认为有12个②，《伯勒萨德文集》（戏剧卷）中标明有15个，但其中的《乌尔沃西占布》并不是剧本，因此只能算14个。伯勒萨德本人在历史剧《维夏克》的前言中曾写道："不久前我完成了《耶雪特尔木·德沃》一剧，不久将和读者见面。"③这样说来他的剧本数目便增至15个，据说这部《耶雪特尔

---

① 姜景奎：《伯勒萨德的短篇小说》，《东方研究（1994）》，天地出版社1995年版，第105页。

② 参见《现代戏剧和戏剧家》（आधुनिक नाटक और नाट्यकार）、《印度印地语文学史》等书。

③ 转引自ब्रजरत्न दास, हिंदी नाट्य साहित्य, पृ. १५३。

木·德沃》也是历史剧，未及发表便丢失了，这也许是出版者的责任。不过，还不止这些，伯勒杰尔登·达斯写道："在临去世前，伯勒萨德正在搜集资料准备写一个有关因陀罗的剧本，打算以历史手法表现德沃西达的儿子维西沃卢卜等被杀的情况。就像在开始创作一个历史剧以前先作一个历史分析一样，伯勒萨德也为这个剧本写了分析介绍性的序言，这个序言先在迦尸印地语普及协会的纪念文集中发表过，后来被以《古代印度和她的第一个皇帝》为题收入该协会出版的杂志中。但是，就在他开始动笔创作的时候，死神把他带走了。"[1] 如此看来，伯勒萨德的剧本数目便增到了16个，我们暂且以此为准。

现将杰耶辛格尔·伯勒萨德的所有剧本以创作时间为序列表如下：

序号	剧名	时间	类别	幕、场	备注
1	《君子》	1910—1911 年	神话传说	独幕 5 场	具历史性质
2	《幸福的婚姻》	1912 年	历史	独幕 9 场	前 4 世纪
3	《慈悲场》	1913 年	神话传说	独幕 5 场	具历史性质
4	《忏悔》	1914 年	历史	独幕 6 场	12 世纪
5	《拉杰谢利》	1915 年	历史	4 幕 23 场	6、7 世纪之交
6	《耶雪特尔木·德沃》	1920 年前后	历史	不详	已佚
7	《维夏克》	1921 年	历史	3 幕 16 场	1 世纪前后
8	《阿阇世王》	1922 年	历史	3 幕 28 场	前 6、前 5 世纪
9	《欲望》	1925 年	象征	3 幕 22 场	

---

[1] ब्रजरत्न दास, *हिंदी नाट्य साहित्य*, पृ. १५३-१५४.

续表

序号	剧名	时间	类别	幕、场	备注
10	《镇群王的蛇祭》	1926 年	神说传说	3 幕 23 场	具历史性质
11	《健日王塞健陀笈多》	1928 年	历史	5 幕 33 场	5 世纪
12	《满满一口》	1930 年	抒情	独幕 1 场	
13	《旃陀罗笈多》	1931 年	历史	4 幕 44 场	前 4 世纪
14	《特路沃斯瓦米尼》	1933 年	历史	3 幕 3 场	4、5 世纪
15	《火友王》	不详	历史	现存 1 场	未完，前 2、前 1 世纪
16	《古代印度和她的第一个皇帝》	1937 年	神话传说	不详	已佚

由上表可以看出，《耶雪特尔木·德沃》和《古代印度和她的第一个皇帝》两个剧本已不可得；《火友王》仅存一场，已难以弄清该剧面貌。这样，便只剩下 13 个完整无缺的剧本，这是一般人都能看到的，也许这正是大多数人认为伯勒萨德一生只创作了 13 个剧本的真正原因。不过，我们虽然承认伯勒萨德共写了 16 个剧本，但实际上也只能分析考察其中可得的 13 个。关于其他 3 个剧本，虽有一些资料，但是无从全面展开，因此不作本书的研究对象。

整体来说，伯勒萨德的 13 个可得的剧本中有 8 个是历史剧，3 个是神话传说剧，1 个是象征剧，1 个是抒情剧。3 个神话传说剧都有很强的历史性，剧中的主要角色都是印度历史传说中的人物，如《君子》中的坚战、阿周那、难敌，《慈悲场》中的国王赫利谢金德尔以及《镇群王的蛇祭》中的镇群王等等。而且，伯勒萨德确实是把他们当作历史人物来写的，他们没有什么神性，其生活、行为场所也在凡间尘世。所以，这 3 个剧本实际上是广义上的历史剧，何况印度的历史和神话本来就不是泾渭分明的呢？这样，除了《欲望》和《满满一口》以外的 11 个剧本便都可以纳入历史剧系列。也就是说，杰耶辛格尔·伯勒萨德在戏剧上的成就主要在历史剧方面，他在帕勒登杜等前辈所取得成就的基础上把历史剧创作推向了高潮，并取得了空前的成功。

从时间上看，杰耶辛格尔·伯勒萨德的剧本创作可分为两个时期，即前期（1910—1915）和后期（1921—1937）。在前期，伯勒萨德共写有 5 个剧本，都是历史剧（广义）；在后期，不算未完和已佚的剧本，他共写有 8 个，其中 6 个是历史剧。从思想内容和艺术水平等方面看，后期剧本比前期更成熟、更成功。因此，从某种意义上说，这里的前期相当于试笔阶段，后期则相当于成熟阶段。

"印度文化复兴中有一个很显著的特点，就是激发了对本国以往历史与古物的研究风气。"①这种情况在近代印地语戏剧文学中有很明显的表现，杰耶辛格尔·伯勒萨德不仅继承了这一传统，而且将它视为自己戏剧创作的源泉，"他的历史剧在复兴印度文化方面获得了成功，古代印度的光荣历史是他剧本的生命"②。伯勒萨德以历史剧开始剧本创作，也以历史剧结束这一生涯。不过，正如上面说过的，他的剧本并非只停留在一个水平上，前期的 5 个作品在不少方面存在不成熟之处。

《君子》是杰耶辛格尔·伯勒萨德的第一个剧本，属于广义上

---

① 〔印〕R. C. 马宗达等：《高级印度史》（下册），第 1029 页。

② रामकुमार गुप्त, आधुनिक नाटक और नाट्यकार, पृ. १९.

的历史剧。作品取材于大史诗《摩诃婆罗多》的"森林篇"，表现的是具有"法王"美称的般度长子坚战率四个弟弟救堂兄弟难敌等的故事。不过，这个剧本的水平很一般，好像不是伯勒萨德的独立创作，而是他模仿帕勒登杜剧本和梵语戏剧的结果。剧本形式比较陈旧，有开场献诗、序幕等；语言还不太成熟，人物的对话比较梵语戏剧化，缺少现代印地语的灵活性；剧本中的诗歌是用伯勒杰方言写的，水平不高；此外，伯勒萨德还生硬地在剧中安插了丑角等人物。这些都使作品戴上了无形的枷锁。

《幸福的婚姻》也存在类似问题，作品表现的是印度古代孔雀王朝的第一位国王旃陀罗笈多（月护王）抵御西方侵略者并娶侵略者头目塞琉古的女儿格尔亚妮为妻的故事。在这个剧本中，伯勒萨德省去了开场献诗、序幕等印度传统戏剧的形式，比《君子》要"爽快"得多。但从这个剧本中仍看不出作为印地语现代最成功的戏剧家杰耶辛格尔·伯勒萨德的才华来。

《慈悲场》同样属于广义上的历史剧，主题与印度教废除人祭有关。这是个诗剧，全篇都用诗歌写成，音乐性很强，但"也是个水平一般的剧本"[1]，整个作品结构比较松散，布局也不太合理。其中的主干故事（罗黑德买舒纳诃谢夫代自己作牺牲品）和次要故事（苏沃尔达与众友仙人及舒纳诃谢夫的家庭纠纷）之间的关系并不大，硬串连在一起反而显得啰唆，减弱了剧本的感染力。

1914 年，杰耶辛格尔·伯勒萨德发表了第四个剧本《忏悔》，剧本取材于 12 世纪的历史传说：主人公杰易京德因个人私怨引来了伊斯兰教侵略者，结果毁了国家害了自己。整个剧本全用非韵

---

① ब्रजरत्न दास, *हिंदी नाट्य साहित्य*, पृ. १५६.

文（白话）写成，语言简单易懂，结构也比较紧凑，比前面3个剧本要成熟得多。

杰耶辛格尔·伯勒萨德在前期创作的最后一个剧本是《拉杰谢利》，这个剧本首先发表在《月亮》杂志上，分为3幕若干场。出单行本时伯勒萨德进行了修改，增删了不少内容，包括增加了整整一幕、删去了原有的开场献诗和序幕等。现在我们看到的是修改过的本子。《拉杰谢利》是伯勒萨德在前期创作的唯——部多幕剧，写的是6世纪末7世纪初印度著名国王戒日王曷利沙为兄长罗阇伐弹那和姐夫揭罗诃跋摩报仇并最后取得两国王位的故事，其中涉及塔内萨尔、曲女城、摩腊婆、高达、摩揭陀、贾路格耶等印度本土诸小国和异族入侵者匈奴人。因为场面比较大，人物比较多，剧本情节稍嫌凌乱，人物形象的刻画也欠考虑，读者无法分清哪个是主要角色，哪个是次要角色。不过，这个剧本还是比较成功的，是伯勒萨德前期创作出的最好的剧本。这是伯勒萨德第一次创作多幕剧，他曾说过，"这个剧本第一次发表在《月亮》上，后来被收入一个名为《画册》的集子中。前者有点像未完稿，后者是经过修改了的，我认为这是我的第一个历史剧"[①]。可见伯勒萨德自己对修改过的本子也很满意。由此还可以看出伯勒萨以后的剧本创作方向和趋势，第二个阶段的8个剧本中除《满满一口》外都是多幕剧，其中有6个是历史剧，而且都很成功。

杰耶辛格尔·伯勒萨德的第一个阶段的剧本创作受帕勒登杜时代的剧本及其家庭不幸遭遇的影响很大。在他开始印地语戏剧创作之前，帕勒登杜早已誉满整个印度，他及其同伴所形成的作家

---

① 转引自दशरथ ओझा, *हिंदी नाटक: उद्भव और विकास*, पृ. २१६。

团体不仅在印地语地区有影响，在非印地语地区也受到欢迎。加之伯勒萨德和帕勒登杜生于同一城市贝拿勒斯，而帕勒登杜去世后印地语界没有出现具有影响力的戏剧家，所以伯勒萨德对帕勒登杜崇拜有加，在创作剧本时一直视之为榜样。此外，父母兄长的去世、家庭财产的纠纷以及一家之主的重担等家庭因素在这一时期也一直困扰着伯勒萨德，使他囿于一个狭小的精神空间，缺少自信心。这两个因素使伯勒萨德在创作时放不开手脚，打不破前人的条条框框，以至有模仿之嫌；在形式、行文、结构布局等方面都有不少缺陷。《拉杰谢利》稍有改进，但受帕勒登杜的《尼勒德维》的影响也是显而易见的。

1919 年开始，甘地登上了印度民族独立运动的舞台并成为运动的权威和偶像，甘地主义思潮由此在印度盛行不衰，印度人民的民族爱国情绪也由此进入全新的高潮时期。在此期间，杰耶辛格尔·伯勒萨德失去了结发妻子和第二个妻子，家庭的经济状况也不太好，但他却没有像前期那样为这类私事过分烦恼。他虽然没有直接参加运动，却以期待、希望的眼光时刻注视着国家、民族的命运。从此，他的戏剧创作进入了第二个阶段。在这个阶段，他不再沉浸于个人的不幸痛苦之中，也不再受前人的戏剧创作所束缚，而是充满自信并明确了自己的剧本创作目标，在 1921 年发表的《维夏克》的前言中他写道："我希望在剧本中表现一些未见诸记载的对印度目前状况有重大影响的历史大事件。"[1] 这是伯勒萨德剧本创作进入成熟时期的最重要标志。

1921 年，杰耶辛格尔·伯勒萨德发表了第二个创作阶段的第

---

① 转引自 ब्रजरत्न दास, *हिंदी नाट्य साहित्य*, पृ. १५२-१५३。

一个剧本《维夏克》。该剧取材于克什米尔历史学家兼文学家迦尔
诃那的长篇历史叙事诗《王河》，表现的是公元 1 世纪前后发生在
克什米尔的历史传说。剧本中的印度教婆罗门学者维夏克、国王
纳尔德沃都是历史人物，"在这个剧本中，伯勒萨德很少幻想，故
事取材于纯历史传说，人物也大多是历史上存在过的"①。著名戏剧
评论家德希勒特·沃恰在评论《维夏克》时认为有三个因素促成
伯勒萨德创作了这个剧本：第一个是伯勒萨德的家庭因素，1917
年前后伯勒萨德的妻子和新生婴儿一起过世，这使他很伤心，他希
望重获夫妻之乐，因此在剧本中描写了维夏克和金德尔蕾卡的爱
情生活，他将自己比作维夏克，幻想和妻子重聚，这是符合他的诗
人性格的。印度当时的社会现实是第二个因素，在甘地的领导下，
全国人民的民族热情空前高涨，他们奋起反抗不为印度利益着想
的英国殖民统治者，剧本中的蛇族全族起来反对国王纳尔德沃便
是这一社会现实的缩影。第三个因素是贝拿斯附近鹿野苑的佛教
建筑废墟，伯勒萨德有一次看到了这片废墟，遥想佛教衰微的原
因，剧本中的佛教徒无知无理蛮横便是最重要的原因之一。②这种
分析不是没有道理的，杰耶辛格尔·伯勒萨德是个非常内向又很
浪漫的人，他在作品中很少与社会现实直接发生关系，总是以比
较隐蔽的手法来影射现实事件和自己的遭遇及心情，但相比起来，
他的后期创作与印度民族的关系更密切，与他个人的关系则比较
淡薄。

《维夏克》之后，杰耶辛格尔·伯勒萨德创作了名剧《阿阇世

---

① ब्रजरत्न दास, *हिंदी नाट्य साहित्य*, पृ. १५९.
② दशरथ ओझा, *हिंदी नाटक: उद्भव और विकास*, पृ. २१६-२२३.

王》。作品中的故事发生在公元前 6、前 5 世纪，涉及摩揭陀、乔萨罗、乔赏弥和毗舍离等印度小国；剧本中的主要角色是摩揭陀国著名国王频毗婆罗之子阿阇世。在剧本中，杰耶辛格尔·伯勒萨德没有依历史传说把阿阇世写成弑父者。不过，由于仍未完全摆脱个人不幸所带来的烦恼，伯勒萨德在剧本的前半部分把一切都弄乱了：儿子反对父亲，妻子反对丈夫，女奴成为王后，妻子争风吃醋，太子成为强盗，王后沦为妓女……也许他是在发泄心中的痛苦，他希望破坏一切，然后再重新建立一个新世界。他的个人经历与此差不多，父母、兄长、两个妻子、孩子相继死去，直至结了第三次婚后生活才趋于平静。因此，《阿阇世王》前半部分的乱和后半部分的趋于缓和的结尾与作者上述的个人生活有很大关系。自然，这与当时的社会状况也不无瓜葛，杰耶辛格尔·伯勒萨德希望印度社会的轰轰烈烈的独立运动（乱的状况）也能早日成功并换来一个和平完美的新印度。这种国事和家事与历史传说的有机结合在作品中相当成功，伯勒杰尔登·达斯评论道："伯勒萨德的独特的剧本创作风格由这个剧本开始，这是他的最好的剧本之一。创作这个剧本以后，伯勒萨德才开始进入到高水平的戏剧家行列。"[1]

1925 年，杰耶辛格尔·伯勒萨德创作了第一个非历史剧剧本《欲望》。这是个象征剧，与现实的关系很大，其中反映了伯勒萨德很强的时代意识，他非常赞同甘地的主张，并在该剧本中描述了甘地所设想的未来印度的图画。《满满一口》是他的第二个非历史剧剧本，创作于 1930 年，作品抒情性很强，肯定了夫妻和睦的家庭生活，否定了放纵不稳定的非婚姻生活。《镇群王的蛇祭》是伯勒

---

① *ब्रजरत्न दास, हिंदी नाट्य साहित्य, पृ. १६३.*

萨德第二个创作阶段的唯一一部神话传说剧,也是广义上的历史剧。剧本创作于1926年,讲述了雅利安民族和蛇族之间的由对抗到团结的故事,是杰耶辛格尔·伯勒萨德3个神话传说剧中最成功的一个。从这个剧本中可以看出,伯勒萨德已完全摆脱了个人的不幸所带来的烦恼,在创作时思路变得更加开阔起来,将印度的现状和雅利安民族的命运放在最重要的地位,并在作品中加以表现,表明自己的关心和期望,这种现象一直持续到最后。

《健日王塞健陀笈多》是杰耶辛格尔·伯勒萨德在第二阶段创作的最为重要的剧本之一,剧本中的故事发生在公元5世纪的笈多王朝,作者写了王朝内部的争权情况,还写了外民族对印度的入侵,整个剧本长而不散,人物多而不乱。不仅如此,作品对印度的现状和社会问题还进行了成功的影射。伯勒萨德在这个剧本里不仅将印度传统艺术和西方艺术有效地结合在一起,还使历史和想象、过去和现实成功地融为一体。因此,伯勒萨德的戏剧创作技巧在《健日王塞健陀笈多》中得到了完美的体现,达到了炉火纯青的程度。

杰耶辛格尔·伯勒萨德的这一高超水准在1931年发表的《旃陀罗笈多》中得到了同样的发挥,该剧取材于公元前4世纪的历史传说,是伯勒萨德最长的剧本。其实这是他前期创作的《幸福的婚姻》的扩展和完善,《旃陀罗笈多》包含了《幸福的婚姻》的所有内容,并使剧情发展得更合理,人物形象刻画得更充分。此外,伯勒萨德还增加了旃陀罗笈多联合其他印度小国抵御外族入侵并夺取难陀朝王位的历史事件,使得场面更加宏大、情节更加复杂。不过,在这个剧本里伯勒萨德却犯了个天大的错误:根据历史记载,希腊侵略者亚历山大于公元前327年向印度挺进,公元前326年利用浮桥渡过印度河，进入印度西北五河之地（即现在的旁遮普地区），而后于公元前325年回国，两年后死在巴比伦城。此后，马其顿帝国大乱，原为亚历山大将军的塞琉古争得巴比伦城和东方诸州，占据着印度河西岸的广大地区，并于公元前306年自立为王。他幻想像亚历山大一样取得印度河东岸的大片土地，但遭到孔雀王朝第一个君主旃陀罗笈多的英勇抵抗，并最终失败。公元前303年前后双方签订和约，塞琉古放弃了印度河西部的一大块地方，得到的回报是500头战象，双方还缔结了某种婚姻。三年以后，即公元前300年前后旃陀罗笈多离开了人世，王位由他的儿子频头娑罗（约前300—前273在位）继承。又根据传说，旃陀罗笈多在年轻时曾见到过亚历山大并冒犯过他，后者曾下令杀死他，由于他逃得快才保住了性命。[1] 那么，亚历山大侵入印度时旃陀罗笈多肯定已经是个20岁左右的青年，而从亚历山大入侵（前327）到塞琉古失败（前303）足有24年时间，这样，当塞琉古向旃陀罗笈多承认失败时后者肯定已经是40多岁的人物了。然而，在剧本中他却并不见老，从见到亚历山大到和塞琉古签约，他一直保持年轻状态，一直是个20来岁的小伙子！其他人如阇那迦、格尔亚妮、辛赫伦、阿勒嘉、罗刹斯等也同样不见老，这20多年好像只是几个月，甚至几天时间！仔细分析起来，这种错误是杰耶辛格尔·伯勒萨德的贪心和诗人品性所致，他要让旃陀罗笈多打败两个难以对付的侵略军头目，并让他保持青春活力以享受爱情。当然，从剧本本身看，作者的这一过失并没有什么坏处，不清楚印度历史的人绝不致提出这类问题。

---

① 参见〔印〕R. C. 马宗达等：《高级印度史》（下册），第70—75、104—108页。

杰耶辛格尔·伯勒萨德的剧本难以搬上舞台，这是大家公认的，不少人还批评他写不出可以在舞台上演出的剧本。但伯勒萨德自己却不这么认为，他多次表白过，舞台应该适应剧本，剧本创作不应为舞台所限制，这是有一定的道理的。实际上，他的剧本无法上演只是因为当时的舞台条件简陋而已，如果用现在的现代化手段，他的任何一部剧本都可以成为剧院的演出剧目。自然，由于社会的和经济的因素，现在已不大可能有人来进行这项事业了。不过，面对当时的怀疑和责难，伯勒萨德决定予以回击，《特路沃斯瓦米尼》便是回击的具体体现。这是伯勒萨德的最后一部完整的剧本，也是历史剧，作品取材于公元4、5世纪笈多王朝时期的历史传说，全剧充满英雄主义和爱国主义色彩，对20世纪二三十年代的印度社会现实有所影射。这个剧本也是多幕剧，共3幕戏，每幕只有1场，场景布置也不复杂，可以很容易地进行编排演出。这令人想起鲁迅作古文的故事：鲁迅主张创作白话文，但有不少守旧者嘲笑他不会作古文，于是鲁迅便给白话文小说《狂人日记》作了一篇文言文的序，以事实驳斥了守旧者的恶意中伤。看来作家们的心意是相通的，可惜杰耶辛格尔·伯勒萨德去世得太早，他再没能创作出一部完整的在当时容易上演的戏来。

综观杰耶辛格尔·伯勒萨德的所有剧本，我们可以发现以下几个特点：

（1）杰耶辛格尔·伯勒萨德的剧本有很强的历史性。前面已经说过，伯勒萨德一生创作的13部完整的剧本中有11部是历史剧，因此，历史性是其戏剧创作的最大、最突出的特点。伯勒萨德被认为是现代印地语最重要的戏剧家主要是因为他的历史剧，可以说，到目前为止，在印地语戏剧文学中，他的历史剧在数量和质量方面仍然是无与伦比的。伯勒萨德的历史剧涵盖面非常广，从《摩诃婆罗多》时代到公元12世纪的历史传说都成了他的创作题材，而且有很强的代表性和创新性。印地语大文豪德维威蒂曾评论说："一方面他（伯勒萨德）有才能，能通过严肃认真的研究，从浩瀚的历史堆里挑选出本身就是伟大事件的题材。另一方面，他又有非凡的创作技巧，能把挑选出的彼此割裂的东西组合起来，并给以生命力和感染力。读了他的剧本，使我惊叹不已，它使我有机会活生生地看到有几千年古老历史的印度。"[1]

确实如此，杰耶辛格尔·伯勒萨德从印度的国故里挑选出了一个个曾经有很大影响力的人物和事件，如旃陀罗笈多和阇那迦推翻难陀王朝建立孔雀王朝及打败西方入侵者的历史（《幸福的婚姻》《旃陀罗笈多》）、戒日王为家族报仇并成为著名帝王的历史（《拉杰谢利》）、塞健陀笈多抵御匈奴异族侵略的历史（《健日王塞健陀笈多》），以及旃陀罗笈多男扮女装杀死塞种国王并成为一代帝王的历史（《特路沃斯瓦米尼》），等等。在创作过程中，伯勒萨德比较忠实于历史，他不愿多做想象发挥，而且尽量不使自己的虚构妨碍历史。这从他的《〈维夏克〉前言》中可以得到印证，他写道，在剧中"虚添了伯列马南德、摩诃宾格勒等两三个人物，但对主要历史事件没有不好的影响"[2]。印度的有些历史学家把他的历史剧本当作参考资料也说明了他忠于历史的风格，同时也说明了他在印度历史研究方面有比较深的造诣。"印度只有神话没有历史"，这是印度国内外历史学家的一致观点，因此，从某种意义

---

① 刘安武主编：《印度现代文学研究》，第319页。

② रत्नशंकर प्रसाद सं., प्रसाद वाङ्मय द्वितीय खंड, वाराणसी: प्रसाद प्रकाशन, १९८५, पृ. १५०.

上说，寻找未被明确记载的被遗忘了的印度的历史便成了伯勒萨德的剧本创作的贡献之一。

（2）浓厚的文化性是杰耶辛格尔·伯勒萨德戏剧的另一个非常重要的特点。伯勒萨德毕竟不是历史学家，他是个主观性很强的浪漫主义文学家。他不希望看到印度历史的黑暗面，因此多选择印度最兴盛的孔雀王朝时代和笈多王朝时代的历史事件作为剧本的创作题材，很少涉及混乱软弱的时代，他的 8 个纯历史剧中有 6 个取材于这两个时代的历史传说。他认为，这种兴盛时代的历史才是真正的印度，印度的文化繁荣首先应归功于这样的时代。伯勒萨德选择历史题材还有一个很重要的标准，这便是看这段历史能否使他达到展示印度文化传统的目的，换句话说，他创作历史剧的目的之一是宣传印度的传统文化，使世人了解自己前人的古老文明并继承复兴它。"印度文化的忠实崇拜者伯勒萨德对雅利安文化有着深厚的感情，他在这种文化里看到了人类的最高理想，他坚信，只有这种文化的复兴才能使印度充满生命的活力。"[①]

那么，杰耶辛格尔·伯勒萨德要向世人展示什么样的文化传统呢？

杰耶辛格尔·伯勒萨德认为，爱是印度文化传统中最重要的内容。在他看来，爱能解决一切问题，包括家庭矛盾、种族纠纷乃至国与国之间的冲突等等。因此，他在剧本中不惜笔墨地表现了这种爱，在《阿阇世王》中，他用这种爱化解了三个王族的内部矛盾，并使三个国家最终得以和睦相处。在剧本中，佛陀宣布道："世界之爱一定会实现，全世界将会成为一个大家庭！"[②] 在《镇群王

---

① रामकुमार गुप्त, *आधुनिक नाटक और नाट्यकार*, पृ. २१.

② रत्नशंकर प्रसाद सं., *प्रसाद वाङ्मय द्वितीय खंड*, पृ. २८१.

的蛇祭》中，塞尔玛、摩妮玛拉及阿斯帝克等都是世界之爱的信奉者，正是在他们的努力下，在他们的世界之爱的感召下，雅利安民族和蛇族才实现了和解。《欲望》表现的也是这方面的内容，人们在爱的原则下和平相处、共同劳作，真正成了佛陀所宣称的大家庭。此外，在《拉杰谢利》《健日王塞健陀笈多》以及《旃陀罗笈多》等剧本中伯勒萨德也向人们展示了爱的魅力及其影响。

宽容是杰耶辛格尔·伯勒萨德要表现的另一印度传统美德。在许多情况下，这一美德和爱是分不开的，可以说它是爱的直接产物。在《阿阇世王》中，由于具有一颗爱心，王后瓦萨维宽容了非亲生子阿阇世，并对他以德报怨，使他回心转意、后悔起自己的行为来。莫里卡由于信奉爱，原谅了害死丈夫的国王普拉森纳吉和太子维卢特格，使他们无地自容，使阿阇世也十分感动。《君子》中的具有"法王之子"美誉的坚战深明大义，堂兄弟难敌等对他们般度族兄弟的百般欺侮也没有改变他对家族及难敌等的爱，正由于这种爱，难敌才在危险时刻被他命令弟弟们解救了出来。伯勒萨德的宽容也有不是建立在爱的基础上的，旃陀罗笈多等对西方塞琉古入侵者的宽容、塞健陀笈多等对匈奴入侵者的大度、拉杰谢利等对项蒂德沃和苏尔玛的宽容等都属于这一类。从实质上说，这类宽容是饶恕。自然，问题并不在这里，问题是伯勒萨德认为宽容是印度民族的固有美德，对印度本土人如此，对侵略到家门口的侵略者也同样。

爱好和平是印度人民的又一美德，杰耶辛格尔·伯勒萨德对此也作了不少描述。在作品中，伯勒萨德很少让正面人物主动出击，他们总是被迫举起抵抗或反叛的大旗。取得胜利后他们通常不斩尽杀绝，而是与对手签订和约或达成口头谅解，条件是侵略者退走、暴君不再不仁，结果得到长久的和平。这一美德和上述的宽容和饶恕是不可分的，实际上，爱、宽容、爱好和平在伯勒萨德笔下是相近的，它们互相依存、互为条件，是印度古代人民最为高尚的美德。

杰耶辛格尔·伯勒萨德还在剧本中展示了印度传统的不杀生（《慈悲场》）、乐于助人（《阿阇世王》）、好施舍（《拉杰谢利》）、不贪财昧心（《欲望》），以及责任心强（《健日王塞健陀笈多》）等美德。特别地，伯勒萨德在作品中塑造了许多成功的妇女形象，如《拉杰谢利》中的拉杰谢利、《维夏克》中的金德尔蕾卡、《阿阇世王》中的瓦萨维和莫里卡、《镇群王的蛇祭》中的塞尔玛和摩妮玛拉、《健日王塞健陀笈多》中的格木拉和德沃塞娜，以及《特路沃斯瓦米尼》中的特路沃斯瓦米尼，等等。在伯勒萨德看来，她们是印度古代妇女中的杰出代表，是印度传统文化的真正载体，是她们拥有了上述种种美德，因为"男人是冷酷的代名词，女人是温柔的修饰语。男人残忍，女人善良。善良是心灵至高无尚的品性，它是一切美德的基石，所以大自然才赋予了它如此美丽迷人的外衣——女人"①。一句话，这些妇女是印度古老文化的具体体现者。

值得一提的是，杰耶辛格尔·伯勒萨德在表现这些文化因素的时候总喜欢刻画一个绝对完美的人物，如坚战、中国高僧玄奘、伯列马南德、佛陀、"理智"和当德亚因等，因为他认为这类修行人是印度文化的创造者和传播者，正是他们维护了古老的传统。所以，虽然他们都不是作品中的主要角色，但他们的言行却左右着主

---

① 〔印〕杰辛格尔·普拉萨德：《普拉萨德戏剧选》，冉斌译，中国大百科全书出版社2020年版，第180页。

要角色和非主要角色们：坚战是法的象征，在他面前一切都归于渺小，唯有法是永恒的，他替难敌解围和训示他为王之道正是为了维护法；玄奘是慈悲的化身，他使戒日王、拉杰谢利成为慈善、宽容的主体，还使愤世嫉俗、行为不端者走上正道；伯列马南德是印度教文化的象征，他是剧本主角维夏克的师尊，在关键时刻是他调停了雅利安族和蛇族的一场大乱，使国家归于和平；佛陀是正义、爱和宽容的传播者，在他的影响下，三个内乱且互相争斗的国家实现了和平，结成兄弟般的关系；"理智"是"欲望"的指导者，他忍受了种种侮辱，但最终却使人们看清了生活的方向；当德亚因是神与人的结合体，在他面前连亚历山大也合掌行礼、聆听教诲，他还能预卜未来，使外族侵略者心惊、本族英雄充满信心。从某种意义上说，少了这些修行人，印度的古代文化将成为一片空白。伯勒萨德深知这一点，他写他们实则是为了展示传统文化，为自己的创作目标服务。

（3）民族性是杰耶辛格尔·伯勒萨德剧本创作的第三个特点，也是他要表现的印度民族最重要的传统美德之一。在伯勒萨德的心目中，印度民族是宽容大度和爱好和平的，但不是懦弱者或胆小怕事者，印度人民时刻准备着维护自己民族的尊严、时刻准备着为自己国家的独立和领土完整而献出生命。因此，"几乎在他所有的剧本里都闪耀着民族团结精神的光辉。"[1]《旃陀罗笈多》在这方面尤为明显，在剧本的第一幕第一场中，阍那迦教育旃陀罗笈多和辛赫伦说："你是摩腊婆人，他是摩揭陀人，难道仅此而已？这样你们将不会得到尊严，等你们忘掉摩腊婆和摩揭陀而记起印度的时

---

[1] रामकुमार गुप्त, *आधुनिक नाटक और नाट्यकार*, पृ. २३.

候,你们就算有了自尊。难道你们没有预感到印度所有的独立自由王国将一个接一个地被外国侵略者蹂躏?"① 在同幕同场戏里,辛赫伦则充满激情地说:"我的祖国不只是摩腊婆,犍陀罗也是;不仅如此,我的祖国是整个印度。"② 这里,伯勒萨德解决了地域方面的问题,这是很重要也很有意义的,因为印度从来就没有真正统一过,即使在强盛的孔雀王朝、笈多王朝和莫卧儿王朝时期也是如此。它一直由大大小小的土邦王国所组成,各国拥有自己的一切,包括独立的财税系统和完整的军政机构等。稍后,伯勒萨德又解决了民族方面的问题,"希腊侵略者是不分佛教徒和婆罗门的"③,"在自由之战中士兵和军官没有任何区别,谁的剑上生出胜利的光芒,谁就值得崇拜尊敬!"④ 这样,在南亚这块辽阔的土地上,所有人都行动起来了,他们团结在旃陀罗笈多的周围,勇敢地迎战强大的亚历山大侵略军,使他不得不撤退。后来,他们又奋起抵御塞琉古大军的侵略,使他不仅没有从印度河东岸捞到任何好处,还将印度河西部的一大块土地退还给了印度。这是印度各民族的共同愿望,他们不希望自己被外族人统治,不愿成为亡国奴。

在《健日王塞健陀笈多》中,杰耶辛格尔·伯勒萨德讴歌了同样的民族爱国精神。为了保护摩腊婆不受塞种人的蹂躏,塞健陀笈多在缺兵少将的情况下冲进敌群,使摩腊婆免遭亡国之灾。后来,为了组成塞健陀笈多一人领导的机制,为了联成一支更大的力量以对付匈奴人的入侵,摩腊婆国王本图沃尔马甘愿放弃王位,使

① रत्नशंकर प्रसाद सं., प्रसाद वाङ्मय द्वितीय खंड, पृ. ६२४.
② रत्नशंकर प्रसाद सं., प्रसाद वाङ्मय द्वितीय खंड, पृ. ६२५.
③ रत्नशंकर प्रसाद सं., प्रसाद वाङ्मय द्वितीय खंड, पृ. ६३६.
④ रत्नशंकर प्रसाद सं., प्रसाद वाङ्मय द्वितीय खंड, पृ. ७२१.

摩腊婆并入塞健陀笈多的强大摩揭陀国。需要指出的是，这里没有强迫与无奈，相反，塞健陀笈多和本图沃尔马相互礼让王位，只是在全面衡量局势后塞健陀笈多才同意坐上王位，而让本图沃尔马做他的最高军事统帅。就是在这种大家一心为整个民族命运着想的前提下，他们才赶跑了匈奴人。

任何民族都会出现内奸，印度民族（雅利安民族）也同样，杰耶辛格尔·伯勒萨德对此并不讳言。相反，他塑造了好几个雅利安民族的内奸形象：《忏悔》中的杰易京德是个典型的引狼入室者，为了向地王报私仇，他向伊斯兰教侵略军敞开了大门，结果使整个印度都处在危险之中。他自己呢？仇是报了，却也失去了女儿森约基达。他意识到自己的错误后有心想赶走外来者，但为时已晚，最后他只好在百般无奈和后悔中离开了人世！《健日王塞健陀笈多》中的阿南德维、帕达尔格等也是雅利安民族的罪人，他们和匈奴人勾结，妄图推翻塞健陀笈多的统治，结果计划失败，自己落得骂名。《旃陀罗笈多》中也有叛徒，犍陀罗国的国王及王子阿毗迦和旁遮那陀国的国王伯尔沃德希瓦尔就分别与亚历山大签订了和约，向亚历山大军队敞开了印度的北大门。结果是犍陀罗国王醒悟后在悔恨中死去、伯尔沃德希瓦尔被杀；阿毗迦在失去国土后决心奋起抵抗，在旃陀罗笈多的大军中英勇对敌、壮烈牺牲。伯勒萨德在《镇群王的蛇祭》中还塑造了一个婆罗门种姓内奸形象——祭司迦尸耶伯，他的结局和上述的伯尔沃德希瓦尔一样，也被杀死了。从这里可以看出，杰耶辛格尔·伯勒萨德对民族败类是深恶痛绝的，他绝不给他们好下场。当然，浪子回头是可以的，但这要付出巨大的代价。

妇女永远是杰耶辛格尔·伯勒萨德赞美的对象，他们在民族大义方面也同样是佼佼者。《健日王塞健陀笈多》中的格木拉对儿子帕达尔格与匈奴人勾结的行为非常恼火，她对儿子说道：

> 我痛苦的是为什么我还活着，为什么还在这世上丢人现眼！帕达尔格，你妈我只有一个心愿，那就是希望你能成为民族的仆人，能把被异族恶徒蹂躏的祖国拯救出来。只有这样，你才能洗去对我的侮辱，我才能抬起头来！可是……你是个卖国贼！你是王族的灾星！你参与了颠覆帝国的阴谋！唉，你这个下贱种子！你是个忘恩负义的小人！[①]

一个年事已高的老人能如此爱国，而且丝毫不顾及母子情义，这确实难能可贵。这个剧本中的德沃塞娜、杰耶玛拉等也是民族气节极高、爱国情感极深的印度优秀妇女形象。

《旃陀罗笈多》中的阿勒嘉是个性格刚烈的爱国妇女，她虽然还是一个少女，但比父兄还有胆略，在得知父兄同意亚历山大使用自己的国土后，她非常激愤：

> 并非印度的所有子孙都像阿毗迦这样，为了维护民族的尊严，为了保护国土，他们将不顾一切！请记住，将要打败常胜不败的希腊侵略军的就是这些印度子孙！所有活下来的英雄们都将把印度北大门的守卫者犍陀罗人称作背叛者，其中将有你的名字，父王！唉，别让我活着听到这些，请杀了我吧！[②]

---

① जयशंकर प्रसाद, *स्कन्दगुम विक्रमादित्य: ऐतिहासिक नाटक*, मेरठ: भारती भंडार, १९५१, पृ.७४.
② रत्नशंकर प्रसाद सं., *प्रसाद वाङ्मय द्वितीय खंड*, पृ. ६४५.

说服不了父兄后,她毅然决然地离开了王宫,到民间进行宣传,鼓励人们拿起武器,保卫祖国。后来她和爱国斗士辛赫伦结为连理并帮助旃陀罗笈多赢得了抗战的最后胜利。

此外,《拉杰谢利》中的拉杰谢利和《特路沃斯瓦米尼》中的特路沃斯瓦米尼等也是印度的巾帼英雄形象,前者主张抗击匈奴;后者亲自闯入塞种人的王宫,协助旃陀罗笈多杀死了残暴荒淫的异族国王。

（4）杰耶辛格尔·伯勒萨德戏剧的第四个特点是现实性,这一特点和前三个特点密切相关,历史性、文化性和民族性都是为现实性服务的。伯勒萨德虽然十分内向,但烟草生意使他不能脱离世俗。他在与现实社会的接触中,看到了印度文化已濒临绝境,看到了印度人自己唾弃传统而盲目模仿骄奢淫逸的西方商业文明。目睹这种可悲景象,他感慨万千,于是在剧本中展示出这种情况,期望能引起同胞们的警觉。在《健日王塞健陀笈多》中,他借一个士兵的口说道:"是的,从异族人那里接受过来的名曰文明实则奢淫的生活,雅利安人竟像抛弃自己的发妻而拜倒在某个妓女的脚下一样对它如此倾倒！"[1] 在《欲望》中,伯勒萨德借"满足"之口拉响了同样的警钟:"他们已堕落成游猎、赌博和花天酒地生活的奴隶,并以此为骄傲,还声言什么我们也逐渐文明起来了！"[2] 在道出事实的同时,伯勒萨德向人们描绘了古代印度的优秀传统,他力求告诉人们自己的祖先曾经辉煌过,曾经是世界文明的先导者。不仅如此,祖先的文明至今仍优于异族文明,如宽容、爱好和平的

[1] जयशंकर प्रसाद, *स्कन्दगुप्त विक्रमादित्य: ऐतिहासिक नाटक*, पृ. ९५.
[2] जयशंकर प्रसाद, *कामना*, दिल्ली: हिन्दी पुस्तक भंडार, १९८४, पृ. ५९.

美德等等。特别地，在印度被英国殖民者统治而不少同胞又麻木不仁的情况下，伯勒萨德花大笔墨赞颂了先辈们为雅利安民族的自由、为印度的领土完整而不计较个人得失、不怕牺牲、不畏强暴的爱国主义情感和高度的民族主义精神。无疑，对当时的印度人民来说，这是一种鼓舞力量，对印度独立运动起到了推动作用。

"伯勒萨德在剧本里对现实社会进行了有声有色的描绘。实际上，戏剧的成功在于把过去和现在结合起来，为将来开辟一条广阔的道路，伯勒萨德的所有剧本里几乎都存在着这种因素。"①《特路沃斯瓦米尼》完全是现代印度社会的写照，其中以罗摩笈多为首的投降派实际上指的是现实中唯英国殖民者的命令是从的印度国内的小人，他们为了一己私利、为了苟且偷安，不顾民族大义和家族荣辱，竟把妻子女儿拱手送给侵略者取乐。其中的旃陀罗笈多等指的自然是反英运动中的斗士，他们考虑的不是个人得失，而是整个民族的尊严和王族的声誉。这种影射现实的剧本与其他表现民族尊严的剧本相呼应，构成了伯勒萨德对现实中英国殖民统治者和他们的走狗所持的个人态度。毫无疑问，他是不同意外民族统治印度的，他希望印度国民能团结起来，早日将外国势力赶出印度。

在民族独立运动中，由于英国殖民者的挑拨和独立运动领导人的宗教偏见，自1923年发生第一起印度教徒和穆斯林之间的冲突以来，双方的对抗、仇杀一直不断。杰耶辛格尔·伯勒萨德也注意到了这一问题的严重性。《健日王塞健陀笈多》中的佛教徒和婆罗门之争就暗指现实中的印度教徒和穆斯林之间的纠纷，伯勒萨德从实际出发，非常完美地处理了这一争斗，他写道：

① रामकुमार गुस, आधुनिक नाटक और नाट्यकार, पृ. २५.

所有宗教都随着时间的推移和国内环境的变化在革新，我们不应该坚持偏激的观点而拒绝接受新的可以更好地完善我们自己的知识。我们实际上是一个宗教的两个支派，来吧，我们用我们两个教派的崇高智慧为人民排忧解难吧！很多人的表现都很好，而我们呢，毫无意义地争吵、敌视，见到异族杀人狂却躲之唯恐不及！我们干吗不（团结起来）拿起刀剑迎战匈奴侵略者？ ①

杰耶辛格尔·伯勒萨德道出了当时印度教派冲突的本质：虽然宗教信仰不同，但人却同根，绝大多数印度穆斯林是印度本土人，和印度教徒共有一个祖先；印度人自己不团结就会给异族人以可乘之机。事实上，当时的印度教和伊斯兰教的教派冲突确实给英国殖民者制造了不少继续统治印度的借口，这是伯勒萨德不愿看到的。

在《镇群王的蛇祭》中，杰耶辛格尔·伯勒萨德描绘了另一幅民族和解的画面，在塞尔玛、阿斯蒂克和摩妮玛拉等人的努力下，镇群王娶了蛇族公主，雅利安人和蛇族从此修好、亲如一家。这里的雅利安人和蛇族也暗指现实中的印度教徒和穆斯林。在伯勒萨德看来，印度教徒和穆斯林双方并没有根本的冲突，只要双方互谅互让，从民族大局出发，就能实现和解。

值得注意的是，近代以来，不少印地语文学家为了激发民族情感，表现印度光荣的历史，常常在作品中描写印度雅利安人民抗击外国侵略者的画面，他们多把伊斯兰教民族当作抗击对象，把伊斯

---

① जयशंकर प्रसाद, स्कन्दगुप्त विक्रमादित्य: ऐतिहासिक नाटक, पृ. १२४.

兰教民族说成是侵略成性、不开化、杀人劫舍的野蛮民族,帕勒登杜的《尼勒德维》、拉塔格利生·达斯的《大王伯勒达伯》等就是这方面的代表。作为一个民族感很强的作家,杰耶辛格尔·伯勒萨德也看到了宣扬爱国主义精神、展示辉煌过去的重要性。但他同时也发现,当今的印度伊斯兰教民族已成为印度的主人之一,印度穆斯林是印度这个大家庭中的一个重要成员,这个成员也反对英国的殖民统治,从某种意义上说,其反对的程度更强烈。因此,希望现实中的印度教徒和穆斯林实现和解以共同建设印度的伯勒萨德在剧本中很少把伊斯兰教民族写成外来侵略者。除前期创作的《忏悔》中有所涉及外,其他剧本中的外族侵略者都是真正的异族——希腊人、匈奴人和塞种人等。从这个层面上看,杰耶辛格尔·伯勒萨德站得更高,看得更远,作品的社会意义更大。

杰耶辛格尔·伯勒萨德是个烟草商人,常和普通人民打交道,比较了解他们的疾苦,很希望他们能过上幸福的日子,所以他在剧本中呼吁统治者多为人民着想,成为施仁政者。在《旃陀罗笈多》中,他让智者当德亚因对亚历山大说道:"只有仁政才能扩展王权,靠打胜仗是不行的,你还是为人民的幸福多考虑考虑吧!"[1] 在同一作品中,阐那迦教育旃陀罗笈多说:"孩子,随心所欲的施政的结果你自己看到了(指难陀王朝的灭亡),现在你应该根据朝廷大会的意见为摩揭陀和整个印度的幸福着想。"[2] 阿勒嘉对哥哥阿毗迦也提出了类似的忠告:"哥哥,你别再执迷不悟了,这王国不属于任何人,它属于施仁政者!"[3] 与此相呼应,伯勒萨德在《君子》

---

[1] रत्नशंकर प्रसाद सं., *प्रसाद वाङ्मय द्वितीय खंड*, पृ. ६५२.

[2] रत्नशंकर प्रसाद सं., *प्रसाद वाङ्मय द्वितीय खंड*, पृ. ७०५.

[3] रत्नशंकर प्रसाद सं., *प्रसाद वाङ्मय द्वितीय खंड*, पृ. ७२१.

《阿阇世王》等剧本中向统治者敲响了同样的警钟，希望他们以人民、民族、国家的利益为重，千万别唯自己的意志行事。

杰耶辛格尔·伯勒萨德明白，光呼吁是没有用的。因此，在呼吁的同时，他向统治者们发出了威胁，提醒他们如果不按人民的意愿行事就会面临危机。《维夏克》中的蛇族人为了反对国王纳尔德沃的不道德行为，发起了暴动，他们焚烧了王宫，使纳尔德沃差点丧命；《旃陀罗笈多》中的难陀王以高压慑服人民，结果难陀王朝由他而灭，他自己也落得了身首异处的下场；《特路沃斯瓦米尼》中的罗摩笈多自私自利、没有民族正义感，最后也得到了应有的下场（死亡）。性格温柔内向的伯勒萨德能写出这样战斗性、鼓动性极强的作品简直令人难以置信！他好像不是在创作剧本，而是在向不顾人民疾苦的统治者宣战。他鼓励广大人民起来维护自己的利益，希望他们勇敢地投入反抗暴政、非仁政的行列。这不仅与当时的印度现实相合拍，在某种程度上还有先导性。近代的帕勒登杜也创作过有关不仁国王的剧本，如《按〈吠陀〉杀生不算杀生》《黑暗的城邑》《以毒攻毒》等，但其中的人民却没有起来"造反"，帕勒登杜让阎王、国王自己以及英国统治者"惩罚"了他们。因此，伯勒萨德的剧本更具进步性和战斗性。

"虽然伯勒萨德没有积极参加圣雄甘地领导的运动，但他却非常同意甘地的观点，并在剧本中加以表现。"[①]甘地成为民族运动的最高领袖和精神偶像后，甘地主义思潮在印度得到广泛传播，影响了各民族各教派各阶层人物，杰耶辛格尔·伯勒萨德也接受了这一影响。他在剧本中表述的世界之爱、宽容、和平、民族大团结等

---

① दशरथ ओझा, *हिंदी नाटक: उद्भव और विकास*, पृ. २३२.

观点都与甘地主义思潮有一定的关系。不仅如此，伯勒萨德还赞同甘地所设想的未来印度的模式，并把这一模式在《欲望》中描绘出来：人们和睦相处，一起劳动，从来不分你我，连住的房子也没有你我他之分。政府是需要的，但其最主要的功能是帮助人民处理人力所处理不了的事情。剧中被"享受"破坏之前的社会是伊斯兰民族和西方侵略者进入之前的社会，"享受"则代表这两个侵略性的民族，他走之后即将恢复的社会便是未来的印度模式，两者的唯一区别是未来印度有一个强有力的有益于整个社会的政府，而以前的印度没有。这正是甘地所主张的，伯勒萨德是印度古代文化的崇拜者，他对过去有很强的怀旧心理，甘地的设想正符合他的这一心理。不过，他的这种复古倾向是不可取的，是违反社会发展规律的。《满满一口》也是伯勒萨德受甘地主义思潮影响较大的作品，在这个作品中，伯勒萨德在阐述自己的夫妻生活观的同时宣传了甘地的平等思想：喜马拉雅山的山脚下有一个美丽的小山村，这里的人们过着贴近自然的生活，他们之间没有等级尊卑之分，"在这里做普通工作不是件丢脸的事，大家都要干点什么"①。因此，"一个知书识字受过良好教育"的人也甘愿作卫生员……其实这也是伯勒萨德自己的观点，他从心底里希望印度能复兴原始共产主义式的状况，实现大同世界的梦想。

（5）杰耶辛格尔·伯勒萨德是印度现代最重要的印地语浪漫主义诗人，他的诗歌具有浓厚的浪漫色彩。这一风格也影响到了他的其他类型的创作，如剧本、小说等，因此，浪漫性是他戏剧创作的显著特点之一。"他的那种温情、那种丰富的想象力和充满敏

---

① रत्नशंकर प्रसाद सं., प्रसाद वाङ्मय द्वितीय खंड, पृ. ५६१.

感的内心的感受构成了健康和觉醒的诗人形象。在研究了伯勒萨德的戏剧之后可充分地看出，在他那诗人幻想的彩翼的影子下，他的戏剧家身份好像被遮住了。不管在什么场合，只要一有机会，他那诗人的内心的激情就要爆发出来。"① 这种评价虽然有点过分，但却不无道理。伯勒萨德剧本的浪漫性主要表现在三个方面：首先，他的剧本中有大量的诗歌，《君子》中的诗歌竟占有整个篇幅的将近一半，《幸福的婚姻》中出现20多首、《维夏克》中有30多首、《阿阇世王》中有20多首、《键日王塞健陀笈多》中有近20首……许多诗歌很长，有的有4、5段之多，而且不少都是由剧中人唱出来的。这些诗歌多是有关感情方面的，抒情色彩非常浓厚。其次，伯勒萨德常常有理由或没理由地抒发感情，《镇群王的蛇祭》《旃陀罗笈多》等剧本中的这种特点尤其明显，读者有时甚至会怀疑自己是在读一篇抒情散文，而非欣赏剧本，"在这些剧本里，伯勒萨德有时醉心于制造诗的意境，以至破坏了故事情节的自然发展"②，印地语文学大家德维威蒂的这一评价是比较实在的。

　　爱情是永恒的主题，对诗人来说更是如此，杰耶辛格尔·伯勒萨德在剧本中也描写了爱情，这是他的剧本浪漫性表现的第三个方面。伯勒萨德表现爱情没有走出传统的圈套，他的模式也往往是英雄爱美人、美人慕英雄，《维夏克》中的维夏克和金德尔蕾卡，《阿阇世王》中的阿阇世和巴吉拉，《镇群王的蛇祭》中的镇群王和摩妮玛拉，以及《旃陀罗笈多》中的旃陀罗笈多和格尔亚妮、辛赫伦和阿勒嘉等的爱情都属于这种模式。在剧本中，男性角色

---

① रामकुमार गुप्त, आधुनिक नाटक और नाट्यकार, पृ. २४.
② रामकुमार गुप्त, आधुनिक नाटक और नाट्यकार, पृ. २४.

往往为女性角色的美所吸引，女性角色则多为男性角色的英武和民族精神所感动。在"吸引"和"感动"的时刻，杰耶辛格尔·伯勒萨德便会制造种种浪漫的意境，使剧中人一时不能自拔，使读者一时忘记剧情。维夏克和金德尔蕾卡、镇群王和摩妮玛拉、旃陀罗笈多和格尔亚妮等人的爱情故事比较特别，是跨民族或跨国家的，男主角都是印度雅利安人中的骄子，而金德尔蕾卡和摩妮玛拉是蛇族姑娘，格尔亚妮则是希腊公主。伯勒萨德如此安排是有用意的，一是为了宣传世界之爱，希望社会现实中的不同民族不同教派能化干戈为玉帛，共同为印度服务。二是在各民族中树立雅利安文化的榜样，连外族姑娘和西方强国的公主都乐意嫁给雅利安人，这表明雅利安文化是世界文化中的最优者、是中心，这是伯勒萨德的根本目的。三是倡导在现实社会中打破民族、种族、种姓的藩篱，实现不同民族、种族、种姓之间的自由通婚，这是为当时的社会问题着想。伯勒萨德还写了几个没有实现的爱情故事，旃陀罗笈多和格尔亚妮、阇那迦和苏瓦西妮、塞健陀笈多和德沃塞娜的爱情就没有实现，这种得不到满足的爱情往往使剧中人物痛苦难耐，也使读者为之慨叹不已，这种情况下的浪漫多带有凄凉色彩。

（6）杰耶辛格尔·伯勒萨德剧本的第六个也是最后一个特点是其与众不同的结尾方式，印度评论家称之为"伯勒萨德结尾"。根据印度传统戏剧理论的规范，戏剧必须是喜剧，舞台上不能出现战争和死亡的场面。根据印度教哲学，自杀也是不容许的，那是可怕的犯罪。近代以前的绝大多数印度戏剧家，特别是古典梵语戏剧家都遵从了这一原则。近代以来，这种原则被帕勒登杜等人率先打破，他们的剧本中不仅出现了战争和死亡，自杀也时有发生。

帕勒登杜的《印度惨状》、谢利尼瓦斯·达斯的《勒伦提尔和伯列
姆默黑妮》等是近代比较有名的悲剧作品。杰耶辛格尔·伯勒萨
德受到帕勒登杜等人和西方因素的影响，也发觉上述规范不合时
宜，但他却不愿完全放弃它；再者，作为一个浪漫主义作家，虽然
家庭遇到了不幸、国家的现状也不如人意，不过他从不绝望，总希
望在不幸中看到曙光。因此，他开创了别具一格的剧本结尾模式，
即不完全是悲剧，也不完全是喜剧，而是悲喜相杂，从形式上说具
有喜剧的特点，从内容上说又有浓重的悲剧色彩，可谓悲喜各半。
这一特点在伯勒萨德的大多数剧本中都有体现：《拉杰谢利》的结
尾是曷利沙登上王位、犯人服罪改过，但拉杰谢利的丈夫、哥哥和
父亲的死冲淡了这一喜庆色彩；《维夏克》的结尾是维夏克夫妇得
以过上安稳的夫妻生活，但国王纳尔德沃却被赶下了台，他的王
宫也被大火化为灰烬；《阿阇世王》的结尾是阿阇世改邪归正、结
婚生子，但老国王频毗娑罗夫妇的痛苦却贯穿于剧本的始终；《健
日王塞健陀笈多》的结尾是塞健陀笈多打败异族侵略者并成为印
度的主宰，但他母亲的死亡和维杰娅的自杀却使整个气氛沉重起
来……这种悲喜相杂的结尾使伯勒萨德的剧本充满着悲壮的气
氛，这是印度传统和西方因素的真正结合。"这悲壮的气氛是融合
着最大的痛苦而出现的，就是这种牺牲精神和世界大同的理想变
成了'伯勒萨德风格'而出现在人们面前。在悲壮和牺牲的两岸之
间幸福的泉水在流动着——这就是佛教哲学和印度教哲学相结合
的'伯勒萨德艺术'"①，这又是真正地道的印度传统的体现。

　　所以，不论从哪方面说，伯勒萨德的戏剧都是值得研究的，它

---

　　① रामकुमार गुप्त, आधुनिक नाटक और नाट्यकार, पृ. २७.

们具有很强的社会现实意义，也有很高的历史资料价值。更为重要的是，伯勒萨德开创了一条不同于近代以前印地语戏剧和近代印地语戏剧的创作道路，丰富和发展了印地语戏剧文学，他本人和他的戏剧作品在印度文学史，特别是印地语戏剧文学史上都占有很重要的地位。

二、珀德的戏剧

乌德耶辛格尔·珀德（1898—1966）是现代印地语最重要的作家之一。他出生在一个文化气息十分浓厚的印度教家庭里，从小就很聪明，并且有很敏锐的观察力。成年后，他曾参加过甘地领导的民族独立运动，当过印度国大党的地方会议主席。印巴分治前，他主要在拉合尔度过（1923—1946），分治后迁居德里。乌德耶辛格尔·珀德1928年进入印地语文坛，由此一发而不可收，创作出许多优秀作品，成为印地语文坛上一个非常重要的人物。珀德的创作是全方位的，他不仅是戏剧家，还是诗人和小说家，他的主要诗歌作品有叙事长诗《旦叉始罗》（1928）和诗集《放弃》（1931）、《甘露和毒品》（1944）、《时代之灯》（1944）、《现实与幻想》（1948）等；《新转折》（1948）、《今世与来世》（1955）、《大海、波涛与人》（1958）等是他的主要长篇小说，其中《大海、波涛与人》是他的代表作，主要描写孟买附近海滨渔村的渔民生活，被部分评论家称为社会风俗小说。

乌德耶辛格尔·珀德在戏剧领域取得的成就更大，他一生共创作了30多部多幕剧和独幕剧集，其中主要的有：

（一）多幕剧

1.《维格尔马蒂德耶》（历史剧，1929）

2.《信德的陷落》（历史剧，1930）

3.《安芭》（神话传说剧，1931）

4.《萨竭罗的胜利》（神话传说剧，1932）

5.《格木拉》（社会剧，1935）

6.《没有结局的结局》（社会剧，1938）

7.《解脱之使》（历史剧，1944）

8.《塞种人的胜利》（历史剧，1948）

9.《革命者》（社会剧，1953）

10.《新社会》（社会剧，1955）

11.《帕勒沃蒂》（社会剧，1958）

（二）独幕剧集

1.《新独幕剧》（5，1933）

2.《众友仙人》（3，1934—1935）

3.《原始时代》（6，1935—1936）

4.《女人的心》（5，1940）

5.《问题的了结》（9，1947）

6.《迦梨陀娑》（3，1948）

7.《火焰》（6，1950）

8.《幕后》（8，1954）

9.《现代人》（5，1959）

10.《年轻人》（7，1961）

11.《七个笑剧》（7，1962）

乌德耶辛格尔·珀德的剧本涉及面很广，其中有历史剧，有神话传说剧,也有社会现实剧。剧中人物有国王、武士、婆罗门等古代上层人物,也有国大党官员、大资本家等现代达官贵人,有古代的贫苦落后者,也有现代的不可接触者。剧本题材大到整个国家民族的命运,小到一个小家庭的成员关系……总之,珀德的戏剧向我们展示了一个完全的印度,这个印度有过去、现在,也有未来,它既不同于帕勒登杜剧本中的那个衣衫褴褛、奄奄一息的"印度母亲",也不同于杰耶辛格尔·伯勒萨德剧本中的那个充满文化气息、具有原始共产主义性质的美好国度,它是一个复杂的、集美和丑于一身的、活生生的现代印度社会。"珀德的多幕剧和独幕剧不仅具有文学性、历史性和社会性,同时还具有文化性。"① 一句话,他的剧本从各个角度反映了印度。

和杰耶辛格尔·伯勒萨德一样,乌德耶辛格尔·珀德对印度的历史很感兴趣,他也从印度历史的花园中摘取了一些花瓣,并以此为题材创作出了不少成功的历史剧。他的第一个剧本《维格尔马蒂德耶》就是历史剧,剧本创作于1929年,分5幕20场戏,取材于11世纪的历史传说。剧本的基本内容是这样的:格勒亚纳国的国王有三个儿子——索美西沃尔、维格尔马蒂德耶和杰耶辛哈。二儿子维格尔马蒂德耶从小就聪慧勇敢且尊长守信,很得父王欢心。老国王有意禅位于他,他坚持让长兄索美西沃尔为太子。但索美西沃尔不仅没有感激他,反而对他忌妒有加。老国王死后,索美西沃尔执政,并由此开始了对弟弟维格尔马蒂德耶的排挤和迫害,结果给自己招来了杀身之祸。

作者乌德耶辛格尔·珀德在《维格尔马蒂德耶》中重点塑造

---

① 参见मनोरमा शर्मा, *नाटककार उदयशंकर भट्ट*, दिल्ली: आत्माराम एंड संस, १९६३, प्रस्तावना।

了索美西沃尔、维格尔马蒂德耶和金德尔蕾卡这三个人物形象，他们是剧本中的主要角色。索美西沃尔是个私心太重、公报私仇、没有远见卓识的国君，他不念手足之情，想方设法置比自己有能力的弟弟维格尔马蒂德耶于死地。他还与其他国家结盟，攻打维格尔马蒂德耶岳父的国家。此外，他还违背民意，不许臣民称赞甚至提到弟弟维格尔马蒂德耶。维格尔马蒂德耶则不同，他虽然勇敢善战且深得民心，但却从不居功自傲，他自愿放弃王位，请父亲让哥哥登基。他十分尽职尽责，替兄长守卫边疆；他不愿打仗杀人，但关键时刻却能冲锋陷阵。他没有权欲，既不愿意在本国为王，也不希望成为妻子国家的主人。他只有一个愿望，那便是和哥哥、弟弟们和睦相处，共同为国家出力。金德尔蕾卡是维格尔马蒂德耶的妻子，她比丈夫更清醒，知道大伯子索美西沃尔要除掉自己的丈夫和兄长（觉勒国国王）。她十分了解自己的丈夫，知道他不会反对自己的兄长，就从暗中保护他。她身着戎装，驰骋疆场，俨然一员武将。自然，乌德耶辛格尔·珀德最看重的是维格尔马蒂德耶，他是索美西沃尔的好弟弟，是家族团结的倡导者。

1928—1929 年是印度民族独立运动比较红火的时期，国大党在 1927 年召开的马德拉斯会议上宣布自己的目标是争取印度完全的独立，此后便开始了一系列的包括抗税在内的不合作运动。不过，这时期的印度人仍然不很团结，印度教徒和穆斯林自不必说，就是在印度教徒内部，索美西沃尔式的人也不少。因此，作者有意提醒国人注意内部团结的问题，希望同胞们能像维格尔马蒂德耶一样从大局出发，以国家利益为重。这是《维格尔马蒂德耶》的深层含义。

1930 年，乌德耶辛格尔·珀德发表了第二个剧本《信德的陷

落》。这也是部历史剧,全名是《达诃尔和信德的陷落》。作品分5
幕30场,以公元7、8世纪的一个历史传说为创作蓝本:阿拉伯人侵
入印度西北部,信德国首当其冲,国王达诃尔和太子杰耶夏哈等誓
死保卫国家:"雅利安人从不害怕打仗,战斗就像我们的营养品,有
时味道虽然不佳,但却有益于身体。阿拉伯人就是来一千次,我达
诃尔也不会后退一步!"[1] 这是达诃尔的信念,果然,直至战死疆场,
他也没有后退一步。杰耶夏哈也同样勇敢,失败后他到处寻求支持,
期望邻国能从印度大局出发,帮他赶走阿拉伯侵略军。

在这个剧本中,乌德耶辛格尔·珀德将信德陷落的责任归咎
于佛教徒格羊布特等。剧本认为,由于佛教徒格羊布特等死守佛
教不杀生、好和平的信条才导致了战争的失败。这里,珀德提出了
爱国和护教的问题:以格羊布特为首的佛教徒认为不杀生是自己
的最高信条,在任何情况下都不愿背离这个信条;而且,格羊布特
认为穆斯林统治和印度教徒统治对他们来说完全一样。印度教徒
当然反对这种观点,他们认为格羊布特等人的行为是叛国,认为印
度教徒和佛教徒是兄弟的关系,而新来的阿拉伯侵略者是双方共
同的敌人。乌德耶辛格尔·珀德当然赞同后一种观点,他通过佛
教高僧萨格尔德特之口表明了自己的看法:

> 格羊布特,你忘了,印度教和咱们佛教是一样的,咱们佛教
> 教义和印度教教义没什么区别,印度教的奥义书、吠陀经典等都
> 是佛陀教义的来源……咱们佛教徒和印度教徒没什么两样![2]

---

① उदयशंकर भट्ट, दाहर अथवा सिन्ध-पतन: दुखान्त नाटक, लाहौर: मोतीलाल बनारसीदास, १९४७, पृ. १३.

② उदयशंकर भट्ट, दाहर अथवा सिन्ध-पतन: दुखान्त नाटक, पृ. ९५.

但是，格羊布特等没有醒悟，他们从狭隘的宗教信仰出发，置国家利益于不顾，向侵略者打开了城门，致使国王达诃尔战死、都城陷落。他们的下场如何呢？格羊布特被入侵者囚禁了起来，其他人也没有得到任何好处。原来阿拉伯人也看不起这类背信弃义的人，连侵略军头目默罕默德·宾·格西默也说："由于格羊布特等人的帮助我取得了胜利，但这些人连自己的国家都背叛了，怎么能对我们这些外来的阿拉伯人友好呢，我永远不会信任他们！"[1]后来，格羊布特等改信伊斯兰教后才获得了人身自由。这样的结果是他们以前绝对没有想到的。

乌德耶辛格尔·珀德在这里表明了爱国的重要性，揭示了只有先保住国家才能保住自己的宗教信仰的道理。同时，他强调了内部团结的重要性，希望国人团结一致，共同为印度的事业而努力。从这个角度看，《信德的陷落》和《维格尔马蒂德耶》的目标相似，但更有现实意义，因为当时印度的教派之争已经阻碍了印度民族独立运动的步伐。

在《信德的陷落》中，乌德耶辛格尔·珀德还塑造了苏利耶德维这个少女形象。她是个非常勇敢沉着的公主，父王达诃尔战死、国家沦亡后，她和妹妹珀尔玛德维被俘。在极端困难的时刻，她劝妹妹要挺住，并用离间计使侵入都城的侵略军头目死于非命，最后带领妹妹英勇就义，给世人留下了一段可歌可泣的巾帼英雄故事。珀德塑造这一形象是有用意的，他在剧本的"前言"中写道："如果今天的印度妇女听到有关苏利耶德维的故事，对她们将有很大好处，有助于她们学会保护自己。"[2] 显然，珀德是为现实中的妇女着

---

① उदयशंकर भट्ट, *दाहर अथवा सिन्ध-पतन: दुखान्त नाटक*, पृ. १३४.
② उदयशंकर भट्ट, *दाहर अथवा सिन्ध-पतन: दुखान्त नाटक*, पृ. ४.

想，希望她们能像苏利耶德维一样拿起武器，采取一切手段保护自己不受侵犯。

《塞种人的胜利》也是历史剧，写于1948年。该剧分4幕21场，剧情和杰耶辛格尔·伯勒萨德的《忏悔》类似，展示了耆那教修道人格勒格因公报私仇而引来外族侵略者塞种人的故事。所不同的是，《忏悔》中的杰易京德无力挽回局面而投河自杀，《塞种人的胜利》中的格勒格则在悔悟后参与了反抗外来入侵者的行动，并赶走了他们，使国家重新独立。在作品中，乌德耶辛格尔·珀德还描写了印度教徒、佛教徒和耆那教徒团结一致共同对付塞种人的场面，从正面说明了内部团结的重要性。

乌德耶辛格尔·珀德非常看重内部团结这个问题，在他看来，索美西沃尔之死是他与弟弟维格尔马蒂德耶不团结的结果，信德的陷落是佛教徒和印度教徒不团结的结果，塞种人侵入印度的成功是耆那教徒和印度教徒不团结的结果。现实如何呢？由于印度教徒和穆斯林不团结，双方的冲突自1923年以后一直持续不断，英国人则借机获利，从客观上阻碍了民族独立运动的前进步伐。因此，珀德的这三部历史剧与当时的印度现实有很大关系，他力求用史实表现内讧的危害性。

在创作历史剧的同时，乌德耶辛格尔·珀德也把目光投向了印度的神话传说。1931年，他发表了第一个神话传说剧《安芭》，作品取材于大史诗《摩诃婆罗多》，分3幕18场戏。这是个反传统的剧本，在作品中，作者从实际出发改变了史诗中各人物的心理，反对认为毗湿摩[①]为一代优秀人物的传统观点，并以他为基点对男

---

① 印度史诗《摩诃婆罗多》中的重要正面人物之一，是俱卢族和般度族的共同族长。

人世界进行了控诉。同时，他又以安芭①为另一基点，对印度妇女的悲惨处境寄予深切的同情。

剧本中的男人们大多是作者批判的对象。毗湿摩是印度教社会引以为豪的人物，他是一族之长，又是印度教规范的保卫者。他为了父亲福身王竟许下了连神也感动的誓言——一辈子不娶，永远不继承王位。但在乌德耶辛格尔·珀德的笔下，他却是个对社会不负责任的人物。试看下面的对话：

> 花钏：这算什么？由于他（毗湿摩）的懦弱才有了我们，我认为他的舍弃是懦弱的表现。如果他不听从父命、不让父母做不合正法的事②，我们这样病态、软弱、胆小的人就不会出生。现在国家的状况一天不如一天了！
>
> 奇武：（作吃惊状）难道哥哥（毗湿摩）的热爱父亲的行为不合正法？
>
> 花钏：可能合乎正法，但保护国家比这要重要得多……③

作者通过花钏和奇武的对话指出，毗湿摩同意父亲福身王娶年轻姑娘贞信的行为实际上给国家造成了不幸，因为年老的父亲与贞信结合而生出的后代根本没有能力治理国家，更无力保卫国家，这表明他的狭隘的孝顺父亲的行为的不正确。

剧本中的贞信即毗湿摩的后母也十分怨恨毗湿摩。她认为，正

---

① 印度史诗《摩诃婆罗多》中的人物，是刹帝利种姓"抢婚"习俗的受害人。

② 指毗湿摩发誓终身不娶并同意贞信和父亲福身王生的子孙世代为王的事，这是贞信的父亲同意把女儿贞信嫁给福身王的先决条件。

③ उदयशंकर भट्ट, अम्बा: वियोगान्त एवं मौलिक नाटक, लाहौर: मोतीलाल बनारसीदास, १९४०, पृ. १९.

是由于毗湿摩许下了不争王位、终身不娶的重誓，父亲才同意把她
嫁给福身王。而不久福身王就撒手人寰，自己在很年轻的时候就
成了寡妇。自己与年老的福身王生下的两个儿子花钏和奇武也病
魔缠身，能力不足，精力不济，不仅不能赡养自己，连自立也很困
难。因此，贞信认为，自己的可悲境地是毗湿摩一手造成的，他是
罪魁祸首。

更为可贵的是，乌德耶辛格尔·珀德在《安芭》中指出了保护
国家的绝对重要性，暗指印度民族独立运动中的压倒一切的任务
是维护国家的利益，其他的教派、党团、民族（印度内部）等一切
都应服从国家利益，这是《安芭》剧中最有价值最闪光的部分。

毗湿摩不仅没有把国家的利益放在第一位，他还制造了另两
场悲剧：他帮助无勇无谋而又身体衰弱的同父异母弟弟奇武抢娶
了迦尸国王的三个女儿——安芭、安毕迦和安巴利迦。这不仅破
坏了安芭和沙鲁瓦的美满姻缘，还使安毕迦和安巴利迦失去了往
日的欢乐，不得不和奇武结婚，不久就沦为寡妇。"为了一个软弱、
病态的男人，竟抢来三个女孩子和他结婚，这不是坑害妇女是什
么？不是坑害社会是什么？不是灭杀人性是什么？"[1]可是，就是
这样的男人，"社会仍把他当作忠于职守的、有知识的和行为高尚
的人！"[2]乌德耶辛格尔·珀德通过受害少女之口又否定了"行为
高尚"的毗湿摩，同时指出他的行为是"坑害社会"，这又突出了
社会责任感高于一切的观点。

福身王是毗湿摩的父亲，在剧本中没有出现，但他的年轻的妻

---

① उदयशंकर भट्ट, *अम्बा: वियोगान्त एवं मौलिक नाटक*, पृ. ८८-८९.

② उदयशंकर भट्ट, *अम्बा: वियोगान्त एवं मौलिक नाटक*, पृ. १००.

子贞信和两个儿子花钏、奇武都对他不满。正因为他的好色、老年无度才导致了贞信的悲剧和两个病态儿子的出生。他也是乌德耶辛格尔·珀德否定的对象。

迦尸国的国王是安芭、安毕迦和安巴利迦的父亲，他很关心自己的三个女儿，专门为她们举行选婿大典，希望她们能选中如意郎君，而不希望她们成为抢婚习俗的牺牲品。但他自己却是个曾经抢过年轻姑娘并置她于死地的人。他和毗湿摩一样是作者否定的角色。

沙鲁瓦是个王子，他很爱安芭，并和她私订了终身。但当安芭被毗湿摩抢走后又回到他身边时，他却拒不接受她，认为她是个被别人摸过的东西。"从天上掉到脏碗中的甘露是不值得喝的，女人是这样的一种东西，她只能被人碰一次……即使你一切完好，我这个刹帝利也不能吃剩饭，我沙鲁瓦决不接受被另一个人抢过的姑娘。去吧，你的合适的丈夫是奇武，不是我。"[①]由此可以看出，他和安芭的爱情并非真正的爱情，双方的感情是不平等的，他爱安芭是有条件的。因为他，安芭才拒绝和奇武结婚，才成为三个男人（毗湿摩、奇武和沙鲁瓦）推来踢去的可怜物。从某种程度上说，沙鲁瓦也是安芭悲惨状况的制造者之一。

作品中的另外两个男角色是花钏和奇武，他们因先天不足而病魔缠身。正由于此，他们对年老的父亲福身王娶年轻母亲贞信的行为不满，对兄长毗湿摩盲目孝顺父亲的行为持批判态度。可以说，他们是不正常婚姻的直接产物，属于受害者一方。但花钏死后奇武却顺从母亲贞信、兄长毗湿摩的安排同安毕迦和安巴利迦

---

① उदयशंकर भट्ट, अम्बा: वियोगान्त एवं मौलिक नाटक, पृ. ७९.

结了婚，无情地伤害了两个少女，毁了她们的一生。因此，在乌德耶辛格尔·珀德看来，奇武虽然是受害者，却也是害人者，也是不应该肯定的人物。

这样，剧本中没有一个完美的男人，他们同属一类，都是男人世界的制造者和维护者，是妇女命运的主宰者，是他们剥夺了女人的权利，导致一个又一个悲剧。珀德非常明确地否定了他们，表明了妇女应和男人平等的观点。

乌德耶辛格尔·珀德在作品中还塑造了几个妇女形象。安芭是最重要的角色，她年轻貌美，对生活充满信心，对爱情充满希望。她深爱着沙鲁瓦，和他定了终身，因此在父王宣布三姐妹择婿大典后她担心沙鲁瓦不到场；在被毗湿摩代替奇武抢去后她又据理力争，说明自己已择定伴侣，不能和其他任何人结合。但男人统治的社会却嘲弄了她的感情，把她贬为只能碰一次的东西；对此她先是哀求，期望获得心目中的爱情，后是失望悲愤，斥责沙鲁瓦虚伪无情，进而又诅咒这个男人至上的社会，呼吁上苍消灭这个残忍的男人世界！不仅如此，她还决心报仇，直到重新投胎为束发战士杀死毗湿摩才罢休。这样，安芭由一个纯情少女逐渐发展成为一个直面现实、反抗精神强烈的巾帼英雄，这是珀德所要表现的重点中之重点，这个重点使人们对安芭前期的遭遇充满同情，对她后期的执着充满钦佩。

贞信也是个比较重要的角色，她也是受害者，年老的丈夫福身王死后她仍很年轻，迫于社会压力无从重获自由，只好遵守妇道和两个病态儿子相依为命。在寂寞无聊中她哀叹自己命运不济，悔恨自己嫁了一个不合适的男人，也埋怨毗湿摩不该纵容父亲做出不合常理的事情。但另一方面，她又是男权社会的维护者，是男人们的帮凶。她明知儿子奇武会不久于人世,明知他没有任何能力,却让毗湿摩去抢来迦尸国的三位公主,使安毕迦和安巴利迦不久沦为寡妇,使安芭失去了应有的幸福。所以,贞信也是个两面人,她既是受害者又是害人者。而这一切又是男人社会造成的,归根结底,这个男人社会是毒害妇女的根源。

在剧本中,安毕迦和安巴利迦两姐妹非常惧怕男人,但她们不得不听从命运的安排,成为体弱多病的奇武的妻子。她们两人既不像贞信那样维护男人社会,也不像安芭那样反抗这个社会。但她们内心十分清楚,黑白分明,令她们吃惊的是为什么毗湿摩和沙鲁瓦等人干了坏事却仍被社会当作好人。比较起来,印度妇女多像她们而不像安芭,她们是千百年来印度妇女的缩影,即使到了20世纪30年代,她们仍然存在,而且为数不少。从剧情看,乌德耶辛格尔·珀德不希望她们向贞信靠拢,而希望她们学习安芭,希望她们向男人社会挑战。

可以说,表现男人与女人的关系、揭示男人世界中女人的悲惨命运是剧本《安芭》的主要宗旨。乌德耶辛格尔·珀德一反过去的传统,将女人安芭置于男人之上,对毗湿摩这个传统优秀人物的所谓"优秀"提出了质疑,具有很强的社会意义。此外,珀德还强调了国家、社会利益高于个人利益的重要性,提醒国人以民族独立运动的大业为重,千万不要一味注重个人的私利。这是《安芭》的另一个宗旨。

《萨竭罗的胜利》是乌德耶辛格尔·珀德的又一个神话传说剧,写于1932年,分5幕28场。剧本表现了海诃耶国侵略阿逾陀国成功而后又失败的故事:海诃耶国国王度尔德木率兵侵入并占领了阿逾陀国,决心将阿逾陀国永远据为己有,并以暴政统治人民,用武力逼迫人们服从命令。阿逾陀国国王巴户死后留有一子,长大成人后十分勇敢,在国人、修道士仙人及神力的帮助下打败度尔德木,光复了祖国。在这个作品中,珀德通过度尔德木本人之口阐明了侵略他国终究归于失败的真理:

> 战胜一个国家很容易,但赢得人心却很困难。不管做多少努力,都扑灭不了爱国的火焰;一有机会,它就会像火山一样喷发出来。用暴力进行镇压是不行的,(事实证明),我的努力都失败了……①

也就是说,一个外来民族只能凭武力赢得短暂的胜利,绝不可能成为当地永远的统治者,因为人民都是爱国的,谁都不愿意做亡国奴。乌德耶辛格尔·珀德很可能是受到现实的触动才写出这个剧本的,20世纪二三十年代的印度民族独立运动蓬勃发展,在圣雄甘地的领导下全国人民都行动了起来,共同对付英国殖民主义者,这便是剧中老百姓团结起来一致对抗度尔德木的场面。作为一个明智的爱国作家,珀德将印度比作阿逾陀国,将英国比作海诃耶国,将度尔德木比作英国殖民统治者。度尔德木的失败是作者的希望,他根据现实中印度人民的爱国热情预言,印度不久就会胜利,外来统治者英国人不久就会像度尔德木一样成为阶下囚,并在忧愤中死去,事实证明珀德的预言是对的。

1935年,乌德耶辛格尔·珀德发表了独幕剧集《众友仙人》,1936年又发表了《原始时代》,这两个集子中的作品都具有神话传

---

① उदयशंकर भट्ट, *सगर-विजय*, लाहौर: मोतीलाल बनारसीदास, १९३९, पृ. ११६.

说剧的特点。《众友仙人》全名《〈众友仙人〉和另两个抒情剧》，共含 3 个独幕剧——《众友仙人》《鱼香女》和《罗陀》。这三个独幕剧中的人物都具有很强的反抗精神，众友仙人不顾传统势力的反对，坚决主张废除人祭，并获得了成功；鱼香女是贞信结婚以前的名字，她向往自由平等的爱情，丈夫福身王死后她也不甘寂寞，幻想获得新的幸福，她比《安芭》中的安芭还具有叛逆性。

　　《罗陀》是三个独幕剧中比较突出的一个，1941 年出单行本。该剧有 4 场戏，展示了处于爱情幻想中的少女罗陀的心理和行为，她对爱情非常执着，对恋人黑天非常爱慕，可贵的是她不顾一切地向黑天表白了自己的爱情："不管你接受不接受，我都永远爱你……"[①] 选中目标后，她便投入整个身心去爱，而不考虑对方和其他方的情况。罗陀并不承认男人世界，她不认为男人在婚姻方面有任何特权，她主张女人应该自由选婿，在这方面既不能从父母之命，也不能任由男人决定。[②] 从这个角度看，罗陀和《安芭》中的安芭很相像，不同的是安芭没有获得真爱而被社会抛弃，罗陀则如愿以偿，赢得了黑天的心。摩奴尔玛·夏尔马女士曾说，"《安芭》中的安芭是现代社会想争取自主权的女性的象征"[③]，《罗陀》中的罗陀也一样，她是现代印度社会中有幸获得真正爱情的妇女的代表。

　　《原始时代》的全名是《〈原始时代〉及其他独幕剧》，是作者于 1935—1936 年创作的独幕剧结集，共含 6 个剧本，内容大多是印度史前时期的故事，具有很强的神话传说色彩。独幕剧《原始时代》是史前文化的重现，《第一次婚姻》描述了印度雅利安文化

---

① उदयशंकर भट्ट, राधा : भाव-नाट्य, मुंबई: हिन्दी ग्रन्थ रत्नाकर कार्यालय, १९४१, पृ. ४०.

② 参见 उदयशंकर भट्ट, राधा: भाव-नाट्य, पृ. ३३。

③ मनोरमा शर्मा, नाटककार उदयशंकर भट्ट, पृ. १५.

萌芽时期的情景，《摩奴和人类》表现了遭洪水劫后的雅利安文化重建的情况，《革命者众友仙人》写的是印度教历史上废除人祭的事，《夏希蕾卡》是关于王后夏希蕾卡皈依佛门的故事，《鸠摩罗出世》是集子中的唯一一部与印度历史有关的作品，表现的是笈多王朝鸠摩罗太子出世时的情况，但其中大神的出场给剧本披上了神秘的外衣。

除历史剧和神话剧外，珀德还写了许多社会剧，有多幕剧也有独幕剧，涉及印度社会的方方面面。《没有结局的结局》是珀德最重要的社会剧之一，作品创作于1938年，分4幕10场戏，向人们展示了在西方资本主义影响下的某些印度人的丑陋嘴脸：长兄临死前叫来弟弟耿海亚·拉尔，将自己的所有财产都传给了他，并让他们夫妇收养照顾好自己唯一的子嗣苏利耶·古马尔。长兄死后，耿海亚·拉尔却让一老人将侄子弄死，老人得到的报酬是两千卢比；老人不忍，收养了苏利耶·古马尔，后因家中遭灾，苏利耶·古马尔被送入孤儿院。在孤儿院中，苏利耶·古马尔看到了孤儿院领导的种种丑行，并告发了他们，结果自己却被送进了牢房；出狱后，他决心劫富济贫，和一个叫作拉贾·拉木的人合伙，由于后者执意自己做富翁，苏利耶·古马尔反对，两人分手；拉贾·拉木恶人先告状，苏利耶·古马尔第二次被送上法庭。在法庭上，由于一对农民父女的帮助和以前收养苏利耶·古马尔的老人的指证，一切真相大白，耿海亚·拉尔不得不和苏利耶·古马尔相认（其实是现实中的摩登·拉尔相认），拉贾·拉木原来是耿海亚·拉尔手下的一个经理……

剧本的核心角色是苏利耶·古马尔，他由一个富家子弟而成为孤儿、"罪犯"以及"强盗"的过程就是作者展现以印度资本家为首的印度上层人物丑行的过程。耿海亚·拉尔是个见利忘义的商人，他不念手足之情，狠心地抛弃了留有一大笔遗产给他的兄长的儿子，并叫人除掉这个"包袱"。他对工人非常苛刻，不愿给他们增加工资，并且信誓旦旦地说英印殖民政府是他的后台，不怕工人罢工。他对英国殖民者则俯首帖耳，从他们那里谋取了"王爷"的称号。他和孤儿院老板、警察局长等相互勾结，企图置苏利耶·古马尔于死地。而当妻子因担心坑害大伯子的儿子遭到恶报而让他向孤儿院捐款献物以弥补罪过时，他则利用机会沽名钓誉，成了大善人。他的儿子夏希·古马尔几乎继承了他的所有"优点"，试看他们的高论：

夏希·古马尔：钱是非常重要的东西，我很看重它。它可以使大学者为你服务，可以买到高官厚位。（从口袋里掏出钱）这是 500 卢比现金，如果高兴，我可以让名妓到家中来跳舞，可以让达官贵人来拜访我，可以使不可能成为可能。谁能说钱不重要？①

妻子：你还是把钱还给他（大伯子）的孩子（苏利耶·古马尔）吧。

耿海亚·拉尔：（作蔑视状）疯子，全是疯子，卢比不是用来随便扔的，现在是金钱社会，谁有了钱，谁就是大人物，谁的地位就高，谁就拥有一切，我可不想因为你的杞人忧天而毁掉一切。②

① उदयशंकर भट्ट, *अंतहीन-अंत: विचार-प्रधान नाटक*, लाहौर : पंजाब साहित्य मन्दिर, १९४३, पृ. ६३-६४.
② उदयशंकर भट्ट, *अंतहीन-अंत: विचार-प्रधान नाटक*, पृ. १०२.

在他们的心目中，钱就是一切，这就是当时的商人，他们完全丧失了作为人的美德。这正是珀德所极力批判的，因此他安排了耿海亚·拉尔与苏利耶·古马尔相认及其悔悟的结尾。

一般来说，孤儿院是收留孤儿并给他们温暖的地方。但剧本《没有结局的结局》中的孤儿院的领导们却不这么认为，他们抓住一切机会为自己谋利益：孤儿院总管侵吞了别人赠给孩子们的食品；经理挪用了孤儿院的财产，并将外人捐献给孩子们的布用作家用；院长如何呢？他根本不理会孤儿苏利耶·古马尔的控告，反而让警察来抓走了苏利耶·古马尔。原来他和总管、经理同属一类！这样的孤儿院怎能抚养教育好孩子呢？其结果可以想见。

警察是乌德耶辛格尔·珀德要批判的又一对象，他们行事一向对人不对事，明知苏利耶·古马尔没有犯法却把他投入监狱，让孤儿院的贪污腐败者们逍遥法外。他们最惯用的办法是无中生有，使当事人不得不对他们"有所表示"，否则就只有自认倒霉：

> 苏利耶·古马尔：如果当事人确实没偷过东西呢？
>
> 警察：那他也得说他偷了，也得承认他偷了！这里是警察局，不是开玩笑的地方。一旦落入我们的手掌就别想轻易出去，明白吗！这里是警察的天下……对了，如果你能有所表示，事情也许会好办一些。[1]

一个弱小无助的孤儿落入这样的警察的手中还能有什么希望？他只有承受一切，包括精神上的侮辱和肉体上的折磨。不过，

---

① उदयशंकर भट्ट, अंतहीन-अंत: विचार-प्रधान नाटक, पृ. ११८.

作者并没有给出狱后的他找到一条好出路。珀德安排他做了"强盗"，让他劫富济贫，这虽然体现了作者的进步观点，却不能使苏利耶·古马尔真正成为一个有益于社会的人，这是作者的局限。

在剧本中，乌德耶辛格尔·珀德还塑造了一对农民父女的形象，他们诚实、纯朴，就是在他们的指证下，苏利耶·古马尔才得以洗清罪名，耿海亚·拉尔的骗子助手才有了被推上被告席的可能。相比起来，这对农民父女比与殖民统治者勾结、坑害同胞工人的商人要高尚得多。珀德的这种否定现实中的某些上层人物、肯定下层人物与帕勒登杜、伯勒萨德否定过去历史中的某些上层人物、肯定下层人物有很大的不同，具有更强的社会现实意义。

"在珀德的剧本中，《格木拉》占有很突出的地位。在这个剧本中，作者在表现不平等婚姻的同时也涉及到了社会的道德领域，对英国统治下的地主对人民的压迫、对上层人的阿谀奉承以及男人对女人的迫害等都有描写。"[1]《格木拉》是乌德耶辛格尔·珀德的第一个社会剧，创作于1935年，共有3幕5场戏。格木拉是个年轻貌美、受过教育的现代女性，被比她大许多的地主德沃那拉因看中，迫于种种压力，她只好做了他的填房。婚后她很守本分，而且热心社会公益事业，常到孤儿院帮忙。当她知道孤儿院中的一个孤儿是丈夫长子的私生子后，她就把那个孩子带回家抚养。但却由此引起了丈夫德沃那拉因的怀疑，以为她对他不忠，认为这个孩子是她和别的男人生的。为了保住孩子及其生身父母的名誉，格木拉只好忍气吞声，最后在失望中跳河自尽。

这个剧本表现的是现实社会中的女人的悲惨命运，她们虽然

---

① मनोरमा शर्मा, *नाटककार उदयशंकर भट्ट*, पृ. १५.

比其前辈多了受教育的机会,有了为社会服务的权利,但实际上她们仍然是男人们的玩物,仍然没有自主的能力,只能听从别人的摆布。格木拉和古代神话传说中的贞信有些相似,她也嫁给了年老的富人,与贞信不同的是,她先丈夫而死,比贞信还惨。在 20 世纪 30 年代的印度还有这种事发生实在发人深省!

《帕勒沃蒂》也是一个以家庭矛盾为题材的剧本,作品创作于 1958 年,反映的是印度独立后的社会情况。该剧分 2 幕 7 场,揭示了社会中普遍存在的婆媳关系问题:帕勒沃蒂和儿子伯尔马南德相依为命,前者费尽艰辛把儿子养大,但儿子娶的媳妇却对她非常不好,在一次争吵中竟把她赶出了家门!这是乌德耶辛格尔·珀德极力否定的,所以他在结尾让媳妇醒悟过来并把婆婆接回家中伺候。这里,作者提出了赡养老人的问题,同时还揭露了社会中经常出现的贿赂等问题,这都是现代社会应该切实解决的。

乌德耶辛格尔·珀德 1953 年创作的《革命者》其实只有一幕,但整个剧本比较长,出版的也都是单行本,因此习惯上把它算在多幕剧一类。作品有 4 场戏,故事发生在印度独立前不久:摩奴诃尔和蒂瓦格尔是同窗好友,毕业后摩奴诃尔成为警察,蒂瓦格尔参加了革命组织。由于政府的迫害,蒂瓦格尔在摩奴诃尔家避难,得到摩奴诃尔夫妇的照顾。后来摩奴诃尔经不住金钱、升职等的诱惑,决定向政府告发,并将自己的决定告诉了妻子维纳。维纳早就向往革命,她正准备加入蒂瓦格尔的组织,因此她提前带他逃出家门。不过,由于在警察家中避过难,革命组织已不再信任蒂瓦格尔,也不想接收维纳。后来组织决定:(1)蒂瓦格尔自杀;(2)令维纳先杀死自己的警察丈夫摩奴诃尔后再加入组织。结果维纳真的杀了自己的丈夫,组织自此发觉惩罚错了蒂瓦格尔,但为时已晚。

作品描写的革命者好像并非人们想象中的革命者，他们好像并没有从事过什么有益于国家的事情。这多半是印度实际情况决定的，在印度争取民族独立的运动中，激进的革命斗争没有形成气候，所谓的革命者多从事一些局部性的带有恐怖性质的活动。此外，剧作家珀德因没有亲自参加过这类组织而对它们缺少感性和理性认识，这也使剧本失去了不少光彩。

在乌德耶辛格尔·珀德的十多个独幕剧集中，除《众友仙人》《原始时代》和《迦梨陀娑》等少数几个集子外，其他的都是关于社会问题的独幕剧的集子。这些集子中的作品比作者的多幕剧的涉及面要广得多，反映的问题也现实得多。

《新独幕剧》是乌德耶辛格尔·珀德的第一个独幕剧集，发表于1933年，共含5个独幕剧，都是有关社会问题的。其中的《领导》和《拉博金德先生》两个剧本比较有影响。《领导》刻画了一个社会领导人的两面性丑态，他主张废除种姓制度，却不允许自己的侄子和一个低种姓的姑娘结婚；《拉博金德先生》嘲弄了一个极其吝啬的高利贷商人，他从不布施，从不救济穷人，最后却被一个骗子骗走了七千卢比。这两个作品描绘了社会上达官富人的丑陋行为，作者揭开了他们虚伪嘴脸上的面纱。

1940年，乌德耶辛格尔·珀德发表了独幕剧集《女人的心》。该集中《女人的心》比较新颖，珀德从人性的角度写出了女人特有的爱和恨，把读者带入了一个错综复杂的家庭矛盾之中。

《问题的了结》发表于1947年，是乌德耶辛格尔·珀德的比较优秀的独幕剧集子。《问题的了结》共含9个独幕剧，有关于不同种姓间通婚问题的，也有关于宗教陋习的，还有关于现代社会中人际关系的等等。独幕剧《问题的了结》表现了两个不同种族的一对年轻人的爱情悲剧,揭示了爱情不分种族的道理。《归去》是个具有很强社会意义的独幕剧,作者通过一个退休官员从缅甸回到印度又转回缅甸[①]的故事,描写了受资本主义影响的一些印度普通老百姓的心态,他们被钱迷了心窍,在金钱面前他们连亲情也不要了。剧本中的主要角色是印度人,但他因受不了印度亲人的态度,要到缅甸去度晚年,而且是"归去",这表明了他对故乡的失望程度,也表明了珀德对这种社会现象的批判态度。《牺牲》和《生活》是两个关于家庭生活的剧本,前者通过写一对现代青年的家庭生活的误区,阐述了夫妻生活应该相互理解、相互为对方做出牺牲的道理。后者是个象征剧,向世人表明了生活的复杂性,并指出,只有诸种因素协调一致,生活才会美满。《治病》与家庭生活也有一定关系,作者通过一个家庭三个成员对西医、印医和土方巫术的不同偏好揭示了现代印度社会的复杂性。这个集子中还有几个独幕剧是关于印度教的各种陋习的:《庙门口》反映了低等种姓的不可接触者无权进庙拜神的事实,使人想起好几个世纪的印度宗教改革都没能完全改变这个陋习。当然,珀德在剧本中完满地解决了这一问题,但却显得太理想化。这个剧本和杰耶辛格尔·伯勒萨德的著名短篇小说《休止符》有点类似,不过《休止符》更为深刻。《正倒塌的墙》讽刺了一个封建主家庭的因循守旧得出奇的生活,使人难以想象在20世纪三四十年代的印度还有剧中般迂腐刻板的人存在。《魔鬼的舞蹈》写的是印度教的另一个陋习,即其他男人接触过的妇女被视为不洁之物,作品揭露了村长、祭司等宗教卫道士的愚昧无知,标题中的魔鬼指的正是他们。《两个客人》是

---

① 1937年以前,缅甸是印度的一部分。

个笑剧，它展示了两个印度教修道士偷吃主人家饭食的情形，使人自然地把他们与无赖联系起来。在这几个独幕剧中，乌德耶辛格尔·珀德表达了同样的意思："房屋根据地势而建，水依器皿而成形，印度教也应该随着时代的不同而变革。"[1] 这是珀德创作这些剧本的真正用意所在。

1950 年，乌德耶辛格尔·珀德发表了独幕剧集《火焰》。该集含 6 个独幕剧，其中有 3 个是关于人的潜意识的：《火焰》讲的是一对恋人在爱情方面的波折，只因瞬间的一个念头，女主人公就拒绝了男主人公，其中的原因女主人公自己也说不清。《新客》与《火焰》差不多，但表现的是家庭成员之间的亲情关系。《黑暗和……》揭示了人性中的两个极端，即温柔之极和残忍之极，作者认为每个人身上都存在着这两个极端，有一定的道理。《爆炸性新闻》和《新剧》是有关文人的作品，前者讽刺了一群不懂诗歌的假文学评论家，后者写一个潦倒文人的艰难处境，提出了现实中作家的地位问题。《未发生过的》是一个现实性很强的作品，剧本涉及印度独立后合并土邦的史实，展现了土邦王公与其助手间明争暗斗的情况，从侧面表现了土邦中的妇女的不幸遭遇。珀德在这个作品中还揭露了一个国大党官员营私舞弊的行为，国大党是独立印度的执政党，珀德如此无所顾虑很值得肯定，这类主题在他以后的作品中也有反映。

在乌德耶辛格尔·珀德的独幕剧集子中，《幕后》的影响尤其大，这个集子发表于 1954 年，含 8 个剧本。《自由时代》《幻》和《交易》反映了受西方文明影响的年轻人的生活态度。《自由时代》

---

[1]　उदयशंकर भट्ट, *समस्या का अन्त*, दिल्ली: राजकमल पब्लिकेशन्स लिमिटेड, १९४८, पृ. ५०.

描写了一对现代小夫妻的家庭生活，其中的妻子和《牺牲》（《问题的了结》集）中的那个妻子类似，她迷恋所谓的现代女性的生活方式，时常外出，从事选美、跑马赌博等活动，从不顾及年幼的孩子和丈夫；丈夫只得忍气吞声，挑起照顾孩子、料理家务的担子。《幻》反映的也是年轻知识女性的问题，有些人有终身不嫁的想法，作者通过大学教师苏提的切身感受，否定了这一观点。《交易》批判了一个青年知识分子对社会不负责任、没有修养的生活作风，他打着自由爱情的幌子，却干着玩弄女性的勾当。《新事物》表现了一个穷诗人的事情，在别人看来他毫无用处，没有一点生活能力，但他的心中却装着人民，他具有一颗真正的爱心。《异床异梦》描绘了两个酒鬼的生活丑态，说明了嗜酒的危害性。《不幸》揭示的是印度现在还存在的因嫁妆问题而嫁女难的问题，作品中的夫妻两人被女儿的婚事搞得焦头烂额，和别人说话也失去了底气。《父亲》是集子中影响比较大的作品，向人们展示了一群不孝子女的百态图：父亲病了，原来怕他的子女们变得放肆起来，谁都不听他的使唤，连水也没人给他送。不仅如此，他们还争着使用父亲的房间，最后竟把奄奄一息的老人挪出了房子，说这样父亲死后可省去许多麻烦，不用费事就能举行葬礼！

　　独幕剧《幕后》是《幕后》集中最优秀的作品，也"是作者最优秀的剧作之一"。①剧本和现实的关系非常密切：商人契德尔摩勒和叔叔昌蒂拉姆一起做黑市生意，两人唯利是图、利欲熏心，对上阿谀奉承，对下残忍狠毒。他们有一套非常奏效的生意经：

---

① 刘安武：《印度印地语文学史》，第436—437页。

如果（用不正当手段）挣得一个卢比，那就花掉一个安那①。一个拜沙分给佣人，一个拜沙堵住官员们的嘴，两个用来布施，剩下十五个安那作为自己的纯利，这样绝不会出事。②

不过，他们并没有将一个拜沙分给佣人，他们给佣人的连维持最基本的生活都不够。对官吏他们倒十分大方，愿意满足两个国大党官员的任何愿望；对收税官更是尊敬有加，对他的一个远房亲戚也像对待亲人一样。为了博得好名声，他们还搞所谓的慈善事业，甚至开办了为鸟兽治病的医院，对医院的大夫却非常吝啬……

在描绘商人丑态的同时，乌德耶辛格尔·珀德还花笔墨塑造了两个国大党官员的形象。他们要吃要喝，不等对方贿赂就开口要价，甚至临走时还要带上些东西。他们与剧本《未发生过的》（《火焰》集）中的国大党官员同属一类，都是社会的蛀虫，是印度执政党中的败类。由于他们，穷人变得更穷，商人变得更加黑心，正如契德尔摩勒所说的：

他们支持我做黑市生意，既然他们和我一样堕落，我干吗要承认自己有罪？犯罪，谁没有犯罪？我在犯罪的同时也在行正义，我布施，我建庙敬神，我请婆罗门吃饭，向穷人分发钱财，我连鸟兽都没有忘记，我为它们开办了专门医院，难道这些不能洗清我的罪过？（而他们干了什么善事？）③

①　印度旧币制规定，四个拜沙为一个安那，十六个安那为一个卢比；新币制规定，十个拜沙为一个安那，十个安那为一个卢比。新币制中很少使用安那。
②　उदयशंकर भट्ट, पर्दे के पीछे, दिल्ली: आत्माराम एंड संस, १९६०, पृ. १५८.
③　उदयशंकर भट्ट, पर्दे के पीछे, पृ. १७३.

根据这一逻辑,不法商人倒强于个别政府官员了!

《现代人》是乌德耶辛格尔·珀德后期的一个比较有名的独幕剧集子,发表于 1959 年,含 5 个剧本。这个集子中的独幕剧的社会现实性也很强,其中的《现代人》也刻画了一个商人,他和《幕后》中的契德尔摩勒如出一辙。他表面是个大善人,常布施拜神,实际上却对政府官员溜须拍马、赌赂成性,他还在家中私养情妇。对佣人却又是另一副嘴脸,不仅恶语中伤,而且克扣工钱。当然,印度社会中的商人并不都是黑心肠者,在《心中的秘密》一剧中珀德就塑造了一个优秀商人的形象,这是个以勤劳致富、有良心的好商人。不过,这个好商人形象却没有珀德笔下的坏商人的形象丰富、生动。看样子,珀德更善于揭露社会黑暗面。《照看》和《父亲》(《幕后》集)差不多,也批判了社会上的不孝子孙。《真理的庙宇》揭露了现代社会中宗教修道士们的丑行,和《两个客人》(《问题的了结》集)中的修道士们一样,他们已成为社会的多余物,已失去了继续存在下去的意义。

整体看来,乌德耶辛格尔·珀德的社会剧有这样几个特点:第一,数量多,内容丰富,涉及面广。第二,这些社会剧的现实性强,其中的不少事件好像就发生在作者的身边。第三,作者对现实的批判非常尖锐明了,对商人、个别国大党官员的批判就是明证。第四,作者并没有以什么大事件作为自己的创作题材,而是把焦点投向普通人、普通家庭,从琐事中揭示社会现实,如现代知识女性的生活态度、男女青年的婚姻观以及现代年轻人对父母前辈的不孝等。

相比起来,乌德耶辛格尔·珀德的社会剧比历史剧和神话剧更有意义。前者(社会剧)体现了珀德戏剧写作的创新性,与帕勒登杜、杰耶辛格尔·伯勒萨德等的剧作有很大不同；后者（历史剧和神话剧）体现了他的继承性，是前辈戏剧家戏剧创作的某种延续。

三、阿谢格的社会现实剧

乌本德勒那特·阿谢格（1910—1996）是现代印地语的重要作家，他多才多艺，著述勤勉，在印地语文学史上占有不可忽视的地位。乌本德勒那特·阿谢格出身于旁遮普邦贾兰达尔市一个中等收入的婆罗门种姓家庭，父亲是车站站长，爱喝酒、赌博，但心地善良、乐善好施。母亲是个十分节俭会过日子的家庭主妇，有知识，曾亲自在家里教他读书。阿谢格的父母共有 6 个孩子，他排行第二。1919 年他直接进梵语学校念小学三年级，1921 年上中学，1927 年考入贾兰达尔市 D. A. V. 学院，1931 年获得学士学位。大学毕业后他本想继续深造，但因家庭经济困难，只好作罢，暂时留校任教。此后他又换过好多次工作，曾当过记者、翻译、编辑、律师，做过演员、导演等[1]，生活经历比较丰富，见过各种各样的人和事，对现实社会有很深的了解，这对他的文学创作有很大的影响。

阿谢格和许多作家一样，其创作也是全方位的，他既是戏剧家，也是诗人、小说家、散文家。他一生创作了不少诗歌，而且颇有影响。他的小说比诗歌更有影响，主要作品有《正倒塌的墙》《热

① 参见जगदीश चन्द्र माथुर, *नाटककार अश्क*, इलाहाबाद: नीलाभ प्रकाशन गृह, १९५४, पृ. ४८५-४८६।

灰》和《满城转动的镜子》等，其中《正倒塌的墙》是他的代表作。阿谢格不是真正意义上的散文家，但他也写出了不错的散文，成集的有《曼多——我的敌人》《自己的多，别人的少》《线条和图画》等。不论是诗歌，还是小说，或是散文，阿谢格作品的最大特点都是社会现实性。

乌本德勒那特·阿谢格主要是戏剧家，其次才是诗人、小说家和散文家。自近代以来，印地语戏剧发展到阿谢格时期已有相当规模，出现了帕勒登杜、杰耶辛格尔·伯勒萨德等不少颇有影响力、有代表性的戏剧家，剧本不仅数量可观，质量也达到了很高的水平。不过，阿谢格以前的大多数戏剧家对印度历史和神话传说更感兴趣，他们的剧本多取材于此，而取材于社会现实生活的作品不多；即使取材于社会现实事件，也写得较肤浅，反映得不深刻，在形式上也不够成熟。这多半是历史的原因，与社会状况等也有一定的关系。阿谢格进入文坛时期，印度的社会形势与以前有很大的不同，他从现实出发，发觉当时的印度人民更需要社会剧，社会更需要批评。他认为20世纪三四十年代是印度的过渡时期，作家不应该沉浸在歌颂过去的创作天地里，而应该为未来着想，应该担负起责任，劝诫人们建设一个健康的社会。因此，阿谢格非常重视现实，他的绝大多数剧本都取材于社会现实生活，都是对现实的不同程度、不同侧面的反映，"在现代，真正写出现代生活的剧本的剧作家首推乌本德勒那特·阿谢格"[1]。

以下是阿谢格在现代时期创作的大部分剧本：

---

① 刘安武：《印度印地语文学史》，第430页。

（一）多幕剧

1.《胜利和失败》（5 幕 37 场，1937）

2.《天堂一瞥》（4 幕 7 场，1939）

3.《第六个儿子》（4 幕，1940）

4.《旋涡》（3 幕，1942—1943）

5.《幽禁》（4 幕，1943—1945）

6.《飞翔》（4 幕，1942—1946）

7.《珀德西娅》（3 幕，1950）

8.《摔跤》（3 幕 6 场，1952）

9.《不同的道路》（3 幕，1944—1953）

10.《安觉姐姐》（2 幕，1943—1954）

（二）独幕剧

1.《罪人》（1938）

2.《妓女》（1938）

3.《欢迎吉祥女神》（1938）

4.《权利的保护者》（1938）

5.《蚂蟥》（1939）

6.《协商》（1939）

7.《猜谜》（1939）

8.《在结婚的日子里》（1940）

9.《在神的阴影里》（1940）

10.《窗子》（1941）

11.《干树枝》（1941）

12.《奇迹》（1941）

13.《新与旧》（1941）

14.《姐妹》（1942）

15.《格木达》（1942）

16.《迈姆娜》（1942）

17.《窗帘》（1942）

18.《牧童》（1942）

19.《磁石》（1942）

20.《毛巾》（1943）

21.《第一条出路》（1943）

22.《熟练的歌》（1944）

23.《在暴风雨到来之前》（1946）

24.《雇主与保姆》（1946）

25.《黑暗的胡同》（1949）

26.《精明的主人》（1949）

27.《幕启和幕落》（1950）

28.《市镇板球俱乐部成立》（1950）

29.《耍手腕者的天堂》（1951）

上述剧本除《胜利和失败》以外，都是社会现实剧。它们再现了作者所处时代的风貌，触及多种多样的问题，从妇女地位到恋爱、婚姻、家庭，从社会种种弊端到家庭制度、儿童教育等，无所不及。作为一个现实主义剧作家，阿谢格总是严肃地面对社会现实生活，并且把真实地反映现实生活作为自己的艺术使命。

总体来说，阿谢格的戏剧可分为两类，一类是有关婚姻爱情的，另一类是关于社会问题的。对一个社会来说，婚姻爱情是一个影响深远的问题，它关系到整个民族的精神风貌和每个个体的终身幸福。作为一个现实意识很强的作家，阿谢格尤其看重这一问题。再者，由于自己复杂丰富的社会经历，他对这一题材也十分熟悉，他本人就结过三次婚，而作家最熟悉的题材也就是他生活里感触最深的东西。所以，阿谢格在不少剧本里表现了这方面的内容，不过，他不是从一个角度，而是从多个角度来反映这个问题的。

"对生活的批判是阿谢格戏剧的主旋律。"[1] 首先，阿谢格对印度千百年来形成的旧的不合理的婚姻制度进行了批判，对这一制度所带来的恶性后果进行了揭露。众所周知，旧的不合理的婚姻制度是广大印度妇女受苦受难的主要原因之一，阿谢格注意到了这一点，他在《欢迎吉祥女神》《在结婚的日子里》《第一条出路》和《幽禁》等剧本中都涉及到了这个问题，并对这一制度进行了彻底的否定。

《欢迎吉祥女神》是独幕剧，作品的主角拉辛是个受过教育的青年，他的妻子刚死一个月，幼小的儿子也病得很厉害。但就在他心急如焚为儿子请医买药的情况下，他的父母却在为他的第二次婚姻忙碌，并逼他与女方父亲见面，要他立即表态允诺婚事。他的母亲以"你的父亲就是在第一个妻子去世后的第二个月份和我结婚的"[2] 为由来劝他，父亲则干脆说这是为他好，这是在迎接吉祥女神。就在这个时候，他的儿子死了……这哪里是在迎接吉祥女神，分明是在迎接死亡女神！剧本暗示了父母包办婚姻的可悲之处，作者把孩子的死和逼迫拉辛订婚两件事放在一起，揭露了旧的婚姻制度的冷酷无情和对人的感情的扼杀。拉辛是一个有感情的

① रामकुमार गुप्त, *आधुनिक नाटक और नाट्यकार*, पृ. १७९.
② उपेन्द्रनाथ अश्क, *चार एकांकी*, वर्धा: राष्ट्रभाषा प्रचार समिति, १९६३, पृ. ५८.

青年知识分子，他爱妻子，也喜欢儿子，妻子的死使他很难过，于是他把一切情感都倾注到儿子身上。但他的父母却不管这些，他们以门第和财富作为追求的目标，儿子感情接受不了也罢，孙子死去也罢，婚事非定下来不可。孩子的死对拉辛父母这样的旧制度的维护者既是有力的控诉，也是对他们的"欢迎吉祥女神"的愿望的嘲讽。

独幕剧《在结婚的日子里》写的也是父母包办婚姻的弊端，结婚是个喜庆的日子，作品中的新郎却非常伤心，抱怨父母毁了他的一生，因为父母没有让男女双方见面就为他定下了这门亲事。不过，这个剧本的结尾却显得不伦不类，相比起来，《欢迎吉祥女神》的批判性要强得多。

《第一条出路》是乌本德勒那特·阿谢格于1943年创作的一个独幕剧，这是作者最优秀的剧本之一，多幕剧《不同的道路》就是根据它改编而成的。剧本不仅批判了父母包办婚姻的不合理性，还揭露了传统婚嫁习俗的可悲后果：达拉金德有两个女儿（拉妮和拉吉）和一个儿子（布朗），他作主把拉妮和拉吉嫁了出去，但不久两个女儿都回到了娘家，原因是她们忍受不了婆家的虐待。拉妮是被丈夫赶回家的，因为她的陪嫁太少。拉吉是出于无奈才回家的，她的丈夫是大教授，夫妻两人在性格、情趣、文化水平等方面的差异很大。丈夫因此对她很冷淡，婚后不久就与另一个和他相爱的姑娘结了婚。面对这两个受辱的女儿，达拉金德不仅没有从根本上找原因，反而劝她们接受现实，要她们回去：

> 你应该接受丈夫对你的态度，他把你放在什么位置，你就应该待在什么位置上。你不该数落婆家的过错，应该寻找

他们的优点……无论如何，女孩子的位置是在婆家，不是在娘家。[①]

他答应补一栋房子给大女婿，条件是他来接拉妮回去。对拉吉也同样，虽然教授女婿有了真正相爱的妻子，他还是准备不惜一切代价挽救这桩婚姻，并决定亲自送拉吉回去。乍看起来，达拉金德好像很为女儿的幸福着想，为了女儿能回婆家，他不惜花钱。实际上并非如此，他是旧制度的热心拥护者，是旧体制的坚定卫道士，他并没有真正为两个女儿的幸福着想，他只想保住自己的面子，只知道女儿的位置应该在婆家，至于婆家如何，女儿在婆家的地位、生活如何，他是不在乎的。这样，在不知不觉中，乌本德勒那特·阿谢格就塑造出了一个封建道德的化身，并对这一形象进行了否定。

1943年乌本德勒那特·阿谢格开始了《幽禁》一剧的创作，但由于构思等尚不成熟，搁了又搁，到1945年才最后完成。这也是他的又一部优秀剧作，作品从另一个侧面批判、揭露了旧的婚姻制度。剧本中的女主角阿比原本是一个天真活泼、热情奔放的少女，她和笛利博相爱，但父亲却把她嫁给了她的姐夫。原因是姐姐死了，留下两个孩子没人照看，父母觉得她嫁过去对孩子有好处，而且这门亲戚可以维持下去。然而，尽管丈夫想方设法使她快乐、幸福，阿比却由此成了另外一个人。她孤独、痛苦，整日把自己关在房间里，生活没有丝毫生气，婚后8年，她一直处于半死不活的状态，饱受精神的折磨。可是，当她听说笛利博要来她家时，她

---

① उपेन्द्रनाथ अश्क, *आदि मार्ग*, इलाहाबाद: नीलाभ प्रकाशन गृह, १९५३, पृ. ३५.

立即振奋了起来，赶紧张罗指挥佣人收拾房间、打扫卫生，还亲自下厨，准备食品迎接客人。她和笛利博愉快地度过了一天，两人一起外出散步，一道谈心，这是她婚后从没有过的。佣人们都觉得女主人成了另外一个人，自然，这个人便是婚前的她。但好景不长，晚上客人走了以后，她又倒在床上，换回了前一天的样子，又成了佣人们眼中的那个精神萎靡的女主人。不仅阿比自己如此悲苦，原来指望她照顾的家庭也没有任何生气。由于主妇长期"身体不好"，丈夫也从来没有享受过真正的妻子的温存，孩子们也从来没有得到过真正的母爱。而且，自她出嫁以后，原来和她相爱的笛利博一直过着漂泊流浪的生活，整日与诗歌作伴，再也没有找到真爱。因此，作品揭露的不仅是旧的婚姻制度对阿比这个女主角的摧残，也揭露了这一制度对当事人家庭以及男主角的危害。阿比是受害者，她知道自己的幸福在哪里，知道自己怎样才能幸福，但她却始终默默地忍受着一切，不愿反抗这个社会：

> 阿比：我有时候感觉这儿就像是我的黑水之地[①]，我会永远被囚禁下去。
>
> 笛利博：（看着她的眼睛）阿比，你过得不幸福。
>
> 阿比：（苦笑）我很满意。[②]

瞧，就是在十分爱恋的人面前她也不愿表现出自己的反抗心理。实际上，她根本就没有意识到自己可以奋起反抗，而这正说明

---

① 即印度的安达曼群岛，以前曾为罪犯流放之地。

② उपेन्द्रनाथ अश्क, कैद और उड़ान, इलाहाबाद: नीलाभ प्रकाशन गृह, १९५०, पृ. ७२.

了她受迫害的程度之深。阿比是个尚未觉醒的女性，通过她的悲剧，乌本德勒那特·阿谢格表现了在旧的不合理的婚姻制度束缚下的人间冷暖，阿比的悲剧不仅是她个人的悲剧，也是整个社会的悲剧。

　　在批判、揭露的同时，乌本德勒那特·阿谢格怀着一颗善良正直的心对受害妇女寄予了深切的同情，他的不少剧本都与这方面的内容有关，如1938年创作的《罪人》《妓女》《欢迎吉祥女神》等。《罪人》中的女主角茶娅在婆家受到虐待，连生孩子期间婆婆也让她干活，以致劳累过度得了肺病，卧床不起。丈夫也根本不关心她，竟在她生病期间，和她的妹妹勾搭在一起！他是茶娅郁闷而死的真正凶手。但茶娅却始终不认为丈夫有错，她对婆婆说："妈，请您让他原谅我，我要死了。"[①] 这里，作者塑造了一个可怜无助的少妇形象，她受不幸婚姻的迫害很深，令人不得不对她充满同情。《妓女》表现的是一对沦落风尘的母女的故事，她们虽是妓女，但都向往正常的夫妻生活，于是母女俩争一个男人，最后女儿获胜，作者对母亲的失败充满了怜悯之情。在《欢迎吉祥女神》中，男主角拉辛对父母的无情非常气愤，"这些人真没心肝，我刚给妻子送完葬，他们就逼我再婚"[②]。这里，阿谢格对那个死去的妻子也充满了同情。《窗帘》中的丈夫就不行了，他是个自私自利的家伙，妻子卧病在床好几年，他表面上很照顾她，内心却想着别的女人。他伺候妻子并不是出于爱或责任心，而是为了从妻子的痛苦中获得写诗的灵感，而他的诗又能使别的女人倾心于他。多么可怕的事

---

　　① उपेन्द्रनाथ अश्क, *तूफ़ान से पहले: सात एकांकी*, बम्बई: नेशनल इन्फ़रमेशन ऐण्ड पब्लिकेशन्स, १९४८, पृ. ६६.

　　② उपेन्द्रनाथ अश्क, *चार एकांकी*, पृ. ५२.

实，他的病中的妻子又是多么可悲！此外，历史剧《胜利和失败》中的亨莎拜依也是作者怜悯同情的对象，男人们根本不把她当作一个具有独立人格的人看待，而是把她视为附属品，并像赠送礼物一样随便送给别人。

乌本德勒那特·阿谢格不是悲观主义者，在同情、怜悯的同时他也为女人们找到了出路，他让她们为自己的命运而抗争。《第一条出路》中的拉妮就没有一味地听从父亲的安排，她很清楚丈夫为什么来接她回家，那是一栋房子的作用，因此她认为父亲的理论是为男人说话的理论，"您的符合正法的说教我听多了，您的法是维护男人们利益的法"①。她不愿再沉默下去了，她开始讨厌起自己的丈夫，"对认为价值几千卢比的房子比我的尊严还重要、不愿要我而要房子的人，我连看也不愿看他一眼……您说他爱我，如果在给他房子的同时您再答应给他一辆摩托车的话，那他会把我当作神灵供奉……我要请问，什么时候才能填满这种贪心人的肚子？我要和这种人一起生活到什么时候？"②所以，她最后和弟弟一起弃家出走、开创自己的新生活是很自然的。从此她不再依赖丈夫，也不再依赖父亲。阿谢格在这里表现的实际上是新旧两种思想的冲突、斗争，作为一个开明、向上的作家，他的倾向性很强，他希望受害妇女能和旧传统决裂，希望她们能意识到自身的价值，能从昔日的束缚中摆脱出来，去迎接新生活的曙光。

《飞翔》是《幽禁》的姊妹篇，乌本德勒那特·阿谢格在《飞翔》上花的时间比《幽禁》还长。如果说《幽禁》中的女主人公阿

---

① उपेन्द्रनाथ अश्क, *आदि मार्ग*, पृ. ६५.
② उपेन्द्रनाथ अश्क, *आदि मार्ग*, पृ. ६४-६५.

比违心地生活在她自己不堪忍受的环境里，还没有反抗意识的话，《飞翔》中的玛娅就不同了。玛娅是一个自尊、有独立性格的新型女性，她绝不愿意忍受男人们对她所作的扭曲。剧作家在剧本中塑造了三个思想性格各异的男人：猎人把她视为猎物想占有她，诗人把她奉为神明崇拜她，恋人则把她当作男人的奴仆和附属品。但玛娅自己的态度鲜明而坚决，她认为他们没有公正地对待她，她寻求的是对方把她当作实实在在的人、真正的妻子看待，她要和他一道“在生活的废墟上建设新的大厦”。因此，面对三个男人，她毫不惧怕，“我不是处处都依赖男人的可怜的奴隶，我也不是一头病鹿，任凭你们抱在怀里玩赏……我也不是什么女神，女神只能坐在自己的座位上一动不动！你们一个需要的是奴隶，一个需要的是玩物，一个需要的是女神，没有一个需要真正的妻子和生活的伴侣！”[1] 说完这些，她毅然决然地离开了他们，走自己的路。玛娅和《第一条出路》中的拉妮差不多，她也不甘于命运的安排，她觉醒了。这是新思想的又一次胜利。

在乌本德勒那特·阿谢格时代，印度正处于转折时期，传统的封建势力和受西方影响而兴起的资本主义势力相持不下，只是由于民族矛盾主导着一切，这两股势力之间才没有产生激烈冲突。但双方都左右着一部分人，前者在老人身上体现得多些，后者在年轻人身上体现得多些。阿谢格在反映、同情旧的封建婚姻制度迫害下的印度妇女的同时，也注意到了另一方面的问题，这就是受西方资产阶级思想和生活方式影响的一些印度年轻女性的不成熟的生活方式和处世态度。这类女性对生活没有真正的理解，盲目

----

[1]　उपेन्द्रनाथ अश्क, कैद और उड़ान, पृ. १५९.

模仿西方（而西方并非真如她们想象的那样），甚至有过之而无不及。这就走向了另一个极端：女性过分追求"自由"、过分展示"自我"，以致影响了丈夫和整个家庭的幸福。

《天堂一瞥》在这方面很有代表性，剧本中的女主角是两个现代女性悉达和拉金德尔夫人，前者从不干家务、不做饭、不带孩子，来了客人就装病不出，让丈夫一个人忙里忙外。后者更过分，她根本不顾及丈夫和孩子，整日在外面跳舞、应酬……她们根本不是正常的主妇，而是像作品中说的用来作装饰用的、毫无实际用途的珍珠：

> 你可以远远地用爱怜的目光观赏她们，可以始终不停地盯着她们，如果愿意的话，你还可以幻想和她们一起成家立业。但是，你千万别指望她们能对你的生活的碾子有什么用处！ [1]

看到两个朋友的有文化、有知识的妻子如此，男主角勒库退缩了，他打消了像朋友们一样娶个有文化的妻子的念头，决定和一个普通的没受过教育的姑娘结婚。因为他看清了知识女性的本质，她们不懂得对家庭尽义务，不会使丈夫幸福。

《迈姆娜》中的女主人公和上述两个女性不同，她喜新厌旧，背叛丈夫。她和第一个丈夫结婚，不是由于爱，而是因为对方有钱；她心里爱的是另外一个人，丈夫死后，她和那个人结了婚，但婚后又爱上了别的男人……她总是处在不停地追求之中，从不明

---

[1] उपेन्द्रनाथ अश्क, *स्वर्ग की झलक: व्यंग्य नाटक*, इलाहाबाद: नीलाभ प्रकाशन गृह, १९५०, पृ. ५५.

白爱情要专一的道理。《格木达》中的格木达干脆根本不追求爱情，"我只爱我自己"[1]。她明确表示，自己选择丈夫只要两个条件：（1）有钱；（2）看上去不令人讨厌。多幕剧《旋涡》中的帕尔德帕是个二十四五岁的离过婚的知识女性，她有许多追求者，但她就是提不起精神来，她对什么都不在乎，整日百无聊赖。她也和追求者来往，但她觉得他们都是浅薄之辈，都不是她的意中人。对她来说，一切都不尽人意，不仅别人弄不清她的生活意图，连她自己也搞不清楚。《姐妹》中的勒玛和妮夏对爱情倒充满希望，她们不辞劳苦，远赴外乡寻找真爱，结果她们找到的爱人却与她们的女友结了婚！原来他们的爱情没有任何基础。如此等等都表现了西方因素影响下的某些印度知识女性的恋爱婚姻心态，她们摆脱了传统旧制度的束缚，却成了现代偏激观点的牺牲品。

乌本德勒那特·阿谢格能写出这样的作品确实可贵，这都归功于他对生活的全面细致的观察和深层次的认识。他支持妇女追求幸福和自由，支持她们和旧的不合理的婚姻制度进行斗争，并真诚地希望她们取得最后胜利。不过，他又不赞成她们走向另一个极端，他反对妇女为了所谓的自由而不顾及丈夫和孩子，反对她们不专一的爱情观和金钱至上的生活观。因此，阿谢格在婚姻爱情方面是个中庸主义者，这一中庸无疑是正确的，是符合印度的实际情况的，是值得提倡的。

除婚姻、爱情题材外，乌本德勒那特·阿谢格还以社会现实中的其他各种社会问题作为剧本创作的源泉，展示了现代生活的各个方面，如宗教、艺术、家庭等等。由于阿谢格是个有很强社会责

---

[1]　उपेन्द्रनाथ अश्क, पक्का गाना: सात एकांकी, इलाहाबाद: नीलाभ प्रकाशन गृह, १९५१, पृ. १५४.

任感的作家,他的有关这类题材的剧本也同样表现出一种严峻的批判和尖锐的讽刺。

1940年,乌本德勒那特·阿谢格发表了4幕剧《第六个儿子》,这是个暴露受资本主义金钱观念影响的一些印度人的丑恶嘴脸的非常成功的作品,是阿谢格的比较有影响的作品之一。剧本的主要情节是这样的:火车站站长伯森特·拉尔退休回家,几个儿子都嫌他年老不中用,嫌他有许多不好的习惯,都不愿赡养他。大儿子亨斯拉吉是个大夫,是个"体面人物",他不要父亲是怕父亲丢他的面子,"你听听他怎么称呼我,他不叫我'亨斯拉吉',也不喊'亨斯',却嚷'亨苏'!"[1]二儿子诃利那特是个作家,他不要父亲是因为父亲能吃,"我是个清苦的人,而他特别能吃,三天之内就能吃掉一只鸡。他还喝酒,(气味太重),连坐在他身边我都受不了,连他房间里我也待不下去"。[2]其他几个儿子也同样不要这个累赘。可是,当伯森特侥幸中了30万卢比的彩票后,情况发生了变化,他突然成了儿子们争着赡养的对象,他们一个个都成了孝子,怕他丢面子的、嫌他气味不好的都争着为老人装烟倒酒、捶背捏腿,而且都非常恭顺地聆听他的嘲弄咒骂。等父亲的钱被他们掏空之后,他们又恢复了常态,父亲又成了大家嫌恶的对象。靠父亲的钱当上警察的第四个儿子盖拉谢·伯帝竟要把他关进监狱!不过,阿谢格给老人安排了第六个儿子德亚金德,几年前他被老人赶出家门,现在回来准备奉养父母。同为一母所生,为什么有这么大的差别呢?阿谢格的解释很简单,即不愿奉养的都是体面人

---

① उपेन्द्रनाथ अश्क, *आदि मार्ग*, पृ. १७१.
② उपेन्द्रनाथ अश्क, *आदि मार्ग*, पृ. १७५.

物，而德亚金德是在火车上卖苏打水的下层人，前者受西方文明的影响很深，他们具有极高浓度的"金钱就是一切"的意识；德亚金德则属于印度劳动人民的一分子，他是印度传统美德的载体之一。因此，《第六个儿子》实际上是阿谢格批判西方文化中丑恶一面、称颂印度文化中美好一面的一部作品，它否定了社会上层人物，肯定了普通劳动人民。

《协商》表现的也是受资本主义影响的、把自己的利益看得高于一切的所谓有地位人的故事。作品写于1939年，为独幕3场剧：沃尔马是牙科大夫，格布尔是眼科大夫，由于顾客很少，他们决定相互帮助，即沃尔马把眼科病人介绍给格布尔，格布尔把牙科病人介绍给沃尔马，并相互收取一定比例的介绍费。沃尔马为了表示自己确实履行了协议，派妻弟装成病人去找格布尔，结果本来没有任何疾病的一只眼睛被格布尔弄坏了。沃尔马非常生气，决定把对方介绍来的病人（格布尔要了同样的花招，介绍的也是自己的亲戚）的牙齿全部拔掉！这是一个讽刺笑剧，作者揭露了两个医术不高、医德恶劣、视金钱为一切的医生的卑劣行为，表明了在资本主义生产关系下社会职业道德下降的事实。

乌本德勒那特·阿谢格学过法律，当过律师，对法律方面的情况比较熟悉，他对一些人钻法律空子以谋取私利的情况也有所了解。3幕剧《珀德西娅》表现的就是这方面的事：律师杰昂利用自己的身份和弟弟路格斯等勾结，企图在法庭上骗取艾德温的钱财，达到升官发财、出人头地的目的。他们利欲熏心，知法犯法，没有丝毫职业修养。不过，他们的计划被女佣人珀德西娅揭穿了，以失败而告终。这里，阿谢格又批判了具有一定社会地位的律师等人，同时赞扬了地位低下的佣人珀德西娅，这和《第六个儿子》有些类似。

《在神的阴影里》揭露的是城市包工头坑害百姓的恶行，他们廉价购得土地，在城市和农村之间修建"神城"，但却克扣建筑材料，致使楼房倒塌，压死了不少建筑工人。这些包工头是在印度资本主义发展过程中成长起来的商人，他们精于经商之道，将经济效益放在首要位置，口头上声称为人民着想，结果却把工人推上了绝路。在剧本里，乌本德勒那特·阿谢格还描写了农民生活的穷困及其他农村生活风貌，这是阿谢格少数优秀的农村题材的作品之一。

《新与旧》是作者1941年创作的独幕剧，作品表现两个人对待他人财产的两种截然不同的态度：德沃金德是个传统型人物，他非常诚实可靠，对另一个人请他保存的价值五六万卢比的首饰没有丝毫贪心念头。勒维德特头脑灵活，是易于接受新思想的人，他对别人让德沃金德保管的那笔首饰早就用上了心，并极力劝说德沃金德想法据为己有，对托付之人来个死不认账，"现在东西在你的手里，她又不会写不会读的，又没有什么收据，也没有证人，我看你就吞了吧，（笑）没有任何人会找你的麻烦的"[1]。这又是西方文化与印度文化的冲撞，作者这里的"新"指的是勒维德特，"旧"指的是德沃金德，前者注重金钱，后者注重内心的平静，"比起表面富裕来，我更看重内心的平静"[2]，这正是印度传统文化的核心所在。虽然现实中的"新"胜了，但热爱印度传统文化的阿谢格在作品中却让"旧"占了上风，这表明了他的好恶及对同胞的希望，他不希望印度变成人人贪婪成性、尔虞我诈的社会，他希望人们能继

---

[1] उपेन्द्रनाथ अश्क, *तूफ़ान से पहले: सात एकांकी*, पृ. ७२.
[2] उपेन्द्रनाथ अश्क, *तूफ़ान से पहले: सात एकांकी*, पृ. ७६.

承传统中优秀的遗产，共同组成一个祥和美好的国家。

　　乌本德勒那特·阿谢格的剧本很少涉及政治，他对政治似乎不感兴趣。不过，他在揭露社会黑暗面的时候却没有忘记政治，《权利的保护者》就是一个例证。这是个独幕剧，揭露了政治家阴一套、阳一套的投机面目。剧本中的主要角色萨特先生是个著名的政治家，他为了竞选，到处拉关系，声称自己是各种权利的保护者。他口头上叫得非常响，但实际行动却恰恰相反：他在家里打孩子，却说要保护儿童，使他们免遭虐待；他辱骂仆人，不给他们发工资，却说要保护仆人阶层不受欺凌，要提高被压迫者的地位；为了骗取学生的选票，他一面答应学生们的要求，一面却告诉自己的编辑不许学生的言论见报；他还声言自己是妇女权利的保护者，但却极不尊重自己的妻子……阿谢格通过这个政客的言与行的矛盾，揭露了他卑污的灵魂。读者由此可以发现英国殖民统治下的印度政治社会的某些黑暗面——搞欺骗、说谎成了一种向上爬的手段，很多人官运亨通靠的正是这个。作者在作品最后告诉读者：许多社会团体和个人决定投萨特先生的票！这使作品更具社会意义，萨特这种人一向虚伪、自私，等他上了台，当了官，他又会如何呢？这是一个大问号，也是一个非常圆满的答案。

　　乌本德勒那特·阿谢格是不希望萨特先生成为人民权利的保护者的，这一点他在1946年发表的独幕剧《在暴风雨到来之前》中给出了非常明确的回答：

　　　　一个新世界即将来临，在这个新世界里，穷人将会成为主宰；在这个新世界里，印度教徒和穆斯林之争、白种人和黑

种人之争将不复存在；在这个新世界里，人们将亲如兄弟。^①

这里，阿谢格否定了《权利的保护者》中的萨特先生这类人掌权的可能性，预言真正的被压迫者将替代萨特及其他老爷先生们成为社会的主人。

《在暴风雨到来之前》是独幕剧，是乌本德勒那特·阿谢格有感于印度教徒和穆斯林宗教大屠杀而创作的剧本，也是涉及印度现实政治的少数优秀剧本之一。笔者在本篇的概述中曾论及，由于英国殖民者的煽动离间，也由于印度民族独立运动领导人的短见，印度教徒和穆斯林间的教派冲突时有发生，1946年终于酿成一场震惊世界的宗教大屠杀。《在暴风雨到来之前》的背景就是这次大屠杀：小手艺人吉苏（印度教徒）对目前的宗教大屠杀非常担忧，他认为印度教徒应该响应甘地的号召，不要刺激穆斯林，不应该不照顾穆斯林的感情而随便悬挂三色旗^②。他觉得"这场灾难是兄弟相残"^③，认为这是英国殖民政府耍的花招，"这正是政府所希望发生的"^④。他还认为印度国大党和印度穆斯林联盟都被耍了，"两个组织都是政府手中的玩偶"^⑤。吉苏是清醒的下层人民的代表，他看清了英印殖民政府、党派领导以及宗教头目们的险恶用心，知道在这场冲突中真正受难的是如同兄弟的下层人民。因此，他不听当地印度教头目格尔塔利的煽动，坚决不在自己的房子前

---

① उपेन्द्रनाथ अश्क, तूफ़ान से पहले: सात एकांकी, पृ. २८-२९.

② 独立印度的国旗为三色旗，其原型在印度民族独立运动中就已被广大人民广泛使用，但当时的印度穆斯林认为这是印度教徒的象征，并予以强烈反对。

③ उपेन्द्रनाथ अश्क, तूफ़ान से पहले: सात एकांकी, पृ. १७.

④ उपेन्द्रनाथ अश्क, तूफ़ान से पहले: सात एकांकी, पृ. १५.

⑤ उपेन्द्रनाथ अश्क, तूफ़ान से पहले: सात एकांकी, पृ. २०.

面悬挂三色旗，还挺身保护穆斯林尼亚杰米昂，结果不仅尼亚吉米昂没有逃脱灾难，吉苏也成了格尔塔利的屠杀对象。不过，吉苏并不后悔自己的所作所为，相反，他为自己的行为感到高兴，他对妻子说：

> 姆莉娅，别哭了，别让我走得太艰难。这不是痛苦的事，是该高兴的事，你丈夫并不是在与自己毫无过节的兄弟的争斗中或在杀害自己兄弟的孩子的争斗中死去的，他是在保护兄弟中死去的，是在保护他的家族中死去的！①

不仅如此，他还一再叮嘱妻子要善待尼亚吉米昂的儿子伯诃舒：

> 你一定要把伯诃舒当作自己的孩子，要把他抚养大，千万别让他落入这群杀人狂的手中！②

这就是一个普通小人物的最后时刻！难怪他预言暴风雨就要来了，这个世界将完蛋，坏人、资本家和宗教头目将被暴风雨吞噬，唯有穷人、工人永远不败，会成为新世界的主人！

作为一个作家，作为一个境况远远好于普通人的知识分子，乌本德勒那特·阿谢格能如此清醒地面对现实，能如此大胆地否定英印殖民政府、印度国大党、印度穆斯林联盟、资本家以及宗教头目等，能如此明确地肯定下层人物，并大声诅咒上层人物即将消

---

① उपेन्द्रनाथ अश्क, *तूफ़ान से पहले: सात एकांकी*, पृ. २७.
② उपेन्द्रनाथ अश्क, *तूफ़ान से पहले: सात एकांकी*, पृ. २७.

亡,预言穷人将获得胜利,确属难能可贵。可见他对教派斗争和剥削压迫是非常痛恨的,他希望自由的果实不要落入上层人物手中,这体现了戏剧家阿谢格的进步思想。

除对社会道德、现实政治的反映外,乌本德勒那特·阿谢格还很重视家庭生活及家庭教育等问题,《安觉姐姐》《毛巾》《猜谜》《干树枝》等都是这方面的作品。《安觉姐姐》是两幕剧,写于1943年,后来作者作了修改,成了现在的本子。剧本塑造了一位严厉、认真、一丝不苟、把家里整理得井井有条的主妇安觉的形象。她像军队首长一样指挥调度每个家庭成员,大家都要服从她。不过,这个表面平静如水的家庭却孕育着一场令安觉绝对忍受不了的"运动":丈夫表面迎合妻子的严厉整洁,背后却偷着和妻弟一起出去寻开心;儿子对母亲的逆反心理愈来愈强,已经到了反抗母亲的程度;佣人也同样,有人在打算离开……这就涉及到了如何理家、如何教育孩子的问题,阿谢格的态度很明确:把握好度,不要走极端。《毛巾》的主题与《安觉姐姐》有些类似,由于妻子太爱整洁,丈夫难以忍受,并由此引发了夫妻间的种种争吵、纠纷。《猜谜》的主角是一个沉迷于猜谜游戏以期挣大钱的投机人物杰登。一年半以来,他输掉了家中的一切,但仍不醒悟,还时时向母亲、妻子保证"这次一定能赢""到时带你出国",自然,他是永远赢不了的。通过这个剧本,作者阿谢格向人们阐明了如何树立生活观的正确方法。《干树枝》是关于一个大家庭的故事:爷爷把自己的大家庭比作一棵大树,他是主干,儿子们是分主干,孙子们是树枝,他以这个大家庭为荣,希望这棵树永远长青。但新来的孙子媳妇却与这个大家庭格格不入,她受过高等教育,在娘家是独生女,所以生活习惯和思想作风与这个陈旧、传统的家庭气氛无法协调。由此引发了一系列矛盾，使爷爷越来越觉得树枝有干枯的可能性，以致整日提心吊胆、想方设法避免危机的出现。该剧提出了在新形势下传统大家庭制度所面临的问题，指出了这一制度必然遭到淘汰的趋势。

文化艺术的发展状况可以在很大程度上反映一个社会的面貌。乌本德勒那特·阿谢格是个艺术家，做过演员、导演等，对艺术界非常了解，因此他也创作了反映这方面内容的剧本，以此作为反映现实社会的一个窗口。《熟练的歌》是独幕剧，作于1944年，作品表现了现实中电影界的真实情况："电影这个机器是操纵在资本家手中的，他想用这个机器生产的不是艺术，而是钱。只要能赚钱，即使挨骂他也不在乎。"① 独幕剧《幕启和幕落》反映了演艺界演员素质低劣的情况，他们根本没有事业心，因为争夺几张赠票竟不来参加演出。导演也同样没有职业修养，他不担心演员不来，关键时候竟会用几个卢比雇来什么也不懂的人上台顶替专业演员！独幕剧《耍手腕者的天堂》讲的也是这方面的事情，没有几个人把精力用在艺术上，他们吹牛、拍马、拉帮结派，好像拍电影最重要的不是专业能力，而是耍手腕的能力。《摔跤》是3幕剧，写于1952年，除反映演艺界道德水准、艺术水准低下的现实外，还反映了独立后不久印度社会不太景气的经济状况。阿谢格在这些剧本中从小处着手大处着眼，对现实社会中玩弄艺术、使艺术过分商品化、过分庸俗化的现象进行了无情地揭露和批判。

除上述种种具有明显社会意义的剧本外，乌本德勒那特·阿谢格还创作了一些相对来说不反映什么社会问题的社会问题剧，

---

① उपेन्द्रनाथ अश्क, पक्का गाना : सात एकांकी, पृ. १६७-१६८.

如《蚂蟥》《雇主和保姆》《精明的主人》《市镇板球俱乐部成立》等。《蚂蟥》是独幕3场笑剧，塑造了一个无赖吃客的形象，他赖在主人家不走，竟搞得女主人装病、男主人不敢回家。《精明的主人》表现的是主人和佣人之间的矛盾，古伯德先生在如何对待佣人的问题上自以为精明老练，邻居的价值四五百卢比的餐具被佣人偷走后，他先批评邻居无能，而后大谈自己如何把自家的佣人管得服服帖帖，正当他得意之时，他的女儿跑来说母亲价值四千卢比的首饰被佣人偷走了……《市镇板球俱乐部成立》讲述了一个守旧而具有一定民族骨气的工场主的故事，他不喜欢别人说西方好话，认为西方的一切都是学习印度的，包括电话、板球等等。这些作品虽然没有重大的社会事件作背景，但由于作者塑造的人物形象鲜明生动，读来颇有趣味。而且，从作品中读者（观众）也可以感觉到一些问题，如《蚂蟥》与社会失业问题有关，《精明的主人》与社会贫富问题有关，《市镇板球俱乐部成立》与一些人盲目追随西方文化而另一些人又盲目否认西方文化过分肯定印度文化等问题有关……使人在轻松之余又能思考一些现实问题。

综观乌本德勒那特·阿谢格的戏剧，我们可以发现，他主要是一个社会问题剧作家，他的绝大多数剧本都取材于现实中的人或事，都是对现实中丑陋的否定、对美好的肯定。相比起来，他否定的比肯定的多，被否定的主要是社会中的一些中上层人物，如政客、资本家、宗教头目、律师、医生、导演等等，得到肯定的则多是贫苦人民，他们处于印度社会的下层。因此，阿谢格是一个倾向性很强的现实主义作家，他站在正义的一方，不仅揭露了印度社会中的种种问题和矛盾，而且表明了改善这个社会的善良愿望，表达了希望下层劳动人民能成为社会主人的想法。

乌本德勒那特·阿谢格的戏剧有哪些特点呢？

第一，乌本德勒那特·阿谢格的绝大部分戏剧都是建立在社会现实的基础之上，他很少写他不了解、不熟悉的人或事。在《我怎样创作剧本》一文中，他多次强调切身体验的重要性，介绍了自己受真实事件启发而创作《安觉姐姐》《第六个儿子》《旋涡》《欢迎吉祥女神》等作品的过程。自然，相比起来，他的经历比许多作家丰富，他和不同的人和事接触的机会多，创作素材多。他的有关文艺界的作品与他的当演员、做导演的经历有直接关系，有关法律方面的作品与他当律师的经历有关，而有关婚姻家庭的题材是大多数人都熟悉的……如此等等，都给他的戏剧创作的现实性奠定了基础，加之他思维敏捷、洞察力强，所以写出了这么多意义深远的社会问题剧。

第二，乌本德勒那特·阿谢格的戏剧创作非常自然、平实，没有丝毫硬拼硬凑之嫌。同过去包括同期的作家相比，他更倾向于接受东西方戏剧中的内在精神。"有能力买书后，我几乎把所有西方和东方著名戏剧家的作品都读遍了。"[1] 在阅读这些作品的时候，他获得了有关戏剧创作的知识，加之自己的实践，他逐渐形成了自己戏剧创作的风格。他的风格不同于印度传统戏剧风格，也不同于西方戏剧风格，而是东西方戏剧内在精神的综合。从他的作品中，读者看不出有任何模仿的成分，正如他自己所说，"创作剧本，我没有任何特殊的方法，就像坐在桌子前用钢笔或自来水笔写小说一样，我也这样写剧本"[2]。这便是一种功夫的体现，他的作品因

---

① जगदीश चन्द्र माथुर, *नाटककार अश्क*, पृ. ३४५.
② जगदीश चन्द्र माथुर, *नाटककार अश्क*, पृ. ३३७.

此而没有做作,绝大多数都是水到渠成的结果。

第三,乌本德勒那特·阿谢格善于在矛盾冲突中塑造人物形象。他力图把各种生活矛盾化为人物内在性格的冲突,《飞翔》中的玛娅和三个男人之间、《欢迎吉祥女神》中的拉辛和父母之间、《在暴风雨到来之前》中的吉苏与宗教头目之间、《第一条出路》中的拉妮和父亲之间的矛盾冲突等都与现实生活中的矛盾分不开,同时又与人物性格有着紧密的联系,使读者在客观对待所发生事件的同时对当事人产生一种肯定或否定、同情或批判的态度。而这种态度不是作者强加给读者的,是读者自己在剧本矛盾中自发产生的。阿谢格剧本中的人物不是单一化的,而是多角度的,既有好的一面,也有坏的一面,如《第六个儿子》中的退休老人伯森特·拉尔,他确实有不少缺点,如喝酒、抽烟、脾气粗暴等。但他心肠很好,乐于助人,本该得到儿子的尊敬和侍奉。又如《珀德西娅》中的珀德西娅,她是个女佣,有贪小便宜的一面,而且在自己的名字上非常计较,但关键时刻她却没有为了几个卢比而撒谎,她的本质是好的。作者把这样的人和本质不好的人放在一起,人们自然会忽略他们的缺点,对他们产生好感。

第四,乌本德勒那特·阿谢格剧本的语言是相当出色的,这也主要归功于他的复杂丰富的生活经历。由于大部分作品是有感而作,因此剧本中人物的语言简洁明了,很少拖泥带水,并能塑造出鲜明的人物形象,能充分体现出人物的个性,试看下面一段对话:

安觉:(从幕后)尼拉杰,我的儿,衣服换好了吗?

安觉:(从幕后)蒙妮,把早饭摆在桌子上,(声音有点严厉）你到底在做什么？都快八点了，还不见早饭的影子！

　　蒙妮:（从幕后）这就来，太太。

　　安觉:（走近一些）跟律师先生[1]说，让他洗完澡后直接过来，先吃早饭，然后爱干什么就干什么，他的衣服放在院子里的床上，梳子和镜子在桌子上。[2]

　　这里，女主角还没有露面，我们便可以猜出她是个严谨、刻板的人，她肯定是家里的主宰，连丈夫孩子也惧她三分。这一印象正来自上述短短的一段对话。

　　乌本德勒那特·阿谢格的戏剧语言颇为大众化，而且能根据人物的身份和地域的不同而变化：受过教育的人说话比较文雅，在句子中常夹带英语词；佣人的发音不很标准，"土味"较浓；来自外地的人常带口音，说话中常有外地方言词出现；等等。这一切都使剧本里的事件真实可信、人物形象鲜明生动。

　　此外，阿谢格的剧本还具有讽刺性强、富于幽默感等特点，使人读来趣味十足，既有益于社会教育，又有益于个人的身心娱乐，后者是大多数戏剧家的作品中所缺少的。

四、现代印地语的其他戏剧家

　　印度进入现代时期以后，印地语戏剧文学也步入现代时期，并在杰耶辛格尔·伯勒萨德、乌德耶辛格尔·珀德、乌本德勒那

---

① 安觉的丈夫。
② उपेन्द्रनाथ अश्क, *आदि मार्ग*, पृ. ७२.

特·阿谢格等人的推动下达到第二个高潮,第一个高潮出现在帕勒登杜时期。不过,现代印地语戏剧家却没有像近代戏剧家团结在帕勒登杜周围一样团结在某个大戏剧家的周围。由于经历、出身的不同,他们多从自己的研究、生活体验中选取创作题材,如杰耶辛格尔·伯勒萨德对历史的研究使他看重历史剧,乌本德勒那特·阿谢格因经历丰富而看重社会剧等。总体说来,现代印地语戏剧家比近代印地语戏剧家多,创作的剧本在数量上和质量上也胜于后者创作的剧本。

下面重点介绍几个较有影响的现代印地语戏剧家:

勒格谢米·那拉因·米谢尔(1903—1987)是现代印地语的一个比较成功的戏剧家,他出身北方邦阿杰穆格特地区一个富有的婆罗门种姓家庭。他先在本地读书,后来在贝拿勒斯接受高等教育,并获得学士学位。勒格谢米·那拉因·米谢尔具有高度的爱国热情,虽然他没有直接参加民族独立运动,却在1942—1943年的运动中坐过监狱,这是他一生中感触最深的一件事。

勒格谢米·那拉因·米谢尔曾写过诗歌,但他的影响主要在戏剧方面。他在现代时期创作的剧本主要有:

1.《阿育王》(1926)

2.《托钵僧》(1930)

3.《魔鬼的庙宇》(1931)

4.《解脱的奥秘》(1932)

5.《朱砂线》(1933)

6.《半夜》(1936)

7.《毗湿奴的胜利》(1945)

8.《那罗陀的维纳琴》(1946)

　　杰耶辛格尔·伯勒萨德是现代印地语戏剧的开创性作家，他对印度历史有着非常浓厚的兴趣，因此他的剧本多是历史剧或是具有历史剧性质的神话传说剧。勒格谢米·那拉因·米谢尔则不同，他既写有历史剧，又写有神话传说剧，也写有社会问题剧。不过，勒格谢米·那拉因·米谢尔"不像伯勒萨德那样对历史有深刻的研究，因而，为了证实自己所想像的事情，常常在自己的历史剧中，随心所欲地安排情节和刻划形象。但他的社会剧却更为成功，其中表现了一个作家深刻的合乎心理的洞察力和概括生活中各种问题的艺术水平"[①]。

　　《阿育王》是勒格谢米·那拉因·米谢尔的第一个剧本，写于1926年，是历史剧。剧本取材于公元前3世纪印度第一个大帝国孔雀王朝的第二代和第三代君主的事迹，分5幕39场戏。剧本的主要剧情是这样的：帝国第二代君主频头娑罗将儿子阿育王派到西北部旦叉始罗镇压叛乱，在战斗中阿育王显示了惊人的勇气和非凡的组织才能，由此引起了父王的担心。因此，在旦叉始罗的叛乱被平息后，频头娑罗没有把阿育王召回都城，而是命他直接去乌阇衍那平息另一场叛乱，并想趁机置他于死地。阿育王的长兄婆沃笈多不忍弟弟遇害，派人救了他。后来，婆沃笈多由于厌倦政治而出家修行。阿育王成为皇帝后，继续进行开疆拓土的事业，并毫无原因地发动了对羯陵伽国的战争，羯陵伽国王塞尔沃德特战败后被迫出家。但是，阿育王有感于羯陵伽战争中无辜百姓及士兵的痛苦和死亡，猛然醒悟，从此开始了仁政统治。在剧本结尾，阿育王向兄长婆沃笈多和塞尔沃德特表达了自己的悔恨之心，并提

[①]　〔印〕西沃丹·辛赫·觉杭：《印地语文学的八十年》，第132页。

议将帝位禅让给兄长，将羯陵伽还给塞尔沃德特。作品中还穿插有婆沃笈多的儿子与希腊国一公主相爱、结婚以及另一对恋人的爱情故事。

这个剧本重在表现公元前3世纪前后发生在印度的史实以及著名帝王阿育王这个人物，但由于上述提及的勒格谢米·那拉因·米谢尔对历史研究不够的原因，作品中有不少地方与历史有较大出入。而且，单从艺术角度看作品也不算成功，场次太多，结构太松散，对人物的刻画也不够鲜明。

《毗湿奴的胜利》也是历史剧，创作于1945年。这个剧本比《阿育王》成功，只有3幕，每幕只有1场，取材于印度笈多王朝时期的历史传说：超日王旃陀罗笈多二世联合印度小国打退了西方侵略者的入侵，阻止了迦尸国王和异族侵略者联姻的计划，使著名诗人迦梨陀娑成了迦尸国的附马，保持了印度教势力长盛不衰的状况。这个剧本中的杜撰成分也很多，作者主要是为了宣传一种思想，即印度是印度教徒的国度，印度教文化是印度文化的核心。这在某种程度上是正确的。1946年，勒格谢米·那拉因·米谢尔创作了《那罗陀的维纳》，该剧具有历史剧性质，又带有浓厚的神话传说色彩，作品共分3幕，表现了雅利安人进入南亚次大陆初期的情况，作品的戏剧性不强，更像一部长篇小说。

20世纪二三十年代，杰耶辛格尔·伯勒萨德在印地语戏剧领域占据着绝对权威的地位，优秀的剧本多是历史剧，很少有好的社会剧产生。"勒格谢米·那拉因·来谢尔的剧本填补了这一空白，他的剧本对现实社会中的问题进行了深刻地反映和分析。"[1] 勒格

---

[1] रामकुमार गुप्त, आधुनिक नाटक और नाट्यकार, पृ. ९७.

谢米·那拉因·米谢尔主要是一个社会剧作家，他的社会剧的影响比他的历史剧要大得多。

1926年，勒格谢米·那拉因·米谢尔创作了他的第一个社会剧《托钵僧》，这也是他的第二个剧本。该剧分4幕9场戏，主要剧情是这样的：大学生维谢沃冈特爱上了同学玛勒蒂，但他们的老师勒马生格尔也爱上了她，在勒马生格尔的干预下，学校开除了维谢沃冈特。维谢沃冈特发誓终身不娶，并一心投入爱国运动之中，后来他在阿富汗成立了亚洲解放联盟，影响颇大。与此类似，爱国者姆尔利特尔为了祖国多次进过监狱，他也发誓终身不娶，决定将一切献给祖国的独立事业。实际上他是少女格尔妮梅的第一个恋人，但由于种种原因，他们也没能结合。后来，玛勒蒂和老师勒马生格尔结了婚，格尔妮梅和老师帝那纳特结了婚，不过，他们的婚后生活都不幸福，她们只是与对方"签订"了共同生活的协定。这个剧本比较成功，其意蕴深刻，揭示了生活中一些人不敢和现实作抗争的事实。作品中的维谢沃冈特和姆尔利特尔乍看起来都是勇敢的，但他们却逃避现实，不敢为崇高的爱情而斗争，他们的为国为民族的心理实际上是畸形的，不是出于他们的本意。两个大学教授的行为也值得质疑，他们年纪已大，却利用自己的影响排除情敌，最终既害了两个年轻的姑娘，也害了自己。

《解脱的秘密》是3幕剧，主题也与爱情有关：响应甘地不合作运动的号召，乌马生格尔·夏尔马辞去了公职，由此被政府投入监狱。出狱后与少女阿霞德维相识，两人相爱。阿霞德维非常想成为乌马生格尔·夏尔马的妻子，但乌马生格尔·夏尔马早已结婚，不过他的妻子近年来一直卧病在床。后来阿霞德维从大夫德利博温那特处弄来毒药想害死乌马生格尔·夏尔马的妻子，由于另一医生的及时抢救而未得逞。可是，德利博温那特以告发阿霞德维投毒为威胁逼迫她与自己发生了性关系，并希望娶她，阿霞德维出于保全自身考虑便答应了他。妻子死后，乌马生格尔·夏尔马感到非常绝望，准备以自杀求得彻底的解脱……这里，作者表现了生活的复杂性，乌马生格尔·夏尔马是个热情奔放的壮年人，由于妻子长期生病，他与少女阿霞德维相爱是自然的。阿霞德维爱上这样的人也是自然的，她知道他们面前的唯一障碍是乌马生格尔·夏尔马的生病的妻子，因此企图除掉她，所以，单用"犯罪"来评价她是值得商榷的。大夫也许是应该否定的人物，但他是阿霞德维的朋友，平时对她一往情深，他使用的手段是卑劣的，他的爱却是真诚的。其实现实生活就是这样，有时复杂得使人难以判断是非。

《朱砂线》是作者影响较大的作品，不少评论家认为这是勒格谢米·那拉因·米谢尔的代表作。剧本写于 1933 年，分 3 幕戏：姆拉利·拉尔是个副县长，他曾经为了八千卢比将一个朋友打昏投入河中，但后来却领养了这个朋友的儿子墨努吉生格尔，供他吃穿住，并让他接受高等教育，在他身上的花费远远多于八千卢比。不仅如此，姆拉利·拉尔还打算将女儿金德尔格拉嫁给他。但女儿钟情于另一个年轻人拉吉尼冈特。后来，有一人送来一万卢比，请姆拉利·拉尔对一桩置合伙人于死地的案子睁一只眼闭一只眼；知道事情真相后，他又向贿赂人索取四万卢比。令他想不到的是，被置于死地的那个人就是女儿所钟爱的拉杰尼冈特。面对死者，金德尔格拉痛不欲生，她拿起死者的手给自己点上了由丈夫给妻子点画的朱砂线；她发誓将永守贞洁，并远离父亲而去。墨努吉生格尔也知道了父亲去世的真相，他也决定离开姆拉利·拉尔。

这个剧本实际上有两个主题：（1）展示金德尔格拉的爱情悲剧；（2）揭露姆拉利·拉尔等政府官员的卑鄙行径。前者是由后者引发出来的，实际上后者才是作品的主要主题。作为政府官员，姆拉利·拉尔等为了一己私利，竟不顾他人的生命，敢冒天下之大不韪，结果害了自己的女儿，最终也害了自己。不过，作品中又写到他善待被自己害死的朋友的儿子以及向一个童婚寡妇求婚等事（作为一个有地位的人，他完全可以找一个少女），这又体现了人的复杂性。如此描写人物、刻画人物的心理是勒格谢米·那拉因·米谢尔的最大特点之一，这是他对生活的深切感受所致。

《魔鬼的庙宇》《半夜》等也是勒格谢米·那拉因·米谢尔的比较有名的社会剧，前者主要写父子同争一女的故事，后者写一女耍弄两个男人的故事，揭示了社会现实中的某些现象，具有一定的现实意义。

印度独立后，勒格谢米·那拉因·米谢尔继续写作，写出了不少剧本，如独幕剧集《无忧树》（1950）和多幕剧《汹涌的波涛》（1953）、《杰格德师尊》（1958）、《死亡的胜利》（1966）等，都有一定的影响。

赫利格利生·伯列米是现代印地语的另一个比较成功的戏剧家和著名诗人。他的诗歌重抒情，剧本则重写实，两者相互映衬。作为戏剧家，赫利格利生·伯列米受甘地思想的影响很大，他的剧本多表现爱国、印度教徒和穆斯林团结等内容。剧本的艺术水平也达到了很高的程度，"伯勒萨德之后出现的现代印地语戏剧家中，他的剧作造诣相当高"[1]。

---

[1]　रामकुमार गुप्त, *आधुनिक नाटक और नाट्यकार*, पृ. १४६.

赫利格利生·伯列米在现代时期创作的剧本主要有：

1.《金色的早晨》（社会剧，1930）

2.《结义兄妹》（历史剧，1934）

3.《西瓦的修炼》（历史剧，1937）

4.《复仇》（历史剧，1940）

5.《梦的破灭》（历史剧，1940）

6.《茶娅》（社会剧，1941）

7.《束缚》（社会剧，1947）

8.《解放》（历史剧，1949）

和杰耶辛格尔·伯勒萨德一样，赫利格利生·伯列米偏重历史剧，他一生只创作了几部社会剧。不过，他的这几部社会剧也很成功，如《金色的早晨》《茶娅》和《束缚》等。

《金色的早晨》是独幕剧，全用韵文写成。这个作品明显地受到甘地主义的影响，剧本通过年轻人的活动，表现了印度的精神和印度的觉醒，歌颂了爱国主义的思想感情，宣传了甘地的非暴力、坚持真理等信念。其中也提到了个人爱情的问题，但作者力图把主人公对国家的爱置于个人爱情之上，由于这种明显的煽动性，英印殖民政府曾查封并没收这本书。

《茶娅》是作者1941年写的一部社会剧，分3幕15场戏。剧本表现的是一个著名文人的遭遇：伯尔格谢是个非常著名的诗人，他用自己的诗歌照亮了世人的前程，但他自己却十分狼狈，一方面，出版商利用他的诗大把捞钱，成了百万富翁，而他却为日常生活发愁；另一方面，他的同行们嫉妒他的才能，想方设法排挤他、侮辱他。这使他非常苦闷，几乎濒临绝境。不过，他的妻子茶娅忍受了物质和精神两方面的痛苦，全力支持他，鼓励他，使他重新面对生活，"最终，真理战胜了邪恶"。[①]赫利格利生·伯列米表面上是在写伯尔格谢的不幸遭遇，表现茶娅的坚强、贤惠，实际上他是在揭露资本家和一些庸俗文人的丑恶嘴脸。出版商只知道自己赚钱，却不顾及为他创造赚钱机会的诗人，他的自私自利是世人所不齿的。伯尔格谢的同行也一样可恶，他们没有职业道德，容不得别人强过自己，也许作者自己就受到过这种遭遇。作品的结尾稍嫌理想化，这主要是受甘地主义影响的结果。

1947 年发表的《束缚》与现实的政治运动有关，作品分 3 幕 23 场。剧本的主要情节是这样的：工人忍受不了工厂主拉耶伯哈度尔·克杰昂吉拉姆的压迫，在年轻人摩亨的领导下进行非暴力斗争，他们举行了大罢工。拉耶伯哈度尔·克杰昂吉拉姆的儿子伯尔格谢和女儿玛尔蒂也反对父亲，他们希望帮助工人，遭到摩亨的拒绝。一次，玛尔蒂将自己的一些首饰交给摩亨的妹妹，以期帮助他们度过罢工难关，摩亨不收，上门送还，结果却被拉耶伯哈度尔·克杰昂吉拉姆当作小偷送进了监狱。后来，伯尔格谢让一个工人偷自家的东西时被父亲发现，工人开枪打伤拉耶伯哈度尔·克杰昂吉拉姆后逃走，伯尔格谢出面承担责任。这时摩亨也已出狱，他为了救护伯尔格谢也出来承担责任，结果两人都被警察带走，不久获释。经过这件事，拉耶伯哈度尔·克杰昂吉拉姆幡然醒悟，决定善待工人，并将玛尔蒂嫁给了摩亨。这便是作品的结尾。

在一般人看来，这样的工人运动是失败的，但这却符合甘地主义精神。甘地本人并不反对资本家，他希望的只是资本家善待工

[①] दशरथ ओझा, *हिन्दी नाटक-कोश*, दिल्ली: नेशनल पब्लिशिंग हाउस, १९७५, पृ. १७१.

人，使他们能比较宽裕地维持生计；其非暴力不合作运动的目标也是为了感动对方不再施暴。从这个角度看，《束缚》是成功的。

　　赫利格利生·伯列米的历史剧也有很大影响，不过，他和杰耶辛格尔·伯勒萨德不一样。其一，杰耶辛格尔·伯勒萨德多以印度历史上的全盛时期即孔雀王朝、笈多王朝时期的历史传说作为自己的创作题材，他则多以中世纪穆斯林统治时期作为剧本的时代背景。其二，杰耶辛格尔·伯勒萨德的历史剧建立在历史研究的基础上，赫利格利生·伯列米的历史剧则不同，"他有时以民间传说中的历史为基础，有时干脆用想象来杜撰人物形象"①。所以，"伯列米的剧本不是纯粹的历史剧，而是偏重于理想抒情的历史剧。"② 当然，赫利格利生·伯列米和杰耶辛格尔·伯勒萨德表现的主题也不尽相同，前者要表现的是爱国情结和印度教徒、穆斯林为一整体的思想，后者表现的主要是印度传统的优秀文化遗产。

　　《结义兄妹》是赫利格利生·伯列米的一个很有影响的历史剧。作品写于1934年，分3幕24场，取材于印度莫卧儿王朝第二代皇帝胡马雍时期的历史传说：印度教女王格尔木沃蒂在都城乌德耶浦尔遭到西北一国家侵略的危急关头，派人给德里的莫卧儿皇帝胡马雍送去了象征兄妹（或姐弟）情义的吉祥绳，请求穆斯林胡马雍以兄弟的身份出兵援助。由于朝廷内部意见不一，胡马雍的援军迟了一步，格尔木沃蒂以为援救无望，带领全族女人自焚殉国。胡马雍因此而后悔莫及。作品没有从狭隘的宗教教派观点出发，宣传了印度教徒和穆斯林可以成为兄弟姐妹的正确思想，正如

① रामकुमार गुस, आधुनिक नाटक और नाट्यकार, पृ. १४७.
② रामकुमार गुस, आधुनिक नाटक और नाट्यकार, पृ. १४७.

格尔木沃蒂对胡马雍说的，"我不认为所有的穆斯林都是坏人，身为印度教徒，但我想试着学习两族相互热爱这一课"①。此外，作品中的印度教王公接受穆斯林干公避难也证明了这一点。

《西瓦的修炼》表达了同样的思想，该剧分 3 幕 21 场，取材于莫卧儿王朝奥朗则布时期的史实：西瓦是马拉塔地区的民族英雄，他从整个印度出发，希望凭借自己的力量把全印度统一起来，建立起人民的政权，但德里皇帝奥朗则布等采取种种措施对付他，并用欺骗的手段囚禁了他。逃出后，西瓦又集结力量以图再战，但母亲的去世使他一度陷入灰心失望的境地。不过，他最终还是以民族大义为重，以印度的事业为重，重新树立了坚定的信心。

需要指出的是，作品中的西瓦希望建立的并不是纯粹的印度教国家，这从他自己的言论中可以得到证明：

> 如果独立自由仅限于印度教徒，那我的理想就算没有完全实现。我要推翻比贾浦尔和德里的（伊斯兰教）统治并不是因为他们是穆斯林，而是因为他们残害百姓、不施仁政……他们是不听人民呼声的统治者。②

剧本中的西瓦并非印度教至上主义者，他对穆斯林人民很友好。剧本显示，在他统治的地区，没有任何穆斯林妇女遭到非礼，他本人及治下人民对穆斯林的生活习俗、宗教圣物等都非常敬重。所以，从这方面看，赫利格利生·伯列米比当时许多印度教文化至

---

① रामकुमार गुस, *आधुनिक नाटक और नाट्यकार*, पृ. १५०-१५१.
② रामकुमार गुस, *आधुनिक नाटक और नाट्यकार*, पृ. १५०.

上主义的作家文人站得更高、看得更远。他从甘地主义思想出发,希望印度教徒与穆斯林和睦相处,共同建立西瓦所追求的人民的政权。

《牺牲》取材于印度 14 世纪的一个历史传说,作者可能借鉴了觉持拉杰等人写的叙事长诗《赫米尔王颂》[1],具有改编的性质。剧本写于 1940 年,分 3 幕 17 场戏,主要情节是这样的:印度教国王赫米尔收留了被德里伊斯兰教国王阿拉乌丁驱逐出境的默赫玛。阿拉乌丁不高兴,告知赫米尔将默赫玛送回给他,遭到赫米尔的拒绝,他觉得自己有责任收留避难者。信奉不同宗教的两个国家由此发生正面冲突。默赫玛被赫米尔提拔为军队指挥,牺牲在战场上。后来,赫米尔亲自出征,大败阿拉乌丁。但令人意想不到的是,在班师回朝的路上,士兵们错误地举起了阿拉乌丁的旗帜,以致城中妇女误以为自己军队失败而集体自焚殉国。见此情景,赫米尔极度悲伤,也自杀身亡。作品表现的虽然是印度教国家与伊斯兰教国家之间的冲突,但起因却是印度教国王赫米尔保护一个穆斯林。它本身展现的并非宗教冲突方面的内容,相反,赫米尔王认为穆斯林默赫玛已成为他的兄弟:"你是人,是人就行了,从今以后你就是我的兄弟。"[2] 这里,赫利格利生·伯列米完全摆脱了宗教的羁绊,他从人类的角度出发,阐述了印度教徒和穆斯林应该平等相待的观点。

除宣传印度教徒和穆斯林应该平等相处、共同建立国家的思想的历史剧外,赫利格利生·伯列米还创作了其他类型的历史剧,

---

① 参见刘安武:《印度印地语文学史》,第 182—188 页。

② रामकुमार गुप्त, आधुनिक नाटक और नाट्यकार, पृ. १४९.

如《梦的破灭》《解放》等，前者向人们展示了莫卧儿王朝第五代皇帝沙·贾汉的儿子们争夺帝位的史实，对具有宗教宽容思想、认为印度教徒和穆斯林平等的沙·贾汉长子达拉·舒斜寄予同情。后者表现了印度教王公的家族成员之间相互忍让、任人唯贤、团结一致解放梅瓦勒的故事，肯定和歌颂了团结协作的美德。

进入当代以后，赫利格利生·伯列米继续创作诗歌和戏剧，他的《火的考验》（1971）等是后期比较著名的剧本。

拉默古马尔·沃尔马（1905—1990）是当代印地语最重要的戏剧家之一，他在现代时期也写过不少剧本，水平颇高。沃尔马也是诗人、文学评论家，他曾获得硕士学位，并于1940年获得博士学位。他做过编辑，当过大学教授，早年还参加过甘地领导的非暴力不合作运动。他在印度独立之前创作的剧本全是独幕剧，其中《西瓦先生》（1945）和《灯节》（1949）两剧的篇幅比较长，不少人将它们列入多幕剧序列。

《西瓦先生》是历史剧，作品创作于1945年，取材于17世纪中期的一段历史，和赫利格利生·伯列米的《西瓦的修炼》有些类似。剧本主角也是马拉塔地区的民族英雄西瓦：在一次战斗中，西瓦的将军娑摩德沃打了胜仗，他虏得许多战利品，其中有一个穆斯林妇女巴奴。巴奴是比贾浦尔的大臣阿哈迈德的儿媳，是当时全印度最美的女人。娑摩德沃打算把她送给西瓦，以期获得首相之位。令娑摩德沃震惊的是，西瓦称巴奴为母亲，并命令娑摩德沃送她回去。不仅如此，作为对不尊重巴奴的行为的惩罚，西瓦让娑摩德沃认一个在战争中失去唯一亲人兄长的少女作妹妹，让他供养她的一切，以后将她当作自己的亲妹妹一样红红火火地嫁出去①。

_____

① 印度教传统规定，结婚时，女方要配送价值不菲的嫁妆。

这里，作者强调了西瓦的高尚品德，和赫利格利生·伯列米的《西瓦的修炼》中的西瓦一样，他"造反"的目的不是谋取私利，而是为了马拉塔人乃至整个印度人民，其中也包括穆斯林人民。他明文规定不许士兵掳掠百姓，严禁欺凌妇女儿童。因此，在发现事情的真相后，他对巴奴说：

> 我的将军的罪过就是我的罪过，我为此而难过，这次战斗实际上是我们败了！ ①

他向大家重申了军规：不许欺凌敌对国家的妇女儿童，要像尊敬印度教师尊一样尊重穆斯林妇女。他还说：

> 对我来说，伊斯兰教和印度教一样神圣……印度教徒和穆斯林没有任何区别。②

这样，作者针对现实社会中印度教徒和穆斯林的冲突明确地表明了自己的观点。令人遗憾的是，在作品发表的第二年即1946年，印度发生了震惊国内外的印度教徒和穆斯林间的宗教大屠杀。

《灯节》也是历史剧，写于1949年，取材于有关孔雀王朝第一个皇帝旃陀罗笈多的历史传说。在该剧本的前言中，作者回顾了以往出现的有关旃陀罗笈多的剧本，如5世纪前后出现的梵剧《指环印》（作者是毗舍佉达多）、1909年出现的孟加拉语剧本《旃陀

---

① कमलकिशोर गोयनका और चन्द्रिका प्रसाद शर्मा सें., *राम कुमार वर्मा नाटक रचनावली*, नई दिल्ली: किताबघर, १९९०, पृ. २२.
② कमलकिशोर गोयनका और चन्द्रिका प्रसाद शर्मा सें., *राम कुमार वर्मा नाटक रचनावली*, पृ. ७४.

罗笈多》（作者是德沃杰恩德尔·拉耶）和1931年出现的印地语剧本《旃陀罗笈多》（作者是杰耶辛格尔·伯勒萨德）等。拉默古马尔·沃尔马指出，人们一直有一种误解，即：（1）旃陀罗笈多出身低贱；（2）旃陀罗笈多懦弱成性。他从语言的角度，解决了第一个问题，从实际情况出发分析了第二个问题，并得出了自己的结论，即：（1）旃陀罗笈多出身王族；（2）作为开国君主，他不可能懦弱。因此，《灯节》中的旃陀罗笈多一改其他同类作品中的软弱性格，成了一个果断、坚强的君主。而且，许多同类作品中的那个不讲道理的旃陀罗笈多也不见踪影了，剧本中的旃陀罗笈多一点也不蛮横，非常有节制，当发现自己的错误时，他以国家利益为重，从大局出发，很及时地向阇那迦等人认错，并下令立即停止正在进行中的灯节准备工作，取消了大型庆祝活动。从这个层面看，拉默古马尔·沃尔马没有因袭前人的思路，而是新时期新创新，很有意义。

除《西瓦先生》和《灯节》外，拉默古马尔·沃尔马在现代时期还写了不少独幕剧。独幕剧《七月十八日的下午》和《丝领带》分别写于1937年和1938年，两剧都取材于家庭生活琐事，前者说明了夫妻间相互理解的重要性，后者说明了夫妻生活中处事方式的重要性。《一多拉[①]鸦片的价值》和《卢博的病》分别写于1939年和1940年，主题都与父母包办婚姻有关，前者的女主角准备为此自杀，后者的男主角为此装病，具有一定的现实意义。《奥朗则布的最后一夜》是独幕历史剧，写于1950年前后。作品向人们展示了莫卧儿王朝皇帝奥朗则布临死时的心态：他想起了自己戎马

---

① 印度金银重量单位，也用于其他昂贵物品，一多拉的重量约为11.6638克。

一生却没有彻底打败马拉塔人、拉杰普特人的事；也想起自己为了帝位囚禁父亲沙·贾汗、杀害兄长达拉·舒科的事；他还想起了被自己关押的儿子们。最后，他发觉自己一生什么事也没有做对，白活了一辈子。剧本非常成功地塑造了奥朗则布临去世时的形象，概括了他短暂而漫长的一生经历。

除上述作品外，拉默古马尔·沃尔马在现代时期还创作有独幕剧《地王的眼睛》《污点》《台姆尔的失败》《白光》《恒星》等等。不过，拉默古马尔·沃尔马在印度独立以后的贡献更大，在当代，他创作了近30部多幕剧和近20个独幕剧集，其中主要的有多幕剧《胜利节》（1954）、《阿育王的痛苦》（1967）、《火的教训》（1971）、《大神佛陀》（1975）、《选婿》（1980）、《大王西瓦先生》（1985），以及独幕剧集《献灯》（1953）、《我的最优秀的独幕剧》（1958）、《孔雀的翅膀》（1965）、《历史的声音》（1969）、《社会的呼声》（1984），等等。

伯德利那特·珀德（1890—1934）是帕勒登杜之后杰耶辛格尔·伯勒萨德之前的比较优秀的剧作家，他曾获得学士学位，当过大学教师，做过编辑。伯德利那特·珀德的第一个剧本是《火烧俱卢林》，写于1912年，分7幕22场戏。该剧是神话传说剧，取材于大史诗《摩诃婆罗多》，具有翻译改编的某些特点，表现了黑天出使象城以后的史诗中的主要情节，比较成功。他1922年写的《杜勒西达斯》也具有神话传说色彩，作品分3幕21场，主要角色是《罗摩功行之湖》[1]的作者杜勒西达斯，宗教性很强。

《杜尔迦沃蒂》是伯德利那特·珀德比较优秀的剧本，创作于

①　也译作《罗摩功行录》。

1925 年，是历史剧。该剧分 3 幕 18 场戏，取材于莫卧儿王朝阿克巴时期的历史传说：与格特门德勒的国王结婚四年后，杜尔迦沃蒂成为寡妇。她将幼小的儿子立为国王，自己摄政。此后，她依靠自己的力量扩大了疆土，加强了国力。但在与莫卧儿王朝皇帝阿克巴的侵略大军的战斗中，她寡不敌众，壮烈牺牲，儿子也惨遭杀害。剧本表现了印度教妇女面对伊斯兰教入侵者的高度爱国主义精神，讴歌了女主角顽强对敌、保家卫国的英勇精神。1928 年，伯德利那特·珀德创作了历史剧《旃陀罗笈多》，取材于有关孔雀王朝第一个皇帝的历史传说，内容与其他戏剧家如杰耶辛格尔·伯勒萨德的同名剧本的内容差不多。不过，这个剧本在同类作品中并不很有名，比杰耶辛格尔·伯勒萨德的《旃陀罗笈多》要逊色得多。

　　伯德利那特·珀德也写了不少笑剧。《待加的捐税》写于 1914 年，讽刺了两个政客竞选时的丑态。《结婚广告》写于 1946 年，揭示了现实中一些男人急于结婚的不正常心态。《美国女士》嘲弄的是一个崇拜西方文化的印度妇女，她把钱视为一切，希望女儿都能找到有钱人做丈夫："只要有钱，他就是头猪，也可以和他结婚或交朋友。"[1] 这些作品讽刺的对象差不多，都是现实社会中受西方文化影响很深的印度人，他们缺少作为印度人的尊严，盲目模仿西方人的生活习惯和处世方式，以致把自己搞得不伦不类，成了小丑式的人物。

　　沃林达沃纳拉尔·沃尔马（1889—1969）是现代印地语值得一提的戏剧家，他生于章西地区，曾获得学士学位，当过律师。沃林达沃纳拉尔·沃尔马是个比较著名的小说家，创作有不少有影响的短

---

[1]　दशरथ ओझा, हिन्दी नाटक-कोश, पृ. ४१७.

篇小说和长篇小说。他创作剧本较晚，但却获得了很大的成功。

《花的语言》是他 1940 年创作的剧本，作品分 3 幕 12 场，取材于古代流传的一个故事，表明了钱只有用劳动、智慧才能获得的道理。《吉祥绳的羞耻》是社会剧，写于 1946 年，分 3 幕 22 场，内容与印度教社会中的兄妹以吉祥绳寄情的传统有关：吉祥绳能使强盗变成兄弟、成为对社会有用的人。《竹网》写于 1947 年，分 2 幕 7 场，表现的是两对年轻人的爱情故事，告诫人们不能只做一点事就指望对方回报。《天鹅和孔雀》是历史剧，写于 1948 年，取材于塞种人入侵印度的历史传说，以事实说明了内部团结的重要性。该剧分 4 幕 21 场，是沃林达沃纳拉尔·沃尔马最优秀的剧本之一。《章西女王》也是历史剧，作品表现了章西女王英勇、机智、不畏强暴的民族爱国主义精神。由于作者祖辈曾与女王一起共同御敌，所以作品的真实感很强。

沃林达沃纳拉尔·沃尔马还写有不少剧本，主要的还有《克什米尔之灾》《黄色的手》《吉祥》和《慢慢地》等等。

戈温德·达斯是个非常活跃的爱国人士，曾为国几度坐牢。他的主要剧作有《责任》《伯尔格谢》《戒日王曷利沙》《高贵》等。据作者自己说，前三部作品都写于 1930 年前后。《责任》是神话剧，作品分 5 幕 25 场，取材于两大史诗《罗摩衍那》和《摩诃婆罗多》中的罗摩传说和黑天传说，表明了责任的重要性。剧本还指出，有时为了承担责任不得不做一些表面上看来不合正法的事，如罗摩射杀波林、黑天唆使阿周那等杀死迦尔纳和难敌等。这里，作者试图解释责任和正义之间的关系，有一定的意义。《伯尔格谢》是一个社会政治剧，分 3 幕 24 场戏，揭露了印度上层人物追求西方文化、维护英国殖民统治、鄙视本国传统的心态，肯定了伯尔格谢等印度普通人民的爱国热情。《戒日王曷利沙》是历史剧，取材于笈多王朝后期的历史史实。剧本中的主要角色曷利沙是个具有高贵品质的人，他既没有权欲也不专横，而且还希望印度和中国、波斯、克什米尔等大小国度交好，和平共处，这是非常可贵的思想。《高贵》也是历史剧，分3幕18场戏，向读者（观众）展示了自诩出身高贵而不得民心的统治者的丑态，提醒统治者老百姓关心的不是他的出身问题，而是自己的生活问题。警告他们要为人民着想，否则会出现剧本中的人民拥护"出身低微者"出来替代他们的情况。

此外，多幕剧《竞争》、独幕剧集《五个恶魔》等也是戈温德·达斯比较有名的剧作，这些剧本同样加强了它的戏剧家地位，同时也丰富了现代印地语戏剧。

除上述戏剧家外，苏德尔辛、拉默纳列谢·德利巴提、戈温德·沃勒珀·本德等也是现代印地语比较有名的戏剧家，苏德尔辛的《名誉县长》、德利巴提的《杰严德》和本德的《王冠》等都是有一定影响的剧本。此外，著名民族诗人迈提里谢仑·古伯德（1886—1964）、印地语小说之王普列姆昌德（1880—1936）、现代印地语四大浪漫主义诗人之一苏米德拉南登·本德（1900—1977）等也创作了剧本，其中普列姆昌德的《斗争》、本德的《月光》等颇有影响。不过，这类作家在戏剧方面的贡献远没有在其他方面的贡献大，习惯上不把他们看作戏剧家。

附　　录

按《吠陀》杀生不算杀生[*]

〔印〕帕勒登杜·赫利谢金德尔　著

姜景奎　译

献辞

亲爱的朋友们！

　　我今天为你们表演什么呢？是的，我要感谢你们。无疑，你们的表现使我忘乎所以。啊哈，抑或是有关男女的，抑或是有关智者愚者的，又抑或是有关你我他的，还有大小之别的，你们啥没见过！不过，我到底给你们表演哪一出呢？就表演鲜有人关注的吧，你们没有看重，我也没有在意，就这个吧！

赫里谢金德尔

---

　　* 原载于〔印〕帕勒登杜：《帕勒登杜戏剧全集》，姜景奎译，中国大百科全书出版社2024年版，第1—25页。此处略有改动。

颂词

双行诗

宰牲利他，无凭无据，

神之虚幻，万世之幸。

（舞台监督和女演员上场）

舞台监督 啊哈！今天傍晚的景色真是特别，到处都被晚霞映成
了红色，好像有人正在举行大祭，以致牲畜的血染红了大地。

女演员 请问，今天要演什么戏啊？

舞台监督 牺牲！你提醒得对，咱们今天就演杀生吃肉大戏。

（后台）喂，我的行为关你什么事？滚，否则我把你也吃掉！

（舞台监督和女演员害怕）啊？贪婪大王听到我们的话了！快跑，
否则大难临头。

（两人下场）

〔序言终〕

第一幕

地点：被血染红的王宫

（后台）请快点！鹌鹑消灭者，吠陀及宗教崇尚者，吃神咒净化
羊肉者，以他肉增己肉者，社会之主大贪王！

（贪王、侍从、祭司和大臣上场）

国王 （坐下）今天的鱼太好吃了。

祭司 确实美味，好像浸了甘露似的。

　　　　或曰甘露隐天堂,或曰甘露蔽女唇;

　　　　当世达刹① 聪慧我,柠檬鱼中见甘露。

国王　啊? 身为婆罗门,你敢这么说? 你可是穿着修行者的衣服噢,能这么说?

祭司　当然,当然,不光我这么说,《吠陀》、经书、"往世书"和密咒也都这么说呢,"生物之命存于生物"②。

国王　对,确切无疑。

祭司　如果有疑问,经书肯定会写明的。对了,如果事先不向迦梨和陪胪献祭③,则会出现问题。

大臣　能有什么问题呢?《薄伽梵歌》有云:

　　　　食色世常有,酒肉勿节制。

祭司　说得对,要经常礼敬女神。而礼敬女神时,吃肉的机会就来了。祭祀就有牺牲,有了牺牲,就有了神赐,我们自然要接受并享用神赐食物。《薄伽梵歌》里写了献祭的事,献祭是毗湿奴派信徒的至上品行:

　　　　以光以物以牺牲,礼敬圆满拜女神。

大臣　还有"万物皆可食",这样的句子经典里也有。

祭司　对的对的,如果有疑问,可以看看摩奴④ 说的:

　　　　吃肉无罪,喝酒无罪,性交无罪。

　　摩奴还说:

　　　　以他肉增己肉乃天性。

---

　　① 达刹(दक्ष),梵天之子,为社会伦理道德规则的制定者及通晓一切的婆罗门。(如无特别标注,译文中注释均为译者添加。后不一一说明。)

　　② 意即生物有生物的宿命,生物即是生物的食物。

　　③ देवी,指女神,这里应指迦梨女神;भैरव,指湿婆怒相陪胪。

　　④ 印度教神话传说中的人类世始祖,为梵天之子。

所以,他又说:

"不敬祖先和神灵"而平白吃肉是罪过的。《摩诃婆罗多》有云,因为敬奉祖先而吃牛肉的婆罗门无罪。

大臣 说真的,什么罪都不会有,不管是祭祀之后吃肉,还是不事祭祀平白吃肉。

祭司 是的。罪不罪的都是虚假说教,尽情地大块吃肉大口喝酒吧,享受当下的安逸吧!人总会死的,像毗湿奴派信徒那样在生活中徒增烦恼有什么意义?有什么好处呢?

国王 好!那咱们明天就举行大祭,大吃一顿。准备足够的羊和鸟^①吧。

侍从 好,遵命!

祭司 (起身并跳起舞来)啊哈!太好了,明天可以大吃大喝了!

（坎赫拉拉格^②、杰尔杰里塔拉^③）

食肉之人大幸!

杀鱼宰羊炖群鸟,大吃大喝日复日;

一顿过后念神咒,再吃快意满整天;

此世即如天堂美,此样规范日常行。

（后台传来颂歌声）

（索拉特拉格）

---

① लाख,十万,此处为实词虚指,与其后的बहुत से一样,都表示多。

② 拉格(राग)是印度音乐中与调式有关的旋律程式,一般通过 5—7 个固定不变的音组成音群,形成特定的调式和旋律风格。印度音乐中有数百种拉格,目前常用的有 60 余种。坎赫拉(कान्हरा)为拉格中的一种。

③ 塔拉(ताल)是印度音乐的节拍或节奏体系,代表音乐节拍的基本计数时间或循环周期,印度音乐的节奏一般是根据塔拉的固定模式进行循环往复。杰尔杰里(चर्चरी)是塔拉中的一种。拉格和塔拉共同构成了印度音乐的两大要素。

> 聪慧情人请听真,无肉进食是虚度;
>
> 不吃鱼肉不喝酒,此生此世似无生;
>
> 不亲美唇和面颊,浪费夜色无意趣;
>
> 不摸胸脯不窥探,仿若兽类无作为。

(双行诗)

> 如此虚幻现世中,真理乃是物欲流;
>
> 赌博美酒与肉食,另有美女供消遣。

因为

> 食肉乃是至上业,食肉乃是美形态;
>
> 食肉乃是上瑜伽,食肉乃是圣苦行。

大王啊,用臂力征服恶行的湿婆神、日日愈发强健的湿婆神、用骷颅串作为项链的湿婆,愿他赐福予您! 除您之外还有谁能举行这么隆重的祭祀呢!（坐下）

国王　哈哈,美! 说得太对了!

（后台）

> 摩奴大神表真言,
>
> 寡妇鳏夫交无错。

（众人惊诧）

好像那个主张再婚①的孟加拉人来了。

（披散着头发、穿着长拖地②的孟加拉人上场）

孟加拉人　不论字母结合有无意义,不论单词有无意思,不论诗韵存在与否,只要是从杜尔迦女神和湿婆嘴里发出的声音,都

---

① 这里的“再婚”不是真正意义上的再次结婚,而是“私通”之意。

② 即围裤。

能使诸行遂愿。大王啊，愿杜尔迦女神和世界师尊湿婆赐福予您！

（国王给孟加拉人行触脚礼，之后坐下）

国王　大师，您又要再婚？

孟加拉人　哈，再婚算什么！我是一定要再婚的。所有经典中都是这么说的，否则会有大麻烦，达摩会受大损伤。无夫的女人容易堕落。想想看，跟寡妇结婚就是把她从地狱里拯救出来。经书里也这么说：

> 丈夫去世或失踪，
>
> 丈夫阳痿或堕落，
>
> 女人陷入不幸中，
>
> 与之结合属正法。

国王　这些话出自哪里？

孟加拉人　这是波罗沙罗仙人[①]的话，也是当世符合达摩之真言，即《波罗沙罗法经》。

国王　哦，是吗？祭司大师，您怎么看？

祭司　许多事情都是这样的，做了无罪过，不做更圣洁，比如吃午饭，不吃无罪过，斋戒更圣洁。同理，再婚无罪过，但独身更圣洁。《波罗沙罗法经》有云：

> 夫死坚守贞洁身，
>
> 本时[②]天堂得位置。

由此，而且不少经典中都有记述，寡妇再婚无罪过，守身如玉

---

① 波罗沙罗是史诗《摩诃婆罗多》中的一位仙人，他与鱼香女生了毗耶娑。鱼香女即贞信，毗耶娑是史诗中的人物，也是史诗的作者。
② 本时，意指当下这个时代。

更圣洁。但不守妇道的女人，就是结婚了也仍然是个不良人。您问我，所以我想到什么就说什么。不过，说真的，想做什么就做什么的女人并无过错：

　　"女人不因通奸而有罪"，"女人的面颊永远圣洁"，

　　"世间女人个个通艺术"，"从良之女一定获圣洁"。[①]

因此，想做就做，不用有所忌惮。想结婚就结，结多少次都可以，不是什么大事儿。

所有人　（异口同声）真理啊！是这样的，确实如此。

侍从　时已傍晚，大王。

国王　散朝！

第二幕

地点：神庙里

（国王、大臣、祭司和前述的大师们上场，各归座位）

侍从　（上前）有个吠檀多派信徒来了。

国王　敬请前来。

（丑角上场）

丑角　啊，愿神祝福这位喜欢空谈的国王！有他，我们永远衣食无忧。啊，婆罗门，你虽颂扬神明，却有口无心！啊，祭司大人，你经常当着女神（像）的面宰杀动物，并以神赐之名大块吃肉！（说着席地而坐）

国王　喂，笨蛋，你又来了！

---

　　① 这是祭司分别引述的"名言"。

丑角　你称呼婆罗门笨蛋！唉，我真不知道你会遭到什么报应！

国王　滚！我无所畏惧，谁能惩罚我！

丑角　哼，会知道的。

　　（吠檀多派信徒上场）

国王　请坐！

丑角　祝愿放射不二论之光的湿婆大神把你从这个迷幻世界中拯
　　救出来！对了，吠檀多先生，您吃肉吗？

吠檀多派信徒　啥意思？

丑角　没，没什么意思。我之所以这么问您，是因为您是吠檀多派
　　信徒，没有牙齿，您怎么进食呢？[①]

　　（吠檀多派信徒斜视丑角，沉默。所有人大笑。）

丑角　（跟孟加拉人说）你看什么？你倒安逸，孟加拉人吃鱼哦。

孟加拉人　我是孟加拉人中的毗湿奴派信徒，在尼迪亚难陀上师
　　门下。我们从不吃肉，鱼不在肉食之列。

吠檀多派信徒　鱼不是肉！有什么证明？

孟加拉人　证明就是，鱼不是精卵结合而生，它生于水，属于水果
　　类，所以可食。

祭司　妙！鱼当然属于水果类，真理啊！

吠檀多派信徒　你竟然是毗湿奴派信徒，属于哪个支派？

孟加拉人　我属于耆坦亚支派尼迪亚难陀上师门下[②]，耆坦亚圣师
　　本人就是黑天大神，《薄伽梵歌》中有明证：

---

① 此处是丑角玩弄的一个文字游戏：吠檀多派信徒（वेदांती）一词由前缀（वे）和
单词牙齿（दांत）加后缀（इ）组成，前缀（वे）有"无"之意。因此，丑角说吠檀多派信徒
（वेदांती）没有牙齿。

② 耆坦亚是印度教毗湿奴派的耆坦亚支派的创始人，以黑天神为至高存在。尼迪亚
难陀是耆坦亚的徒弟。

209

> 肤色黝黑身体美，[①]
>
> 虔信徒众乐舞颂。[②]

吠檀多派信徒　毗湿奴派共有四位大师，你这支派比其他四支特别，是哪来的？毕竟，在这黑暗时代毗湿奴派只有四个支派啊。[③]

国王　得，够了，说这么多废话有什么用。

> （后台）礼敬与乌玛[④]在一起的、遍布寰宇的、有三只眼睛的、脖颈青色的、慈悲为怀的至高神[⑤]！（另有）礼敬黑天、那罗延和摩陀沃大神[⑥]！

祭司　有毗湿奴派信徒和湿婆派信徒来了。

国王　侍从，去请他们进来。

（侍从到外面，领毗湿奴派信徒和湿婆派信徒上台）

（国王起身请二位坐下）

二人

> 法螺妙轮持手中，另有头骨三叉戟；
>
> 宝石颅骨为项链，大神光芒照十方。
>
> 罗陀神女伴左侧，护持世界灭罪恶，
>
> 檀香骨灰抹身上，二位大神除忧痛。[⑦]

---

① 根据上下文逻辑，估计耆坦亚本人肤色黝黑，被信徒视为黑天的化身。

② 印度教黑天神的追随者顶礼黑天的最佳方式是音乐舞蹈，即如"黑天本事剧"中黑天和众牧区女子一起跳的圆圈舞。

③ 这里，吠檀多信徒是在否定孟加拉人说的话，而非否定耆坦亚支派。

④ 乌玛（उमा），湿婆大神妻子雪山神女（पार्वती）的闺名。

⑤ 指湿婆大神。

⑥ 黑天、那罗延和摩陀沃都是毗湿奴大神的名称。

⑦ 此处四句把毗湿奴和湿婆两位大神放在一起描述，法螺和秒见神轮是毗湿奴的法器，头骨和三叉戟是湿婆的法器；毗湿奴胸挂宝石项链，湿婆则挂着头骨串成的项链；罗陀是毗湿奴化身黑天的情人，神女（指雪山神女）是湿婆的伴侣；毗湿奴身抹檀香粉，湿婆身涂死人灰；毗湿奴护持世界，湿婆毁灭罪恶，两位大神都能为世人除却痛苦和忧愁。

孟加拉人　大王，湿婆派信徒和毗湿奴派信徒不是《吠陀》的皈依者和追随者。

> 萨克蒂信徒皆再生，
>
> 毗湿奴湿婆分外除；
>
> 吠陀之母迦耶德丽，
>
> 萨克蒂信徒礼敬神。①

还有，"世间一切出于萨克蒂"②，下面几句是当下时代③的经典真言：

> 圆满时代敬《吠陀》，
>
> 三分时代遵《法经》，
>
> 二分时代崇《往世》，
>
> 黑暗时代疑《吠陀》。④

大王，湿婆派信徒、毗湿奴派信徒、串珠、念珠、杜勒西草环和宗教符志等都不是什么正法信神的证明。

湿婆派信徒　想清楚再说！搞清楚那个句子的意思：据说，所有的萨克蒂派信徒都是再生族，但并非所有的湿婆派信徒和毗湿奴派信徒都是再生族。那些只敬奉迦耶德丽女神的是萨克蒂

---

①　这里说的是印度教三大教派的区别，即萨克蒂派、毗湿奴派和湿婆派的区别，是剧中孟加拉人的个人理解，他认为萨克蒂派信徒是再生族，而毗湿奴派信徒和湿婆派信徒不是。实际上，毗湿奴派信徒和湿婆派信徒也属于再生族。这里的迦耶德丽（गायत्री）指杜尔迦女神（दुर्गा）。

②　此句是省略句，是《摩诃婆罗多》中的一个句子，本剧只保留了原句的最后两个词。萨克蒂（शक्ति），通常译为性力，不可取，译为原力或原初之力更准确。

③　指现在所处的时代，即黑暗时代。

④　这里说的是印度教四个时代的事情，圆满时代最好，一切以《吠陀》为据；三分时代，真理失去了四分之一，一切以《法经》即相关传承为据；二分时代，真理失去了一半，一切以《往世书》为据，往世书是传说类文献，经典性不高；黑暗时代，真理仅有四分之一，人们信仰不坚，对《吠陀》有所怀疑。

派信徒，以《往世书》颂扬大神的是湿婆派信徒和毗湿奴派信徒，《吠陀》之赞就是湿婆神。

孟加拉人

> 誓言遵大神[①]，成为其信徒，
>
> 探究圣经典，皆是伪善者。

这句话是什么意思？

湿婆派信徒　这句话说得对，应该把这句话和它前面的那句话连起来理解。这几句写的是巫师，他们算不上湿婆派信徒：

> 无德愚昧披散发，
>
> 身涂骨灰湿婆样，
>
> 端坐专候甘露酒。

他们好酒，是通晓咒语的巫师，哪是湿婆派信徒？我们才是纯正的湿婆派信徒。

国王　那么，毗湿奴派信徒和湿婆派信徒到底吃不吃肉？

湿婆派信徒　大王，毗湿奴派信徒不吃肉，湿婆派信徒也不应该吃肉，但坏了脑子的湿婆派信徒吃肉。

祭司　大王，毗湿奴派信徒的观念是耆那教观念的一支，圣者达耶难陀却毁了一切。他甚至说要毁掉女神像。这怎么行，否则怎么进行牺牲祭祀呢？

（后台）顶礼那罗延

国王　有修行者来了。

（图尔德希罗摩尼·根德格达斯上台）

国王　请，根德格达斯大师。

---

① 大神（महादेव），指湿婆神。

祭司　根德格达斯大师是我的好朋友。他没有和其他毗湿奴派信徒一样深陷世俗泥淖，能够惬意地享受世间乐趣。

根德格达斯　（慢慢地跟祭司说）唉，别在这里坏我名声，那是咱俩私底下说的话。

祭司　嗨，这有什么不可告人的！

根德格达斯　（慢慢地）可这里坐着毗湿奴派信徒和湿婆派信徒呢。

祭司　毗湿奴派信徒跟你有啥关系？难道你怕谁吗？

丑角　大王，根德格达斯的名字改为寡妇达斯更合适哦。①

国王　为啥？

丑角　他本来就是寡妇的达斯啊。

　　　　　神记②犹在身，室中拥童孀③；

　　　　　黑暗时代里，愚者更轻狂；

　　　　　卑鄙毗信徒④，倾情寡妇欢。

湿婆派信徒、毗湿奴派信徒和吠檀多派信徒　我们得走了。待在这里实在有违我们的信仰。

丑角　给你们触脚，请便！

　（所有人下场）

丑角　大王，太好了，这些人都走了。我们也走吧，祭祀的时间到了。

国王　好。

〔幕布落下〕

---

　①　这里又是丑角玩的一个文字游戏：达斯（दास）意奴仆，寡妇达斯意与寡妇私通。

　②　法螺（शंख）和法论（चक्र），毗湿奴大神随身携带的法器，法论又译为秒见神轮。出于翻译方便，此处合译为"神记"。

　③　童孀，童年寡妇（बालरंडा），指童婚情况下，双方结婚不久便丧夫的童年女孩子；失去未婚夫（订婚）的童年女孩子也是寡妇。一般情况下，印度教社会不允许寡妇再嫁，包括童年寡妇。

　④　指毗湿奴派信徒，特指根德格达斯。

第三幕

地点：国王大道

（脖子上挂着花环，额头上点着吉祥痣，手里拿着酒瓶，祭司醉晕晕地走来。）

祭司　（走着）哈哈，大神保佑，愿天天举行这样的祭祀！这么遵从宗教，国王伟大！今天家里满是肉和酒，哈哈！今天的祭祀太豪横了，几乎同时，这边婆罗门在唱诵《吠陀》经文，那边在宣扬宰羊献祭清净可食肉，另一边是羊在挣扎嚎叫，再有一边在觥筹交错，牺牲血流成池，火花噼里啪啦，烤肉香气扑鼻，血横流，酒四溢，酥油香，奶酪黄。婆罗门喝酒后癫狂，仿若密咒成真：

　　吃啥成啥，饮酥油者成酥油，吃奶酪者变奶酪。

哈哈，这就是女神大祭：

　　此一享乐器，实乃上神[①]口，

　　与酒密不分，庸人视为阴。[②]

哈哈，用不着细说，这里应有尽有：

　　祭祀所需，万千饮食，风吹河流。

是啊，美酒飘香，似水流长。（停顿了一下）这里有的，皆是我的福缘。在我的信仰面前，其他信仰均低贱不堪。那些不吃肉的，绝不是印度教徒，而是耆那教徒。《吠陀》里到处都写着杀牲献祭。有那个祭祀不杀生？有那个大神不爱肉？算了吧，

[①]　指创造之神梵天。
[②]　此处描写的是吃肉喝酒的嘴。

在这个世界上,有谁不吃肉?干吗要藏着掖着?难道要把肉藏到内裤里?把酒藏到经书筒里?只要多少读过点英文的,或者家里藏着穆斯林女人的,都不算事儿,自由罢了!(双手抱头)嗯?头怎么这么晕?哦,酒劲上来了!

(站起来唱)

> 酒劲来了,酒劲来了,
>
> 今儿我豪饮,
>
> 从昨天傍晚到今儿拂晓,
>
> 我豪饮……

(跌跌撞撞地跳舞)

> 老兄饮用甘露吧!
>
> 饮后不朽与神同,
>
> 腹空挨饿家无物,
>
> 此种生存远离去。
>
> 老兄饮用甘露吧!
>
> 羊吃树叶无变化,
>
> 人吃羊肉能如何?
>
> 老兄饮用甘露吧!
>
> 神造虚幻饮酒颠,
>
> 以物易物磊落行。
>
> 老兄饮用甘露吧!
>
> 欲往上爬反坠落,
>
> 酒后倦怠又有何。
>
> 老兄饮用甘露吧!
>
> 宰鱼净食多洋葱,

期望故去如朋友。

老兄饮用甘露吧！

丰盛鱼宴经声唤，

满载满量运送来，

牛肉美酒供量足，

可力恭波迦罗那[①]。

老兄饮用甘露吧！

信众躯痛尽消除，

满饮之后不再生。

老兄饮用甘露吧！

信徒不再厨房苦，

处处皆可做饭食。

老兄饮用甘露吧！

吃斋何能成愚笨，

抛却肉食与鱼鲜。

老兄饮用甘露吧！

黑白十一食鱼鲜，[②]

何时死去入天堂。

老兄饮用甘露吧！

食鱼献牛千千万，

乘坐天车进天国。

老兄饮用甘露吧！

---

① 恭波迦罗那是十首魔王罗波那的弟弟，以力大著称。

② 根据印度教规定，教徒在印历白半月和黑半月的第十一天不能进食，更不能吃肉喝酒。

　　管它念珠与恒河，

　　喝酒吃肉细嚼品。

　　老兄饮用甘露吧！

　　稀有纯稠酸奶享，

　　半醉不醉宁离世。

　　老兄饮用甘露吧！

（跳着跳着倒了下去，失去知觉）

（国王和大臣醉晕晕地上场）

国王　大臣，祭司先生晕过去了。

大臣　大王，祭司正高兴呢，这样可以得解脱。

国王　确实哦。俗话说：

　　一喝再喝持续喝，

　　人不倒下不停歇；

　　倒下坐起继续喝，

　　此种人能得解脱。

大臣　大王，世界的本质就是酒和肉。

　　酒肉世之珍馐。

国王　真实无疑：

　　无有差异吠陀言，

　　嘴不沾酒不解脱。

大臣　大王，神明就是为此才造出羊来的，否则有啥意义呢？羊为牺牲酒为喝。

国王　"祭祀即是毗湿奴"，"祭祀使神愉悦"，"祭祀使雨水丰盛"，等等，法经中有对祭祀的这类颂词，"生物过着生物的日子"。生物就是为祭祀而生的。"人不吃肉难道要吃草？"

217

大臣　大王,还有,如果有罪过,也是愚蠢者有罪。那些内心有神
之美的吠檀多派信徒不会有什么的。不是有这样的记述吗:

> 我被杀死亦凶手,
>
> 如此揽责乃自傲。
>
> 事过慧人不过虑,
>
> 武器不伤火不烧。
>
> 不腐不干烧不坏,
>
> 不朽之身无人毁。

这与你我这样的有识之士没有任何关系。对了,听说现在有人
在申请建立品酒协会,以此提倡喝酒。哈,哈哈!

国王　还有,《薄伽梵歌》中有对喝酒的表述:"向酒先生致敬!"

大臣　这个世界上比肉和酒更好的东西还没有出现呢。

国王　哈,有什么能与酒相比? 它能让人放弃自己的信仰。听:

> 美酒神饮料,信徒弃信仰,
>
> 众原婆罗门,因此族生变。
>
> 白兰地不朽,婆罗门首选,
>
> 婆罗门达摩,德高无罪过。

大臣　大王,谁是婆罗门? 咱们信仰吠陀教,举行因陀罗神祭祀之
后是能喝酒的。

国王　说得对。听:

> 美酒罗摩两同名,[①]
>
> 个中无错此思量。

---

① 文字游戏,酒(मदिरा),罗摩(राम),两个词均含字母ra(र),所以说二者同名。
又因罗摩为神,因此喝酒无罪。

时时饮酒不堕落，

仿若女神怒杀魔。①

毗湿奴饮完主住，②

湿婆神饮完主灭。③

毗湿奴神好饮酒，

卓越黑天同嗜好；

湿婆神并迦梨神，

即如白兰和婆罗。④

大臣 是啊大王，谁不喝酒？如果我们这些按照《吠陀》的规矩喝
酒的不好，那谁好呢？再者，现在谁不是在藏着掖着喝酒：

婆罗门刹利⑤吠舍，

萨义德谢赫帕坦，

谁不饮酒请告知，

拉贾斯坦林里喝，

乔达阿难师徒俩，⑥

大力黑天两兄弟，⑦

双双饮酒享乐趣。

婆罗窃饮谁不晓，⑧

酒瓶藏于经筒中。

---

① 原句又可译为：迦梨女神发怒，在战场上诛杀循帕魔（शुम्भ）。
② 主住，毗湿奴神的职责，即护持世界日常运转。
③ 主灭，湿婆神的职责，即毁灭世间邪恶势力，并在劫尽时刻毁灭整个世界。
④ 白兰：白兰地；婆罗：婆罗门。
⑤ 指刹帝利。
⑥ 乔达，指乔达摩（गौतम），即佛陀。阿难，指阿难陀（आनन्द），佛陀弟子。
⑦ 大力，指大力罗摩（बलराम），即文中的乌格尔（उग्र）。
⑧ 婆罗，指婆罗门。

　　　　胸前串珠手持印，

　　　　毗湿奴众背人饮。

　　　　宾馆中酗不觉羞，

　　　　坐着站着随时饮，

　　　　国王王子并官员，

　　　　偕同女子于园中，

　　　　兴致勃勃共畅饮。

国王　确实如此，毋庸置疑。

大臣　大王，我头晕，想唱歌，想跳舞。

国王　好，我也跟你一起唱，你起个头吧。

　　（大臣站起来，拉着国王的手，歪歪倒倒地跳了起来，唱道）

　　　　圣者神饮爱之杯，

　　　　叮叮咚咚唱之道。

　　　　尼尼塔塔自由控，

　　　　提提哒哒鼓声大。

　　　　圣者神饮爱之杯，

　　　　尽情饮用无须器，

　　　　眼中红光现醉意。

　　　　圣者神饮爱之杯，

　　　　脸若玫瑰手亦红，

　　　　酒意闪耀溢满目。

　　　　圣者神饮爱之杯，

　　　　春来玫瑰满酒杯，

　　　　愿汝酒吧千万年。

　　　　坐正稍许清醒来，

侍者手奉酒杯至，

摇摆不停望一切，

圣者神饮爱之杯。

哼哼哼！

这是八调曲，人们只用四调唱。哪里来哪里来，酒满杯上——喝透杯中酒，否则诗歌出不来。

圣者神饮爱之杯！

（两人相互敲脑袋，打着拍子跳舞。接着，一人抓着祭司的头，一人拽着他的腿，继续跳舞。）

〔幕布落下〕

第四幕

地点：阎王城堡

（阎王坐着，主簿官站在一旁）

（四个使者推操着国王、祭司、大臣、根德格达斯、湿婆派信徒和毗湿奴派信徒上场）

使者一 （敲了一下国王的脑袋）走，快走，这里可不是你的王国，这里没有华盖，没有拂尘，没有鲜花铺路！快点，到阎王神面前去接受自己罪恶的果报吧！你杀害了多少生命，又喝了多少酒，这次阎王陛下会跟你一次性算清！

（又敲了两下国王的脑袋）

使者二 （拽着祭司）请，祭司老爷，请接受施舍，你在那边祭祀，也到这边来吧。看看牺牲有什么样的回报。

使者三　（揪着大臣的鼻子）走，走，你管理国家的日子结束了，挨鞋底的日子到了。走，接受业报吧。

使者四　（揪着根德格达斯的耳朵，推搡着）走，流氓，快走！这里可没有给人点符志的工作①，看，前面伺候流氓的蛇正张着大口等着你呢。

（所有人都来到阎王面前）

阎王　（跟毗湿奴派信徒和湿婆派信徒说）请你们过来坐下。

毗湿奴派信徒和湿婆派信徒　遵命！（两人到阎王身边坐下）

阎王　主簿官，看看国王都干了些什么？

主簿官　（看看簿册）陛下，这个国王自生下来起就和罪恶结下了不解之缘，他把正义当作非正义，把非正义当作正义，为所欲为。他和祭司们相勾结，在正义的幌子下杀死了数千万头牲畜、喝了数千坛美酒。不杀生、讲信用、圣洁、同情、维护和平、苦修等正义的事情他一件也没干过，干的尽是可以满足酒肉欲望的毫无意义的事情。他从不真心敬奉神灵，（对他来说），敬奉神灵只是为了捞取名声和荣誉。

阎王　什么荣誉？正义和荣誉有什么关系？

主簿官　陛下，英国政府给那些按他们的意思行事的印度人授予"印度之星"的称号。

阎王　噢！那这个国王是个非常下贱的东西了！"根据经典，你恶行果报由我阎魔见证。"主簿官，你再说说这个祭司都干了些什么。

---

①　印度教寺庙或者其他宗教场所有专门给普通信徒点符志的婆罗门，点符志时会收取一定的钱财。

主簿官　陛下,祭司是个纯粹的无神论者,佩戴圣线^① 只是装模作样。他是个:

> 内在萨克蒂,外表湿婆派,
>
> 中间毗湿奴,贱人游于世。^②

他从不虔信神灵,国王说什么,他就附和什么。为了钱财,他会抛弃正义,随心所欲。你只要给足钱财,他就会同意一切。他就这样为钱财度日,并和国王一起吃肉喝酒,还亲手杀死了上千万条生命。

阎王　哦,太下贱了!哼,该我出手了。这龟孙子会得到应得的下场的。你再说说大臣老爷的德行。

主簿官　陛下,大臣老爷的事您还是别问了。他从来没有做过对主人有益的事情,只会随声附和,当面甜言蜜语,背后诅咒陷害。为了自己小家,可以为主人"上刀山下火海"^③,以受贿度日。除了吃肉喝酒,他既不知道正义为何,也不知道正业为何。他啊,积极主张增加赋税,却没有做过一件对老百姓有利的事情。

阎王　哦,根德格达斯先生也来了,说说吧,他的业绩也许能够令人满意。他额头上点着长长的教派符志,看起来像个好人。

主簿官　陛下,他可是个大师级人物。别问他的德行如何,符志、手印是他骄傲自满的标记,祭祀是他欺世盗名的行为,他从来

---

① 印度教徒中的婆罗门、刹帝利和吠舍三个种姓属于再生族,到一定年龄后举行仪式,佩戴圣线,表示宗教上的"生",成为真正的再生族。圣线,白色粗线,可一股,也可由多股拧成。

② 印度教有三大教派,即毗湿奴派、湿婆派和萨克蒂派,此处是说祭司有时冒充萨克蒂派信徒,有时冒充湿婆派信徒,有时冒充毗湿奴派信徒,在世间游荡,是个大骗子。

③ 意思是不择手段地讨好主人。

没有在神像面前虔心礼拜过。但是,只要庙里来了妇女,他就会不怀好意地窥视。陛下啊,他能使人愉悦,说自己是罗摩和黑天的奴仆,可等妇女来了,便说自己就是罗摩对方是悉多、自己就是黑天对方是牧女,那些女人也很愚蠢,任他摆布!唉,陛下,您准备把这个罪恶的骗子投入哪个地狱?

（后台发出混乱声）

阎王　谁出去看看怎么回事?

使者一　遵命!（出去之后又回来）陛下,森耶摩尼布尔的老百姓非常痛苦,他们知道,今天肯定有罪恶之人到我们这里来了,他们说罪人们带来的空气让他们头疼,并灼烧他们的身体。百姓们呼吁,请陛下赶快把罪人们投入地狱,否则他们会失去生命。

阎王　确实如此。告诉百姓们,让他们不要紧张,我这就惩罚这些罪人。

使者一　遵命!（出去之后又回来）

阎王　（跟国王说）你是有罪的,自己说说,应该遭到什么报应?

国王　（双手合十）陛下,我终生行善,没有做过任何错事,我吃的肉都是先敬过神灵和祖先的。您看,《摩诃婆罗多》中有载,饥饿的婆罗门宰牛吃肉后,只要举行祭祀便算无罪。

阎王　啥都不懂,抽鞭子!

使者二　遵命!（抽鞭子）

国王　（举手躲避）啊,啊,救命啊!您请听:

　　　　林中猎人山中鹿,[①]

---

① 德夏尔纳森林中的七个猎人,伽楞竭尔山中的鹿。

湖中天鹅战中仙，①

四人一起走迷途，

何以三人遭罪受。

这是人们在祭祀之前为了使祭祀圣洁而唱诵的。既如此，我又犯了什么罪？您知道的，英国殖民统治下，杀牛事件层出不穷，印度教徒都吃牛肉，您干吗不惩罚他们？唉，我遵从正法却遭到这样的对待！《吠陀》、宗教经典和毗耶娑大仙②都应该拯救我，我是信了他们才遭到您的惩罚的。

阎王 够了，闭嘴！来人，一会儿把他投入黑暗地狱，先把他单独关起来。

使者一 遵命！（拖着国王站到一边）

阎王 （跟祭司说）说说吧，大婆罗门，你会遭到什么恶报。

祭司 （双手合十）陛下，我能说什么呢？《吠陀》《往世书》都已经明示过了。③

阎王 抽鞭子！坏东西，还敢提《吠陀》《往世书》！

使者二 遵命！（抽鞭子）

祭司 救命啊，救命啊！请听我说，如果吃肉是罪过，喝牛奶呢？牛奶也是肉啊。还有，人们为什么要吃粮食？粮食中也有生命啊。另外，如果喝酒是罪过，那《吠陀》中为什么有喝苏摩④的记述。陛下，我吃的肉是敬献过世界之母⑤的，我从来没有为了自己杀过生，也没有像王族那样打过猎。救命啊！冤枉，婆

---

① 谢尔岛上鸳鸯湖中的天鹅，俱卢战场上精通《吠陀》的婆罗门。
② 史诗《摩诃婆罗多》的作者，也是史诗中的重要人物之一。
③ 意思是根据《吠陀》《往世书》的记载，自己不是罪人。
④ "苏摩"，《梨俱吠陀》等文献中记载的一种植物，其汁似酒，一般译为苏摩酒。
⑤ 世界之母（जगदम्बा），指杜尔迦女神。

　　　　罗门无过遭灾！对了，陛下，我有证言，拉简德尔拉尔先生写
　　　　过两篇文章，里面有吃肉和喝酒不是罪过的论述。如果必要，
　　　　您可以找来亚洲协会的会刊看看。

阎王　够了，下贱东西，闭嘴吧！竟敢提世界之母，你在她面前宰
　　　　杀山羊，就是在她面前宰杀她的儿子！唉，卑鄙，你干吗不提
　　　　你自己的母亲，为什么还要提世界之母？难道山羊在此世之
　　　　外？……来人，把他投入针刺地狱。卑鄙小人，竟敢以《吠陀》
　　　　《往世书》做幌子！吃肉也罢，喝酒也罢，怎么把正法经典扯
　　　　上了！捆起来！

使者二　遵命！（捆上，站到一边）

阎王　（跟大臣说）喂，说说吧，你该遭到什么样的报应？

大臣　（自言自语）我能说什么呢？这里的一切都是你说了算！看
　　　　到这些令人恐怖的雕像我命都没了，还能说什么话？唉，唉，
　　　　这些雕像嘴大齿尖，一口就能把我吞噬。

阎王　快说！

使者三　（抽了一鞭）说不说？

大臣　（双手合十）陛下，让我想想。（想了一会儿，对主簿官说）请您让
　　　　我去执政，我把费尽心机通过不正当手段获得的钱财都给您。
　　　　我是一个没有罪过的有家有口的人，放了我吧。

主簿官　（生气地）喂，下贱东西，这里可是死界的法庭，你还想贿
　　　　赂我！难道我跟你们那里的法官一样，不知道你们这些卑鄙
　　　　小人的情况？和你一样状况的受贿者会跟您有一样的待遇。

阎王　（生气地）这个无耻之徒还在炫富！唉，下流！来人，把他投
　　　　入油锅地狱。

使者三　遵命！（拖拽到一边）

阎王 该你发言了,大人! 您该遭到什么报应?

根德格达斯 我说什么呢? 是恶是善,都是神的行为,人类有什么
罪过呢:

> 啊,阿周那,
>
> 所有命中皆有神,
>
> 虚幻之因奔忙苦。

我迄今为止,我一直在行善。

阎王 来人,用鞭子狠狠抽打这个恶棍,让他尝尝"善果"! 唉,
这些坏蛋表面上称他人的妻女为母亲和女儿,背地里却在为
人点符志的时候欺骗他们。

使者四 陛下,把他投入哪个地狱?(抽打根德格达斯)

根德格达斯 唉,啊,救命啊! 念珠、符志,啥都没用了! 唉,这个
时候咋没人救我啊!

阎王 这个恶棍应该去恐怖地狱,让他尝尝被骗的滋味。带走,都
带下去!

(四个使者拖着、打着四个人,四个人嘶叫)

四个人 唉,"按《吠陀》杀生不算杀生",

唉,"火祭需要杀牲献祭",

唉,"因陀罗祭有酒喝",

唉,"我可以使你道业圣洁"。

(一边叨叨一边嘶叫,使者拖着打着把他们带下场)

阎王 (跟湿婆派信徒和毗湿奴派信徒说)由于你们真诚虔敬,大神赐
予你俩居住在凯拉室①和威贡特②的恩惠,请你们去享受善行

---

① 凯拉室(कैलास),湿婆大神居所,天堂。

② 威贡特(वैकुंठ),毗湿奴大神居所,天堂。

的果报吧。你们看到了作恶者的情况,也清楚了大神欣赏你们的善行并给予你们直接解脱的果报,接受大神赐予你们的至高地位吧。祝贺!请问,我还能为你们做些什么吗?

湿婆派信徒和毗湿奴派信徒 （双手合十）神啊,还有什么比这更好的呢。谨祝戏剧大师婆罗多仙人教诲成真:

> 行自私人即偏离正道,
>
> 不恶行人皆虔心颂神。
>
> 恶人灭善人即无苦痛,
>
> 无赋税雨云降水及时。
>
> 离乐舞人皆口吟正言,
>
> 闻正言周身洒满光芒。[①]

（所有人下场）

〔幕布落下〕

〔全剧终〕

[①]　意思是听了颂神正言后,听者白天有阳光相伴,夜晚有月光相陪。

印度惨状[*]

〔印〕帕勒登杜·赫利谢金德尔　著

姜景奎　译

颂神祷文

创建胜利之时代，痛击异族使毁灭，

手持宝剑利刃锋，黑天化身迦尔基[①]。

第一幕

地点：街头

（一位瑜伽修行者用拉沃尼拉格唱诵）

印度兄弟齐嚎啕，

啊！印度惨状未曾见。

---

　　[*]　原载于〔印〕帕勒登杜：《帕勒登杜戏剧全集》，姜景奎译，中国大百科全书出版社2024年版，第166—198页。此处略有改动。
　　[①]　迦尔基（कल्कि）是毗湿奴的第十个化身。根据印度教传说，世界将在"迦利时代"末期走向黑暗、暴政和失序。届时，毗湿奴将化身迦尔基下凡救世，铲除恶人，创建新秩序。他身骑白马，手持利剑，寓意斩断一切邪恶。

最早神赐财与力，

最早造物予文明。

最早浸于形色味，

最早收获智慧果。

而今落于众人后，

啊！印度惨状未曾见。

释迦[①]友邻与迅行，

赫利谢金德尔王[②]，

罗摩坚战与富天[③]，

娑尔亚提[④]所现地。

迦尔纳与阿周那，

怖军闪耀光辉处，

同一土地今徒留，

愚昧争斗与暗夜。

痛苦之余无所现，

啊！印度惨状未曾见。

吠陀耆那两相争，

宗教典籍尽数毁，

---

① 释迦（शाक्य）即佛陀释迦牟尼。

② 友邻（नहुष）、迅行（ययाति）、赫利谢金德尔（हरिश्चंद्र）都是史诗或传说中记载的印度古代国王。

③ 富天（वासुदेव）是黑天之父。

④ 娑尔亚提（सर्याति）相传是摩奴之子。

内斗之际复招致，
强大威勇异族军。
智慧力量与财产，
接二连三被摧毁，
而今复又笼罩在，
惰邪争盲阴影下。
眼瞎腿瘸人潦倒，
卑微凄苦不堪言。
啊！印度惨状未曾见。

而今英国统治下，
皆被幸福粉饰新，
财富滚滚流他国，
此地凄凄极破败。
高价弥漫似死神，
哀鸿遍野痛苦增。
赋税祸临众人身，
啊！印度惨状未曾见。

〔幕布落下〕

第二幕

地点：火葬场，残破寺庙

（乌鸦、野狗和豺游荡着，四处骸骨散落）

（印度[①] 入场）

印度　哎！曾经在这片土地上，勇士难敌面对作为使者到来的黑天说："黑天啊，若不用打仗一较高下，针尖之地亦不相让。"而今在同一片土地上，我们却眼睁睁看着它沦为火葬场。哎！这里的才能、知识、文明、勤劳、高尚、财富、力量、尊严、坚定、真理都到哪里去了？可恶的杰耶金德[②]！当初你若没有投胎，今天的我又该是怎样一番景象？哎！现如今，已经没有谁能给我庇护。（哭道）母亲啊，胜利之母拉贾拉杰斯瓦莉[③]！救救我，也是维护你自己的荣誉。恶神毁了我的一切，仍不满意。本以为，落入英国人之手，还能靠书籍聊慰我苦闷的心灵，佯装快乐，残度余生，可恶神竟连这些也不容。唉！没有谁能拯救我了。（唱道）

> 一臂之力无人助，
> 虽有子民两亿众，
> 哀叹连连无可依。
> 说救我者反伤我，
> 无人倾听我悲歌。
> 穷困潦倒受诅咒，
> 四处游荡屡碰头。

---

①　衣衫褴褛，头戴半截桂冠，手握拐杖，四肢瘫软。——原文注
②　根据中世纪经典《地王颂》(पृथ्वीराज रासो) 的记载，杰耶金德(जयचंद) 和地王(पृथ्वीराज) 同为 12 世纪印度教国王，二人互为敌手。相传，杰耶金德之女违抗父命，执意与地王私奔，加剧了两人之间的敌意。杰耶金德后联合信奉伊斯兰教的古尔王朝推翻了地王的统治，为北印度穆斯林王朝的建立铺就了道路。在后世流传于印度教徒的传说中，"杰耶金德"常作为"叛徒"的同义词使用。
③　拉贾拉杰斯瓦莉(राजराजेश्वरी) 是萨克蒂教派神祇体系中萨克蒂女神的威武相之一。

苦难俱增福俱减，

日复一日无相伴。

万劫不复入苦海，

神主快来施拯救。

（后台传来严肃冷酷的声音）时至今日，你还相信你的神主？站好了！不把你的奢望连根挖起，我改名换姓。

印度 （因害怕而颤抖地哭诉）是谁在说这样可怕的话？是谁在向我步步逼近？啊，我该如何才能逃走？他一口就能将我吞噬。毗恭吒①的至上主，七海之滨的拉贾拉杰斯瓦莉，我该如何自处？谁来救我性命？现下已无计可施。完了，全完了。（昏倒在地）

（无耻②登场）

无耻 在我面前，还担心什么性命。嗤！活下去，大不了讨吃要饭，只有懦夫才会白白送命。就算财富和尊严全没了，又能如何？命最要紧，俗话说"一命抵千金"。（打量一番）曜，当真晕过去了。还是先把他扶起来再说。不行，不行！我一个人可扶不动他。（朝后台）希望！希望！快来。

（希望③上场）

无耻 瞧，印度快死了，快扶他回家。

希望 有人当着我的面送命？走，让我把他救活。

（双双扶着印度离场）

---

① 毗恭吒（𑀤）是大神毗湿奴的天宫。
② 下身短裤，上身胸衣，虽有披肩，但四肢和头都露在外面，穿着与妓女无异。——原文注
③ 姑娘装扮。——原文注

第三幕

地点：战场

（军队的营帐清晰可见，印度恶神[①]上场）

印度恶神　印度这蠢货到哪去了？都什么时候了，还相信至上主和拉贾拉杰斯瓦莉？瞧他现在都沦落到什么地步了。

（边跳边唱）

> 生自神之怒，降临印度间，
> 印度化灰烬，高贵变卑贱。
> 切勿轻视我，奉我为罗刹，
> 夺走众人财，使之无分文。
> 摄取饥饿命，我乃真大王。
> 我……
> 将携死亡来，涨价与疾病，
> 降下倾盆雨，悲恸罩大地。
> 我……
> 将唤分歧至，恶斗与萎靡，
> 家家皆弥散，懒惰与悲恸。
> 我……
> 鄙视异教徒，捣烂其手足，
> 奉承使自满，一并予孱弱。

---

① 面相凶恶，穿着一半基督教徒、一半穆斯林的装束，手里握着出鞘的利剑。——原文注

我……

召唤亡灵至，毁国涨粮价，

征税于众人，幸得财满盈。

切勿轻视我，奉我为罗刹。

（起舞）

印度跑到哪里去了？还是被谁带走了？他现在已所剩无几，两手空空。除了我，还有谁还能让印度即便在英国治下也无所发展，反而净学了英国人的缺点？哈哈！几个读书人凑在一起，就想革新国家？可笑！一粒鹰嘴豆怎么能撑破一个炉膛？镇压这些人，我只消让地区长官以不忠之名把他们抓起来，再用各种手段把这类人群遣散。无论是谁，与我有多大的交情，我就赏给他多大的奖章和头衔。这群蠢货，竟敢与我的政策作对！否则何以至此？我这就派大军摧毁一切。（朝后台看了一眼）有人吗？去把毁灭将军叫来。

（后台传来一声"遵命"）

见识见识我的厉害吧！看你还往哪儿逃。

（毁灭将军上场）

（起舞）

毁灭

我的名字叫毁灭，

来到大王他身旁。

拥有形色数十万，

整片国度尽摧毁。

我让正法广传扬，

强化种姓之业行。

　　　　杰耶金德我所变，

　　　　印度门户我所开。

　　　　成吉思汗旭烈兀，

　　　　复有帝王帖木儿，

　　　　此众于我不过是，

　　　　低贱矮小之藤蔓。

　　　　艾哈迈德杜兰尼，

　　　　纳迪尔沙亦在列，

　　　　此众于我军阵前，

　　　　分量微薄不足言。

　　　　计谋力量与诡计，

　　　　三者兼具克万物，

　　　　我以美酒善款待，

　　　　今朝即将灭一切。

印度恶神　啊！是毁灭来了。来，现在就命令部下，集结起来包围印度斯坦。除了那些已经被围困的地方，还要继续包围其他疆域。

毁灭　大王！"因陀罗者所受命，先前尽数已做完。"您方才的指令，吾等已在执行。其他命令，您尽管吩咐。

印度恶神　说说看，都是谁做了哪些事？

毁灭　大王！正法率先出击。

　　　　创造说辞千千万，

　　　　纷纷篡入往世书，

　　　　湿婆性力[①]毗湿奴，

---

　　① 即崇尚女神崇拜的萨克蒂教派。

各类思想竞纷呈。
制造若干之种姓，
划分贵贱与高低，
餐食饮品相关事，
恪守规则与禁忌。
只因生辰八字冲，
婚姻大事便无门，
孩童时代早成婚，
力量毁于情爱事。
贵族频婚多妻妾，
膂力气魄不复存，
剥夺寡妇再嫁权，
助长邪淫糜乱风。
禁止国人赴异邦，
将之变成井底蛙，
断其域外之联系，
损其寰宇之威信。
众多神鬼任其拜，
背离天意印度衰。

印度恶神 啊哈哈！甚好！甚好！正法还做别的了吗?

毁灭 是的，大王。

他创不可接触论，
饮食爱情行区隔，
三六九等细划分，
轻而易举毁众人。

印度恶神　还有别的吗？

毁灭　当然。

> 他创吠檀多思想，
>
> 遂将人人变大梵，
>
> 印度教徒作人杰，
>
> 不惜手折脚也断。

大王，吠檀多帮了大忙。所有印度人都成了大梵，不留丝毫责任感。他们表面上更具智慧，实则与天神背道而驰，变得死气沉沉、傲慢无礼、无情无义。一个人连感情都没有，又何谈为国家解放效力？不得不说，湿婆万岁！

印度恶神　很好，还有谁出了力？

毁灭　大王，满足也做了许多事。从国王到子民，全都被它收为门徒。现如今，印度人只关心饮食之事，根本不为国家出力。国将不复，可抚恤金照拿。生计不保，但利息照收。就算这些都没了，再不济还有自己的家当。他们赞不绝口地吃着名叫"知足常乐"的烙饼，根本不朝劳动的方向瞧上一眼。懈怠给满足提供了很大的帮助，他俩一定能荣获勇士勋章。正是他俩，扼杀了印度的商业。

印度恶神　还有谁做了什么？

毁灭　大王，为了战胜财富的残余部队，我派出了一众勇士。挥霍、法庭、时髦、情面这四员大将率兵把敌军尽数歼灭。挥霍大肆洗劫，法庭强取豪夺，时髦用账单炸弹狂轰滥炸，情面让对方备受折磨、东躲西藏。礼品、贿赂、募捐的炸弹炸出一番"四面八方处处破产"的盛大景象。这些人一个个装成大哥模样招摇撞骗，其中就有这么一个最是蠢笨，别看他总是弹着响指，受人巴结，令人生畏，为公平而战，收获各种赞誉和头衔，实则像大象啃过的木苹果——外强中干。财富的大军仓皇逃窜，连墓地都无法藏身，只好到大洋彼岸寻求庇护。

印度恶神　听说你还暗中在敌军阵营中安插了人手？

毁灭　没错。我让分裂、嫉妒、贪婪、胆怯、麻痹、自私、偏见、顽固、悲哀、懦弱等一众使者混入敌军，制成五美液①，无须杀死他们，只消使他们变为任由铃铛摆布的迦楼罗鸟。到最后，我们的使者和本地人几无差异，他们像苔藓一样腐蚀一切，在语言、宗教、习俗、举止、饮食中制造出千差万别。来啊，来拯救你们的统一啊！我倒要看看，还有什么能耐！

印度恶神　印度有个名叫庄稼的将领，如今是死是活？他的军队情况如何？

毁灭　大王，他的势力已经被您的暴雨、干旱两员大将彻底瓦解。紫胶虫、蠕虫、蝗虫、霜冻等士兵立了大功。虫斑化身尼罗，在田地间燃起楞伽之火。②

印度恶神　很好！很好！听到这些，我心甚慰。好了，你去吧。不必担心，眼下已无大碍。我要继续享用剩下的美酒了。至于印度的下落，你要保持警惕，再陆续派疾病、高价、税收、美酒、懒惰和黑暗到我这儿来。

毁灭　遵命。

　　（退场）

---

①　五美液（पंचामृत）用牛奶、凝乳、白糖、酥油、蜂蜜混合而成，多用作敬神时的祭品。

②　本句中，नील一词被使用了两次。一处指"斑、污点"，此处指害虫啃噬庄稼留下的虫斑；另一处指《罗摩衍那》中猴王须羯哩婆麾下大将尼罗，他在营救悉多、战胜罗波那的过程中发挥了重要作用。

印度恶神　现下他已无处可躲。财富、威力、智慧，三者尽失，看他
　　还能倚仗谁的力量？

〔幕布落下〕

第四幕

（英式装饰的房间，摆着桌椅，印度恶神坐在椅子上）

（疾病进场）

疾病　（唱着歌）

　　　　世人皆认我威信，

　　　　我把天神屡戏弄。

　　　　除去死亡我无敌，

　　　　至高主宰医生命。

世人都知道我的厉害。我是歧途的朋友、正道的死敌。三界
之中，谁可以不受我掌控？眼邪、诅咒、幽灵、鬼魂、妖术、魔
法、女神、男神，这些都是我的别称。是我让巫师、祭司、精明
之士、婆罗门学者、苦行僧统统上当受骗。（可怖地）谁能阻挡
我强大的威力？呵！税务委员会想用清洁卫生的法子把我消
灭，殊不知，街道被清扫得越开阔，我的法力就越厉害，正如
"须罗婆之口不断张大，哈奴曼之躯亦随之变大"①。（注视着印

---

① 该典故出自《罗摩衍那·美妙篇》。悉多被罗波那劫往楞伽岛，罗摩派神猴哈努
曼前去侦察。渡海途中，哈努曼遭到蛇母须罗婆的阻拦，任何人都必须从她的口中进入，
若能成功出来便可渡海。机智的哈努曼钻进须罗婆口中，身体不断变大，须罗婆的体形也
随之增长。突然，哈努曼把身体变得像拇指那样小，趁须罗婆还未缩小之际，从她的口中
（一说是耳洞）飞了出来。须罗婆被哈努曼的智慧折服，准许他继续前往楞伽。参见〔印〕
蚁垤：《罗摩衍那》（五），季羡林译，人民文学出版社1983年版，第29—34页。

度恶神）大王！有何吩咐？

印度恶神　有什么可吩咐的？从四面八方把印度包围便是。

疾病　大王！现如今，我只有进入印度，才能让他毙命。只靠包围
　　有何用？现在已经不是天神御医和迦尸王帝婆陀娑①的时代，
　　也不是妙闻仙人②、伐八他③、遮罗迦④的时代。维持生计成了
　　医学残留至今的唯一意义。由于死神的威力，药物的属性和人
　　的性情均发生了变化。谁现在来跟我作对，我就派出印度人闻
　　所未闻的大军，看他们如何抵抗！天花、霍乱、登革热、中风，
　　印度人拿什么阻挡？他们不去了解从哪里进攻、该如何战斗，
　　而是轻易缴械投降。大王，他们将被这些疾病杀死，却反倒把
　　它们奉为神明，加以膜拜。尽管我的敌人——医生和学者——
　　已明确表示，接种疫苗是消灭天花的良方，但他们却出于对
　　清凉女神⑤的畏惧不肯接受这一方法，竟亲手杀死自己心爱的
　　儿郎。

印度恶神　好了，你去吧。高价和税收也会来这里，带他们同去。
　　暴雨和干旱的部队已经抵达那里。有分裂和黑暗的驰援，你将
　　所向披靡。拿着这个槟榔包。⑥

　　（递出槟榔包，疾病接住，致意后离开）

---

①　帝婆陀娑（दिवोदास）据说是印度传统医学阿育吠陀的创始人。
②　妙闻仙人（सुश्रुत）是生活于公元前7世纪到前6世纪的古印度外科医生、阿育吠
陀学者，他是《妙闻本集》的主要作者，被誉为"印度外科医学之父"。
③　伐八他（वाग्भट）是生活于公元7世纪（一说是公元前1世纪）的古印度医家。
④　遮罗迦（चरक）是贵霜帝国时期的著名医学家，据说曾任迦腻色伽王的御医。
⑤　清凉女神（शीतला）是杜尔迦女神的化身，也是印度影响最大的疫病女神。清凉
女神具有双面性，印度人一方面视她为瘟疫清除者，一方面又把天花看作清凉女神的化
身，把感染天花者视为清凉女神加以膜拜。
⑥　槟榔包（पान का बीड़ा）是一种用蒌叶包裹槟榔制成的食品，常被引申为"责任、任务"。

印度恶神　这下没什么可担心的了。我军已从四个方向把印度包围，他还能躲到哪去？

（懒惰入场①）

懒惰　哈哈！一个烟鬼说——烟鬼抽大烟，九天走了两个半柯斯②。另一个烟鬼回答说——喂，人家不是烟鬼，是邮差。烟鬼一旦抽了大烟，便无所谓身处垃圾堆的这边还是那边。有一回，我的两个门生双双躺着，恰巧有路人经过。第一个喊道："路人大哥！这枚熟透的芒果落在了我的胸口，放一些到我嘴里吧。"旅人说——"老兄，你也太懒了，懒到连芒果都落在胸口，也不愿抬手。"第二个说——"您说得太对了，这家伙就是个大懒蛋。狗在我脸上舔了一整夜，他就在旁边，也不说把狗轰走。果真是，与其忍受生活的痛苦，不如享受生活的快乐。"幸福存于懒人中，"懒人之井方有安逸"。（唱道）

> 身处尘世间，不喜挪手足，
>
> 告别尘世后，不喜被搬动。
>
> 死后之尸体，单上随意放，
>
> 不喜猕猴般，熙攘又吵闹。
>
> 让我地面躺，就地享闲暇，
>
> 动则留脚印，不喜费力擦。
>
> 何人愿起身，离家赴友宅，
>
> "一死了之好，不喜劳心智"。
>
> 若将外人藏，围裤亦可穿，

---

①　一个胖子打着哈欠缓缓进入。——原文注
②　柯斯（कोस），印度长度单位，1柯斯约等于2英里。

> 达官显贵者，不喜动手脚。
>
> 脑袋沉甸甸，虽烦尚可忍，
>
> 不喜口中舌，最令思者厌。
>
> 宁可斋戒死，勿唤我做事，
>
> 世界不甚好，时代亦糟糕。
>
> 顶礼入天堂，停止此说教，
>
> 不喜把头低，地狱又何妨。
>
> 印度成灰烬，与我有何干，
>
> 懒人独静坐，不喜空悲叹。

还有什么？忙碌之人为何消瘦，说是在城市里担惊受怕的结果。嗐，老话说得好——"管他谁称帝，都是我遭殃，摒弃女奴身，亦无皇后命。"开心过活就好。莫卢卡·达斯也说过——"巨蟒不干活，飞鸟不劳作，圣者赞罗摩，赐予万物者。"[①]典籍有言——"精进是死，不精进亦死，何须劳碌履职责？"种姓之中婆罗门最好，正法之中遁世最好，职业之中厨师最好，玩乐之中吹牛最好。就该安坐家中，度过一生，哪儿也不去，只是吃饭、拉屎、撒尿、睡觉、吹牛、唱歌、享乐。富人身上有什么稀罕玩意，只有什么都不做的人，才是真正的富人。常言道——"富足在心不在财。"意思是，惬意分两种，一种因财富而惬意，一种因心境而惬意。（看到印度恶神，走到他身边致敬）大王！我本睡得正香，接到您的命令，无论如何也得赶来。您有何吩咐？

印度恶神　你的同伴们已被尽数派往印度斯坦，你也到那里去，用

---

① 莫卢卡·达斯（मलूक दास）是16时期北印度虔诚派诗圣。

魔法般的睡意将所有人制服。

懒惰　甚好。(喃喃自语)老天爷呀！派我去印度斯坦。要去，我也要慢慢去。若不领命，别人也会拿"荣华享尽财散光，灵魂璀璨战场上"之类的话激我。算了，去吧。事情自有神灵打理，哪轮得到我操心。出发。

(懒惰嘟嘟囔囔离开，与此同时，美酒[1]进场)

美酒　我是娑摩酒神的女儿。最早，吠陀中称我为"莫图"；后来，我成了神灵的情人，被唤作"苏拉"。[2]正是因为我的威力，人们创造了酒祭。在圣传文献和往世书中，我的流动被视为永恒，而坦特罗密教则全因我的缘故而存在。世上有四种极富影响力的思想——印度教、佛教、伊斯兰教、基督教，每种思想中都有我神圣可爱的形象——娑摩饮、英雄饮、圣饮、施洗饮。但是，总有人称它们不洁，这些人怎么不说动物不洁？在渴望我的人面前，这类人为数不少，百中有十，但放眼世界，我依然无所不在。我的门徒总是这么说。不仅如此，我还是政权之上唯一的装饰。

> 牛奶酸奶皆是酒，
>
> 粮财家宅亦是酒，
>
> 吠陀是酒神是酒，
>
> 酒乃天堂之别称。
>
> 种姓知识皆是酒，
>
> 没有醉意谁人活，
>
> 酒乃至臻之自由，

---

① 棕肤色女性，穿红衣，戴金首饰，佩脚铃。——原文注

② 此处，莫图(मद्य)和苏拉(सुरा)都是酒的意思。

酒香四溢满世间。
梵仙吠舍刹帝利，
锡克帕坦穆斯林，
且说云云此众中，
何人不把美酒饮。

婆罗门中饮者众，
古吉拉特亦成群，
乔达摩仙饮酒欢，
饮罢快乐似火焰。
酒店之中享美酒，
颜面无伤体面存，
躺倒也好站也罢，
悉数事务神打理。
有人劝说勿醉酒，
否则片语写不出，
有人宣称我酒力，
徒使律师钱袋鼓。
恰因美酒之情感，
无数典籍得问世，
恰因美酒之光辉，
正法道路得书写。

何利① 遵从饮酒道，

① 何利（हरि）乃毗湿奴名号之一。

醉意之中持世界，

吉祥之主湿婆神，

饮酒之后毁一切。

毗湿奴巴鲁尼①酒，

人中之杰②波特酒，

复有诛穆罗者③酒，

大神湿婆香槟酒，

群山之主④甘蔗酒，

梵思者白兰地酒。

我有财富智与力，

家族荣誉夫与宅，

父母子女与正法，

皆对美酒无疑虑。

消除悲伤享欢愉，

众人热情齐歌唱，

放弃苦行施毁灭，

何利独将美酒现。

政府授意我存在，

众皆大举征酒税。

人人将我视作为，

---

①　巴鲁尼（बारुणी）是一种酒的名称。以下几句均是印度教大神名号与某类酒的拼合。此处，大神名号或许被用作酒的品牌。

②　人中之杰（पुरुषोत्तम）是毗湿奴的名号之一。

③　穆罗（मुर），阿修罗的名字。毗湿奴诛杀之，得名"穆罗诛"（मुरारि）。

④　群山之主（गिरीश）是湿婆名号之一。

246

> 政权至高之标志。
>
> 光荣柱般矗大地，
>
> 稳定恒久如日月，
>
> 世间王官旗帜倒，
>
> 打碎酒瓶得荣耀。

我们无须为与生俱来的东西做任何努力。《摩奴法论》称，"此乃人之常情"。《薄伽梵往世书》有言，"无须提醒世人做爱、吃肉、喝酒，他们天生喜欢这些东西"。因此，我就是当代文明的根本经典。我让五感官的乐趣成倍增加，我是音乐和文学唯一的母亲。究竟有谁会背我而去？

（唱道）

（卡菲拉格，特纳室利音阶，特马尔节奏）

> 畅饮美酒陷疯狂，
>
> 人生就此渐流逝，
>
> 不醉世界无本质，
>
> 我等言辞亦卑微。
>
> 开怀豪饮醉醺醺，
>
> 如此度过昼与夜，
>
> 摇头晃脑步蹒跚，
>
> 尊严廉耻皆抛弃。
>
> 庞然巨象视作蚊，
>
> 太阳看作萤火虫，
>
> 为何放弃此成就，
>
> 心甘情愿傻吃亏。

（见到大王）大王！有何吩咐？

印度恶神　我已派遣我方众多勇士到印度斯坦，但我对你的希冀
　　胜过其他任何人。你也前去印度斯坦，了解一下那里的人吧。

美酒　我一向瞧不起印度人。不过既然您下令了，我就去好好布
　　下我的罗王，将老少妇孺的脖子紧紧拴牢。

　　（离场）

　　（几盏剧院的灯被熄灭）

　　（黑暗入场）

　　（响起风暴来袭的声响）

黑暗　（一边唱，一边摇晃起舞）

　　（卡菲拉格）

　　　　迦利时代王必胜，

　　　　伟大幻境王必胜，

　　　　稳固华盖悬头顶，

　　　　世人尊崇彼功行，

　　　　纷争蒙昧与无知，

　　　　灭除一切作装饰。

　　我乃兼司创造和毁灭的闍德之神所生。我的生活与贼、鸨、色
　　鬼无异。我栖身于深山中的洞穴、哀恸者的双眸、傻子的大脑
　　和卑鄙者的灵魂。碍于我的淫威，心灵哪怕张开四只眼睛也无
　　济于事。我有两种形象，一种是精神的，一种是物质的，人间
　　称它们为无知与黑暗。听闻我最可敬的朋友——恶神大王今
　　日宣我，要派我去印度之地。去听听他怎么说。大王万岁！有
　　何吩咐？（上前）

印度恶神　快来，朋友！没有你，一切都了无生机。虽然我已派了
　　很多自己人去征服印度，可没有你，所有人都没有力气。我对

你无比信赖,现如今你也得去趟那里。

黑暗 有了您的部署,区区印度算什么东西。您若吩咐,我可以去
征服其他国度。

印度恶神 不,还不到去其他国度的时候,那里正处于三分时代和
二分时代。

黑暗 也对,我曾说过,只要那里有低劣知识的影响,我去又能做
些什么?何况那里有瓦斯和氧化镁,没准会破除我的威力。

印度恶神 好,那你就去印度斯坦吧,只要是于我等有益之事,但
做无妨。"无须赘言来叮嘱,我知你乃大智者。"

黑暗 甚好,那我走了。临走之际,让您瞧瞧我的能耐。

（后台赞诵诗人的歌声和音乐声趋于完结,舞台随之变暗,大幕落下）

> 今日定把印度灭,
> 你与大王背道行,
> 以己之愿创光明。
> 现今已无庇护者,
> 全部力量将粉碎,
> 智识财富与粮食,
> 而今统统化尘埃。
> 罗摩达摩阿周那,
> 释迦辛格[①]毗耶娑,
> 此等英豪今不存,
> 何人施力予希望。

---

① 释迦辛格（शाक्यसिंह）即佛陀释迦牟尼。

兰吉辛格^①西瓦吉^②，

今不复存剩蛮夷，

试为印度挣名誉，

所有国王默不语。

乌代普尔斋普尔，

雷瓦本纳等王国，

丧失独立不思考，

以己力行皆徒劳。

沦为英国治下奴，

愈发蠢笨又糊涂，

自身利益尽数忘，

印度愚蠢之翘楚。

世间国家皆发展，

于此时代弄潮头。

唯独他处暗夜中，

郁郁苦闷如此般。

心胸狭隘极怯懦，

思想不定快乐缺，

沉迷果腹悖神意，

国王臣民皆如是。

彼等希望丝毫无，

智慧力量尽数失。

---

① 兰吉·辛格（रंजीतसिंह）是 18—19 世纪西北印度国王。
② 西瓦吉（शिवाजी）是 17 世纪西印度马拉塔帝国统治者。

团结智慧与艺术，

无此三者万法空。

身驮重担腿脚绑，

自身幸福受损伤。

似若驴子不言语，

仿佛承蒙大恩惠。

利害关系鸟兽明，

彼等对此无所知。

沉浸声色忘自我，

深陷愚昧难自拔。

不听良言不行善，

彼等复有何指望，

大王亲自下指令，

即刻整装全军行。

第五幕

地点：图书馆

（一个由七位绅士组成的小委员会。主席戴着圆帽和眼镜，持手杖；还有六位文化人，其中有一个孟加拉人、一个马哈拉施特拉人、一个手拿报纸的编辑、一个诗人和两个当地知名人士。）

主席 （起身）各位绅士！今天委员会讨论的主要对象是印度恶神，听说他发动了对我们的攻击。为此，你们应齐心协力想出应对办法，让我们得以抵御这即将降临的灾难。我们的主要职责是尽一切可能保卫我们的国家。希望你们都能予以赞同。（坐下，掌声响起。）

孟加拉人　（站起身）主席先生所言极是。在印度恶神给我们带来麻烦之前，想出应对措施非常必要。但问题是，我们能否对付得了一个力量在我们之上的人。为什么不能呢？毫无疑问是可以的，但需要所有人的意见达成统一。（掌声响起）看，在我们孟加拉，就有很多手段来应对这一难题，还有许多像英属印度协会联盟这样的组织。哪怕是某个小问题，我们也能聚起来制造大混乱。只有混乱才能让政府害怕，除此之外还没听过其他的办法。不仅如此，所有的报业人员也都一起制造喧嚣，政府一定会被迫听话。可我们现在看到的是，没有一人发出声音。今天，你们这些尊贵绅士们聚在一起，是该就此想出一些法子了。（坐下）

当地人甲　（低声地）委员会里讨论的一切仅限于此，千万别拿到外面说。

当地人乙　（低声地）怎么，老兄，难道长官大人会因为我们参加这个委员会就会把我们从政府中除名吗？

编辑　（站起身）我已经做好了冒生命危险将印度恶神赶走的准备。我曾在自己的报纸上就这一问题写过评论，但在座诸位却没人愿听。如今灾难临头，你们这些人倒开始想应对措施了。好在现在还不算太糟，不管你们有什么主意，抓紧想便是。（坐下）

诗人　（站起身）弄臣们曾告诉穆罕默德・沙[1]一个极绝妙的方法摆

---

① 穆罕默德・沙（Muhammad Shah）是莫卧儿王朝第 13 位皇帝，1719—1748 年在位。他是奥朗则布的曾孙，巴哈杜尔・沙一世的孙子。在他统治时期，来自波斯的纳迪尔・沙（Nader Shah）入侵并洗劫了德里，大大加快了莫卧儿帝国衰落的速度。

脱敌军。他们说,不应派军队正面对抗纳迪尔·沙,而应在亚穆纳河边支起帐幕,命一些人戴上手镯站在帐后。当敌军渡河来到这边,便将手伸出帐幕,便摇便说:"天杀的,莫再靠近,这里都是女人。"如此一来,所有敌人都会离开。为了躲避印度恶神,为什么不采用这个办法呢?

孟加拉人 (站起身)当然,这也是一种解决之道,但倘若那些没教养的家伙不知尊重妇女而突袭帐幕的话,那……(坐下)

编辑 (站起身)我想到另外一个办法。应该组建一支受过教育的军队——委员会大军,用报纸的武器和言论的炮弹去杀敌。你们怎么看?(坐下)

当地人乙 但如果统治者对此感到愤怒,那该怎么办?(坐下)

孟加拉人 统治者为何愤怒?我们从来没想过结束英国人的统治,我们不过是想自救而已。(坐下)

马哈拉施特拉人 可我们首先必须在心中明白一点,统治者是不会与印度恶神的大队正面交锋的。

当地人乙 争论这种事情一点意义也没有。别再东拉西扯了,还是好好看看自己能做些什么吧。(坐下,自言自语)否则,明天又要好好挨一顿责骂。

马哈拉施特拉人 不如召集群众大会吧。明天就找人做衣服,到时都穿上咱们印度自己的服装。这是我能想到的全部办法了。

当地人乙 (故意拖长音)放着好好的羊毛衫不穿,偏要去穿汗衫,甚好,甚好。

编辑 但现在已经没有时间了,得赶紧想个办法出来。

诗人 那就考虑考虑这个办法吧——所有印度人都把传统服装脱掉,换上西裤之类的衣裳,这样印度恶神的军队打来时,就会把我们当成欧洲人而放过我们了。

当地人甲　可是,要从哪里才能弄来一副白皮肤呢?

孟加拉人　我们那儿最近上演了一出名为《拯救印度》的好戏。戏
里有不少把英国人赶走的法子。恶神将至,我们为什么不采纳
这些法子呢? 戏里写道,五个孟加拉人就赶跑了英国人。他们
中的一个用面粉堵住苏伊士运河,一个砍下竹子做成名叫"帕
瓦里"的特质水枪,还有一个用这种水枪把泥水喷进英国人的
眼睛里。

马哈拉施特拉人　行了,行了,尽说些没用的。还是想个行之有效
的办法吧。

当地人甲　(自言自语)诶! 这个办法好像还没人说过,那就是所有
人团结一致,一心一意发展教育,通过学习艺术,实现真正意
义上的兴盛。如此一来,一切都会好起来的。

编辑　你们这样思来想去不过是徒劳,还是让我来写些文章吧,印
度恶神看一眼便会落荒而逃。

诗人　我也来写些这样的诗歌。

当地人甲　事到如今,谁还有阅读和理解那些东西的修养啊?

(从后台)别跑,我来了

(所有人都惊惧地向四周看去)

当地人乙　(胆战心惊地)老天爷啊,我来委员会之前就在打喷嚏。
现在这是怎么了? (躲入桌子底下)

(不忠①上场)

---

①　身穿警察制服。——原文注

委员会主席 （毕恭毕敬地走上前）您为何大驾光临来了？我们聚在一起又不是为了反对政府，我们聚在一起全都是为了国家好啊。

不忠 我看不是这样吧，你们几个就是在聚众反对政府，我要把你们抓起来。

孟加拉人 （走上前，十分气愤地）你凭什么抓人，当法律不存在是吗！我们何时说过一句反对政府的话？吓唬我们是没有用的！

不忠 我能做什么，这是政府的政策。那份叫《诗之甘霖》①的杂志里难道有什么反政府的内容吗？那为什么还让我们去查抄它呢？我也没办法。

当地人甲 （躲在桌子底下哭泣）没有我，没有我，我只是来看热闹的。

马哈拉施特拉人 嘻呀！真是一群胆小鬼，一帮懦夫。有什么可害怕的！依法行事便是。

委员会主席 你们今天凭的是哪项法律条文来抓人？

不忠 名为"英国政策"的法案中那条叫"政府意欲"的条款。

委员会主席 就凭你？

当地人乙 （哭道）哎呀！你怎么口出狂言，这下死定了。

马哈拉施特拉人 你不能抓我们，我们有手有脚。走，我们和你一起去，把话问个明白。

孟加拉人 对，走！说得没错——你不能抓我们。

委员会主席 （自言自语）我必须抛开主席身份先为自己辩护。这样一来，我就不是各种事件的领导者了。

---

① 《诗之甘霖》是帕勒登杜自己于1867年在瓦拉纳西创办的杂志，主要发表诗歌文学，同时也常常刊登暗讽英印政府的内容，并因此受到了英印政府的打压。帕勒登杜在此处借戏剧人物之口讽刺了这件事。

不忠　那好，走吧。

（所有人离开）

〔幕布落下〕

第六幕

地点：密林中央

（印度倒在一棵树下，神志不清）

（印度命运入场）

印度命运　（唱道）

（颉蒂高利拉格）

> 兄弟速速醒过来！
>
> 祛除悲伤昼与夜，
>
> 兄弟速速醒过来。
>
> 谁说白昼已消逝，
>
> 漆黑夜晚已到来。
>
> 是非利弊看不清，
>
> 以至落入敌人控。
>
> 不识自我解放道，
>
> 捶击脑袋徒懊悔。
>
> 如今所剩仍众多，
>
> 恢复神智予庇护。
>
> 否则将无何所悔，
>
> 嘴巴大张空垂涎。

（印度命运呼唤印度，只要印度一刻不醒，他便竭力呼唤下去，最后却无果而终，印度命运沮丧失落。）

嘻！印度现今是怎么了？莫非天神对他如此愤懑，以至于他曾经傲立于世的时代再也无法重现？

> 印度膂力佑世界，
> 印度知识启世界。
> 印度荣耀遍世界，
> 印度威严慑世界。
> 他把眉毛稍紧皱，
> 众王畏惧瑟瑟抖。
> 他之胜利光明歌，
> 世人欢喜齐声唱。
> 印度光彩照世界，
> 印度生命育世界。
> 吠陀故事与历史，
> 印度智慧传统耀。
> 腓尼基人埃及人，
> 叙利亚人希腊人，
> 皆受印度之馈赠，
> 变身渊博大学者。
> 高贵头颅淌血液，
> 国王熠熠似火光。
> 此般勇武无人及，
> 长久屹立世界场。
> 何等过错你所犯，

天神愤怒如此般。

世间男女皆欢乐，

造物独让印度苦。

罗马你享大幸运，

蛮族得胜将你灭。

捣烂众多光荣柱，

拆毁城堡履誓言。

庙宇宫殿皆倾颓，

一切遗迹隐尘埃。

你之土地不留痕，

之于我心甚满意。

印度情状未曾见，

惨遭削发被践踏。

捣毁杜尔迦神庙，

彼众就地建其宅。

此皆印度之污点，

至今仍存数十万。

普拉亚格阿逾陀，

迦尸潦倒似穷人。

旃陀罗[1]般被憎恶，

灰头土脸苟于世。

帕尼帕特[2]旁遮普，

---

① 旃陀罗（चंडाल）属贱民群体，专事狱卒、屠宰、渔猎等职，受人歧视和压迫。

② 帕尼帕特（पानीपत）位于德里以北约 50 英里，是印度历史上的著名古战场。

仍立于世有荣光。

无耻至极基道尔[①]，

仍安居于印度内。

彼日你未履使命，

为何不遁大地中。

瓦拉纳西你为何，

玷污印度好名声。

抛弃一切痛苦逃，

而今居于幸福地。

圣地之王阿格拉，

抛弃尊严你幸免。

罪人名色拉朱[②]者，

今仍流经阿逾陀。

恒河叶木拿岂枯，

且以急浪尽奔流。

洗刷污秽聚集地，

顷没迦尸马图拉。

兴都库什卡瑙季，

鸯伽国与孟加拉，

为何不用湍急浪，

尽数将其吞噬光。

明早淹没印度地，

---

① 基道尔（चितौड़）位于今西印度拉贾斯坦邦，是中世纪时抗击穆斯林的重镇。

② 色拉朱（सरजू）是阿逾陀附近的一条河。

我心之痛得抹除。

海洋兄弟你骇人，

汇聚浪涛力至极。

淹没诸多山与林，

却将印度福祉忘。

兄弟何不掀激流，

速让印度沉水底。

喜马拉雅文底耶，

围之隐之水汇集。

冲刷印度耻与罪，

印度大地污点除。

唉！这里的人们曾世世代代闻名于世——

曾几何时所有人，

孔武有力持宝剑。

彼时所有世间者，

东奔西跑求救援。

掀翻世界怒气盛，

战胜寰宇行政事。

睹其雄威世人颤，

我之所爱今为奴。

黑天族用美妙音，

吟唱不死吠陀歌。

沃林达①之众男女，

---

① 沃林达（वृद）是黑天童年生活的地方，位于今印度北方邦马图拉一带。

聆听妙音皆陶醉。

耳闻彼之竹笛声，

世间众生享滋味。

彼之美德慰众人，

族出那罗陀① 丹森②。

彼之愤怒生光明，

地空两界均战栗。

彼之恫吓声恐怖，

闻之四方群山抖。

手握短刀作战时，

世界于彼如秸秆。

战场听罢彼军乐，

何人内心不畏惧。

宝石芒果与棉花，

皆于此地得盛产。

此处雪峰恒河水，

诗篇颂歌有光彩。

贾巴利③ 与贾米尼④

波颠阇利⑤ 与揭瞿⑥，

---

① 那罗陀（नारद）是印度神话中的重要仙人，乃神与人的中介，善诅咒。

② 丹森（तानसेन）是阿克巴大帝时期著名的宫廷乐师。

③ 贾巴利（जाबालि）是罗摩衍那中的一位智者，十车王的谋士。

④ 贾米尼（जैमिनि）是印度教六派哲学中弥漫差派的创始人。

⑤ 波颠阇利（पातंजलि）是古印度哲学家，相传为《瑜伽经》的作者。

⑥ 揭瞿（गर्ग）是古印度仙人。

复有苏迦提婆①仙，

皆乃印度怀中贤。

黑天牟尼毗耶娑，

印度歌耀印度颜。

苏多②敝衣③迦毗罗④，

释迦辛格修行者，

摩奴婆利古⑤等众，

生于印度世无恨。

因诗昂首立于世，

君王渴望政力法。

罗摩毗耶娑族嗣，

我之印度彼德形。

彼族血脉彼信仰，

彼欲彼心彼乐趣。

亿万圣贤功德魂，

亿万智者如太阳。

亿万学士妙诗人，

此地芸芸似烟尘。

印度今日之惨状，

无人思得破解法。

（尝试了很多办法试图把印度转过来扶起，但都无果而终）

---

① 苏迦提婆（सुकदेव）是古印度仙人，相传为毗耶娑之子。
② 苏多（सूत）是古印度宫廷歌手，集体名词，据说是史诗《摩诃婆罗多》的初创者。
③ 敝衣（दुर्वासा）是古印度仙人。
④ 迦毗罗（कपिल）是印度教六派哲学中数论派的创始人。
⑤ 婆利古（भृगु）是古印度仙人。

啊！印度被昏迷笼罩，毫无醒来的希望。诚然，谁能叫醒一个存心睡觉的人呢？神啊！瞧瞧你非比寻常的功行。昨天统治国家，今天却要靠赊账缝补鞋子。昨天骑着大象，而今却赤脚踩着尘土在林间游荡。昨天家中儿女的喧嚣声震耳欲聋，而今已无继承家业的子嗣。昨天家中满是粮食、钱财、子嗣、吉祥，而今你连个点灯人都没留下。啊！曾经的印度，毗耶娑、蚁垤、迦梨陀娑、波你尼、释迦辛格、波那等诗人的名字，至今仍响彻世界之巅，而今却是这副惨状！曾经印度的国王旃陀罗笈多、阿育王，其统治连罗马、俄罗斯都认可，而今却是这副惨状！曾经的印度有罗摩、坚战、那罗、赫里谢金德尔、兰提提婆、尸毗等圣行之人，而今却是这副惨状！喂，起来啊，印度兄弟！瞧，智慧的太阳已从西方升起而来。现在不是睡觉的时候。在英国统治下都不醒，要等到什么时候才醒？愚人的骇人统治的日子已经过去。现在的国王意识到了人权，有关知识的讨论四处传播，所有人都获得了谈论一切的权利。国内外的崭新知识和技术纷至沓来。而你却还保留着那些淳朴的话语、大麻丸、乡村音乐、童婚习俗、鬼魂崇拜、占星算命、苟且偷安、夸夸其谈等这些毁灭性的行为！唉，如今的印度还是这副惨状！难道现在只能把他推向火葬场了吗？印度兄弟！起来，看啊，现在痛苦已经无法再忍受。你到底要昏迷到什么时辰？起来，看啊，你的子民已经消亡。所有人分崩离析，正在忍受地狱之苦，即便这样，你都不愿醒来。唉，这光景我已不忍再看。亲爱的兄弟，快起来！（一边呼唤一边切脉）嗬，烧得这么厉害！无论如何也醒不来了。印度啊，你怎么落到这幅田地！啊，仁慈无涯的大神，看看这里吧！拉结斯瓦利女神啊，握住他的手吧！（哭着）这时候竟没有一个人施以援手。那我活着还能做什么？我的挚友印度已是此番光景，我又无法帮他获得自由，那我的生命里也有诅咒。既然我与印度的关系已如此之近，目睹他的处境还要活下去，那我岂非忘恩负义之人。（哭道）造物主啊，你非要这么做吗？（惊恐地）嘻！为何如此软弱？这时候了还这么惊慌失措。够了，冷静！（从腰间取出匕首）印度兄弟，我不再欠你的了。我既不能履行英雄的正法，那就用这种懦弱的方式来偿命吧。（抬起手）洞察一切的至上之主啊，愿我生生世世都能遇到印度这样的朋友，居住在恒河、叶木拿河畔。

（亲吻印度的脸颊，拥抱他）

兄弟，再会，我就此别过了。你为什么不挥挥手？我难道如此可恶，以至于陪伴一生此刻诀别，你都不想再见见我。我就是这么不幸，要这不幸的生命又有何用？拿去吧！

（用匕首刺入胸口，随即幕布落下）

旃陀罗笈多*（节选）

〔印〕杰耶辛格尔·伯勒萨德　著

冉斌　译

主要人物

旃陀罗笈多	孔雀帝国开国君主
阇那迦	孔雀帝国的开国军师，剧中又名毗湿奴笈多
辛赫仑	摩腊婆共和国国主之子
阿毗迦	犍陀罗国（都城为呾叉始罗）王子，后继任为国王
难陀	摩揭陀国皇帝
犍陀罗王	阿毗迦的父亲
罗刹斯	摩揭陀国大臣
婆罗流支	摩揭陀国大臣，剧中又名迦旃延
舍迦达尔	摩揭陀国大臣
伯尔沃德希瓦尔	旁遮普王（旁遮那陀国国王），希腊人称之为波罗斯，剧中人也称其为补卢族后裔

---

　　* 原载于〔印〕杰辛格尔·普拉萨德：《普拉萨德戏剧选》，冉斌译，中国大百科全书出版社 2020 年版，第 398—485 页。此处略有改动。

265

当德亚因	一苦修大师
孔雀将军	旃陀罗笈多的父亲
德瓦尔	摩腊婆国官吏
那迦达多	摩腊婆国官吏
耿穆克耶	摩腊婆国官吏
提婆巴罗	摩腊婆国官吏
亚历山大	马其顿国王，征服者，剧中又名提婆补德罗（神之子）
塞琉古	亚历山大大帝的将军，后建立塞琉古王朝
菲利普斯	亚历山大大帝的省督
艾尼萨克里提斯	亚历山大大帝的随从
塞巴提耶斯	希腊使者
麦加斯提尼	希腊使者
阿勒嘉	犍陀罗国公主
苏瓦西妮	摩揭陀国大臣舍迦达尔之女
格尔亚妮	摩揭陀国公主
丽拉	格尔亚妮的女伴
妮拉	格尔亚妮的女伴
摩罗维迦	信德国公主，犍陀罗国公主阿勒嘉的女伴
孔雀夫人	旃陀罗笈多之母
嘉尔内丽娅	塞琉古之女
爱丽斯	嘉尔内丽娅的女伴

第一幕

第一场

（呾叉始罗城学馆，阇那迦和辛赫仑）

阇那迦 师弟，师父已命我返乡过家居生活[1]，只是因为要给你们讲授政事论这门课我才留了下来。我家境贫寒，只能通过给今年要结业的师弟们授课的方式来交谢师费。

辛赫仑 与为政之道相比，摩腊婆人更需要用兵之道，所以这门课我学得不好，请师兄见谅。

阇那迦 好吧，回到摩腊婆后你将做什么？

辛赫仑 我暂时不回摩腊婆，我受命观察呾叉始罗的政局。

阇那迦 很高兴你在这里会学有所成。你知道希腊使者为何来这里了吗？

辛赫仑 我正在想办法结识他。书写雅利安大地未来的笔墨——一场阴谋——就要呈上来了，可北印度诸国却在相互仇恨中耗尽了元气。可怕的乱局很快就会到来。

（阿毗迦和阿勒嘉突至）

阿毗迦 什么样的乱局？年轻人，你是谁？

辛赫仑 一个摩腊婆人。

阿毗迦 不，你有必要说得具体一些。

---

① 根据印度教传统，人的一生分为四个阶段，即梵行期、家居期、林居期和遁世期。大致可以理解为：前两个阶段为求学和成家立业的时期，后两个阶段是离开家庭和社会追求解脱的时期。这里讲的是师父叫弟子结束学业回去成家立业。

辛赫仑　我是呾叉始罗学馆的一个学生。

阿毗迦　看得出来，你也是一个桀骜不驯的人。

辛赫仑　王子，绝非如此！不卑不亢才是摩腊婆人世代相传的性格，而且我也为自己在呾叉始罗接受教育感到骄傲。

阿毗迦　可是，你刚才不是在说什么乱局吗？阇那迦，这里边是不是也有你的一份功劳？

（阇那迦不语）

阿毗迦　（怒）婆罗门，你说话呀！生活在我的国家，吃着我的粮食，竟然还制造阴谋反对我！

阇那迦　王子啊，婆罗门不生活在任何一个国家里，也不靠任何人的粮食养活。他们四海为家，永生不灭。你太骄矜了。婆罗门尽管无所不能，但他们心甘情愿摒弃一切虚妄的骄矜，奉献自己的知识，为整个世界谋福利。

阿毗迦　这种幻想的伟大和高尚是你们的错觉，它遮掩不住你们的卑劣行径。

阇那迦　多疑的刹帝利啊，那你又将如何？正因为这种不信任，野蛮的外族人在扩张帝国的版图，而雅利安民族却站在悬崖边等待着最后一推。

阿毗迦　而你在向自己的学生传授如何在这最后一推中施展阴谋，是吧？

辛赫仑　学生和阴谋！这怎么可能呢？只有当权者才有机会施展阴谋。他们的私欲比海深，比山高。为了跟希腊人修好，他们主动把瓦尔希格……

阿毗迦　好了，好了，倔强的年轻人！说，你想干什么？

辛赫仑　我不想干什么。

阿毗迦　不行，你必须说。这是命令！

辛赫仑　在学馆里，只有师尊的命令才会得到遵从。王子啊，其他人的命令只能当耳旁风听听了！

阿勒嘉　兄长啊，他的心像无拘无束的山泉一样纯净，他的心里奔涌着澎湃的激情。这样的人抗命不遵也不奇怪。别跟他计较了吧。

阿毗迦　闭嘴，阿勒嘉！这可不是可以随便放过的事情，其中必定有什么秘密。

（阇那迦笑而不语）

辛赫仑　是的，是的，有秘密！这个秘密就是：收了希腊侵略者大把黄金，有人心里乐开了花，他趁着雅利安民族酣然入睡的时候把雅利安大地的北大门悄悄打开了。王子，也许犍陀罗国王正是为了揭开这个秘密去了趟瓦尔希格吧？

阿毗迦　（顿足）是可忍，孰不可忍！年轻人，束手就擒吧！

辛赫仑　绝不可能！摩腊婆人绝不可能束手就擒。

（阿毗迦拔剑。这时，旃陀罗笈多赶到）

旃陀罗笈多　说得对！每一个无罪的雅利安人都是自由的，谁也不能把他囚禁。王子，这是怎么回事？剑鞘里没地方放剑了？

辛赫仑　（讥讽）他的剑鞘里已经塞满了黄金。

阿毗迦　这么说你们几个都与阴谋有染？这个摩腊婆人必须尝到羞辱我的苦果——他必须死。

旃陀罗笈多　为什么？就因为他是一个在你的王国里接受教育的孤独无助的学生，而你是一个王子？

（阿毗迦将剑刺向辛赫仑，旃陀罗笈多拔剑磕开。阿毗迦的剑脱手，他无助地等着旃陀罗笈多发动攻击，阿勒嘉以身护兄）

辛赫仑　大英雄旃陀罗笈多，点到为止吧。走吧，王子。这里没有
　　什么阴谋。你倒是要保护好自己，不要让自己的阴谋给害了。

阇那迦　公主，我是学馆的总管。王子被怒火冲昏了头脑。听我的
　　话，把他带走吧。学馆里武器是用来修习武功的，不是用来打
　　斗的。记住，切莫让这场纠纷的消息传到国王的耳朵里。

阿勒嘉　谨遵吩咐！走吧，兄长。

　　（阿毗迦气鼓鼓地跟阿勒嘉离去）

阇那迦　（对旃陀罗笈多说）今天的事非同小可，再说你也完成了学
　　业，赶紧离开咀叉始罗吧。辛赫仑，你也赶紧离开吧。

旃陀罗笈多　师尊，我是摩揭陀人，他是摩腊婆人。学馆也考一考
　　我们的武功就好了。

阇那迦　我是这么教你们的吗？学馆可不是小孩子意气用事的地
　　方。时候一到，你们不想动武也得动武。但是，无谓的流血有
　　违为人处世之道。

旃陀罗笈多　师尊，我认为，全天下都行得通的为人处世之道是：
　　宁舍生命，不丢自尊。辛赫仑是我的密友，他的尊严就是我的
　　尊严。

阇那迦　我要看看，未来你们在维护尊严的考验中能走多远！

辛赫仑　有您的祝福，我们一定会成功的。

阇那迦　你要维护一个摩腊婆人的尊严，他要维护一个摩揭陀人
　　的尊严，你们的尊严仅止于此，是吗？但是，这是无法维护尊
　　严的。只有当你们忘掉自己是摩腊婆人或摩揭陀人的时候，
　　只有当你们把整个雅利安大地的名字提起的时候，你们才会
　　得到尊严。难道你们没有看到，在接下来的日子里，雅利安大
　　地上所有的自由国家都将一个接一个地遭到外国征服者的践

踏？阿毗迦今天遭受的嘲讽已经像骨刺一样扎进这位未来的
犍陀罗国国王心里。因为与旁遮那陀国国王伯尔沃德希瓦尔
为敌，这位心胸狭窄的阿毗迦将迎来希腊人，雅利安大地将遭
受灭顶之灾。

旃陀罗笈多　师尊，请相信我，这一切都不会发生。我旃陀罗笈多
向您的双足发誓：希腊人不会得逞。

阇那迦　愿你的誓言坚若磐石！不过，为了实现誓言，你还是先回
摩揭陀国筹集好兵马、粮草吧。在这里耗费时日没有意义。我
先去见旁遮那陀国国王，然后再去摩揭陀国。辛赫仑，你也要
多加小心！

辛赫仑　尊者，您的祝福就是我的护身符。

（旃陀罗笈多和阇那迦离去）

辛赫仑　一团炽烈的火球即将在雅利安大地上点燃熊熊战火。战
争女神将手持彩虹般的胜利花环在黑压压的阴云中漫步，勇
士的心将像孔雀开屏一样翩翩起舞。那么，来吧，女神！欢迎
你的到来！

（阿勒嘉上）

阿勒嘉　摩腊婆勇士，你还没有离开咀叉始罗？

辛赫仑　怎么，公主？难道咀叉始罗不欢迎我？

阿勒嘉　不，我是担心你的安危。我兄长并非无缘无故与你过不
去。每个人都会在自己的道路上走下去。你刚才白费功夫了，
不是吗？我看出来了，人们通常都喜欢把别人拉到自己的道
路上来，为此不惜停下自己的脚步。

辛赫仑　可是，公主啊，人生在世，纵使尝试着不同的道路，纵使时
走时停，总归是应该利乐他人的。这很艰难，但不会一无所获。

阿勒嘉　但是,人也应该顾及自己的生命和幸福吧。

辛赫仑　何时会遇上魔鬼般凶恶、野兽般凶残、心如铁石、丧尽天良的人,殊难知晓。过去的乐,何必去想它? 未来的忧,何必去恐惧? 我只需处理好眼前的局面,有什么好担心的?

阿勒嘉　摩腊婆人,你的生命对你的国家来说是无价之宝,而它在这里却处于危险之中。

辛赫仑　公主啊,多谢您的关心。但是,我的国家不只是摩腊婆,也包括犍陀罗。不,不,应该是整个雅利安大地,所以我……

阿勒嘉　(吃惊地)你说什么?

辛赫仑　犍陀罗是雅利安大地的一部分,所以我把它的沉沦视为自己的耻辱。

阿勒嘉　唉,我也感受到了这份耻辱。但是,一国有如此勇武的青年人,它是不可能沉沦的。摩腊婆勇士,你的胸中有不屈的意志,你的臂膀里有保卫雅利安大地的无穷力量,你必须安然无恙。我也是雅利安大地的女儿——我请求你赶紧离开犍陀罗。我会尽全力阻止阿毗迦堕落下去,但是,如果他不听我的话,到时候还需要你的帮助。走吧,勇士!

辛赫仑　好吧,公主。我怎能拒绝你如此关切的请求呢? 我马上就走! 但是,要想尽一切办法阻止希腊军队渡过印度河的洪流……

阿勒嘉　我会尽力的,勇士! 你叫什么名字?

辛赫仑　摩腊婆国国王之子辛赫仑。

阿勒嘉　好吧,后会有期!

　　(二人对视,退场)

第二场

（摩揭陀国御苑，一群寻欢作乐的年轻男女。国王难陀上）

难陀 今午的迎春日又到了。

男子 大王万岁！古苏姆布尔①市民遵照您的旨意在这里举行游园会。

难陀 可是，没有美酒助兴，游园会怎么乐得起来呢？（对一女子说）瞧，瞧，你多漂亮呀！可是，你的青春，你的美丽，都锁在矜持的铁链里！你的眼睛也不脉脉含情！这叫人怎么乐得起来？

女子 大王，我们是受邀而来的客人，准备美酒应该是主人的事呀。

难陀 责怪得好，责怪得好！（对随从说）蠢货！还没听明白？与威力无比的梵天杀器相比，我更害怕美女们的冷嘲热讽，你不知道吗？去拿酒，快去拿酒！摩揭陀的男人归我管，可是，摩揭陀的女人却是我的主子。姑娘，告诉大家——臣民难陀有罪，请古苏姆布尔美艳如花的姑娘们宽恕，今天他仅仅是对你们心怀感激之情的奴仆。

（仆役们向御苑各园送酒罐和酒杯。罗刹斯和苏瓦西妮上，后面跟着几个市民）

罗刹斯 苏瓦西妮，再来一杯。走，到那片林子里去吧。

苏瓦西妮 不，我路都走不稳了。

罗刹斯 那怎么才能摆脱这些人呢？

苏瓦西妮 我有一个心愿。

市民甲 什么心愿，苏瓦西妮？我们都是你的奴仆，只是想听你一展歌喉。

———————————

① 巴特那的古称，又名华氏城、波吒厘子城。

苏瓦西妮　好吧,那得有人表演剧情。

众　人　(高兴地)艳压群芳的苏瓦西妮万岁!

苏瓦西妮　不过,罗刹斯必须表演云发①这个角色。

市民甲　这么说,你是天乘咯。罗刹斯,别推辞了,要不然你真就
　　成了罗刹鬼了。上吧,罗刹斯!

市民乙　蠢货,叫他罗刹斯尊者!真无知,竟然不懂怎么称呼如此
　　博学多才的大师。罗刹斯尊者,有劳您把市民们的这个请求答
　　应下来吧!

　　(罗刹斯找好位置,做了几个哑剧动作和表情,然后苏瓦西妮深情地
　　唱道——)

　　　　　你为何总是把自己,

　　　　　掩藏在流光溢彩之中?

　　　　　你低眉颔首,却又如此骄矜,

　　　　　青春的雨云降下醉人的甘霖。

　　　　　喂,羞涩的青春之美,

　　　　　你为何总是不言不语?

　　　　　在你甜甜的双唇间,

　　　　　只是汩汩流淌着你的浅笑。

　　　　　白昼已逝,晚风吹拂,夜来香已开,

　　　　　穿上你华美的衣服出来吧,

　　　　　为何这样躲躲藏藏?

　　(一片叫好声)

_____

　　①　云发和天乘是大史诗《摩诃婆罗多》里的人物,分别是木星大仙的儿子和金星大
仙的女儿。前者是后者父亲的弟子,后者爱上了前者,但前者拒绝了后者的爱。

274

难陀　把那姑娘叫过来。

（苏瓦西妮来到难陀近旁，施礼）

难陀　你的表演不像表演。

某市民　而像发生在眼前的真事。

难陀　说得对，你很在行。

苏瓦西妮　大王，那就请您下旨降罪于我吧。

难陀　好，罚你跟我喝一杯。

苏瓦西妮　大王，先弥补一个疏失吧。

难陀　什么疏失？

苏瓦西妮　罗刹斯尊者还没有表演歌舞呢。

难陀　罗刹斯！

某市民　大王，就是他！

（罗刹斯上前施礼）

难陀　迎春日女王发话了，你必须献上一曲。

罗刹斯　那就用一杯酒做报酬吧。

（苏瓦西妮斟了一杯酒递给罗刹斯）

（苏瓦西妮开始哑剧表演，罗刹斯在苏瓦西妮前面边唱边演）

叹息啊，不要出声，

不然你会感受到讥笑的寒冷；

你要像秋云中的闪电，

怯怯地把心中苦楚表现。

淅淅沥沥爱的雨珠，

甜蜜中带着几分痛苦，

行路人，且走稳，

终点并不遥远，何须匆匆急行？

美好的夜晚令相思人泪满眶，

群星静静地目睹着相思人的愁苦，

它们不敢发出叹息，

只怕惹得相思人的泪水夺眶而出。

叹息啊，不要出声，

你会像杜鹃鸟的叫声一样令人心惊。

心就在你经过的路旁，

当心你的脚步声将它惊扰，

当心你的影子将它烫伤。

不要狠心将柔嫩的心摇晃，

不要将它折磨，不要将它惊醒，

它在回忆，它在梦乡。

数人　已故大臣瓦揭罗纳斯家族万福！

难陀　什么？瓦揭罗纳斯？

某市民　是的，大王。罗刹斯尊者就是他的侄子。

难陀　罗刹斯，我今天就任命你为大臣！你真是古苏姆布尔之宝啊。

　　（难陀授罗刹斯花环和短剑）

众人　大王万岁！罗刹斯大臣万福！

难陀　还有，苏瓦西妮，你就担任宫廷剧团的头号女官吧！

　　（众人欢欢喜喜退去）

第三场

　　（华氏城中一间残破草房，阇那迦上）

阇那迦　虽说只是间草房，但父亲大人当年把我揽在怀里的时候，它就是他的快乐王宫啊！他是婆罗门，真知和真理的甘露就

276

能让他心满意足，可是，连他也不在这里了！谁也不知道他去了何处，也没人认得出我来。这是摩揭陀国，谁会关心百姓的死活？我那又穷又老的婆罗门父亲也许在哪里吃苦头吧。或者，他也许已经不在人世了！

（一邻居上）

邻居 （打量了一下阇那迦）你是谁？盯着这些房子看了这么久，想干什么？

阇那迦 这间房子连牲口棚都不如，里面又没有金银财宝，还怕遭抢？

邻居 年轻人，你是不是在找谁呀？

阇那迦 是的，我找住在这间草房里的老婆罗门阇纳杰。能告诉我他最近在哪里吗？

邻居 （想了想）唉，好些年前国王就下旨把他赶出了国境。（笑）那婆罗门也真够倔的。他到处讲难陀国王是个暴君。为啥呢？为了一个名叫夏格达尔的大臣。他听说夏格达尔被国王关起来杀了。那婆罗门在城里鼓动大家反对国王的暴行。他跟大家说："摩哈伯德马的私生子难陀是个刽子手，他的暴政正在把摩揭陀变成地狱。市民们，警醒吧！"

阇那迦 哦，然后呢？

邻居 然后他就被抓起来了。啥时候抓的呢？有一天，难陀国王出宫打猎，那婆罗门就带着市民在大道上高呼反对国王的口号。难陀劝婆罗门别跟他作对，还跟他说，你的朋友夏格达尔只是被关起来了，没杀。可是，那婆罗门特别倔，怎么说他都不信。难陀也火了，把他的田产房屋等等统统都给了佛寺，还把他赶出了摩揭陀国。这就是他的草房。（说完就走）

阇那迦　等等,别走,我还有一事相问。

邻居　还想问啥?我就这么告诉你吧:难陀恨死婆罗门了,他已经皈依了佛教。

阇那迦　让他皈依好了。我想问的是,夏格达尔的家在哪儿?

邻居　真是个怪人,为这么点事还把我叫回来!国王一怒,一把火把他家给烧了。(说完又要走)

阇那迦　天哪!请行行好,再告诉我一件事——夏格达尔的女儿苏瓦西妮在哪儿?

邻居　(大笑)年轻人!她进了佛寺,可是在那儿也待不下去。刚开始到处卖艺为生,现在在哪儿,我也不知道。(离去)

阇那迦　父亲下落不明,草房没了,苏瓦西妮沦落为舞女——也许是为了填饱肚子。一下子两个家庭就这么毁了,而古苏姆布尔城却在一派歌舞升平的景象中昏昏欲睡!难道人们交皇粮纳国税就是为了换得这样的"庇荫"吗?摩揭陀!摩揭陀!你竟如此暴虐!不可忍受!你给我听好了!我要把你掀个底朝天!要么让你获得新生,要么把你毁灭!(稍顿)不,不,还是找难陀要回我的土地、我的生计吧。我不以研习经典为业了,我要当个农夫,国家兴亡与我何干?我这就去。(看了看草房)这根木柱还竖立在这里,童年时我曾绕着它转过无数圈,木柱上留下了一层我纯真甜蜜的欢笑!温馨的童年记忆啊,远去吧!(扳倒木柱,离去)

第四场

(古苏姆布尔的萨罗斯伐底神庙,园林中的路上)

罗刹斯　苏瓦西妮!别固执。

苏瓦西妮　不，那个婆罗门不受到惩罚我苏瓦西妮没法活下去，你必须让他吃点苦头。我礼敬了佛塔之后正要往这边来，他就挖苦我。罗刹斯，那人特别冷酷无情！他说："娼妓也需要信仰一种宗教嘛。得，好得很！适合加入这种宗教的失足女堕落男还真不少！"

罗刹斯　这是他的不对。

苏瓦西妮　做了错事就应该受罚吧，要不然你在我眼里也会是个跟他一样冷酷无情的婆罗门。

罗刹斯　我是不是那样的人，以后你会了解的。苏瓦西妮，我内心里是支持佛教的，不过仅限于它对世界的看法——一切皆苦。

苏瓦西妮　往下说啊。

罗刹斯　我赞成这样的观点：人生苦短，每一刻都要快快乐乐地度过。你知道，我没有结婚成家，但出家为僧我也做不到。

苏瓦西妮　那么，从今往后，你愿意为了我在朝堂上支持佛教吗？

罗刹斯　我愿意。

苏瓦西妮　那好，我是你的人了。我相信德行有亏的人可以通过行善得到净化。佛教会接纳他，佛教给所有的人提供庇护。我俩做在家信徒，我们会幸福的。

罗刹斯　请不要在我眼前描绘如此美妙的梦境。

苏瓦西妮　不，亲爱的！我是你的仆人。我在难陀的眼里无足轻重，我不想做他寻欢作乐的工具。（离去）

罗刹斯　一张幕布正在升起还是正在落下？我不明白。（闭眼）苏瓦西妮！古苏姆布尔的天堂之花我来摘取？不，这会激怒大王的。可是，人生如梦幻泡影，我的学识和我的精深思想全都了无意义。苏瓦西妮是甘露，她能慰藉我心中的饥渴。若能得到她，死一百遍又何妨！

（幕后传来"路上行人，速速回避"之声）

罗刹斯　有王室的轿辇过来了？那我走吧。（离去）

（格尔亚妮公主坐着轿子带着侍卫上场）

格尔亚妮　（边下轿边对丽拉说）叫他们把轿子抬到园林外面去，叫侍卫也到外面待着。

（丽拉吩咐众人出园）

格尔亚妮　（看了看）萨罗斯伐底神庙今天是不是有什么法会啊？妮拉，你去看看。

（妮拉去看）

丽拉　公主，走，在那块白石头上坐坐吧。那儿有无忧树的树荫，特别凉爽宜人。虽说午后的阳光柔和了些，但还是少晒为妙。

格尔亚妮　走吧。

（二人走过去坐下，妮拉返回）

妮拉　公主，从呾叉始罗学成回国的毕业生今天来拜萨罗斯伐底女神。

格尔亚妮　都回来了吗？

妮拉　这我倒不知道。

格尔亚妮　好吧，你也坐下。瞧，多么漂亮的风筝果苗啊！御花园里的花木也没有长得这么葱郁，好像它们也畏惧王威似的。真的，妮拉！我看出来了，谁也不喜欢大王，尽管大家都怕他。

妮拉　公主，他把我当女儿一样爱，但我还是害怕他。

格尔亚妮　我感到很难过。我知道，全体臣民都深受其害，都怕他。他因为暴虐的统治恶名昭著。

妮拉　可是有什么办法呢？瞧，公主，有两个人过来了。走，我们躲一躲吧。

（三人躲到树后，二毕业生上）

青男甲 特尔姆巴梨达，摩揭陀国已经变得不可理喻了。百姓的权利落入暴虐的官员之手，达官贵人骄奢淫逸。你没有去西北诸国去游学，我刚从那里回来。在那些共和制的国家里，全体人民像野生的灌木一样自由自在地开花结果，而不可理喻的摩揭陀却在这里沉溺在帝国的迷梦中。

青男乙 你说得太对了。摩哈伯德摩的私生子难陀仰仗武力和权术骑在善良的百姓头上作威作福。他目无纲常，凶残暴虐，一会儿站在佛教徒一边，一会儿又摇身一变成了婆罗门教徒，在两教间不断玩弄离间分化之术，图的就是巩固权力。不明就里的老百姓被他玩得团团转。你周游列国，见多识广，请到寒舍一坐，向我的家人讲讲你的见闻吧。

青男甲 走吧。

（二人离去，格尔亚妮等三人出来）

格尔亚妮 听了他们的话，我的心都要停止跳动了。父王竟如此不得人心！百姓竟如此痛恨他！

幕后 逃命啊！逃命啊！大王的猎豹逃出笼子啦。逃命啊，逃命啊！

（三人吓得赶紧躲到树后。猎豹跑了过来，远处射来的一支箭穿透了猎豹的脑袋。旃陀罗笈多带着弓上场）

旃陀罗笈多 谁？好像有女人的哭声！（循声看去）啊，是三位姑娘！姑娘们，这畜生没伤着你们吧？

丽拉 英雄啊，你救了公主的命，一定会得到奖赏！

旃陀罗笈多 谁？莫非是格尔亚妮公主殿下？

丽拉 可不就是她吗？只是被吓得花容失色了。

旃陀罗笈多　公主,孔雀将军之子旃陀罗笈多有礼了。

格尔亚妮　(镇定下来,害羞地)免礼。旃陀罗笈多,谢谢你。你也学
　　成回国了?

旃陀罗笈多　是的,公主。在呾叉始罗待了五年,这里的人我都有
　　些认不出来了。离开时还是些少男少女,现在都长大成人了。
　　好几个童年伙伴我都认不出来了。

格尔亚妮　可是我当时就希望,你不要把我忘了。

旃陀罗笈多　公主,您的仆人在您最需要的时候赶来了。走,我送
　　您到轿子那边去。

　　(众下)

第五场

　　(摩揭陀王宫大殿,难陀的御前会议上,罗刹斯和众大臣)

难陀　好,怎么样?

罗刹斯　使者已经返回。他说,旁遮那陀国王拒绝联姻。

难陀　理由呢?

罗刹斯　他说您是东方国家的佛教徒国王,而且是首陀罗,所以他
　　不能跟您的女儿结婚。

难陀　他也太骄傲了!

罗刹斯　这不只是骄傲,而且是宗教上的傲慢,是对您的嘲讽。我
　　要让他尝到苦果。任何一个羞辱摩揭陀这样强大的国家的人
　　都不会得到轻饶。婆罗门的这个……

　　(侍卫上)

侍卫　大王万岁!摩揭陀派往呾叉始罗的学生学成归来,前来求
　　见大王。

难陀 宣他们上殿。

（侍卫下，旃陀罗笈多与众毕业生上）

众毕业生 大王万岁！

难陀 欢迎欢迎！婆罗流支大臣，考考他们。

婆罗流支 陛下，我本人跟他们是在同一家学馆通过考试毕业的，再考他们是对众师尊的侮辱。

难陀 可是，怎么判明国库的钱是白花在他们身上了还是花得值？

罗刹斯 人们修习佛法就够了！而且这在摩揭陀就能做到。

（阇那迦突然闯入，侍卫急匆匆地跟在后面阻止）

阇那迦 但是，佛法的教导对整个社会来说并不完备，即便它对生活在僧团里的人们来说是适宜的。

难陀 乱插嘴的人，你是谁？

阇那迦 从呾叉始罗学成归来的一介婆罗门。

难陀 婆罗门！婆罗门！到处都能看到你们扇阴风、点鬼火！

阇那迦 不，大王！哪里还有火？只剩灰烬下面的几点火星了！

罗刹斯 可你的火力还是未减丝毫啊！

阇那迦 那是当然！哪一天婆罗门的火力不行了，雅利安民族也就要灭亡了。要是大人您有消灭婆罗门的想法，那么，为了生养您的这片土地，请您把这样的想法抛弃，因为只有婆罗门才会把国家的吉祥和安宁记挂在心。害怕杀生的高僧大德将会被证明没有能力在即将到来的血雨腥风中保卫雅利安大地。

难陀 婆罗门！要是你不知道怎么说话，就学学怎么闭上嘴巴吧。

阇那迦 大王，为了学会怎么说话，我曾远赴呾叉始罗。就在那所学馆里，我还当上了老师，给摩揭陀增添了荣耀。所以，说我是笨蛋，我的心不可能答应。

难陀　闭上你的嘴巴吧。

阇那迦　大王，再说一件事我就闭嘴！

罗刹斯　什么事？

阇那迦　希腊大军已经抵达尼沙陀山脉，犍陀罗国王也投靠了它，可能整个雅利安大地都要遭到它的蹂躏。西北部小国林立，它们无力抵挡波斯–希腊联军。只有伯尔沃德希瓦尔奋起抗击，所以，摩揭陀应当助其一臂之力。

（格尔亚妮上）

格尔亚妮　父王，我倒要看看伯尔沃德希瓦尔有多高傲。身为首陀罗女子，我要让那个刹帝利瞧瞧，格尔亚妮公主不比任何一个刹帝利女子逊色。请您向大将军下旨，摩揭陀军队必须参加即将来临的犍陀罗之战，而且军队要由本公主指挥。本公主要去增援吃了败仗的伯尔沃德希瓦尔，让他在本公主面前低下高傲的头颅。

（难陀笑）

罗刹斯　公主，军国大事还是交给我们这些人吧，不可一世的伯尔沃德希瓦尔会为自己的傲慢付出代价的。婆罗门阇那迦！帝国方略可不是参加参加考试就能弄明白的。

阇那迦　信奉佛教的大臣啊，你说得对。但是，希腊入侵者可不会把我们区分为佛教徒和婆罗门。

难陀　夸夸其谈的婆罗门！你赶快走吧，否则我就叫侍卫把你推出去。

阇那迦　大王啊，我知道，失去理智的人听不进真话，所以我没有乞求你归还我家被剥夺的财产——那可是我们作为婆罗门份内的财产啊！为什么？因为我知道，我是婆罗门，不可能要回来了。可是，当国家……

罗刹斯 住口！原来你是阇纳杰的儿子，跟你爹一样冥顽不化！

难陀 那个欺君犯上的婆罗门的儿子？赶快给我轰出去！

（侍卫上前赶阇那迦，旃陀罗笈多站出来阻止）

旃陀罗笈多 大王，我恳请您不要让师尊遭受羞辱。我也刚从西北回来。阇那迦尊者讲的都是于国有利的话，请认真考虑他的看法。

难陀 你是谁？孔雀将军之子旃陀罗笈多！

旃陀罗笈多 是的，大王。我被派往呾叉始罗修习的正是兵法。我亲眼所见犍陀罗的危局，师尊的看法我完全赞同。已经降临的战祸不会止步于旁遮那陀国。

难陀 不谙世事的年轻人，所以我就该去帮那个羞辱了我的伯尔沃德希瓦尔，是吗？不可能！你该学学君臣之礼了，不要对本王的旨意横加阻挠。侍卫，把这个婆罗门赶出去！一看他就是个心怀叵测的家伙。

旃陀罗笈多 大王，您这样做会铸下大错，您会把那些对摩揭陀心怀善意的人都变成敌人。

公主 父王，您发发慈悲，姑且信旃陀罗笈多一回吧。

难陀 闭嘴！我不会饶恕这种目中无人的家伙。听着，旃陀罗笈多！如果你也想跟这个婆罗门走，尽管走好了，从此以后永远不要在摩揭陀露面。

（侍卫将二人往外赶，阇那迦停下来说）

阇那迦 当心啊，难陀！你的宗教信仰蒙上了你的双眼，你的统治将在摩揭陀掀起狂风，难陀王朝将在这场狂风中被连根拔起。命运女神已经蹙起了额头、皱起了眉，把首陀罗从王位上赶下来、让真正的刹帝利坐上王位的时候已经到来了。

难陀　你自恃婆罗门不可杀害,所以就口出狂言吓唬我!侍卫,拽着他的辫子^①把他赶出去!

（侍卫拽住阇那迦的辫子往外拉,阇那迦斩钉截铁地说）

阇那迦　拽吧,拽婆罗门的辫子吧!首陀罗豢养的鹰犬,拽吧!但是,这条辫子是吞没难陀王族的黑蛇。难陀王族一天不灭,这条辫子就不再扎起来。

难陀　把他给我囚禁起来!

（阇那迦被押往牢房）

第六场

（印度河岸边,阿勒嘉和摩罗维迦）

摩罗维迦　公主!我发现了一个情况,就赶来告诉你。他们在乌德庞达边的印度河上架桥,太子亲自监工。我画了一张地图,还没有完全画好,但大致可以看明白这座桥的情况了。

阿勒嘉　摩罗维迦!一想起这些事都是我父王在一手操办,我就感到特别难过。让我看看你画的地图吧!

（摩罗维迦把地图递给阿勒嘉,阿勒嘉看起来。一个希腊士兵赶来,他想从阿勒嘉手里夺走地图）

阿勒嘉　离远点,强盗!（把地图藏入怀中）

希腊武士　她是密探,我能认出她来。可是姑娘,你是谁?你为什么要帮她?你最好把地图交给我。拿到这个证据,我就把她抓起来送到大王那里去。

---

①　传统上男性印度教徒须在头顶或后脑勺留一小发辫。现在遵循这一习俗的多为婆罗门。

阿勒嘉　不可能！你先说说，你有什么权力在这里抓人？

希腊武士　我？我是伟大的征服者亚历山大大帝的部下，我是咀叉始罗友谊的见证人。我的这项权力是犍陀罗国王赋予的。

阿勒嘉　希腊人，犍陀罗国王从来没有赋予你粗暴对待雅利安女子的权力吧。

希腊武士　没办法，我只好动粗了，我必须拿到地图。

阿勒嘉　你绝对办不到！

希腊武士　难道这张地图不是这个女人在乌德庞达画的那张地图吗？

阿勒嘉　但不能给你。要是你不马上走开，我就叫治安官来了。

希腊武士　好啊，你这是帮我的忙啊。看到我的这个戒指，他们就会帮我的。

阿勒嘉　（看了一眼希腊武士的戒指，难过）唉！

希腊武士　（笑）现在脑子上正道了吧。拿出来，把地图给我。

　　（阿勒嘉无助地四处张望，辛赫仑上）

辛赫仑　（吃惊地）谁？公主！还有这个希腊人！

阿勒嘉　英雄！这个希腊人不明白男女授受不亲的礼俗，快把他劝走吧。

辛赫仑　希腊人，难道你们国家的文明没有教导你们尊重妇女？你们真的是野蛮人？

希腊武士　正是我们的文明阻止了我，否则我只需像从一个男人手里夺走东西一样从她手里夺走地图。

辛赫仑　希腊人，你胆子不小啊！在别人的国家这样胆大妄为，你就不怕招来杀身之祸？

希腊武士　正是因为有求死之心，我才从大老远的地方来到这里。

辛赫仑　公主！把地图给我您就没事了，后面的事我来应对。

阿勒嘉　（把地图交给辛赫仑）本来就是为你准备的。

辛赫仑　（看着地图）对，我也是因为这个才留下来的。（对希腊武士说）喂，你说，你想怎么办？

希腊武士　（拔剑）要么把地图给我，要么把命给我。

辛赫仑　让剑来选择地图的主人吧。来吧！（拔剑）

　　　　（二人拼杀，辛赫仑受伤。但是，在辛赫仑的凶猛反击下，希腊武士逃之夭夭）

阿勒嘉　英雄！虽然你需要休息，但情势太凶险了。那希腊武士一定是去搬救兵去了。我父王已经完全投靠了希腊人。

辛赫仑　（面带微笑，擦拭着血）公主，我的任务完成了。我已经备好了船，我走了。但是，大难即将来临。难道犍陀罗国王无论如何也不肯回心转意吗？

阿勒嘉　绝对不会，他跟伯尔沃德希瓦尔是死对头。

辛赫仑　好吧，看看将来会发生什么吧。瞧，我的船来了，就此向您道别吧。

　　　　（印度河里划过来一条船，负伤的辛赫仑坐上船，辛赫仑和阿勒嘉对视）

阿勒嘉　让摩罗维迦跟你一起去吧。你负伤了，行动不便。

辛赫仑　恭敬不如从命。我们很快就会再见面的。我的生命属于这片生养我们的土地。连您这样的姑娘们都在为她服务，我怎能落在后面呢？好吧，再会！

　　　　（摩罗维迦坐上船；阿勒嘉依依不舍地看着辛赫仑说再见；船离去）

　　　　（希腊武士带着四个犍陀罗国士兵上）

希腊武士　我的猎物溜走了！全都是这个女人的阴谋诡计，把她抓起来。

（一犍陀罗兵看了看阿勒嘉，低头）

希腊武士　把她抓起来呀！

犍陀罗兵　我不能抓她。

希腊武士　为什么？犍陀罗国王是怎么给你们下命令的？

犍陀罗兵　他说，您叫抓谁，我们就把谁抓起来送到大王那里去。

希腊武士　那你们还拖着干什么？

（阿勒嘉示意犍陀罗士兵别讲出实情）

犍陀罗兵　我们愿意。

希腊武士　你违抗王命。

犍陀罗兵　绝对不敢，但这事我们做不了。

希腊武士　你们给我听着，你们一定会因为这次违抗命令受到惩
　　　罚的！我自己来抓她吧。

（希腊武士向阿勒嘉走过去，众犍陀罗兵拔剑）

希腊武士　（停下）这又是为何？

犍陀罗兵　害怕了，是吧？胆小鬼！你真厉害，就会对女人耍威
　　　风，碰上小伙子就知道逃跑！

希腊武士　怎么，你们自己不抓，也不让我抓？

犍陀罗兵　要是你不怕死，就往前走吧。

阿勒嘉　（对犍陀罗士兵说）算了，现在不是闹纠纷的时候。（对希腊武士
　　　说）说吧，你想怎样？

希腊武士　我想逮捕你。

阿勒嘉　带我去哪里？

希腊武士　去犍陀罗国王那里。

阿勒嘉　我自己去。走吧。

（阿勒嘉走在前面，后面跟着希腊武士和犍陀罗兵卒）

第七场

（摩揭陀国的一处牢房）

阇那迦　连空气都凝固了,更别提身体了! 但是,内心为何思绪
万千? 一旦有机会出去,我要让他们瞧瞧,这双柔弱的手中有
着掀翻帝国的力量,婆罗门柔软的心中也潜藏着掀起狂风巨
浪的坚强意志。将我紧锁的铁链啊! 你变成一条花链吧,让
我像纵情酒色的人那样把你的美撕得粉碎! 我开始哭吧? 受
不了这非人的折磨,号哭着乞求怜悯吧? 哀求他们给我自由
吧? 不,阇那迦,别这样! 否则你也会变成不堪一击的可怜
虫。那就让我立下誓言:从今往后,不向任何人乞求怜悯;有
朝一日得势了,也不怜悯任何人。(仰望)永远不吗? 是的,是
的,永远不怜悯任何人。我要像末日灾难那样横扫一切,我要
像因陀罗的金刚杵那样势不可挡。

（门开了,婆罗流支和罗刹斯上）

罗刹斯　年轻人,还好吗?

阇那迦　身为佛教徒的大臣啊,我何曾不好?

罗刹斯　今天我们有事来找你,希望你的固执不要给你我带来两
败俱伤的结果。

婆罗流支　对,阇那迦,你还是听大臣一言吧。

阇那迦　靠主子施舍为生的婆罗门啊,你终日与佛教徒为伍,恐怕
已经把身为婆罗门的荣耀忘得一干二净了吧。混迹于一群马
屁精之中的应声虫啊,你逃避人生的艰辛,还想向我教导哈巴
狗的人生哲学! 请你记住:即便罗刹斯成了神,我也要变成魔
鬼跟他斗到底。

婆罗流支　你可是婆罗门啊，兄弟！舍弃，宽恕，以苦行为财富，你身为婆罗门竟如此……

阇那迦　舍弃和宽恕，苦行和知识，这些都是为了获得力量和尊严——我们生而为婆罗门，可不是为了在武力和金钱面前低下头颅。用我们赋予的权力来羞辱我们，这办不到。婆罗流支！现在光弄通波你尼①是行不通的，还得弄通为政之学和杀伐之道。

婆罗流支　阇那迦，我正在撰写《释补》，我希望你出狱跟我合写这部著作。

阇那迦　婆罗流支，我不想给别人做注疏！我要开创一门学问，我要做一个秩序的建立者。

罗刹斯　好吧，别斗嘴了。你明明白白地告诉我：你是想去呾叉始罗做摩揭陀的密使呢，还是想去死？至于我为什么信任你，为什么想派你去，等你答应下来我再告诉你。

阇那迦　我倒是想去呾叉始罗，但不是为了供你驱遣。听着，也绝不是为了夹击伯尔沃德希瓦尔。

罗刹斯　够了，不必多言。

婆罗流支　毗湿奴笈多！答应我吧，要不然我的《释补》就不完整了。我需要你去犍陀罗向波你尼弄清楚几个问题。②

阇那迦　我没时间去跟波你尼费脑筋。在给语言立规矩之前我想先给人立规矩，明白吗？

---

　　①　波你尼是印度古代语法学家，犍陀罗国娑罗杜尔村人，著有《八章书》，一般认为他生活在公元前 4 世纪。婆罗流支是印度古代语法学家和数学家，著有《释补》，大约生活在公元前 3 世纪。

　　②　一般认为，阇那迦和波你尼可能生活在同一个时代，但婆罗流支生活的时代要晚得多。

婆罗流支　波你尼可不只是个语法学家,他也是哲学家。你这么瞧不起他!

阇那迦　他那一套我不懂,我从来不会把狗、人和大神因陀罗归为一类。狗就是狗,因陀罗就是因陀罗!听着,婆罗流支!我要让狗变回狗去。我不是正在消受因陀罗的权力落入下流货手中带来的福气吗?你走吧!

婆罗流支　你也不想被放出去?

阇那迦　如果是通过你们之手把我放出去,那我也不想。

罗刹斯　好吧,你就等着被打入地牢吧。

　　(旃陀罗笈多手握沾满鲜血的宝剑冲进来,砍断阇那迦身上的锁链;罗刹斯正要叫看守)

旃陀罗笈多　别叫了,大臣!尸首是没有力气答应的,你的看守没一个活的。

阇那迦　旃陀罗笈多,你不愧是我的好学生!

旃陀罗笈多　走吧,师尊!(举起剑对罗刹斯说)你要是敢弄出点响动,我就……

　　(罗刹斯一屁股坐了下去;婆罗流支倒地;旃陀罗笈多带着阇那迦出牢房,关门)

第八场

　　(犍陀罗国王宫一室,犍陀罗国王满面愁容上)

犍陀罗王　身体衰老了,可心还没老,多日的享乐还是没有让我尽兴。阿毗迦还年轻,心怀大志理所当然。他走了一条邪路,好大喜功正驱使他在这条路上越走越急。(想了想)是的,这是不行的,登上顶峰的道路怎会如此笔直平坦?(稍顿)我要阻止他！现在还不算太晚。等希腊人进来了，犍陀罗想给别国带去的苦头自己也会尝到。

（希腊武士和犍陀罗兵押着阿勒嘉上）

犍陀罗王 孩子！阿勒嘉！

阿勒嘉 是的，大王，我是阿勒嘉。

犍陀罗王 不，叫我父王。阿勒嘉，你什么时候才能学会不叫我大王？

阿勒嘉 不，大王！

犍陀罗王 还是叫我大王！疯丫头，叫我父王！

阿勒嘉 大王，那可不行！叫您父王，审案的时候您就会偏袒我。

犍陀罗王 这是怎么回事？

希腊武士 大王！我不知道她是公主殿下，否则我是不会逮捕她的。

犍陀罗王 塞琉古，你真是胆大包天！希腊人，她是我的公主阿勒嘉！过来，孩子！（向阿勒嘉伸出手；阿勒嘉退避）

阿勒嘉 不，大王！您先审案吧。

塞琉古 公主让一个女人画了一张正在乌德庞达修建的大桥的地图。我向公主索要，结果她把地图交给了一个青年男子。我向您禀报了此事，您命令我逮捕那人，可是那人已经跑掉了。

犍陀罗王 怎么，公主，你想看地图？（对塞琉古说）有什么好担心的？此事到此为止吧。那张地图不会影响你们建桥的。

阿勒嘉 不，大王。画地图是一项特殊任务——为了洗去犍陀罗国身上的污点我才……

犍陀罗王 孩子，这我知道！你就这么不开窍？

（阿毗迦匆匆赶到）

阿毗迦 不，父王，一场可怕的阴谋正在您的王国里实施，咀叉始罗

293

的学馆就是这场阴谋的中心,而阿勒嘉则是其中的关键人物。

犍陀罗王　阿勒嘉,是真的吗?

阿勒嘉　是真的,大王!为了实现自己的野心,阿毗迦干出了投靠希腊人的勾当。我今天被抓就是他这么做的第一个后果,也许明天就轮到您,后天犍陀罗的国民就要为希腊人服苦役,领头的人就是您那光宗耀祖的阿毗迦!

塞琉古　根据条约,亚历山大大帝的帝国跟犍陀罗是盟国。您这是信口乱说。

阿毗迦　塞琉古!你去休息吧。我来规劝规劝她,然后我去找你。

（塞琉古下,四位犍陀罗士兵同时从另一边下）

犍陀罗王　可是阿毗迦,公主被抓起来了,而且送到了我的面前,一个希腊人要治她的罪,这都是你努力的结果!

阿勒嘉　大王!治我的罪吧,把我送进监狱吧。要是放了我,我还会那么做。我要鼓动犍陀罗的子弟用自己的鲜血浇灌雅利安大地!大王啊!不是所有的雅利安大地的子弟都像阿毗迦那样,其中很多人为了捍卫她的尊严不惜粉身碎骨。请记住,起来抗击希腊大军侵略的人必将是这些婆罗多子孙。所有幸存下来的英雄都将给犍陀罗国和印度北大门的保卫者们冠以"叛徒"之名,其中也包括我的父亲!啊,别放了我,不要让我活下来听到有人这么称呼您。惩罚我吧——判我死罪吧!

阿毗迦　那些人给她灌了太多的迷魂汤。她哪里知道什么是政治游戏!父王,伯尔沃德希瓦尔——骄横跋扈的伯尔沃德希瓦尔对我的羞辱难道就不该还以颜色了吗?

犍陀罗王　是的,公主!伯尔沃德希瓦尔毫不含糊地说,他不会把天下闻名的王族之女嫁给胆小鬼阿毗迦。他还违反两国自古以来一直遵守的条约，越过维德斯达河①，在我方地界设立了一个哨所。

阿勒嘉　大王，不为自己的荣誉和尊严拼死一战的人，不是胆小鬼是什么？

阿毗迦　闭嘴，阿勒嘉！

犍陀罗王　你俩的话都有道理，我该怎么办呢？

阿勒嘉　大王啊，您惩罚我吧！阿毗迦是王国的继承人，他才会为国家的安危着想。我的所作所为都是错的。

犍陀罗王　这样的话我怎么说得出口呢？

阿勒嘉　那就请您允许我离开王宫。

犍陀罗王　你要去哪里？你要干什么，阿勒嘉？

阿勒嘉　我要鼓动犍陀罗的百姓起来抗争。

犍陀罗王　不，阿勒嘉，你不会那么做的。

阿勒嘉　会的，大王，一定会的。

犍陀罗王　那我会发疯的。我不相信你会。

阿毗迦　阿勒嘉，要是你那样做，我会亲手杀了你。

犍陀罗王　不，阿毗迦，你给我闭嘴。听着，谁敢对我的阿勒嘉动手，我就和他拼个你死我活。

（阿毗迦低下头）

阿勒嘉　那我走了，父王。

犍陀罗王　（神思恍惚地）你走吧。

（阿勒嘉离去）

犍陀罗王　阿毗迦！

---

①　今名杰卢姆河，作品中古名、今名混用。

阿毗迦　父王!

犍陀罗王　你回头吧。

阿毗迦　我还回得了头吗?希腊军队近在眼前,桥也建好了——
要是不这样,第一个遭殃的就是犍陀罗。

犍陀罗王　唉,该发生的就让它发生吧。阿毗迦,有句话我要跟你
说:从今天起,什么事都别再跟我讲,你觉得什么合适你就去
做。我要去找阿勒嘉。(急步离去)

第九场

(旁遮那陀国朝堂上)

伯尔沃德希瓦尔　阇那迦尊者!你的话我听不太懂。

阇那迦　怎么听得懂呢!眼下我只能靠嘴巴说,还没办法做出点
什么事情来给大家看看。

伯尔沃德希瓦尔　可是我现在要跟希腊人作战,没能力向摩揭陀
派出一兵一卒。

阇那迦　我也没办法了,还是回去吧。要是你听从了我的计策,摩
揭陀大军本可以在希腊人即将发起的战争中在你的麾下作
战。正是这个摩揭陀前些时候还轻蔑地拒绝了你的求援呢。

伯尔沃德希瓦尔　没错。谁是摩揭陀这场起义的中心人物?谁将
站起来反对难陀?

阇那迦　孔雀将军之子旃陀罗笈多,他也跟我一起来了。

伯尔沃德希瓦尔　孔雀家族也属于首陀罗种姓。您要把他推上
大位?

阇那迦　他们不遵守婆罗门教仪轨才被视为首陀罗,实际上他们
是刹帝利。确实,受佛教徒的影响,他们丢弃了吠陀祭礼,但

是毫无疑问，他们是刹帝利。再说，婆罗门是正法的掌管者。如果他可成大器，我是有权净化、提升他的。婆罗门拥有泽被寰宇、永生不灭的智慧，这是他们独有的品性。婆罗门还安排了其他种姓保护、供养和侍奉自己。将一个浸淫在刹帝利文化中的人灌顶为王何错之有？

伯尔沃德希瓦尔　（笑）婆罗门啊，您这样想可不对！

阇那迦　婆私吒仙人陷入困顿的时候，他把波罗婆人、达罗德人和甘波杰人等都变成了刹帝利。国王啊，这不是什么大不了的事。

伯尔沃德希瓦尔　这可是得道大仙才可以做到的事。

阇那迦　谁可以被称作大仙留给将来的人考虑吧。骄傲的补卢族后裔啊①，你可无法断定此事。

伯尔沃德希瓦尔　此话从一个生活在首陀罗统治下的国家里的婆罗门口中讲出来可不是什么增光添彩的事。

阇那迦　正因如此，婆罗门才希望刹帝利来治理摩揭陀。补卢族后裔啊！有道是：刹帝利拿起武器，百姓就能安享太平。旃陀罗笈多·孔雀终将证明，他就是这样的刹帝利。

伯尔沃德希瓦尔　痴人说梦！

阇那迦　会成为现实的。请记住，在即将到来的与希腊人的战争中，你将英勇战败，整个雅利安大地都将遭到希腊人的蹂躏。到那时，你会想起我来。

伯尔沃德希瓦尔　诅咒是婆罗门唯一的武器，我不怕它。但是，吓唬人的婆罗门啊，请你离开我的国土。

---

①　作家认为本剧中出现的旁遮那陀国国王伯尔沃德希瓦尔是相传公元前9世纪初统治俱卢地区（今德里一带）的补卢王的后裔，这是作家个人的看法，不可考。

阇那迦　（仰望上方）唉，婆罗门威风扫地，首陀罗给他戴上镣铐，刹帝利把他驱赶出境。那么，燃起你的火焰吧！让你的供养者吠舍、你的侍奉者首陀罗和你的保卫者刹帝利在你的火星里诞生。补卢族后裔，告辞！（离去）

第十场

（林间路上，阿勒嘉）

阿勒嘉　我走在林中，路没有尽头，没有歇脚处，也没有目的地。像山上跌落下来的水流一样，我不停地游荡，一路跌跌撞撞。我去哪里？（往前望去）啊，希腊人！

（塞琉古着猎人装上）

塞琉古　美丽的公主，你到哪里去？

阿勒嘉　我的国家，我的山，我的河流，我的森林，这片土地的每一颗微粒都是我的，我身上的每一颗微粒都来自这片土地。希腊人，我还能到哪里去？

塞琉古　美丽的公主，你是独自一人吗？

阿勒嘉　没错。（突然向一边看去）啊，老虎！

（塞琉古向那边看去，阿勒嘉闪身离开）

塞琉古　人不见了！（从另一边离开）

（阇那迦和旃陀罗笈多上）

阇那迦　爱徒，你累坏了吧？

旃陀罗笈多　师尊，我累得快散架了，口也很渴。

阇那迦　一点儿也走不动了吗？

旃陀罗笈多　您叫走就走。

阇那迦　不远处就该是印度河了，我们到岸边去休息吧。

（旃陀罗笈多欲迈步前行，但腿一软又坐在了地上）

阇那迦 （扶着他）当心点儿，旃陀罗笈多！

旃陀罗笈多 师尊，我渴得嗓子都快干了，头也很晕。

阇那迦 你休息吧，我这就去取水。（离去）

（汗淋淋的旃陀罗笈多躺了下去，一头老虎向他走来。塞琉古上场并张弓搭箭射死老虎，然后试图把旃陀罗笈多叫醒。阇那迦取水回来）

塞琉古 来点儿水吧，需要点儿水让这位气宇不凡的行路人恢复神志。

阇那迦 （往旃陀罗笈多脸上洒水）您是谁？

（旃陀罗笈多清醒过来）

塞琉古 我是希腊将军，你呢？

阇那迦 一个婆罗门。

塞琉古 这人看上去也非等闲之辈。婆罗门，你是他的朋友吗？

阇那迦 是的，我是这位王子的老师。

塞琉古 你们来自何方？

阇那迦 他叫旃陀罗笈多，是被放逐的摩揭陀国王子。

塞琉古 （想了想）好吧，你们到我的营地去吧，休息休息再赶路。

旃陀罗笈多 这老虎是怎么死的？哎呀，我渴得不省人事了。您救了我的命，万分感谢！眼下我们得赶路，改日一定去拜访您。

塞琉古 你不省人事的时候，它一步步靠近你。情急之下，我把它给射杀了。我是希腊将军。

旃陀罗笈多 谢谢！印度人不是忘恩负义之徒。将军，您有恩于我，我一定会去拜见您的。

（三人下，阿勒嘉上）

阿勒嘉 阇那迦尊者和旃陀罗笈多！他们也成了希腊人的朋友！

风灾、雹灾、旱灾、火灾一起降临,那谁还来守护这个国家郁郁葱葱的田野?空荡荡的苍天把问题原样还给了我。这样的人都已被侵略者控制,那抗击外敌还有什么希望?希腊大军正在打算渡过维德斯达河,而失去理智的伯尔沃德希瓦尔却还在孤芳自赏。我这就离开犍陀罗,不,我还是先去拜见苦修大师当德亚因,请他指点迷津,求得内心平静,然后再去别处。(下)

第十一场

(印度河岸边,苦修大师当德亚因的道院)

当德亚因　风一刻也不停歇,印度河水奔流不息,云团下的鸟群总是在飞翔,每一颗微粒不知在什么力量的牵引下运动不止,确实是逝者如斯啊。

(艾尼萨克里提斯上)

艾尼萨克里提斯　圣人!

当德亚因　别说了。其他人都走了,你也走吧。我没时间去,你不会有机会的。

艾尼萨克里提斯　您再……

当德亚因　什么都别跟我说!实在想说的话你就自己说吧,谁想听谁听去。没发现吗?谁也不听谁的。我说:河里那滴水珠,你别跟水流流走,停下来听我说句话吧。它听吗?它停下来吗?根本没有!

艾尼萨克里提斯　可是神之子他……

当德亚因　神之子?

艾尼萨克里提斯　世界征服者亚历山大大帝对您念念不忘。他听说了您的大名，非常想听听您的教导。

当德亚因 （笑）使者啊，有些人视荣华富贵如浮云，那些耀眼的武功是不能令他们佩服的！他们不可能成为任何权贵随意把玩的物件。你们大王还没过维德斯达河就号称世界征服者，这岂不是欺世盗名吗？我不会因为受到利诱、受到恭维或者受到威吓而去见某人。

艾尼萨克里提斯 圣人！何必如此呢？要是您不去招来皇上怪罪，那可怎么办？

当德亚因 上苍满足了我的一切需要。有了它，别的人怎么管得了我？全部的光明、意识和生命力都是上苍赐予的，它又通过死亡把这些都收回去。人不能施与这些东西，却在竞相将它们夺走，还有比这更妄自尊大的吗？我饿了就采野果、块根吃，渴了就捧水喝，倦怠了就躺在草床上安睡。他人不因我而恐惧，我也没理由惧怕他人。如果你硬要把我带走，那也只能带走我的身体。我的心灵是自由的，你们的神之子也无权支配。

艾尼萨克里提斯 婆罗门，您真是无所畏惧。告辞了，我会向神之子如实禀报。

（艾尼萨克里提斯下。阿勒嘉从一边上，阇那迦和旃陀罗笈多从另一边上。三人向当德亚因行礼，然后恭敬地坐下）

阿勒嘉 大师，我要离开犍陀罗。

当德亚因 这是为何，阿勒嘉？你是犍陀罗的吉祥女神，为何要离开它呢？

阿勒嘉 圣人啊，犍陀罗的自主权已经出卖给了希腊人，我没法在这里过仰人鼻息的日子。

当德亚因　吉祥女神啊,你到哪里去躲开这一切呢?(想了想)好,你走吧。你自有不得不这样做的道理。大神把哪些福藏在哪样的祸里,我们都无法参透。不过,你随时都可以来我这里,切莫有丝毫的迟疑。

阿勒嘉　大师,我心里有个疑问。

当德亚因　什么疑问,阿勒嘉?

阿勒嘉　我以前对坐在您面前的这两位大人是深信不疑的,但现在他俩为何也愿意跟希腊人厮混在一起呢?

(当德亚因向阇那迦看去,阇那迦若有所思)

旃陀罗笈多　公主,那只是表达感激之情。

阇那迦　公主,您没有考虑当时的情势,您完全可以打消自己的疑虑。

当德亚因　阿勒嘉,别怀疑他们。你必将受惠于他们,你依然要对他们深信不疑。信任他们会给你带来善果,而不是苦难。

(一希腊军士上)

希腊军士　神之子想来拜见您,您有何吩咐?

当德亚因　军士,我怎会吩咐谁呢?我坦坦荡荡,没有任何秘密可言,连神庙都没有。欢迎任何人随时来这里。

(军士下)

阿勒嘉　那我先走了吧。

当德亚因　别走,阿勒嘉。没什么好怕的。

阇那迦　圣人,我们呢?改日再来吗?

当德亚因　阇那迦,你尚须在此地多住几日。尽管你已满腹经纶,但你还须加点儿火候才能修得正果。你还有些急躁,心不静,这样是不行的。

(亚历山大带着塞琉古、嘉尔内丽娅、艾尼萨克里提斯等人上。亚历山大

向当德亚因敬礼，众人坐下）

当德亚因　欢迎光临，亚历山大！愿你智慧圆满。

亚历山大　感谢圣人！但我还需要您赐予我更多的祝福。

当德亚因　我无法给你更多的祝福，因为除了这个祝福，其他的祝福会带来灾祸。

亚历山大　我希望从您口中听到"胜利"二字。

当德亚因　自有御用歌人为你祝祷胜利，为杀戮、流血和战火添薪加柴不会令我愉快。亚历山大，一味追逐胜利必将以失败告终。善政可以让你威震天下，仅凭打胜仗是达不到这一目的的。所以，把精力投入到为臣民谋福利中去吧。

亚历山大　好吧。（指着旃陀罗笈多问）这位气宇不凡的年轻人是谁？

塞琉古　他是被放逐的摩揭陀国王子。

亚历山大　我邀请你光临我的营地。

旃陀罗笈多　多谢！我们雅利安人从来不拒绝他人的邀请。

亚历山大　（对塞琉古说）你是什么时候认识他的？

塞琉古　多日之前我就见过他一面。

旃陀罗笈多　您在我昏迷不醒的时候把我从虎口救下，您的恩德我不会忘记。

亚历山大　既然你们已经是熟人了，那么，塞琉古将军，就由你来接待他吧。

塞琉古　遵命！

亚历山大　（对当德亚因说）圣人啊，征服整个印度后，我再回来拜见您。

当德亚因　亚历山大，当心啊！（指着旃陀罗笈多）瞧，印度未来的皇帝就坐在你的面前。

（所有的人都惊愕地看着旃陀罗笈多，旃陀罗笈多惊奇地向嘉尔内丽娅

看去。舞台上出现一片神光）

〔幕终〕

献　　灯*①

〔印〕拉默古马尔·沃尔马　著

贾岩　译

人物介绍

乌代辛格王子②	吉多尔③已故国王桑迦的幼子，王位继承人，14 岁
班娜（奶妈）	拉其普特人④，乌代辛格王子的监护人，30 岁
索娜	王公斯鲁波辛格之女，相貌出众，但生性顽劣，乌代辛格的玩伴，16 岁
金檀	奶妈班娜之子，性格勇武，模样俊俏，13 岁
萨莫丽	宫女，28 岁
齐尔德	清理餐盘的妇人，40 岁

---

*　原载于〔印〕拉默古马尔·沃尔马：《献灯：拉默古马尔·沃尔马独幕剧选》，贾岩译，中国大百科全书出版社 2023 年版，第 78—102 页。此处略有改动。

①　献灯，印度教宗教仪式，在灯节期间尤为常见。人们向神祇敬献明灯，驱邪祈福，求来世可入太阳界。

②　原型为历史上的梅瓦尔（Mewar）统治者乌代辛格二世（Udai Singh II, 1522—1572），他是今印度拉贾斯坦邦城市乌代布尔（Udaipur）的创建者。

③　吉多尔（Chittor），今拉贾斯坦邦南部城市吉多尔格尔（Chittorgarh）。

④　拉其普特（Rajput），意为"王族后裔"，中世纪早期兴起于印度中西部的民族，属刹帝利种姓，以勇武善战著称。

本维尔　　　　　地王(桑迦之兄)和奴婢所生之子,生性残暴好色,32 岁

年代:1536 年

时间:晚间第二个波赫尔 ①

地点:乌代辛格王子的房间

舞台提示:屋内装饰华美,门楣上垂着丝质帷幔,房间一侧放着乌代辛格的床榻,奶妈班娜坐在床头。

(后台传来女人们欢聚起舞的鼎沸声,伴着陶鼓与赞歌交织的音浪,继而是她们引吭高唱的歌谣——)

手镯紧扣上战场,男儿欢腾生热望。

三日旦弃又何妨,一朝贫民一朝王。

一朝贫民一朝王,

一朝贫民一朝王。

(歌舞再起)

信仰可更家可亡,女子之心亦无常。

三者皆逝又何妨,一朝贫民一朝王。

一朝贫民一朝王,

一朝贫民一朝王。

(后台音乐渐弱)

乌代辛格　(跑上前,喊道)奶娘,奶娘!(见无人作答,径自言语起来)奶娘上哪儿去了?(又喊)奶娘!

班娜　(从里屋出来)什么事,王子?(定睛一看)哎哟,我的小祖宗!

---

① 波赫尔(prahar),印度传统计时单位。1波赫尔相当于8小时,一天共计8波赫尔。晚间第二个波赫尔指 21 时至 24 时。

这么晚了，你的剑怎么还没收回剑鞘里？

乌代辛格　奶娘，外面有好多漂亮姑娘正在跳舞，你也不去瞧瞧。

她们在杜尔迦婆瓦尼神庙①前载歌载舞，走呀，去看看！

班娜　孩子，我不能去。

乌代辛格　不嘛，奶娘！走，就看一会儿！

班娜　不行，王子！这个时辰去看跳舞，实在不妥。

乌代辛格　有何不妥？不过是我看她们，她们看我。难道是我犯

了什么过错，奶娘？

班娜　你哪里有错，你是吉多尔的小太阳、桑迦大王的小王子。正因

你和初升的太阳一样神气，所以才给你取名"乌代辛格"②呀。

乌代辛格　（笑着）原来如此！可是，太阳也会在夜里升起吗？反

正我到了晚上可是活蹦乱跳哩！

班娜　王子，白天你是吉多尔的太阳，到了晚上，你就是帝王世系

的明灯、桑迦大王的族灯。

乌代辛格　族灯？倘若我是一盏灯，奶娘为何从不把我敬献出

去？那些姑娘在祭拜杜尔迦婆瓦尼女神的时候，都是献完灯

才开始起舞的，那灯火在小小的灯座里跳得好不快活！（任性

地）走嘛，奶娘！你真得瞧瞧她们献灯的景象，火苗怎么跳动，

她们就怎么舞蹈！

班娜　可奶娘现在什么都不想看。

乌代辛格　（闷闷不乐）罢了，我也不看了。什么乌代辛格，什么家

族明灯，不当也罢，统统不当了！

---

①　杜尔迦婆瓦尼是湿婆大神的配偶——雪山女神帕尔瓦蒂的刚烈形象，具有毁灭
和创造的双重力量。

②　乌代辛格中的"乌代"为"升起"之意。

班娜　怎么,生气了? 帝王世系光靠赌气可没法续写。去,快上床休息吧。瞧这满身的尘土,练了一天剑,肯定累坏了吧。去,到床上好好睡一觉。我帮你把剑收起来。

乌代辛格　(气冲冲地)奶娘,我要佩着剑睡!

班娜　奶娘晓得你有心守卫吉多尔,可你年纪尚小,想要佩剑睡觉还得过些时日。

乌代辛格　(用冷冷的口吻)你定是因为害怕,才一遍遍说要把剑收起来吧?

班娜　怕剑? 吉多尔可没人怕剑。对这儿的勇士而言,宝剑在手才显得光彩熠熠,就像花儿开在藤蔓之中才显得尤其美丽。

乌代辛格　(依旧用冷冷的口吻)现在倒想起哄我开心了? 哼,你不愿看跳舞,我自己去,这就去!(准备动身)

班娜　王子不可! 深更半夜,怎许你一个人到处乱跑。你可知道,这四下里毒蛇游窜,说不准什么时候就出来咬你一口。

乌代辛格　蛇? 什么蛇?

班娜　说了你也不懂,还是快睡吧,吃饭的时候奶娘再来唤你。

乌代辛格　不! 我今天不想吃饭。要睡,也绝不睡在自己房里!

　　(准备离场)

班娜　(试图阻拦)听我说,王子! 听我……

　　(乌代辛格离场)

班娜　嗨,就这么走了? 有什么法子呢,任凭这孩子怎么耍性子,我就是喜欢。由他去吧。什么歌舞,什么献灯! 凭这些就能守卫吉多尔吗? 徒有虚表的花架势,吉多尔人已经见得太多! 只恨这大权而今落在本维尔的手里……

　　(脚镯作响,走进来一个姑娘)

姑娘　奶妈好!

班娜　谁?

姑娘　是我,索娜,斯鲁波辛格王公的女儿。请问王子殿下在吗?

班娜　他累了,想睡了。

索娜　想睡了? 那就是想我咯! [①](哈哈大笑)

班娜　索娜,住口! 王子殿下就寝的时候心神不宁,怎么,你们还想拉他去看什么歌舞升平?

索娜　在女神杜尔迦婆瓦尼前跳舞,何错之有? 我们不过是恭敬地献了灯,虔诚地跳了舞,仅此而已。(随即舞动起来)王子殿下看我们跳了好一会儿! 见到他,我也跳得更起劲了! 他特别喜欢我们的舞步,喜欢极了! 你瞧,我们脚下的拍子是这样的……(响起脚镯碰撞的声音)

班娜　够了,索娜! 你若不是王公大人的女儿,我非得……

索娜　怎么? 给我一刀吗? 来啊! (大笑)奶妈,瞧瞧你自己。你在乌代辛格面前,早把自己的亲骨肉金檀忘得一干二净了。你用母爱把乌代辛格裹得严严实实,就像是刀鞘为把刀子装进膛里,竟连自己的心也掏了去! (讥笑)

班娜　这些诗一样的句子,你且留着自己受用罢。本维尔的暴政之下,谁还听得懂这样的精巧话!

索娜　本维尔? 你该尊称他本维尔大王才对! 大王千里迢迢从巴格尔带来了装饰大象和马匹的盖布,足有这么大! 他呀,还赏了我们丝巾,舞蹈的时候往头上一戴,银光闪闪,就像月光在

---

①　在印地语中,动词"睡"(सोना)作名词时有"黄金"的意思,常用作女子名,此处音译为"索娜"。

蛛网上跳跃似的！没错，就是这种感觉。

班娜　难怪你跳得那么起劲，原来本维尔对你恩宠有加。

索娜　大王对我的恩典堪比黑公主的衣裳①——取之不尽，用之不
　　　　竭！今天一早他还把我叫去，对我说……哟，说出来奶妈不会
　　　　生气吧？

班娜　有什么好生气的？

索娜　他说，"奶妈好比阿拉瓦里山，孤横宫中"，（讪笑）"你们何
　　　　不变成伯纳斯河，尽兴地流，好生地跳，纵情地唱！"②他还吩
　　　　咐说："今天虽不是什么节日，但你们仍要取我特意用雀翎装
　　　　饰的祭火盆，用它来举行献灯仪式。"

班娜　想必今天一定十分喜庆了？

索娜　奶妈，毫不夸张地告诉你，整个庆典现场简直像灯芯一样喷
　　　　出了火焰！依我看，整个生命都化作了一场盛大的灯节！

班娜　你庆祝的就是这个灯节？

索娜　何止我？全城百姓都在庆祝这良辰吉日，无动于衷的只有
　　　　你，奶妈！当一座大山有什么益处？只会沦为朝廷的负担，大
　　　　王的累赘！可你若变成一条河，即便河底的卵石也会自觉承
　　　　起你流淌的重量！到那时，幸福和喜乐会甘愿作你的两岸，湍
　　　　流是你的生命，浪花是你的欢愉，浪起成歌，浪落成舞，歌舞
　　　　相随，就好像幸福和喜乐相伴而笑。而这一切，奶妈，只有当

---

　　　① 典故取自史诗《摩诃婆罗多》中黑公主受辱的故事。坚战在与沙恭尼的赌局中接
连落败，无奈之下将妻子黑公主作为最后赌注，结果仍败下阵来。得意的持国之子难降当
众撕扯黑公主的衣裳，试图羞辱她和般度五子。关键时刻，黑公主的兄长黑天施展神力，
使被撕的衣服不断续接起来，维护了妹妹的尊严。

　　　② 阿拉瓦利山（Aravali Range），印度西北部山脉，绵延800公里。伯纳斯河（Banas
River），印度西北部河流，发源于阿拉瓦利山，流经整个梅瓦尔地区，全长512公里。

你把明灯捧在额前才会明白。

班娜　索娜，看来本维尔已经把你宠成疯子了。

索娜　谁又不是疯子呢，奶妈？维德尔马蒂德耶大王早就跟他的七千角斗士一起疯了，摔角是他的疯狂！本维尔大王因着维德尔马蒂德耶大王的缘故也疯了，他在维德尔马蒂德耶的内宫高谈阔论，呓语不休，这乐子便是他的疯狂！全城的人都在今天的节庆里疯了！而你，你的疯狂便是对乌代辛格王子的爱。至于我？（嗤笑）不用你问，奶妈！我呀，是在这一切的疯狂里发了疯，任由你去说罢！好了，快告诉我，乌代辛格王子在哪？

班娜　我劝你还是让王子静静吧。他疲惫不堪，眼下早该睡熟了。走吧，留在这儿，你的疯狂哪有消减的可能？

索娜　我的疯狂？奶妈，疯狂岂有消减的道理？山峰逐日增长，怎会缩小？河水奔流向前，哪能倒退？已经怒放的鲜花，又岂能变回纤弱的蓓蕾？所有的一切都在朝前发展，例外的只有你，永远都是一副模样，就连你的疯狂也始终如一。我现在是王公的女儿，将来就可能是领主的女儿，没准有朝一日还能当上国王的女儿！总之我会有所长进，可你呢，奶妈？恐怕只能当一辈子奶妈了！

班娜　索娜！我不羡慕任何人，我对自己的处境心满意足。为王国效力终生——这就是我的命。

索娜　命？人各有命！这脚镯扣在我脚上是它的命，随我的步履唱歌也是它的命；提前传达我到来的消息是它的命，在我停下脚步时缄默不语还是它的命。谁都有命，奶妈！你不愿参加城里的庆典，便不去！不愿给本维尔大王面子，便不给！我不过是个传话的信使，他的旨意我已带到。

班娜　我参加庆典与否和本维尔的旨意有何干系？

索娜　你可听过花朵言语？它们只是散发香气。你可见过灯火传信？飞蛾却要径自扑来。

班娜　我只知道，这灯的炙焰烧会把我烧得遍体鳞伤。

索娜　那就把王子交出来吧，火是万万不敢碰他的，不是吗？

班娜　怎么交？我怎忍心把他送入茫茫人海？桑迦大王的族系只剩这一束星火。拉德纳辛格大王主政三年就去了太阳界①，要不了多久，维德尔马蒂德耶也要被本维尔的阴谋……

索娜　奶妈，你说这话是要谋反吗！

班娜　索娜，火焰只有在黑夜才显得刺眼。夜色中，你也有可能失足坠跌，你的脚镯也会散落一地。说不好，一阵风吹来，就吞了你歌声的轻波，那所谓幸福喜乐，也会像两个相伴升腾的气泡，一不留神就"噗"地破了。要知道，吉多尔是拉其普特女人浴火自焚的圣土，而不是什么歌舞升平的乐园！真正配在这里起舞的，只有火的炙焰，而非你索娜，王公的女儿！

索娜　（气愤地叫道）奶妈！

班娜　把这脚镯毁了！把本维尔的灯弃了！别忘了，在你身后等着的只有黑黢黢的灰烬。那无休止的贪欲就像噼啪四溅的火花，成了吉多尔眼中刺一般的耻辱，连祭火盆都会被它烧化！索娜，快把它熄掉！这样的节庆不会让你真正了解吉多尔，奉献自我才是咱们的节庆，唱颂祖国才是咱们的赞歌！你要听好，并且牢牢记住。

---

① 善终之意，相传作战英勇的战士或崇拜太阳神的人死后可入太阳界。

索娜　（口吻平静地）知道了，奶妈。

班娜　那就离开这儿吧。我倒要等着瞧，这庆典背后究竟藏着什么名堂。真该问问本维尔，这多情的舞蹈到底是什么意思？

索娜　这我就不得而知了，奶妈。

班娜　去吧。

　　（索娜缓缓离场，她的脚镯轻响着逐渐远去，依稀可闻）

班娜　深更半夜……歌舞升平……全城盛大集会……又来唤乌代辛格王子……这究竟是怎么回事？

　　（金檀上场）

金檀　（远远地喊）娘——娘！

班娜　怎么了，我的孩子？

金檀　娘，那个能说会道、能歌善舞的索娜怎么丧气地走了？一声不吭的样子，像是被人夺了蛇毒似的。

班娜　蛇毒？

金檀　对啊，蛇毒。她说话的时候，言语像蛇毒一样咄咄逼人，叫人接不上话。她平日里活蹦乱跳，今天怎么倒像跛了脚似的。

班娜　她来找王子，卖弄自己的舞技。我没把王子交给她，结果就生气了。

金檀　可不！王子好几天没和我们一起玩，就是去找她了。我也跟着去过一回，结果呢？她看王子，王子看她，两人一言不发，就那么看着，天知道能看出什么名堂！娘，你说到底有什么可看的？

班娜　没什么。人们不都祭拜神像吗？因为只有那样才能获得福乐。我会劝诫王子，让他多朝神像的方向看，而不是索娜。

金檀　索娜不会生气吗？

班娜　生气有什么用？何况，为神明生气更不应该。金檀，跟娘
　　　说，你有什么喜欢看的东西吗？

金檀　有啊，山兔！喔，它们跳起来快如闪电，一眨眼的工夫就能
　　　从这个山头蹿到那个山头！这地方除了山兔还有什么？对别
　　　的东西，我连看的念头都没有。

班娜　不光山兔，咱们的勇士也得快如闪电才行。

金檀　那当然，我就能上天入地！

班娜　傻孩子，哪有人能上天入地。对了，你没去看舞蹈吗？

金檀　喜欢奔跑的人哪有心思看舞蹈？王子不一样，他倒是很感
　　　兴趣。娘，王子呢？

班娜　赌气睡觉了。

金檀　为什么？因为吃饭的事？他吃过了吗？

班娜　还没。你自己先吃，等会儿我再去唤他。

金檀　我可不想独自一人吃饭！

班娜　听话，金檀，我的儿子！瑟迦①给你做了香喷喷的饭菜，还
　　　会用甜言蜜语哄你把它们吃掉。瞧，你的花环断了，我来修补
　　　一下，马上就好。快去，特意多给你留了些饭。

金檀　娘，那你能把王子的花环也一并补好吗？差点就被那个索
　　　娜拽断了。

班娜　好的，金檀！我会补好的。

　　　（金檀退场）

班娜　（心想）我的傻孩子！问他"你有什么喜欢看的东西吗"，居
　　　然答什么"山兔"！（无奈地笑）说什么"喜欢奔跑的人哪有心

──────────

①　侍女名。

思看舞蹈",还夸自己能"上天入地"……

（突然从里屋传来东西掉落的声音，萨莫丽随即上场）

萨莫丽　（大喊）奶妈！奶妈！

班娜　怎么了？出什么事了，萨莫丽？

萨莫丽　（呜咽着）奶妈，奶妈！王子在哪儿？王子殿下在哪儿？

班娜　怎么了？找王子殿下做什么？

萨莫丽　他性命堪忧！

班娜　怎么可能！你胡乱说些什么？

萨莫丽　快救救他，奶妈！

班娜　王子殿下呢？王子……（一边自言自语，一边朝屋外奔去）

萨莫丽　（啜泣）唉！全完了。何时见过梅瓦尔像今天这样？吉多尔昔日的荣耀竟落得这般下场！唉！这究竟是怎么了？杜尔迦婆瓦尼！你是吉多尔的女神，而今你的三叉戟却法力尽失，教我如何是好……

班娜　（再次进场）睡着呢，我的王子正酣睡着。没什么异样，王子不过是一时赌气，抱着剑在地上睡着了。剑虽从手里滑了出去，但他睡得正香。还好，我的王子安然无恙。

萨莫丽　多亏杜尔迦婆瓦尼保佑，王子无恙！可是奶妈，维德尔马蒂德耶大王他……他被人杀了！

班娜　（惊叫）大王被杀了？谁干的？

萨莫丽　本维尔。他趁大王熟睡的时候，一剑刺进了他的胸口。

班娜　（大叫）天呐！维德尔马蒂德耶大王！我早就知道……（抽泣起来）

萨莫丽　本维尔让全城百姓把今天当成载歌载舞的节日，好把人们的注意力完全转移到歌舞上。他伺机前往王宫，在内宫毫无

阻拦地随意走动，最后潜入大王的房间杀了他。（抽泣起来）

班娜　（稍作镇定）今天听说这不合时宜的歌舞，我顿时就起了疑心，所以才百般阻拦，没让王子前去。他若真去了，怕是难逃本维尔党羽的毒手！

萨莫丽　这正是我赶来的用意呐！有人听说，本维尔一旦得知乌代辛格是王位继承人，断不会给他生路，他要的是大权稳握。

班娜　贪婪冷血的暴君永不可能大权稳握！

萨莫丽　可他已经提着血淋淋的剑，昂首阔步回到自己宫中了。

班娜　难道没人抓吗？卫戍士兵全都袖手旁观吗？

萨莫丽　士兵们早就被他拉拢过去了，百姓又畏惧他。何况人们本来就不拥护维德尔马蒂德耶大王的统治，光靠他的角斗士是没法治理国家的。所有人都对这个领主出身的大王心怀不满。

班娜　那么眼下是什么形势？

萨莫丽　我猜，不用多时，本维尔就会来取王子殿下的性命了！今天的夜格外黑，他定想趁今夜夺下王位。无论如何，我们都要保全王子殿下啊，奶妈！

班娜　保全王子殿下……（沉思）保全王子殿下……一定……一定！而今，梅瓦尔的王室继承人里，流着拉其普特血液的只剩他一个了。本维尔这个贱婢之子，吉多尔万万接受不得！

萨莫丽　那都是无关紧要的后话，当务之急是，你打算如何保护王子殿下？

班娜　我？我这就连夜带他逃到贡普尔堡[①]。

———————

①　贡普尔堡（Kumbhalgarh），梅瓦尔地区主要城堡之一，位于阿拉瓦利山西麓。

萨莫丽　那金檀怎么办？

班娜　只能听从杜尔迦女神的安排了。王族的盐比我的血更重要，造血离不开盐，造盐却不需要血。

萨莫丽　可即便是黑夜，你也插翅难逃！

班娜　为什么？夜里谁能认得出我？

萨莫丽　你以为现在进出殿门那么轻易？刚才我进来的时候，亲眼瞧见本维尔的军队正赶来包围你的宫殿，有一面已经被牢牢堵死了！

班娜　啊，湿婆大神！现在该怎么办？

萨莫丽　无论如何你都要保全王子殿下！

班娜　难道得不到军队的一点支援吗？

萨莫丽　军队早就是他的了，奶妈！

班娜　各位领主呢？

萨莫丽　他们可没那么大的胆子。

班娜　看来我只能自己拔剑守护王子了。我要变成毁灭之神湿婆，和本维尔战斗到底，就算濒死挣扎，也要把他的剑劈个四分五裂！就让我的血在他和我的王子之间泛滥成海吧，我要让他连今生都不能苟度！

萨莫丽　本维尔可是大军傍身啊，奶妈！跟他们血战，你豁出性命也难救王子殿下。

班娜　那还有什么法子，萨莫丽？跪下来求他饶王子一条生路？本维尔也是人，或许他也有恻隐之心。

萨莫丽　弑王夺位的贱婢之子还配为人？他连林子里的禽兽都不如！

班娜　那你教我的王子如何活命？如何活命啊，我的王子？（呜咽起来）

萨莫丽　我有什么法子，奶妈？我不过是个区区仆从。我能说什么？我只能说，那个冷血残暴的本维尔就要杀来了。他的欲望像蛇信子一样有两条分叉，一个人的血满足不了它，还要第二个人的，而王子……你怎么不说话，奶妈？双眼紧闭，在想些什么？

班娜　我在冥想杜尔迦女神，恳请她赐予我神力，好让我保全王子。

萨莫丽　这时候祈求神力有什么用？想一条妙计才是上策！（突然一惊）什么人？

班娜　（大声问道）谁在门口？

（打扫餐盘的女仆齐尔德上场）

齐尔德　启禀主人，是我，齐尔德。奶妈好。

班娜　齐尔德！是你！快来。外面没人吗？

齐尔德　主人，一帮士兵正在门口扎帐设防。按理说任何人都是进不来的，可我不过是个端盘子的妇人家，所以没人拦我。

班娜　这么说，你是正大光明走进来的？

齐尔德　主人，我个粗贱下人，身上又没啥值钱东西，无非身后的大背篓和里面的叶盘①。王子殿下吃过晚饭了吗？我把剩饭收走。

班娜　还没。

齐尔德　王子殿下长命百岁！奶妈，自打王子殿下从本迪②搬来，整个王宫就变得光灿灿的。等维德尔马蒂德耶大王办过湿婆祭礼，一定会把拂尘、华盖统统交到殿下手中。等殿下称了王，全世界的人都会来敬拜他！我绝没说半句假话，奶妈！到

---

① 古时候印度人常以树叶作盘盛装食物。
② 本迪（Bundi），今印度拉贾斯坦邦南部城市。

时候,人们从八方涌来,一睹殿下尊容,我一定尽心竭力为他效劳。(顿了一下)奶妈,您有心事?

班娜　(晃过神来)没错,我正在考虑事情。(对萨莫丽说)去,你到外面瞧瞧,有多少士兵,都在哪儿把守。

萨莫丽　好的,奶妈! 我这就去。(退场)

班娜　齐尔德,我问你,你爱王子殿下,对吗?

齐尔德　主人,爱这码事,想说又怎敢说出口? 我对王子殿下的爱在心里,一直想找机会表达。我刚才说了,甘愿为他尽心竭力效劳。

班娜　尽心竭力?

齐尔德　此话当真,奶妈! 我正盼着时机呢。

班娜　那好,如今这个机会来了,齐尔德!

齐尔德　机会? 啥机会?

班娜　救王子殿下于水火的机会。

齐尔德　哪个家伙吃了雄心豹子胆,敢当着我齐尔德的面,动王子殿下一根头发? 奶妈,您不是在说笑吧?

班娜　不,齐尔德! 现在可不是说笑的时候,王子殿下危在旦夕。

齐尔德　是谁要玷污我们的小太阳?

班娜　本维尔。

齐尔德　哦? 本维尔? 不就是那个在维德尔马蒂德耶大王宫里像个猴子一样耍把戏的家伙吗?

班娜　齐尔德,现在哪里是调侃多嘴的时候! 说,王子殿下你救还是不救?

齐尔德　我这就去拿剑!

班娜　事到临头,拿剑血战势必无益,需用一计才行。

齐尔德　请主人下令！

班娜　杜尔迦婆瓦尼女神已在我心中指明了出路。

齐尔德　难怪您刚才一直闭目冥思。婆瓦尼给了您什么指示？

班娜　答应我，不论什么指示，你都会领命，对吗？

齐尔德　主人！就算断头舍身，我也在所不辞。

班娜　很好！听着，你是打扫叶盘的妇人，就算你背篓里背着的不
　　　　是叶子，也不会有人阻拦你出去，不是吗？

齐尔德　的确如此，主人！进来的时候便无人阻拦。

班娜　好，你眼下要做的，就是让王子殿下躺在背篓里，把他身上
　　　　盖满湿叶片，悄悄背出宫去。

齐尔德　主人，这主意甚妙！我这就按您说的办，那些士兵看到出
　　　　去的人是我，大概只会无动于衷地在原地站着。王子殿下呢？

班娜　正睡着。他今天是躺在地上睡的，你且去轻轻把他抱起来，
　　　　慢慢放进筐子，千万别惊着他。

齐尔德　主人放心，我不会让他有丝毫察觉。

班娜　（深吸一口气）哎，谁会想到吉多尔的王子有朝一日竟会披着
　　　　盛饭的叶子睡觉？

齐尔德　这都是老天的安排，主人！今天披罢叶子，明天才有黄袍
　　　　加身。

班娜　那你便速速动身！

齐尔德　是！主人！王子殿下在哪儿？

班娜　正在我房间地上躺着。你当真背得动他吗？

齐尔德　主人，您若下令，别说王子，就连本维尔，我都能扛在头
　　　　顶带走！

班娜　很好！背篓够大吗？

齐尔德　主人，您的恩典已经把我的背篓撑得足够大。何况，一个
　　　小背篓又怎能装下整个王宫的叶盘呢？今天本维尔和一众领
　　　主共餐，于是我特意带了个大背篓。

班娜　快去吧，我会助你一臂之力。

齐尔德　主人！不劳您费心，交给我吧！

班娜　那好，你把王子殿下带到拜里斯河边，那儿有一处荒地。

齐尔德　好的，主人！就到那儿去，不易被人发现。

班娜　动身吧，齐尔德！今天，吉多尔的王冠将在你这个凡人手
　　　中保全，一小根秸秆将撑起沉甸甸的王位。这是你的大幸，感
　　　谢你！

齐尔德　主人，应该感谢您把这个尽忠的机会托付予我。我这就去。

　　　（萨莫丽上场）

萨莫丽　奶妈！王宫四周已经被士兵团团围住了。北、西、南三个
　　　方向各有二十多个卫兵，只有东边仅七人把守，其余的可能去
　　　接本维尔了。

班娜　别慌，萨莫丽！你留在这儿，我去去就来。

萨莫丽　我刚查看仔细回来，你又跑去做什么？还是赶紧想个能
　　　救王子的法子吧！

班娜　我就来。（对齐尔德说）走，齐尔德！（二人退场）

萨莫丽　真不知道奶妈是怎么想的！齐尔德什么时候也有用武之
　　　地了？唉！本维尔血洗王宫，戕害王族……狠毒的家伙，就算
　　　到了阴曹地府也休想安生！婆瓦尼女神啊，您一向眷顾乌代
　　　辛格王子，求您救救他吧，救救他……

　　　（班娜上场）

班娜　现在好了，王子得救了！

萨莫丽　（欣喜地）得救了？得救了？怎么办到的？

班娜　齐尔德把王子放进背篓，用叶子掩实，又在上面洒了水，便光明正大带着王子出宫了，谁也不会过问一句。所以说，王子殿下有救了！

萨莫丽　啊，奶妈！这主意甚好，甚好！士兵们肯定误以为齐尔德是带着叶盘离开的，断不会起什么疑心。看来，王子殿下果真得救了！

班娜　吉多尔的福运定会保佑他活下去。

萨莫丽　一定会的。奶妈，如此绝妙的计策，你是从哪儿得来的灵感？

班娜　是婆瓦尼。我正闭目凝神冥想她，这时候齐尔德来了。当她说："我个粗贱下人，身上又没什么值钱东西，无非身后的大背篓和里面的叶盘"，我灵光乍现，这不正是婆瓦尼给我的明示吗！

萨莫丽　不过，奶妈，还有一个问题没有解决。

班娜　什么问题？

萨莫丽　用不了多久，本维尔就会杀进宫中寻找王子殿下。当他一无所获向你发难，你该如何作答？

班娜　我就装作毫不知情。

萨莫丽　本维尔是断不会相信的。万一他盛怒之下刺你一剑……没了你，王子今后可还有活路？

班娜　吉多尔女人一向以求饶为耻，那我就反其道为之，央求他剑下留情，如此反常的请求他定会接受吧。

萨莫丽　本维尔早已杀红了眼，成了魔！他若找不到王子，肯定也饶不了你。

班娜 我不怕他,萨莫丽。

萨莫丽 可你不能不担心王子的前程啊!没有你,他势必命不久矣。你的牺牲对吉多尔有什么意义?保全王子才是当务之急!

班娜 你说的有理,王子殿下离了我,必定难以成活。常因一点琐事就闷闷不乐,若是找不到我,还不知得慌成什么样子……

萨莫丽 难道就没什么办法可以骗过本维尔吗?

班娜 有。

萨莫丽 什么办法?

班娜 让别人代替王子睡在床上。盛怒之下,本维尔难免行事鲁莽,不一定辨得清睡着的人究竟是谁。

萨莫丽 那你想让谁去做这个睡在王子榻上的人呢?

班娜 让谁去?(思虑状)萨莫丽!我的心头正有闪电劈过,眼中正聚起末日狂云,就连身体的每根毛孔,都响着惊雷的哀鸣……

萨莫丽 奶妈,振作些,别这么说!王子的床榻……

班娜 就让他……让他去吧,我的心肝……金檀!让金檀去,萨莫丽!(啜泣)让金檀去……就把这幼小的生命送到那刽子手的剑下……我会告诉他,你柔弱的胸口只会受一点轻伤。但我可怜的孩子啊,骇人的杀戮定会让他从梦中惊醒……

萨莫丽 奶妈!奶妈!别说了,别说了……这样的话我一句也听不下去,你再说,我就要躲进王宫的墙角里去了。天呐!你到底在说些什么?奶妈,这样不可,万万不可!不,我得走了,这样的话我听不下去,一刻也听不下去了……(退场)

班娜 萨莫丽走了……我即将完成的这项事业,她连听都听不下去了。婆瓦尼！你究竟对我的心做了什么？赐予它力量啊，好让我为保全王族甘愿献出自己的血脉！牺牲骨肉，我可以，这是拉其普特女人的誓言，是我们的尊严和正法。请让我的心坚如铁石吧！如此，母爱的源泉才会断绝。婆瓦尼！让我变成真正的吉多尔女人吧，真正的拉其普特女人不惮以自己的鲜血描画吉祥志！

（后台传出金檀的声音——"娘！……娘！……娘！"金檀上场）

金檀　娘！快看，我的脚受伤了，正流血呢。

班娜　哪儿流血了？快给我瞧瞧。我的儿啊！怎么把脚趾伤成这样？害自己流了这么多血！来，娘给你包扎一下。（撕下一角纱丽）把脚绷直！对，好……（边包扎边说）这伤是怎么弄的，儿子？

金檀　娘，我刚吃完饭起身，听瑟迦说宫外到处都是卫兵。我好奇，就爬上高处的窗户。外面黑洞洞的，什么都看不到。结果我刚一跳下，脚趾就被碎玻璃扎破了。没事的，娘！留点血怕什么。倒是这些卫兵是怎么回事？怎么围在王宫外面？

班娜　今天不是有载歌载舞的庆典吗？他们大概也是来看表演的吧。或是被索娜唤来的，她肯定在城堡下舞得正欢。

金檀　娘！索娜可不是什么好姑娘。明天我就去告诉她，往后别再在王子面前搔首弄姿了。他现在连打猎的心都没了！

班娜　我也会告诫她的，金檀。

金檀　娘，王子殿下呢？今天他都没跟我一起吃饭。

班娜　大概还在睡觉吧。

金檀　都多久了？娘，王子殿下怎么总是犯困？不行，我得去瞧瞧，看他到底在哪儿睡大觉。

班娜　算了，他可能是故意耍性子，才躲到什么没人的地方去了。

金檀　耍性子？都是跟索娜学的坏毛病！娘，王子以前从不耍性子，就算跟他一通打闹，也不发半点脾气。过去我们总是一起玩耍，一起吃饭。今天孩儿独自一人，都没吃下多少东西。

班娜　金檀，娘亲手喂你。

金檀　我想和王子殿下一起吃。娘！明天，我俩并排坐下……你呢，就慈爱地在一旁喂我们吃饭。我发誓，一定比王子殿下吃得还多。他总说比我能吃，明天起，我就要让他忘了自己的大话！（大笑）怎么了，娘，这样不好吗？

班娜　好，当然好！

金檀　可你好端端怎么不说话了？还有你的眼睛……你的眼睛怎么流泪了？

班娜　哪儿呢？哪儿有泪？再说了，许你脚趾流血，就不许娘眼睛流泪啦？

金檀　那倒没错。娘，等我长大了，一定要攻下大片大片的土地，在上面为你修建庙宇。我会把你供在女神的宝座上，好好敬拜你。你许我这样做吗？

班娜　这正是娘的心愿，金檀！

金檀　娘，别以为我不能攻城略地。我可有山兔的本领，能上天入地！

班娜　好了金檀，夜深了，快去睡吧。

（一阵脚步声）

金檀　娘……娘！是谁在门口偷看？

班娜　是齐尔德，她来取你的剩饭。我去瞧瞧。（起身查看）

金檀　万一有别人，要我去把剑取来吗？

班娜　（返回）没别人。王宫里有什么可怕的？去睡吧！

金檀　去哪儿睡？瑟迦正在厨房忙活，我的床怕是还没铺好。

班娜　那……那……那你就先在王子殿下的床上睡下，等你的床铺好了，娘再把你抱去。

金檀　惹王子殿下生气怎么办？

班娜　我会跟他解释的，你只是躺一下，不会把他的床铺弄脏。

金檀　娘，你真好！今天我就要睡在王子殿下的床榻上了，我现在俨然也是个王子啦！（突然想起什么）对了，我和殿下的花环补好了吗？

班娜　娘没腾出手来，刚才萨莫丽在这儿。

金檀　那就明天再补，千万别忘了！（躺在床上）多软的床！真希望一辈子都能睡在这样的床上！

班娜　（大喊）金檀！

金檀　怎么了，娘？

班娜　没什么……没什么……娘今天胸口难受，心窝里一阵阵刺痛。你快睡，这样我也好休息。

金檀　我去找大夫！

班娜　不必了，大夫手里没有能医好这病的药，且让它自生自灭吧。快睡，我去喂王子吃点东西，然后就睡。

金檀　那好，听娘的话。瞧，我已经把眼睛闭上了。

班娜　睡吧。想想那些吉多尔的美丽传说，很快就会入眠了。我们的国土之上诞生过多少伟大的英雄！受哈利德仙人启发的巴跋王公，是他一手奠定了梅瓦尔的基业，成功发动了对外族的进攻；是他，第一次为虔信的湿婆神建造了庄严庙宇。那尔瓦罕王，单枪匹马把一众敌人杀得片甲不留。汉斯巴尔王，接连击败众多异族，牢牢确立了自己的统治。萨门德辛格王公，在

和古吉拉特的索兰基族国王乌代巴尔的交战中大获全胜。还
有杰耶辛格王公、萨莫尔辛格王公……

金檀　（猛地一惊）娘！刚才我正闭眼听得入神，突然感觉枕边飘来
一道黑影，挥着剑要杀我！娘……黑影……黑影！

班娜　儿子，有娘在身边，哪有黑影敢靠近你？

金檀　没有黑影敢靠近……可不知怎的，我突然困了。娘，给我
唱支歌吧，听着听着我就睡着了。

班娜　好，我的儿子。娘这就唱支歌，哄我的宝贝金檀睡觉。

（用轻柔的声音低吟浅唱）

> 决眦望路穷昼日，
>
> 久立垄上步迟迟，
>
> 鸟儿且飞兮，黄昏至。
>
> 双目强撑泪满盈，
>
> 似若滂沱雨未停，
>
> 鸟儿且飞兮，黄昏至。
>
> 盼你念你疯又痴，
>
> 重重险阻在此时，
>
> 鸟儿且飞兮，黄昏至。

（歌声渐弱，趋于完结）

班娜　（呼唤）金檀！

（见金檀没有反应，班娜后退几步，终于用力哭了出来）

班娜　我的孩儿睡了。他被我哄得酣熟，此刻不会醒来。（不断抽
泣）啊，班娜！你对自己天真无邪的儿子玩弄骗术，你把自己
花一样的儿郎哄睡在烧得火红的炭床上。你和毒蛇有什么分
别，竟以自己的骨肉为食！你想尽千方百计，为的竟是将自己

的孩子置于死地。唉！不幸的母亲啊！你究竟为何要投胎在
这世上？（哭着对金檀说）儿啊，你的花环，妈妈没能补好。连
你的生命都在一点点消残，这花环还求什么完满？（不断抽泣）
一天到头，你连肚子都没填饱，我这做母亲的，竟连最后一次
给儿喂饭都成了奢望！你哪里知道，明天还能不能和王子一
起吃饭？还要我喂你们兄弟同吃，可即便眼前有山珍海味，又
让我喂谁是好啊？金檀！（不断抽泣）你说要攻下大片大片的
土地，建庙宇，还要把我供在女神的宝座上，敬拜我！我是怎
样的女神啊，竟以自己虔诚的信徒为食？（抽泣）你脚趾的血
还没止住，过了不多久，你的心脏也会涌出鲜血，而我要做些
什么才能阻止这正在发生的一切？我的儿子！我的金檀！去
吧，去把这血流献给祖国的大地吧！今天，我也算完成了我的
献灯！我把自己生命的明灯放逐在鲜血的激流里，这样的献
灯有谁做过？让娘再看看你的脸，我的金檀，多么漂亮、无邪
的面庞啊……

（突然传来笃笃的脚步声，本维尔提剑闯了进来）

本维尔　（醉了酒，说话结结巴巴）班……娜！

班娜　本维尔大王。

本维尔　整个拉其普特只有一位奶妈，那就是你，班娜！我是专
程来向这位伟大奶妈致敬的。（稍作停顿）呦，奶妈的眼眶怎么
湿了？

班娜　没……没湿。担心而已，今天王子没吃晚饭就睡了。

本维尔　没吃饭？怎么可能？今儿可是普天同庆的大喜日子！
（大笑）三百个领主刚在我宫里共享盛宴。我亲眼瞧见齐尔德
背运饭菜的大背篓！那疲累劲儿足够她消受一辈子了！（讪

笑)乌代辛格王子在哪儿?要我亲手喂他吃点东西吗?

班娜　王子睡了。即便醒着,他也不会吃除我之外任何人手里的
食物。

本维尔　可不是么,奶妈!对了,今天见到索娜跳舞了吗?那舞姿
实为一绝!我还特地叮嘱她,别忘了让王子和奶妈也欣赏欣赏。

班娜　她来过了,一猜就知道是您特意差遣的。可惜王子当时不
舒服,我便没让他去。

本维尔　不舒服?这么说,今天的献灯仪式你们也没看?

班娜　对我而言,献灯不是用来看的,而是要躬身践行的。

本维尔　说得极是!奶妈慈悲宽仁,堪比女神下凡!你躬身献灯
为吉多尔祈福,我也要效仿着为吉多尔祈愿!这样可好?我
在马尔瓦尔为你赐片封地,再给你建座杜尔迦婆瓦尼神庙。没
错,神庙!到那时,人们会向你投以虔诚的目光,因为你和杜
尔迦婆瓦尼别无两样!你呀,就在这庙里当你的女神,坐享被
世人顶礼的荣光!奶妈意下如何?

班娜　(厉声喝道)本维尔!

本维尔　(大笑)刚才还唤我本维尔大王,怎么立马就失了体统?
莫非被我一夸,还真把自己当女神了?竟敢对本王直呼其
名!(奸笑)难不成还要我向女神问安!(口气突转)哼,我看你
是母爱泛滥,被冲昏了头。你把乌代辛格王子交给我,我便把
这剑赐给他。(拔出剑)

班娜　啊!这剑……剑上怎么有血?

本维尔　班娜,对一把剑而言,血便是它的华彩,是它洋溢的喜悦

和快活,是它发缝里涂抹的朱砂粉①！若没有血,何以称得上一把剑?

班娜　大王,请把它收回剑鞘。

本维尔　怎么,怕了? 吉多尔可没出过怕剑之人。莫非你是做惯了奶妈,骨子里早被母性的软弱占据,竟连剑都不敢正眼瞧一下了吗? 班娜! 剑一出鞘,可不是轻易就能回去的。当剑鞘被王权填满,剑就只能留在外面!

班娜　夜深了,本维尔大王,您还是回宫歇息吧。

本维尔　歇息? 我本维尔? 本王正打算起驾远征,去夺取这王国的荣华富贵呢! 对了奶妈,我想把乌代辛格王子也带在身边,你看如何?

班娜　不可……万万不可,本维尔大王!

本维尔　怎么,你的封地不想要了?

班娜　不要了!

本维尔　那你说,出什么条件才能让你交出王子,我一定偿你所愿!

班娜　大王,拉其普特女人从不做交易! 我们要么上战场,要么上火堆。

本维尔　战场? 火堆? 哪一个都休想,因为你早被士兵困在这内宫里了。

班娜　是谁下的命令? 维德尔马蒂德耶大王……

本维尔　(打断班娜)他早已不在这世上了,班娜! 你口中的大王已经淌过血河,他的血溅起的浪花刚好打在我的剑上!

---

① 印度女子在新婚之时会在发缝中涂抹朱砂粉,是吉祥、已婚、有丈夫保护的象征。

班娜　本维尔！你这个刽子手！

本维尔　怎么能把大王本维尔叫成刽子手本维尔呢，班娜！叫我刽子手的人是要被割去舌头的！

班娜　那就速速取了我的舌头，离开这儿！维德尔马蒂德耶大王……

本维尔　一遍遍提他做什么？他的名字还是留给孤魂野鬼去念诵吧！相反，若你想称颂我的名字，就请用激昂的口吻大声念出来！

班娜　呸！本维尔，你不得好死！

本维尔　住口，奶妈！你不过是个拉扯孩子、唱摇篮曲的下人，有什么资格这样跟我讲话？说！乌代辛格在哪？

班娜　休想碰王子一下，卑鄙的家伙！你杀了维德尔马蒂德耶大王，还想见乌代辛格？妄想！

本维尔　想见他的不是我，是我的剑！这剑已经染了维德尔马蒂德耶的血，现在还想在乌代辛格的血里浸上一浸。

班娜　狠心的本维尔！曾经你可是乌代辛格名正言顺的监护人，而今你非但不保护他，反而要夺他性命？不，不……不能这样，不能这样！本维尔大王！你尽管做你的国王，吉多尔、梅瓦尔、整个拉其普特的王位都是你的，只求你放过乌代辛格王子！我会带着他出家修行，住进远离尘世的山林庙宇。你的王冠依然在你头顶，我的王子也会在我怀里。本维尔！本维尔大王！请你接受我的恳求吧！

本维尔　滚开，下人！你这套把戏，我可见得多了。除掉乌代辛格正是我登上王位的阶梯，只要他多活一天，这王位就不属于我。快从我面前滚开！

班娜　我不走！我绝不离开王子床榻半步！

本维尔　好啊，奶妈！你把乌代辛格哄入梦乡，以为这样他死的时候就不会痛苦了，是吗？呵，连他的脸蛋儿都遮得严严实实！为让孩子死得体面，你这当母亲的可真是煞费苦心呐。（尖利地）滚开，班娜！让我来赐他长眠！

班娜　（英勇地）休想！你这无耻之徒，下地狱的恶棍！来啊，来尝尝我刀子的滋味吧！（一刀刺去，被本维尔的盾挡了下来。）

本维尔　（发出刺耳的尖笑）哈哈哈哈！下贱的刹帝利女人！怎么，就这点能耐？刀子在我手里，看你还有什么花招！要不要我先替你做个了断？算了，我向来不对女人下手。

班娜　恶棍！难道对一个熟睡中毫不知情的孩子下手，你的良心就不受责难吗？

本维尔　（走到床边）没错，就是你，我前行路上的绊脚石。今天，全城的女人都献了灯，我也要献，献给阎摩王！阎摩王，您收好了，这是我的献灯！

（就这样，本维尔误将金檀当作乌代辛格，狠狠地一剑刺下。班娜惊叫一声晕厥在地。只有房里的灯依旧燃着，依稀闪着惨淡的微光）

〔落幕〕

主要参考书目

印地语书目

著述

उमेश चन्द्र मिश्र, *लक्ष्मी नारायण मिश्र के नाटक*, इलाहाबाद: साहित्य भवन लिमिटेड, १९५९.

कमल सूर्यवंशी, *नाटककार डॉ. रामकुमार वर्मा*, कानपुर: विकास प्रकाशन, १९८९.

कुंवर चन्द्र प्रकाश सिंह, *नाटककार भारतेन्दु और उनका युग*, लखनऊ: सुलभ प्रकाशन, १९९०.

जगदीश चन्द्र माथुर, *नाटककार अश्क*, इलाहाबाद: नीलाभ प्रकाशन गृह, १९५४.

जगदीश प्रसाद श्रीवास्तव, *प्रसाद के नाटक रचना और प्रक्रिया*, इलाहाबाद: साहित्य भवन, १९७६.

दशरथ ओझा, *हिंदी नाटक: उद्भव और विकास*, दिल्ली: राजपाल एंड संस, १९६१.

दशरथ ओझा, *हिन्दी नाटक-कोश*, दिल्ली: नेशनल पब्लिशिंग हाउस, १९७५.

नगेन्द्र, *आधुनिक हिंदी नाटक*, दिल्ली: नेशनल प्रकाशन, १९७०.

नगेन्द्र सं., *हिन्दी वाङ्मय: बीसवीं शती*, आगरा: विनोद पुस्तक मन्दिर, १९७२.

प्रभाकर शास्त्री, *पंडित अम्बिकादत्त व्यास व्यक्तित्व एवं कृतित्व*, जयपुर: राज-

स्थान संस्कृत अकादमी, १९६२.

बच्चन सिंह, *हिंदी नाटक*, इलाहाबाद: लोकभारती प्रकाशन, १९७५.

ब्रजरत्न दास, *हिंदी नाट्य साहित्य*, बनारस: हिंदी साहित्य कुटीर, १९४९.

मनोरमा शर्मा, *नाटककार उदयशंकर भट्ट*, दिल्ली: आत्माराम एंड संस, १९६३.

राधाकृष्ण दास, *भारतेंदु बाबू हरिश्चंद्र का जीवन चरित्र*, लखनऊ: हिन्दी समिति
उत्तर प्रदेश शासन, १९७६.

रामकुमार गुप्त, *आधुनिक नाटक और नाट्यकार*, मथुरा: जवाहर पुस्तकालय,
१९७३.

रामचंद्र शुक्ल, *हिंदी साहित्य का इतिहास*, काशी: नागरीप्रचारिणी सभा,
१९५२.

विनयमोहन शर्मा, सुधाकर पांडेय, सावित्री सिन्हा, हरवंशलाल शर्मा इत्यादि
सं., *हिंदी साहित्य का बृहत् इतिहास* भाग ८, ९, ११, १२, नागरीप्रचारिणी
सभा, १९७२-१९८४.

विश्वप्रकाश दीक्षित बटुक, *नाटककार हरिकृष्ण प्रेमी-व्यक्तित्व और कृतित्व*,
दिल्ली: साहित्य संस्थान, १९६०.

सुन्दरलाल शर्मा, *हिन्दी नाटक का विकास*, दिल्ली: संजय प्रकाशन, १९७७.

सुशीला धीर, *भारतेन्दु-युगीन नाटक*, भोपाल: मध्य प्रदेश हिन्दी ग्रन्थ अकादमी,
१९७१.

戏剧

उदयशंकर भट्ट, *अम्बा(वियोगान्त एवं मौलिक नाटक)*, लाहौर: मोतीलाल बना-
रसीदास, १९४०.

उदयशंकर भट्ट, *आदिम युग और अन्य नाटक*, दिल्ली: आत्मा राम एंड संस,
१९५३.

उदयशंकर भट्ट, *कणिका: मुक्तक-माल*, दिल्ली: आत्मा राम एंड संस, १९६१.

उदयशंकर भट्ट, *तीन नाटक: आदिम युग, मनु और मानव, कुमार संभव*, इलाहा-बाद: यूनिवर्सल पब्लिशिंग हाउस, १९३६.

उदयशंकर भट्ट, *दाहर अथवा सिन्ध-पतन(दुखांत नाटक)*, लाहौर: मोतीलाल बनारसीदास, १९३७.

उदयशंकर भट्ट, *मुक्ति दूत*, दिल्ली: आत्मा राम एंड संस, १९६०.

उदयशंकर भट्ट, *विश्वामित्र और दो भाव नाट्य*, दिल्ली: प्रतिभा प्रकाशन, १९३५.

उदयशंकर भट्ट, *सप्त सरिता(हिन्दी के प्रथम श्रेणी के नाटककारों के सात ऐंकाकी नाटकों का संग्रह)*, लाहौर: ओरिएंटल बुक डिपो, १९४६.

उदयशंकर भट्ट, *सागर-विजय*, लाहौर: मोतीलाल बनारसीदास, १९३९.

उपेन्द्रनाथ अश्क, *अलग-अलग रास्ते*, इलाहाबाद: नीलाभ प्रकाशन, १९५४.

उपेन्द्रनाथ अश्क, *अश्क ७५ दूसरा खंड(नाटक-एकांकी, आत्मकथ्य, विविध गद्य और पत्र)*, इलाहाबाद: नीलाभ प्रकाशन, १९८५.

उपेन्द्रनाथ अश्क, *आदि मार्ग(चार नाटक)*, प्रयाग: साहित्यकार संसद, २००७.

उपेन्द्रनाथ अश्क, *कैद और उड़ान*, इलाहाबाद: नीलाभ प्रकाशन, १९५०.

उपेन्द्रनाथ अश्क , *छठा बेटा*, इलाहाबाद: नीलाभ प्रकाशन, १९४०.

उपेन्द्रनाथ अश्क, *जय-पराजय*, लाहौर: मोतीलाल बनारसीदास, १९४०.

कमलकिशोर गोयनका और चन्द्रिका प्रसाद शर्मा सें., *राम कुमार वर्मा नाटक रचनावली*, नई दिल्ली: किताबघर, १९९०.

कालिदास, *शकुन्तला नाटक*, राजा लक्ष्मण सिंह अनु, प्रयाग: हिन्दी साहित्य सम्मेलन, १८८८.

कृष्णदेव वर्मा सं., *कविवर नरोत्तमदास-कृत: सुदामा-चरित्र*, दिल्ली: हिन्दी साहित्य संसार, १९६६.

कृष्णमिश्र, *प्रबोधचन्द्रोदय*, महेश चन्द्र प्रसाद अनु., पटना: पटना महेश चन्द्र प्रसाद, १९३५.

केशवराम भट्ट, *सज्जाद सुंबुल*, कलकत्ता: भारतमित्र, १९०४.

गंगा सहाय मीणा सं., *बालकृष्ण भट्ट रचना संचयन*, नई दिल्ली: साहित्य
अकादमी, २०१८.

गिरिधरदास, *नहुष नाटक*, वाराणसी: नागरी प्रचारिणी सभा,१९५३.

गोविंद सिंह, *बचित्तर नाटक सटीक*, अमृतसर: भाई चतर सिंघ जीवन सिंघ,
२००६.

गोविंद बल्लभ पंत, *राजमुकुट: ऐतिहासिक नाटक*, लखनऊ: गंगा-पुस्लकमाला-
कार्यालय, १९५८.

नन्दकशोरदेव शर्मा सं., *श्री हनुमन्नाटक-कवि हृदयराम विरचित*, मुंबई: श्रीवेंक-
टेश्वर छापाखाना, १९००.

प्रेमचंद, *कृबला*, आगरा: साहित्य सरोवर, २०२१.

प्रेमचंद, *संग्राम*, नई दिल्ली: डायमंड पॉकेट बुक्स, २००२.

बदरीनाथ भट्ट, *दुर्गावती*, लखनऊ: गंगा पुस्तकमाला कार्यालय, १९९०.

ब्रजरत्न दास, सं., *भारतेंदु-ग्रंथावली*, वाराणसी: नागरीप्रचारिणी सभा, १९५०.

भवदेव पांडेय, *संचयिता-उपाध्याय श्री बदरी नारायण चौधरी 'प्रेमघन'*, नई
दिल्ली: शिल्पायन, २०१२.

श्रीयुत सुदर्शन, *आनरेरी मजिस्ट्रेट*, बनारस: सरस्वती प्रेस, १९४५.

रत्नशंकर प्रसाद सं., *प्रसाद वाङ्मय द्वितीय खंड*, वाराणसी: प्रसाद प्रकाशन,
१९८५.

रामकुमार वर्मा सं., *आठ एकांकी नाटक*, इलाहाबाद: हिन्दी भवन, १९५५.

रामकुमार वर्मा, *प्रतिनिधि एकांकी*, आगरा: रामप्रसाद एंड संस, १९५९.

रामकुमार वर्मा, *शिवाजी*, प्रयाग: हिन्दी भवन लिमिटेड, १९४५.

रामनरेश त्रिपाठी, *जयंत*, प्रयाग: हिन्दी मंदिर, १९३४.

रामनिरंजन परिमलेंदु सं., *राधाचरण गोस्वामी रचना संचयन*, दिल्ली: साहित्य
अकादमी, २०१९.

विजयशंकर मल्ल सं., *प्रतापनारायण - ग्रंथावली*, नई दिल्ली: नागरीप्रचारिणी सभा, १९९२.

विश्वंभरनाथ मिश्र सं., *पं. लक्ष्मी नारायण मिश्र के श्रेष्ठ एकांकी*, दिल्ली: नेशनल बुक ट्रस्ट, २०१२.

विश्वनाथ सिंह, *आनन्द रघुनन्दननाटक*, लखनऊ: नवल किशोर प्रेस, १८६१.

वृंदावोनलाल वर्मा, *झाँसी की रानी*, झाँसी: मयूर प्रकाशन, १९५२.

वृंदावोनलाल वर्मा, *हँस-मयूर*, झाँसी: मयूर प्रकाशन, १९५०.

श्यामसुंदर दास सं., *राधाकृष्ण-ग्रन्थावली पहला खंड*, प्रयाग: इंडियन प्रेस लिमिटेड, १९३०.

श्रीकृष्ण लाल सं., *श्रीनिवास ग्रन्थावली*, काशी: नागरीप्रचारिणी सभा, १९५३.

सुमित्रानंदन पन्त, *सुमित्रानंदन पन्त ग्रंथावली खंड १-७*, नई दिल्ली: राजकमल प्रकाशन, २००४.

सेठ गोविन्ददास, *ग़रीबी या अमीरी अथवा श्रम या उत्तराधिकार*, इलाहाबाद: हिंदुस्तानी एकेडमी, १९४७.

सेठ गोविन्ददास, *तीन नाटक*, जबलपुर: महाकोशल साहित्य मन्दिर, १९९२.

सेठ गोविन्ददास, *शशिगुप्त*, इलाहाबाद: रामनारायण लाल पब्लिशर और बुक-सेलर, १९४२.

सेठ गोविन्ददास, *स्पर्द्धा*, जबलपुर: महाकोशल साहित्य मन्दिर, १९९२.

सेठ गोविन्ददास, *हर्ष*, जबलपुर: महाकोशल साहित्य मन्दिर, १९९२.

中文书目

著作

蔡仪主编:《文学概论》,人民文学出版社 1985 年版。

胡绳:《从鸦片战争到五四运动》,上海人民出版社 1983 年版。

黄宝生:《印度古典诗学》,北京大学出版社 1993 年版。

季羡林主编:《印度古代文学史》,北京大学出版社 1991 年版。

姜景奎:《伯勒萨德的短篇小说》,《东方研究(1994)》,天地出版社 1995 年版。

金克木:《梵语文学史》,人民文学出版社 1980 年版。

林承节:《印度民族独立运动的兴起》,北京大学出版社 1984 年版。

刘安武:《印度印地语文学史》,人民文学出版社 1987 年版。

刘安武主编:《印度现代文学研究》,中国社会科学出版社 1980 年版。

罗晓风编选:《编剧艺术》,文化艺术出版社 1986 年版。

谭霈生:《论戏剧性》,北京大学出版社 1984 年版。

译作

〔印〕比林契·古马尔·伯鲁阿等:《印度现代文学》,黄宝生等译,外国文学出版社 1981 年版。

〔印〕杜勒西达斯:《罗摩功行之湖》,金鼎汉译,人民文学出版社 1988 年版。

〔印〕迦梨陀娑:《沙恭达罗》,季羡林译,人民文学出版社 1980 年版。

〔印〕杰辛格尔·普拉萨德:《普拉萨德戏剧选》,冉斌译,中国大百科全书出版社 2020 年版。

〔印〕R. C. 马宗达等:《高级印度史》(上下册),张澍霖等译,商务印书馆 1986 年版。

后　记

本书主体部分是研究，附录部分是翻译，都不是新作。研究部分主要是我的博士学位论文，修改不多，见于 2002 年出版的同名著作；翻译部分是"中印经典和当代作品互译出版项目"的戏剧节选，分别来自《帕勒登杜戏剧全集》《献灯》和《普拉萨德戏剧选》。

既是旧作，何以再版？这有赖于贾岩的提议，他 2019 年于英国获得博士学位后入北京大学工作，在备课、研究之余数次跟我提及，《印地语戏剧文学》是一本很有价值的著作，既旧还新，目前国内没有替代者，市面上早无此书，专业及非专业人士欲读不得，建议我修订再版。其实，他在更早的时候，应该是出国读博之前的 2015 年前后就曾提出过同样建议，当时中国大百科全书出版社曾列入出版规划，后因机构调整及我本人没有跟进而暂罢。2024 年上半年，与商务印书馆的同仁商议出版"印度文化与思想丛书"时，贾岩再提旧议，大家一拍即合，即刻着手立项事宜，获批。我的《印地语戏剧文学》和贾岩的《友谊的纹理：现当代中印文学关系的多维景观》顺理成为试水书目。

出版 1996 年的文字，我是有点担心的，害怕相关内容陈旧，跟不上时代。但重阅文本，发觉新想法并不多，自己的水平好像没有提高多少。再想，本文字名列 1999 年北京大学首批优秀博士学位论文之列,那次评奖,1995—1998 年度外语类只有两篇论文获奖;2002 年觉得出出来不致害人,现在仍持一种心思。于是,放下担心,继续进行技术方面的完善,并决定增加几个名剧译文。放入译作似有累积页码之嫌,但也是对研究的一种完善,研究与翻译并举,本就是求全的举措,便于读者鉴赏。

让我多少感到意外和惊喜的是,由商务印书馆上报,本书竟然获得了国家出版基金"区域国别研究系列"图书的资助,这相当于一个"大奖"。由此,我对自己一直坚守的"国别与区域研究"及当下火爆的"区域国别学"学科有了更多的感悟。在我看来,外国语言文学学科下属的五个学科方向,即外国语言学及应用语言学、外国文学、翻译学、比较文学与跨文化研究、国别与区域研究皆是大的国别与区域研究的内容,与新确立的区域国别学学科有相当大的交集,尽管后者还包含经济、法学、历史学等内容。记得有一次与一位同仁争议,我坚持外国语言文学所涉方向多是国别与区域研究的内容,他则持反对观点,坚持智库类的内容才是国别与区域研究或区域国别学的正统内容。此次,相对纯粹的《印地语戏剧文学》被选入"区域国别研究系列"出版图书之列,也反映出这一学科的研究视角正在不断拓宽。国外相关研究,不管是文学的,还是历史的,皆有区域国别学属性。其实这在区域国别学学科的后缀说明中已经标出,很多人不愿"在意"罢了。这次"获奖",更加坚定了我的认知和信念。

如首段所述,本书含两个部分,研究部分写的是独立前的印地语戏剧文学史,自我觉得还算全面,是 20 世纪 90 年代认真读书作文的某种写照。作品选译部分包含四个剧本,按时间次序分别是《按〈吠陀〉杀生不算杀生》《印度惨状》《旃陀罗笈多》《献灯》,

前两个是印地语戏剧文学之父帕勒登杜的名篇,是我自己的译作,后两个分别出自现代印地语文学大家杰耶辛格尔·伯勒萨德和拉默古马尔·沃尔马,是冉斌和贾岩的译作。三位剧作家是三个时期的代表,也是印度独立前印地语戏剧文学的某种全景式体现。《按〈吠陀〉杀生不算杀生》是我很喜欢的一个作品,嬉笑怒骂无所不包,揭示了印度传统社会的某种图景;《印度惨状》是一部具有印度民族主义意识的作品,是对英国殖民统治者的鞭笞和被殖民统治者中软骨头们的讽刺;《旃陀罗笈多》是一部历史剧,写的是"历史",反映的是"现实",剧本很长,这里只选择了第一幕;《献灯》以 16 世纪西北印度的王权争夺为背景,堪称印度版"赵氏孤儿"。四个作品构成组图,基本上可以代表印度独立前印地语戏剧的整体水平,是侧面也是正面,是树木也是森林。

从某种角度说,研究部分的文字是我在北大读书的结业之作。每每读来,就会勾起北大学生时代的记忆。

我的学习经历很单薄,本硕博就两个字——"北大"。有人说是"凡尔赛",但之于我自己而言,确实感到缺失了好多风景。不过,塞翁失马焉知非福,正是由于缺失了好多风景,获得的也更多。我在北大读书的十余年(1985 年 9 月—1996 年 7 月)是国家大发展的时期,彼时全国人民斗志昂扬,精神振奋,上下一心。其时,北大东语系学生不多,老师不少,季羡林没有成"神",金克木没有成"仙",两位先生教了我很多。那个年代,主动拜访老师的学生很少,我是少数中的少数,经常借送信之名到两位先生的住处求教(特别说明,不用预约)。两位先生都住在校园最北端的 13 公寓,季先生一楼,金先生二楼。与季先生见面,需要先打腹稿,找话题,几次经验之后,便知道了玄奘、《大唐西域记》等是先生不减兴趣的话题。季先生常说，"我不是你们的老师，玄奘大师才是。我的书你们可以不读，但一定要读《大唐西域记》。"我对玄奘的无上敬仰就来自季先生的教诲。与金先生见面，不用任何准备，他那里不缺话题，不用我插话，他就能连续说上一两个小时。"金克木的文章和丁聪的漫画"是我那个阶段购买《读书》的不二动机，先是三角一本，后是五角，再后是八角、一元一角；手头拮据，非省吃俭用不能购买，但觉得值。需要特别说一下刘安武先生。刘先生是我的硕博导师，他专攻印地语文学，是世界上最为著名的普列姆昌德研究者之一。与刘先生初次深入交流的情境我至今不忘，他说，"我不喜欢印度文学"。平平的一句话极大地震撼了我，这不是给我泄气么？还有这样的导师！在我还没有缓过来之前，他便背诵起了《茶花女》，足足背了十来分钟！后来，他还跟我展示过天干地支及四书五经等方面的知识，他不用思考，总是娓娓道来，少有涟漪，经常令我咂舌。再看他的《印度印地语文学史》《印度两大史诗研究》《普列姆昌德评传》以及诸多文章和译作，感觉他不是不喜欢印度文学的人。后来我逐渐领悟，他的不喜欢并非普通意义上的不喜欢，而是督促我在研究印度文学文化的同时要触类旁通，不仅要学习西方知识，还要学习本国知识，有了博大，才能精深。由是，便有了现在的我，我喜欢思考，敬仰玄奘类大师，爱看历史考古类文字，奉行不急不停的治学态度，遵循"不自知不知他"的治学准则。想来，三位先生给予我的远不止这些，可惜自己悟性不高，只能平淡如此。

说到并非"凡尔赛"的单薄的学习经历，我的工作经历也一样单薄，比学习经历多两个字——"清华"，北大是我工作的起点和过程，清华便是过程和终点。好在虽然单薄，但依然丰富。当下，好像全世界都不待见文科，一些高校似乎都想"灭"了文科，但今年3月13日过勇副书记在全校文科院系工作交流会上说，邱勇书记表示，清华可把文科教师占比从现在的28%提升至30%，我愕然！在当天的日记中我写道："在当下文科遭遇风霜的时刻，清华领导的态度令人敬佩。如此，清华不成大学校才怪！"北大的文科不必说，清华甚至"逆风而上"重视文科；有领导说，在清华，重视文科是"政治正确"。我聚焦文科，一生离不开文科，在北大在清华，幸运若此，单薄的工作经历岂不丰满！

记得在2002年版的"后记"中曾感谢了众多老师和家人，有大学的老师、中学的老师和小学的老师，还有父母和妻子。彼时感慨，是想给学生生活划上个句号。现在看来，自己幼稚了，学生生活怎么划得出句号！"学海无涯苦作舟"，我不那么勤奋，但却也始终谨慎前行，对文字丝毫不敢懈怠，努力做到无害，次求贡献。

当然，二十多年之后再行修订出版，仍要感谢许多领导和师友，这里有清华的领导、外文系和地区院的同事，更有商务印书馆的同仁。另外，学生王子元为本书的出版做了不少劳力工作，是要专门指出来并感谢的。还有，夫人刘敏、女儿姜凡和以前的学生现在的同事贾岩必须提及，他们是我恒定的支撑。

总之，旧文得以完善，与新老读者见面，我自然十分愉悦，同时仍不坦然，期待诸位评议。感谢读者！感谢一切！

姜景奎

北京清华园

2025 年 3 月 31 日